Zu meiner Person:

Geboren 1952 in Köln. Verheiratet, keine Kinder. Nach meinem Fachabitur und einer kaufmännischen Ausbildung, habe ich verschiedene Seminare belegt wie, Personal.- und Produktmanagement, Rechnungswesen, Unternehmensaufbau und Seminare für relevante psychologische, wirtschaftliche Erklärungsmodelle, sowie der Umgang mit verschiedenen Persönlichkeitstypen. Danach war ich 20 Jahre im kaufmännischen Bereich als Angestellter eines großen Konzerns im gehobenen Management tätig. Von 1994 bis Ende 2017 habe ich als selbständiger Mitarbeiter eines Teams, in der freien Marktwirtschaft Personen und Firmen, besonders bei Existenzgründungen, beraten.

Reikiausbildung:
In 2000 und 2001 habe ich an Seminaren für Reiki teilgenommen. Dort habe ich den 1. und den 2. Grad erworben. Diese Fähigkeit ist für mein jetziges Ehrenamt als Sterbebegleiter unverzichtbar. Sie hat mir bisher große Dienste geleistet, für die ich sehr dankbar bin. Der 3. Grad zeichnet einen Meister des Reikis aus. Dazu konnte ich mich bisher noch nicht, auch aus Zeitgründen, entschließen. Jedoch sind der 1. und 2. Grad für meine Arbeit auf einer Palliativstation und auch sonst völlig ausreichend.

Ehrenämter:
Von 2010 bis Mitte 2013 war ich ehrenamtlich für die Kölner Tafel tätig.
Im Oktober 2013 habe ich mich dann zum ehrenamtlichen Sterbebegleiter ausbilden lassen. Die Ausbildung fand in Köln bei den Maltesern statt und dauert in der Regel etwa fünf Monate.
Seit dem 01.10.2014 arbeite ich in Köln ausschließlich als ehrenamtlicher Mitarbeiter (Sterbebegleiter) in einer Klinik auf einer Palliativstation.

Hobby:
Eine Leidenschaft von mir ist die Astrophysik und die Astronomie.
Ich beschäftige mich seit etwa 40 Jahren damit. Wenn man es genau
nimmt, so bin ich eigentlich über diese Leidenschaft zu der
Überzeugung gekommen, dass der Tod <u>nicht</u> das Ende bedeutet.

Vorwort

Wer nicht an paranormale Phänomene glaubt – sie sogar für Hirngespinste hält –, sollte dieses Buch gleich wieder weglegen. Nutzen Sie Ihre Zeit für andere Dinge. Wenn Sie aber glauben oder gar der Überzeugung sind, dass es übernatürliche Phänomene gibt und auch ein Jenseits, dann sollten Sie dieses Buch lesen.

Allen gewidmet, die in diesem Buch ihre Bestätigung finden und vielleicht auch den Mut haben, ihre Erlebnisse einer breiteren Öffentlichkeit mitzuteilen, was wahrlich nicht immer leicht ist – ich weiß, wovon ich rede. Trotzdem – alle Menschen, die man erreichen kann, vergrößern die Anzahl derer, die die Gewissheit und Freude erhalten, dass es ein Jenseits gibt und dass sie sich auf ein Wiedersehen mit ihren Lieben freuen können. Sie sind es wirklich wert – und das ist gut so.

4

Die Themen

Zwischen diesen Themen habe ich unsere paranormalen Begegnungen und Erlebnisse mit unserer verstorbenen Freundin *„Inge"* aufgeteilt.

5

Prolog

Wanderer am Weltenrand

Camille Flammarions Holzstich – erstmals erschienen in
L'atmosphère, Paris 1888, als Illustration zu *La forme du ciel* im
Kapitel *Le jour*

Die mathematischen Gesetze hier auf Erden gelten ebenso für das
ganze Universum, und das bereits bevor der Mensch überhaupt einen
Fuß auf diese Erde gesetzt hat. Wo kommen diese
Gesetzmäßigkeiten der Mathematik her? Alles ein Zufall – bestimmt
nicht.
Eine z. B. für mich festgelegte Geometrie bestimmt, was im Weltall
möglich ist, die Gesetze der Geometrie gelten schon ewig und über
das Universum hinaus.
<u>Wir Menschen haben sie nur **ge**-funden, nicht **er**-funden.</u>

Mit neuen Technologien sollen jetzt die Geheimnisse des Weltalls
enthüllt werden. Eine neue Generation von Wissenschaftlern fragt,
wie man Unsichtbares finden kann.
Sie nehmen an, dass alle Dinge im Universum aus unzähligen
kleinen Teilchen, den Atomen, bestehen – von allen Dingen auf der
Erde bis zum hellsten Stern am Himmel. (Unter einem Stern versteht
die Astronomie einen massereichen, selbstleuchtenden
Himmelskörper aus sehr heißem Gas und Plasma, wie z. B. unsere

Sonne. Sterne werden durch die eigene Schwerkraft zusammengehalten und sind dadurch annähernd kugelförmig.) Neue Befunde deuten darauf hin, dass unser Universum eine tiefe verborgene Seite hat, in der selbst die dunklen Regionen des Nichts voll von unvorstellbaren Wundern sind. Mit neuester Technologie versucht man nun, die Geheimnisse des Weltalls zu enthüllen. So fragt sich jetzt auch eine Reihe von Wissenschaftlern, was es noch zu entdecken gibt und wie es man finden kann, was nicht sichtbar ist. Aber mit jeder neuen Entdeckung wird uns klar, wie wenig wir über das Universum wissen.

Möglicherweise werden zukünftige Wissenschaftler Entdeckungen machen, die beweisen, dass eine weitere Existenz nach dem Tod zwingend ist. Ansätze hierzu sind bereits vorhanden.

Eine Neigung zur Spiritualität war bei mir und meiner Frau latent schon immer da. Allerdings war sie bei meiner Frau stärker ausgeprägt, wie sich später auch noch herausstellen sollte.

Unsere paranormalen Erlebnisse und Erfahrungen, die ich unter anderem in diesem Buch über unsere verstorbene enge Freundin „Inge" niedergeschrieben habe, wurden früher von einigen Freunden und Bekannten von uns eher skeptisch gesehen. Der Grund war unter anderem auch, dass sie für die paranormalen Geschehnisse nicht zugänglich waren. Einige gar lehnten dieses Thema völlig ab. Danach haben wir unsere Erfahrungen nur denen mitgeteilt, die sich dafür offen gezeigt haben. Dazu zählt ein ganz bestimmter Freundeskreis und Menschen, denen wir auf medialen Seminaren begegnet sind. Alles, was wir diesen Personen zu berichten hatten, wurde von ihnen mit großem Interesse aufgenommen. Zu Anfang unserer übernatürlichen Erlebnisse waren wir derart überwältigt und dachten gleich, wir müssten alle unsere Freunde unbedingt darüber informieren. Schnell merkten wir jedoch, dass es Personen gibt, die sich mit diesem Thema nicht anfreunden können oder wollen. Vor diesem Hintergrund beschlossen wir, wie schon beschrieben, unsere paranormalen Erfahrungen nur noch denen mitzuteilen, die sich offen für diese spirituelle Seite gezeigt haben. Schade um diese Menschen, die diese Realität nicht annehmen möchten oder wollen. Die Gründe hierfür sind verschieden. Häufig machen übernatürliche Begebenheiten auch Angst. Auch das ist verständlich. Leider werden diese Personen wohl bis zu ihrem Tod nie erfahren, dass das Jenseits ganz ohne Zweifel existiert.

Einige Freunde von uns haben, nachdem wir ihnen darüber berichteten, gesagt, dass auch sie die ein oder andere paranormale Erfahrung gehabt hätten, sich aber nie getraut haben, anderen von ihren übernatürlichen Erlebnissen zu berichten, da sie glaubten, dass man sie dann schlicht für „Spinner" beziehungsweise realitätsfremd halten würde.

Wer an Übersinnliches glaubt, läuft Gefahr, dass man ihn nicht ernst nimmt. Was für ein Fehler.

Dabei geben etwa 75% der Deutschen an, schon mindestens einmal in ihrem Leben paranormale Erfahrungen gemacht zu haben.

Wissenschaftlich lassen sich übernatürliche Erscheinungen bisher noch nicht richtig erklären. Dies gilt auch für die von mir und meiner Frau erlebten Phänomene.

Bei den meisten Menschen zählt eben nur das, was man sieht oder anfassen kann, beziehungsweise was durch Fakten belegt ist. Der metaphysische Bereich, also all das, was mit den menschlichen Sinnen nicht fassbar ist, kommt bei diesen Menschen leider zu kurz.

Bei vielen ist einfach kein Platz für solche Gedankenspiele, geschweige denn eine generelle Öffnung für diese Tatsache.

Wer nicht bereit ist, freiwillig und ungezwungen sich auf eine spirituelle Ebene zu begeben, dem werden wohl solche Erlebnisse, wie wir sie erfahren durften und immer noch erfahren, für immer im Verborgenen bleiben.

Es gehört einfach mehr dazu, als sich die Wissenschaft bis heute vorstellt. Obwohl der ein oder andere namhafte Naturwissenschaftler, die ich Ihnen noch in einigen Zitaten vorstellen werde, von der Existenz eines höheren Schöpfers, und damit eines Existierens nach dem Tod, absolut überzeugt ist.

Natürlich ist es auch nicht leicht daran zu glauben, wenn man selbst solche übernatürlichen Erlebnisse bisher nicht erfahren durfte und sich auch diesem Thema nicht richtig öffnen kann oder möchte. Es gibt durchaus Menschen – und das ist verständlich –, denen solche paranormale Erfahrungen mit dem Jenseits Ängste bereiten. Nicht jeder kann solche übernatürliche Erlebnisse dann richtig einordnen. Alles verständlich.

Wenn man aber, wie ich und meine Frau, tagtäglich **im Positiven** damit konfrontiert wird, kommt man zu dem Schluss, dass die Existenz eines Jenseits und das damit verbundene Weiterexistieren eines Menschen –auf eine andere Art – ohne den geringsten Zweifel besteht.

Es hat Jahre gedauert, bis ich zu der Überzeugung gekommen bin, ein Buch über spirituelle Erfahrungen im Allgemeinen sowie persönliche paranormale Erfahrungen mit unserer verstorbenen Freundin „Inge" im Besonderen und auch übernatürliche Berichte von Schwerstkranken einer Palliativstation einer breiteren, interessierten Öffentlichkeit zugänglich zu machen.

Ich glaube, dass der ein oder andere seine Bestätigung in diesem Buch finden wird, dass es keinen Zweifel an der Existenz eines Jenseits geben kann.

Was unsere übernatürlichen Erfahrungen mit unserer verstorbenen engen Freundin „Inge" angeht, so werde ich in diesem Buch, soweit möglich, chronologisch vorgehen, da ich die meisten Dinge mit Datum, Tag und Uhrzeit und gegebenenfalls dem Anlass notiert habe.

Hauptteil

Reiki hilft mir u. a. sehr bei meiner Arbeit als Sterbebegleiter. Bevor ich Ihnen aber über paranormale Erlebnisse berichte, die ich und meine Frau bis zum heutigen Tage erleben dürfen, sowie über Begegnungen mit Schwerstkranken als ehrenamtlicher Sterbebegleiter einer Palliativstation, möchte ich denen, die Reiki nicht kennen, kurz erläutern, was Reiki eigentlich ist.

Was ist Reiki bzw. was bewirkt Reiki?

Der Japaner Mikao Usui, geboren 15.08.1865 Präfektur Gifu, Japan, gestorben 09.03.1926 in Fukuyama, Präfektur Hiroshima, Japan, gilt als der Begründer der Reiki-Lehre. 1921 eröffnete Mikao Usui eine Reiki-Klinik in Tokyo.

Das Wort Reiki kommt aus dem Japanischen und bedeutet Reiki die universelle Energie, welche verbunden ist mit dem Ki = der individuellen Lebensenergie = Reiki.

Reiki kann als Heilmethode oder als spiritueller Weg dienen.

Wie funktioniert Reiki?
Durch Auflegen der Hände des Reiki-Eingeweihten kommt ein Energiefluss zustande, welcher als Wärme, Pulsieren oder auch Kribbeln wahrgenommen werden kann.

Was Reiki ist:

Reiki ist ein System, das es jedem, der möchte, ermöglicht, Energie in intensiver Form zu empfangen und weiterzugeben.

- Reiki ist von jedem erlernbar.

- Reiki respektiert den freien Willen des Empfangenden.

- Reiki unterstützt Selbstheilungsprozesse.

- Reiki ist ein hilfreiches Werkzeug für die persönliche Entwicklung.
- Reiki ist immer für Sie da – wenn Sie es einmal gelernt haben, können Sie es bis ans Ende Ihrer Tage einsetzen.
- Reiki ist ein ganzheitliches System, das Körper, Geist und Seele berücksichtigt – zugleich ist es leicht in viele andere Anwendungsmethoden integrierbar.

Was Reiki nicht ist:

- Reiki ist keine Wunderdroge, die jemanden in den siebten Himmel der Spiritualität versetzt.
- Reiki ist keine Glaubenssache, verlangt deswegen auch keine dogmatische Hingabe oder dass man „blind" einem Guru folgen muss.
- Reiki ist keine Hypnose oder Psychotherapie.
- Reiki ist kein Ersatz für den Arzt.
- (Bei gesundheitlichen Problemen sollte man immer einen Arzt aufsuchen!)

Quelle: https://www.lichtkreis.at/wissenswelten/reiki-wissen/was-ist-reiki/

Ich hoffe, dass diejenigen, die sich noch nie mit der Heilungsmethode „Reiki" beschäftigt haben, hierdurch eine ungefähre Vorstellung davon bekommen, zu was Reiki in der Lage sein kann.

Wie meldet sich eigentlich unsere verstorbene Freundin „*Inge*"

bei uns, beziehungsweise wie nimmt sie Kontakt zu uns auf?

Wichtig ist hierbei zu wissen, dass „*Inge*" sich bei uns, d. h. bei mir oder meiner Frau Danielle, über Elektrogeräte meldet, die sich in den Schlafräumen und im Wohnzimmer befinden – hier gibt es dann verschiedene E-Geräte wie z. B. Rekorder, TV, Digitaluhren etc. Diese E-Geräte schalten sich dann zu unterschiedlichen, jedoch zu fest vereinbarten Uhrzeiten ein und auch von selbst wieder aus. Diese vereinbarten Zeiten wurden uns durch unser <u>Hauptmedium</u> ***„Carmen Kaufmann, Bochum"*** mitgeteilt. – Wie ich unser Medium *Carmen* gefunden habe, erfahren Sie später.

In meinem Fall, wenn etwas anliegt, meldet sich „*Inge*" in meinem Schlafzimmer auf meinem Rekorder um <u>5:15 Uhr</u> (meine Frau und ich schlafen eigentlich in getrennten Räumen. Es ist meinem Schnarchen geschuldet). In dieser morgendlichen Stunde schläft man ja eigentlich noch. Das stellt für unsere verstorbene „*Inge*" beziehungsweise für die geistige Welt kein Problem dar. Wenn ich tief schlafe, so macht sie mich einfach eine bis zwei Minuten vorher wach. Fragen Sie mich bitte nicht, wie sie das macht. Ich weiß es nicht, ich werde dann einfach zeitig wach. Dann schaue ich auf die Uhr. Immer ist es so gegen 5:13 Uhr oder 5:14 Uhr, so dass ich noch genug Zeit habe, mir den Schlaf aus den Augen zu wischen, um richtig wach zu werden. Dann, Punkt <u>5:15</u> Uhr, beginnt die Vorstellung, sie stellt dann meinen Rekorder dreimal an und gleich wieder aus. Es überrascht und erstaunt uns immer wieder. Ganz zu Anfang wusste ich nicht, warum ich um diese Uhrzeit wach werde und warum der Rekorder an manchen Tagen von selbst um 5:15 Uhr dreimal an- und wieder ausgeht. Ich befragte unser Medium *Carmen,* die uns mitteilte, dass sich „*Inge*" in Zukunft, wenn etwas anliegt, über diese Art der Kommunikation bei mir beziehungsweise meiner Frau melden würde. Oder, wenn ich ihr eine Frage stelle, die sie mit einem **„Ja"** beantworten soll, so würde sie den Rekorder am nächsten Morgen nach meiner Frage von selbst um 5:15h Uhr dreimal an- beziehungsweise wieder ausstellen. Bei einem **„Nein"** auf meine Frage hin reagiert „*Inge*" am nächsten Morgen dann eben nicht. Diese Art einer kleinen Kommunikation funktioniert hervorragend. Es müssen allerdings Fragen sein, die für mich wirklich äußerst wichtig sind. Beispielsweise wenn sie meine Gesundheit betreffen oder wenn bei uns eine wichtige Entscheidung ansteht, die unser Leben verändern könnte. Unbedeutende Fragen werden von unserer verstorbenen Freundin „Inge" einfach nicht beantwortet. Bei meiner Frau ist es genauso, nur ihre Zeiten in ihrem Schlafzimmer variieren z. Z. von Tag zu Tag. Einmal Punkt 8:00 Uhr, am nächsten Tag Punkt 8:13 Uhr. Also ein täglicher Wechsel mit den vereinbarten Uhrzeiten. Warum sie ausgerechnet diese Zeiten gewählt hat, kann ich Ihnen leider nicht genau beantworten. Nur so viel, im Jenseits geht das Gefühl für Zeit verloren, da es weder eine Vergangenheit noch eine Zukunft gibt. Alles geschieht „im Hier und Jetzt".

Ich werde, wie bereits erwähnt, soweit es mir noch in Erinnerung geblieben ist, seit dem Tod unserer Freundin *„Inge"* im Dezember 2011 chronologisch alle paranormale Ereignisse und kleine Dialoge, aber auch paranormale Berichte von Palliativpatienten und auch einzelne Sittings mit den entsprechenden Ergebnissen unseres Mediums **Carmen** (…) wiedergeben.

Alles begann in der zweiten Nacht nach dem Tod von *„Inge"*. Am 25.12. auf den 26.12.2011 meldete sich *„Inge"* bei meiner Frau. Wie, darüber werde ich später berichten. Anfang Februar 2012 hatte ich aufgrund dieser Ereignisse den ersten telefonischen Kontakt zu *Carmen*. Ich wusste mir einfach nicht mehr anders zu helfen. Es war überhaupt der allererste Kontakt zu einem Menschen, der mit Verstorbenen in Verbindung treten kann. Diese telefonische Verbindung hielt an, bis wir aufgrund einer Wartezeit, etwa sieben Monate, den ersten persönlichen Termin im August 2012 wahrnehmen konnten. Bis dahin hatten sich bei uns schon viele unerklärliche Dinge zugetragen. Dieses Medium teilte uns Anfang Februar telefonisch mit, *„in Kürze"*, so sagte ihr unsere verstorbene Freundin *„Inge"*, *„wird sie sich über elektrische Geräte bei uns melden. Das können Rekorder, Fernseher oder auch andere elektrische Geräte sein."* Ich hatte ja bereits kurz vorher darüber geschrieben.

Nach einiger Zeit, wir hatten schon selbst nicht mehr daran geglaubt, schalteten sich dann die Geräte, wie von unserem Medium vorhergesagt, zu den oben genannten Uhrzeiten regelmäßig und auch mit kleinen Pausen von selbst ein und aus.
Erst Mitte 2014 habe ich dann mit den chronologischen Aufzeichnungen begonnen.
Ab und zu manipuliert *„Inge"* die E-Geräte, zu Zeiten, die mit ihr nicht vereinbart wurden. Sie schalten sich einfach vollkommen unmotiviert von selbst ein und aus, auch die TV-Geräte. Damit will sie uns nur mitteilen, dass sie sich in diesem Moment bei uns in der Wohnung aufhält. Das Gleiche gilt auch bei unserem Telefon, es klingelt genau dreimal, aber niemand ist am anderen Ende, wenn man den Hörer aufnimmt. Manchmal ist ein leichtes Rauschen zu vernehmen, sonst nichts. Diese unerklärlichen Dinge begannen zu Anfang immer komplexer zu werden, fast täglich zerplatzten Glühbirnen. Und immer in einem anderen Raum. Es verschwanden Gegenstände wie Brillen, Schlüssel, kleine Fotos von ihr etc. Alles tauchte später irgendwann wieder auf.

Woher wissen wir, dass dies unsere Freundin *„Inge"* ist? Wir befragten unser Medium und sie bestätigte, dass *„Inge"* am Werk sei. Das Zerplatzen von Glühbirnen endete dann schließlich abrupt zwei Monate nach ihrem Tod. Darüber waren wir sehr froh – mussten wir doch bis dahin ständig Glühbirnen auswechseln.

Wie ich bereits erwähnt habe, viele Personen, denen wir über unsere paranormalen Erfahrungen berichteten, die aber nicht zugänglich für diese übernatürlichen Begebenheiten waren, reagierten regelrecht irritiert darüber, was wir ihnen da erzählten. Kannten sie uns doch früher als völlig normale rationale Menschen.
Ich darf Ihnen versichern, dass wir auch heute noch mit beiden Füßen auf der Erde stehen.

Nach diesen Erfahrungen sahen wir uns die Personen, ob im Freundeskreis oder auch sonst, genauer an und entschieden uns dann, wem wir unsere Erlebnisse mitteilen wollten. Dabei kam uns unser Reiki häufig zur Hilfe. – Hatten wir ein leichtes Kribbeln in den Händen, so konnten wir sicher sein, dass diese Menschen für die geistige Welt *offen* waren.

Bis zum heutigen Tage haben wir keinen in diesem Personenkreis gefunden, der nicht über unsere Begebenheiten nachdenklich wurde. Bei fast jedem zeigte sich Freude und große Aufmerksamkeit in ihren Gesichtszügen über das, was wir ihnen zu berichten hatten. Zum Teil öffneten sie sich uns und erzählten uns von ihren spirituellen Erlebnissen. Sie sagten, dass sie sich vorher nie getraut hätten, darüber zu reden, um nicht letztendlich als Spinner dazustehen.

Sie waren richtig froh, darüber endlich mit uns, die auch solche paranormalen Erlebnisse hatten, ihre Erfahrungen zu teilen beziehungsweise sich auszutauschen.
Dieser Personenkreis kommt aus allen sozialen Schichten wie beispielsweise Ärzte, Krankenschwestern, Pädagogen, aus der freien Marktwirtschaft und aus dem Medienbereich etc.

Warum wir diese paranormalen Begebenheiten erleben dürfen, kann ich Ihnen leider nicht beantworten. Es gibt sicherlich genug Menschen, die es vielleicht eher verdient hätten, diese wunderbaren, spirituellen Erfahrungen zu sehen und auch zu spüren. Ich denke da besonders an Personen, welche aufgrund von Katastrophen oder terroristischen Anschlägen, oder anderen Ereignissen apokalyptischen Ausmaßes, einen oder gleich eine große Anzahl ihrer Angehörigen verloren haben.
Ich weiß wirklich nicht, warum gerade wir dazu ausgesucht wurden. Aber wir freuen uns darüber und sind sehr dankbar für das, was wir erleben dürfen.

Einem Theologen teilte ich unser Wissen über paranormale Erlebnisse mit und fragte ihn schließlich, aus welchem Grund wir diese Erfahrungen machen dürfen. Er antwortete: *„So nehmen Sie es einfach als Gnade beziehungsweise als großes Geschenk an."* So haben wir uns dann auch entschieden.

Ich bin dazu gekommen, dieses Buch zu schreiben, da sich seit dem Tod meiner Schwester Annemarie († 10/2011) und ganz besonders durch den Tod unserer engsten Freundin *„Inge"* († 24.12.2011) für mich und meine Frau unerklärliche, paranormale Dinge, die man sich einfach nicht erklären kann, zugetragen haben, welche bis zum heutigen Tage andauern.

Zu Lebzeiten unserer engen Freundin *„Inge"* war es ihr Wunsch, dass ich mich zum ehrenamtlichen Sterbebegleiter ausbilden lassen sollte. Sie sagte immer, dass ich genau die richtige Person sei für dieses Ehrenamt.
Sie selbst war von 2007 bis zur Entdeckung ihrer schweren Krankheit (Brustkrebs mit Metastasen) im Januar 2011 als ehrenamtliche Sterbebegleiterin auf der gleichen Palliativstation in Köln wie ich tätig.

Auf dieser Station ist *„Inge"* im Beisein von mir und meiner Frau Danielle Heiligabend 2011 um 23:40 Uhr verstorben. Später dazu mehr.

Zitat

„Ich habe niemals die Existenz Gottes verneint. Ich glaube, dass die Entwicklungstheorie absolut versöhnlich ist mit dem Glauben an Gott. Die Unmöglichkeit des Beweisens und Begreifens, dass das großartige, über alle Maßen herrliche Weltall ebenso wie der Mensch zufällig geworden ist, scheint mir das Hauptargument für die Existenz Gottes."

Charles Darwin (1809–1882), englischer Naturforscher, Begründer der Evolutionstheorie

Kontakte zu Palliativpatienten (Schwerstkranken)

Noch heute erinnert man sich auf der Station gerne an „*Inge*". Sie hatte sich immer als ein ruhiger, aufmerksamer und freundlicher Mensch ausgezeichnet. Sie schenkte den Schwerstkranken mit einer begrenzten Lebensdauer immer ein hohes Maß an Achtsamkeit. Was diese, soweit es ihnen möglich war, mit großem Dank und Trost entgegennahmen.

Nicht bei jedem Patienten, den ich auf der Palliativstation aufsuche, bekomme ich, wenn ich sein Zimmer betrete, ein Kribbeln (Reiki) in den Handinnenflächen.

Das Kribbeln geschieht **ausschließlich nur** bei den Personen, so mein fester Glaube, denen ich von meinen Erlebnissen berichten darf beziehungsweise soll. Der Grund dafür ist, dass ich ihnen mit meinen Berichten Trost spenden kann, und um ihnen zu zeigen, dass der Tod nicht das Ende bedeutet. Nur diesen bedauernswerten Menschen, berichte ich über meine spirituellen übernatürlichen Erfahrungen.

Diesen Personen stelle ich immer vorher die Frage, ob ich ihnen von meinen persönlichen spirituellen Erlebnissen berichten darf. Die meisten Schwerstkranken zeigen sich dann sehr interessiert und äußerst neugierig. Was man ja durchaus nachvollziehen kann. – Neigt sich doch ihr Leben dem Ende zu. Und einen Hoffnungsschimmer in solch einer Situation nimmt man offenbar dankend an. Sehr häufig stelle ich dann fest, dass die paranormalen Berichte, die ich ihnen mitteile, auf die Menschen irgendwie sehr beruhigend wirken. Man kann es aus ihren Gesichtern ablesen.

Es ist auch für mich jedes Mal ein echtes Glücksgefühl und Freude, wenn man spürt beziehungsweise fühlt, dass das, was man ihnen vorgetragen hat, bei den Schwerstkranken angekommen ist, verbunden mit viel Zuversicht und großer Hoffnung.
Bis zum heutigen Tage habe ich nach meinen paranormalen Erzählungen und Berichten fast immer in glückliche, erwartungsfrohe Gesichter gesehen. Selbst bei denen, wo sich der Tod bereits im Zimmer befand.

Die größere Anzahl der Patienten wissen, dass ihre Zeit hier auf Erden gekommen ist, um sie zu verlassen. Einige halten diese Tatsache aber für ungerecht, dass *sie* es gerade sind, die sich von dieser Welt verabschieden müssen. Sie können sich nur schwer damit abfinden. Es ist in diesen Situationen nicht immer leicht, mit ihnen darüber zu reden – aber notwendig, so sie es wünschen.

Nur ein aufmerksames Gespräch mit dem Patienten, so er sich öffnen kann, gibt dem Schwerstkranken die Möglichkeit, seine Sorgen mit anderen Personen, die ihnen mit großer Achtsamkeit aufmerksam zugehört haben, zu teilen.
Der Einstieg in ein Gespräch ist zu Anfang nicht immer einfach. Viele reden kaum, schauen einen ängstlich und abwartend an. Es dauert eine Zeit, bis sie sich geistig aufrichten und mir ihre Aufmerksamkeit schenken und interessiert zuhören – so sie dazu in der Lage sind –, was ich ihnen zu berichten habe. So langsam ändert sich dann ihre innere Haltung und sie hören mir dann aufmerksam und erwartungsvoll zu.

Mögliche vorsichtige Zweifel bei einigen kommen natürlich vor. Jedoch überwiegen die Hoffnung und auch der Glaube, dass man nach dem Tod weiter existieren wird – man spürt geradezu, wie es die Patienten beruhigt – und darüber freue ich mich dann.

Wenn ein Mensch sich vorbereitet zu sterben, treten eine Reihe von Phänomenen auf, die sich Angehörige teils nur schwer erklären können. Der Sterbende beginnt plötzlich, Personen im Raum wahrzunehmen, die die Lebenden nicht sehen können.
Es gibt Patienten, die geradezu glücklich darüber sind, dass ich ihnen über meine paranormalen Erfahrungen berichte. Manche sagen sogar, dass ich der wichtigste Besuch gewesen wäre, seit sie sich auf dieser Palliativstation befinden würden. Manchen Menschen kommt ein Lächeln ins Gesicht, auch Tränen fließen ab und zu vor Freude und großer Hoffnung.

Häufig ist der Grund, dass sie selbst bereits paranormale Erlebnisse hatten, die sie aber keiner Person, auch nicht im engsten Verwandtenkreis, erzählt haben, weil auch sie annehmen mussten, dass man ihnen keinen Glauben schenken oder sie sogar für verrückt halten würde. Oder dass Ärzte gar auch als Diagnose angeben könnten, dass ein Übermaß an Endorphinen, also Botenstoffen, die ausgeschüttet werden, sowie ein Sauerstoffmangel im Gehirn Halluzination auslöst, die diese Glücksgefühle erzeugen würden.

Patienten, die kurz davor standen, diese Welt zu verlassen, haben mir darüber berichtet, dass sie spirituelle Visionen verschiedenster Art gehabt hätten.
Entweder begegnen ihnen Verstorbene, Verwandte etc. in ihrem Zimmer oder das Zimmer ist mit einem gelblichen, orangenen warmen Licht durchflutet.
Einen lichtdurchfluteten Raum haben auch meine Frau und ich vier Wochen nach dem Tod von „Inge" selbst erlebt. Ich komme später darauf zurück.

Ich finde, wenn man diesen Schwerstkranken einen hoffnungsvollen Weg, mittels paranormaler, spiritueller Erlebnisse aufzeigt, der sagt, dass der Tod nicht das Ende bedeutet, lässt dies bei fast allen betroffenen Personen einen friedlichen, erwartungsfrohen Gesichtsausdruck zurück. Und das ist gut so.

Nahtoderfahrungen (NTE)

Bei Ärzten, die sich mit Nahtoderfahrungen weltweit beschäftigen, wurden diese paranormalen Erlebnisse bestätigt.
Hier werden NTE in der Regel nicht auf den Tod bezogen, sondern auf den Wert und die Bedeutung hinterfragt, die sie für das Leben der Menschen haben. Nahtoderfahrene berichten von weitreichenden Auswirkungen ihrer Erlebnisse.

NTE-Erfahrungen sind intensive Erlebnisse, welche die menschliche Seele stark beeinflussen und das weitere Leben auf den Kopf stellen. Aufgrund der bleibenden Nachwirkungen von NTE werden diese ein Leben lang nicht vergessen und die Betroffenen können sich auch noch nach sehr langer Zeit an diese Erfahrung erinnern. Die Veränderungen nach einer NTE betreffen immer den ganzen Menschen, da sie physische sowie psychische Veränderungen bei den Betroffenen hinterlässt.

Wie alles begann
Einen Tag nach dem Tod von *„Inge" (1. Weihnachtstag 2011)* sah
meine Frau Danielle plötzlich schwarzbraune Schatten am Fußende
ihres Bettes. Sogleich kam sie am späten Abend zu mir ins Zimmer
und sagte, dass *„Inge"* sich bei ihr aufhalten würde.
Ich fragte sie – mein Verhalten zu diesen Dingen war zu dieser Zeit
noch eher skeptisch –, was sie denn veranlasse anzunehmen, dass
„Inge" sich in unserer Wohnung aufhalten würde beziehungsweise
wie sie sich bemerkbar mache, worauf sie sagte, „ich sehe in meinem
Zimmer einen schwarzbraunen Schatten, der vor meinem Bett steht,
gleichzeitig spüre ich eine deutliche Kälte um mich herum, die sich
nicht erklären lässt". Ich ging mit in ihr Zimmer. Ich konnte nichts
sehen, aber die unerklärliche Kälte um dieses Bett herum konnte
auch ich spüren. Nur zur Erklärung – alle Fenster waren geschlossen,
die Räume hatten eine angenehme und warme Temperatur, etwa 23
Grad. Nur das Zimmer meiner Frau war genau an der Stelle, an der
sich ihr Bett befand, deutlich spürbar kälter. Genau da, so sagte sie
mir, könne sie auch den schwarzbraunen Schatten sehen. Außer der
unerklärlichen Kälte am Fußende des Bettes meiner Frau konnte ich
leider nichts anderes feststellen.

Wie übermittelt *„Inge"* sonst noch ihre Nachrichten?

Ein Beispiel: Meine Frau ist Französin und hielt sich im Mai 2015,
da ihr Vater (92 Jahre) im Sterben lag, in Frankreich im Hause ihrer
Eltern auf. Der Vater lag nicht im Krankenhaus, sondern, Gott sei es
gepriesen, in seinem eigenen Bett.

Meine Frau (Danielle) und ich telefonierten mehrmals täglich
zwischen Köln und Tours (eine Stadt, gelegen etwa 250 km
südwestlich von Paris).
Danielle sagte immer unter Tränen: *„Mein Vater quält sich so, er
kann einfach nicht sterben. Hoffentlich findet er bald seine verdiente
Ruhe."*

Da dachte ich mir, ich frage unsere Freundin *„Inge"* im Jenseits, vielleicht kann sie uns eine Antwort geben.

„Inge" hatte sich bereits am Freitag, dem 22.05.2015 auch ohne Anfrage durch uns mehrmals gemeldet, auch zu nicht verabredeten Zeiten. Sie schaltete den Fernseher an oder die Rekorder im Wohn- oder Schlafzimmer. Auch Klopfgeräusche waren in allen Wänden und Böden zu vernehmen.
Da dachte ich, irgendwas möchte sie uns mitteilen. Also beschloss ich an diesem Freitag *„Inge"* zu fragen, ob der Vater am Pfingstmontag sterben würde, also am 25.05.2015, drei Tage nach dem Telefonat mit meiner Frau.

Hier sei noch mal erwähnt, dass, nur Fragen gestellt werden können, auf die sie mit Ja oder Nein antworten kann. Es sei denn, man sucht ein Medium auf, welches in der Lage ist, einen echten Dialog aufzubauen.

Wenn es sich so verhalten würde, sagte ich in Gedanken zu *„Inge"*, so möge sie, wie zeitlich vereinbart, um Punkt 8:00 Uhr meinen Rekorder am Samstag einschalten.

Genau am Samstag, dem 23.05.2015, schaltete sich mein Rekorder um Punkt 8:00 Uhr ein.

An diesem Tag teilte ich meiner Frau in Frankreich telefonisch mit, was geschehen war.
Ich sagte ihr, dass ich *„Inge"* gefragt hätte, ob der Vater Pfingstmontag sterben würde, und dass sie mir das per Rekorder Punkt 8:00 Uhr am Samstagmorgen, dem 23.05.2015, bestätigt hätte. Um etwas in der Hand zu haben, sendete ich ihr noch diese Botschaft per SMS nach Frankreich.

Am Pfingstmontag, dem 25.05.2015, rief mich meine Frau am Nachmittag an und teilte mir mit, dass der Vater, wie von *„Inge"* vorhergesagt, genau an diesem Tag verstorben sei.
Auf dieses Geschehnis komme ich nochmals später zu sprechen.

Wer mit einem lieben Verstorbenen in Kontakt treten möchte, benötigt ein Medium, welches den Kontakt zwischen dem Klienten, also Ihnen, und der verstorbenen Person im Jenseits, der geistigen Ebene herstellt. Das Medium benötigt von Ihnen dazu im Vorfeld keinerlei Vorabinformationen, wenn es sich um ein lauteres Medium handelt. Auch während der Sitzung müssen Sie bei einem seriösen Medium nur mit einem „Ja" oder „Nein" antworten.

Zitat

„Das Auge und der Flügel eines Schmetterlings genügen, um einen Gottesleugner zu zermalmen."

Denis Diderot (1713–1774), französischer Schriftsteller und Philosoph

Auf der Suche nach einem Medium und wie ich Carmen gefunden habe.

Da diese Phänomene bei meiner Frau weiter andauerten, beschloss ich ein Medium zu suchen.
Ich hatte aber in dieser Richtung überhaupt keine Erfahrungen. Ich verbrachte fast einen halben Tag an meinem PC und sah nach, was mir das Internet in dieser Richtung so alles bieten konnte.

Es war wirklich eine ganze Menge. Vom meinem Bauchgefühl her sagte mir kein Medium, das sich anbot, zu. Ich wollte schon den PC enttäuscht schließen, da fiel mir – ich hatte einen Kuli wie eine Zigarre im Mund – dieser Kuli auf meine Computertastatur. Und plötzlich schaute ich auf eine freundliche junge hübsche Frau, die sich als Medium anbot. Ich klickte ihre Seite an und las ihre Biografie. Es war *„Carmen"*.

Diese Frau war Ende 30, verheiratet, zwei Kinder. Nach dem Abitur und einer kaufmännischen Ausbildung war sie lange Jahre in der Werbung und Marketing tätig.
Mittlerweile arbeitet sie ausschließlich als Medium, und das ist gut so, wie ich finde.

Von zu Hause aus ist sie medial vorbelastet. Mutter, Oma und Tante von ihr sind und waren medial veranlagt.

Diese Person rief ich an.

Es war Januar 2012. Ich sagte ihr, dass ich sie per Zufall im Internet gefunden hätte, worauf sie mir gleich antwortete, dass es keine Zufälle geben würde.

Ich schilderte ihr kurz, was nach dem Tod unserer Freundin *„Inge"* alles geschehen war. Darauf sagte sie mir, wenn es unser Wunsch wäre, an einer Sitzung teilzunehmen, dann sollten ich und meiner Frau sie in ca. sechs Monaten, zwecks einer Kontaktaufnahme wieder anrufen. Der Grund dieser Wartezeit ist, dass sich manche

Seelen erst etwas eingewöhnen müssen. Dies ist aber pauschal nicht bei jeder Seele so, aus diesem Grund ist es lediglich eine Empfehlung des Mediums.

Letztendlich brauchen auch wir als Hinterbliebene – in der Regel – manchmal etwas mehr Zeit und Ruhe, um wieder klarer denken und fühlen zu können, wenn jemand Liebes hinübergegangen ist.

Selbst wenn wir sechs Monate gewartet hätten, so war doch erst ein Termin nach acht Monate möglich, da *Carmen* bis dahin ausgebucht war.

Also machten wir einen Termin für den August 2012. **Sie sagte mir noch : *„Sie werden bei mir nur eine Sitzung benötigen, dann werden Sie wissen, dass es ein Jenseits gibt"*.**

Über ihren letzten Satz war ich etwas erstaunt, dachte mir aber, wollen doch mal sehen, ob sie uns wirklich in acht Monaten überzeugen kann. Sie bat uns, lediglich den Vornamen der betreffenden Person zu nennen, **sonst absolut nichts.**

- **<u>Unsere erste Sitzung und Erfahrungen mit unserem Medium Carmen, im August 2012</u>**

An der Türe ihres Hauses erwartete uns das Medium mit einem freundlichen Lächeln und einem sanften Blick. Wir betraten einen hellen, freundlichen und modern eingerichteten Raum.
In der locker aufgestellten Sitzecke mit einem runden Glastisch, auf dem eine brennende Kerze stand, nahmen wir Platz.
Wir machten uns ein wenig miteinander bekannt, dabei bemerkte ich, dass *Carmen* meine Frau ständig ansah. Wenig später stellten wir, bevor das eigentliche Reading begann, ihr die Frage, ob wir medial veranlagt seien. Carmen bejahte unsere Frage sogleich. Bei meiner Frau fügte sie noch hinzu, dass sich über ihrem Kopf kleine weiße, sich bewegende Lichtpunkte befänden und dass dies nicht sehr häufig bei Personen zu beobachten sei. Wie sie weiter ausführte, war es leider bei mir nicht der Fall.
Kleine Anmerkung: Als meine Frau (2002) den 1. Grad in Reiki erwarb, stand während der Einweihung/Zeremonie der Geist des Begründers der Reiki-Lehre, Mikao Usui, in voller Gestalt neben ihr – so die damalige Reikimeisterin.

Ich berichte nun über das Ergebnis aus dem Protokoll bezüglich *„Inge"*, welches das Medium uns nach der Sitzung mit ihr anfertigte und uns dann drei Tage später zugesandt hatte.

In den folgenden Sitzungen/Readings mit unserem Medium werden u. a. paranormale Dinge angesprochen, über die ich dann noch später in diesem Buch an anderer Stelle ausführlicher berichten werde.

Kontaktierte Seele: (Seelen-) Freundin *„Inge"* (Ingeborg)

Durchsagen/Informationen:

Das Medium *„Carmen"* beginnt und sagt:

- *„Inge"* kommt zu Beginn der Sitzung schon sehr locker und fröhlich herein. Sie gibt mir zu verstehen, dass sie Menschen gegenüber offen war und auch gerne Menschen um sich hatte.
- Allerdings sagt sie auch, dass es vor ca. 15 Jahren eine Zeit gab, wo sie mental nicht gut zurecht war und viel nachgedacht hat (auch über den Sinn von allem).
- Während der Sitzung kommt immer wieder durch, dass sie nicht der Typ für Ruhe war/ist und im Jenseits noch einiges zu tun hat. Im späteren Verlauf der Sitzung gibt sie dem Medium durch, dass sie drüben weiter lernt und auch eine sogenannte Guideausbildung – darunter versteht man eine Ausbildung zum geistigen Führer, später dazu mehr – macht.
- *„Inge"* gibt dem Medium durch, dass sie nicht leicht gehen konnte und noch am Leben festgehalten hat. Sie konnte nicht gut loslassen, aber irgendwann reichte ihre Kraft nicht mehr.
- Sie gibt dem Medium durch, dass als „Hauptorgan" die Lungen ihr die Probleme bereitet haben.
- Sie lässt das Medium einen Schwindel spüren und sie hatte auch Probleme mit der Atmung.
- Das Medium weiß auch durch *„Inge"*, dass sich etwas bei ihr im Kopf gebildet hat, aber das Hauptproblem war zum Schluss in den Lungen zu suchen. *„Inge"* teilt dem Medium mit, dass dort zusätzlich eine Art Entzündung entstanden war. Sie lässt das Medium in ihrem Körper Bakterien fühlen, mit Konzentration in den Lungen. Diese Krankenhausbakterien haben zusätzlich noch ihren ganzen Körper geschwächt, so dass sie nicht mehr gegen den Krebs kämpfen konnte (auch wenn sie nun wusste, dass ihre Zeit ohnehin gekommen war).

Im Übrigen teilte uns das Medium *„Carmen"* exakt mit, wo der Ausgangspunkt der Krebskrankheit (Brustkrebs-Primärtumor) war. Beziehungsweise welche anderen Organe danach befallen wurden. – Ohne dass wir *Carmen* etwas über die schwere Krankheit von *„Inge"* berichtet hatten, war sie in der Lage, uns exakt den Auslöser Brustkrebs und die danach befallenen Organe, wie Leber, Lunge, Knochen und zum Schluss das Gehirn, zu benennen.

Dann gibt „*Inge*" dem Medium durch, wie ihr Sterbezimmer auf der Palliativstation ausgesehen hat. Das Medium beschreibt dieses Zimmer so genau, als wäre sie am Sterbebett von „*Inge*" dabei gewesen. Dann gibt sie dem Medium durch, dass wir ständig ihre Hände gehalten und dabei ihre Arme gestreichelt haben und ihren trockenen Mund mit Q-Tips befeuchtet hätten. Bis zu ihrem letzten Atemzug hatten wir abwechselnd ihre Hand gehalten, wenn wir nicht gerade beide jeweils eine Hand von „*Inge*" hielten. Auch dies gibt unser Medium genauso durch.

Bei dieser Sitzung hatte man manchmal den Eindruck, als ob das Medium am Sterbetag von „*Inge*" neben uns gesessen hätte. So genau waren die Detailbeschreibungen.

„*Inge*", so das Protokoll, war nach ihrem Übergang auch einige Zeit in einem sogenannten Sanatorium. Der Grund war, dass ihre Seele sich von den ganzen Strapazen erholen musste.

Sie zeigt dem Medium kurz einen Hund, der neben ihr sitzt, etwas wuschelig, wie ein Mischling. Den mochte sie und hatte ihn in ihrem Leben gekannt. Dieser Hund ist ebenfalls drüben, teilte uns das Medium *Carmen* mit.

Dann zeigt sie *Carmen*, wie ich und Danielle (meine Frau) ihr mit einem benetzten Wattebausch den Mund bzw. die Lippen abtupfen. Genau das haben ich und meine Frau bei ihr getan.

„*Inge*", so das Medium, zeigt sich ihr mit Haaren, die ihr bis zur Mitte des Halses gehen; nicht bis auf die Schultern. Sie zeigt dem Medium auch eine Frisur bis zum Kinn (Bobfrisur), nach innen gedreht, so sagt „*Inge*". Sie sagt dem Medium, das sei ihr Wohlfühlalter, und schmunzelt dabei. Später haben wir dann Fotos (Anfang der 60er-Jahre) von „*Inge*" gefunden. Es war genau die Frisur, die das Medium beschrieben hatte. Wir selbst kannten sie ja erst seit September 1987, und da trug sie ihr Haar auch kurz, nur war es aber eben ein völlig anderer Haarschnitt.

„*Inge*" zeigt dem Medium das Bild eines Armbandes, an dem sich kleine Anhänger befinden. Sie steht mit dem Armband vor einem Spiegel und hält die rechte Hand hoch. Dabei zeigt sie mit ihren Fingern die Zahl zwei. Wir wussten damit zunächst nichts anzufangen. Später dann erinnerten wir uns, dass wir bei der Wohnungsauflösung von „*Inge*" ein kleines Schmuckkästchen gefunden hatten, welches wir ihrer Kusine ausgehändigt hatten. Wir fragten später die Kusine, ob sie ein solches Armband mit Anhängern in diesem Schmuckkästchen gefunden habe. Sie sagte: „*Ja, natürlich, auch ich habe damals als junges Mädchen ein solches Armband getragen. Manchmal ziehe ich jetzt beide an, stelle mich vor einen Spiegel und sage dann im Geiste, schau, „Inge", jetzt habe ich zwei davon.* " Wir ließen uns beide Armbänder von ihr zeigen. Sie sahen beide exakt genauso aus, wie es das Medium beschrieben hatte. Nun verstanden wir auch, was „*Inge*" dem Medium bezüglich des Armbandes durchgegeben beziehungsweise als Bilder gezeigt hatte. Offensichtlich hatte sie ihre Kusine dabei beobachtet, wie sie die beiden Armbänder anzieht, sich vor einen Spiegel stellt und ihr sagt, „schau, jetzt habe ich zwei davon". Damals hatten wir der Kusine von „*Inge*" gegenüber nichts davon erwähnt, dass wir wegen„*Inge*" ein Medium aufgesucht hatten. Viel später offenbarten wir uns ihr und erzählten von unseren übernatürlichen Erlebnissen.. Sie weinte und war offensichtlich aber auch froh, irgendwann „*Inge*" einmal wiederzusehen. Beide hatten sich damals richtig gut verstanden. Bis heute haben wir immer noch Kontakt zu ihr.

„*Inge*" gibt dem Medium durch, dass sie Danielle in unserer Wohung besucht hat. Es ist eine Szene, in der Danielle sich in der Küche befindet und kocht. „*Inge*" steht hinter ihr und schaut ihr quasi über die Schulter.
Sie zeigt dem Medium weiße Federn, die sie von oben herabschweben lässt. Auch hier können wir bestätigen, dass wir an Stellen Federn finden, an denen man sie niemals vermuten würde. Manchmal klebt eine kleine weiße Feder direkt am Bildschirm des Computers oder man findet sie in einem Portemonnaie etc.
Ferner versucht sie, so teilt uns „Carmen" mit, auf den Computer von Hans einzuwirken, und tippt, während er daran arbeitet, darauf herum. Sie ist schon sehr geneigt mit ihm ihren Schabernack zu treiben. Auch diese Ansage des Mediums kann ich voll bestätigen. Manchmal, wenn ich am PC sitze und schreibe, setzen sich plötzlich Buchstaben zwischen meine Zeilen. Mal sind sie übergroß, mal wieder winzig klein. Danielle konnte sich ebenfalls davon überzeugen, während ich am Computer arbeitete.

Oder sie scrollt die Seiten rauf und runter, dass ich nicht mehr weiß, was jetzt nun wieder passiert. Dann sage ich häufig laut und deutlich zu ihr: *„Höre bitte auf mit dem Mist, ich möchte hier arbeiten".* *Danach ist dann Ruhe bis zum nächsten Schabernack.* Ehrlich gesagt freue ich mich, wenn solche Dinge an meinem PC vorkommen. Ist es doch ein Zeichen für mich, dass sie bei mir ist.

Dann teilt uns das Medium mit, dass sie häufig Sachen von mir verschwinden lässt. Ich bestätige, seit dem Tod von *„Inge"* habe ich noch nie so häufig verzweifelt nach Gegenständen gesucht.

„Inge" zeigt vor dem Medium auf ihr rechtes Knie. Zunächst versteht *Carmen* nicht, was sie damit meint. Dann wird *„Inge"* deutlicher, dass sie nicht ihr eigenes rechtes Knie meint, sondern das Knie von mir. Sie gibt dem Medium ein knorpeliges Geräusch durch. So als wenn ein Gelenk nicht mehr die richtige Schmierflüssigkeit hätte. Grinsend sagt *„Inge"* dem Medium, dass ich wohl für eine Weile aufs Fahrrad (als sportliche Betätigung) umsteigen müsse. Denn in Bezug auf mein rechtes Knie (ich jogge übrigens) käme in Kürze noch einiges auf mich zu. Auch hier kann ich bestätigen, dass ich etwa zwei Monate nach der Sitzung mit unserem Medium Probleme mit meinem rechten Knie bekam, was zur Folge hatte, dass ich einige Wochen nicht joggen konnte und deshalb auf mein Fahrrad als sportliche Betätigung umsteigen musste.

Das Medium gibt uns weiter durch, dass *„Inge"* meistens am Abend bei uns in der Wohnung ist.

Auf die Frage von mir, ob die Mieterin, die jetzt in der Wohnung von *„Inge"* lebt, eine angenehme Mieterin sei (Danielle und ich sind Eigentümer dieser Wohnung), gibt *„Inge"* über das Medium kurz die Antwort, sie werde in Kürze ausziehen. Sechs Wochen nach unserer Sitzung mit Carmen erhielten wir ihr Kündigungsschreiben. Mittlerweile wohnt eine männliche Person in dieser Wohnung. Bisher ohne Probleme.

„Inge" teilt Carmen mit, dass wir heute gegen 16:00 Uhr mit unserem Auto aufpassen sollten. Am selben Tag, nach der Sitzung mit *Carmen*, waren wir später noch in Köln in unserem Lieblingspark, um noch ein wenig die Sitzung zu reflektieren. Danach setzten wir uns wieder in den Wagen, um nach Hause zu fahren. Ich legte während der Fahrt eine CD ein und war wohl irgendwie für einen Moment abgelenkt. Plötzlich prallte ich gegen

den Bordstein. Ich konnte das Fahrzeug nur mit Mühe wieder in meine Gewalt bringen. Danielle sagte zu mir: *„Schau mal auf die Uhr, wie spät es ist."* Es war genau 16:00 Uhr. Genau die Zeit, die *„Inge"* vorhergesagt hatte, in der ich vorsichtig sein solle. Wir waren beide erschrocken, auch über die treffende Vorhersage durch *„Inge".* Das Medium teilt uns mit, *„Inge"* lasse Danielle und Hans mitteilen, dass sie mediale Fähigkeiten besitzen, die man ausbauen solle. Auch haben sie die Gabe der Energieübertragung auf andere Menschen, in Bezug auf Heilung. Danielle sieht auch vorbeihuschende Schatten – was wir sofort bestätigen konnten. Reiki kommt hier uns beiden sehr zugute. Das haben wir schon häufig bei Menschen, die kleine Probleme hatten, im Positiven gespürt und konnten ihnen helfen. Als Letztes gibt sie noch schmunzelnd durch, ich solle eigentlich grundsätzlich beim Autofahren nicht so gedankenverloren sein. In wirklich wichtigen Dingen wäre sie immer bei uns. Alles sei gut (unser gemeinsames Leben), so wie es sei.

Es sei hier noch erwähnt, dass das Medium uns noch einige sehr private Dinge mitgeteilt hatte, die sie unmöglich wissen konnte. Sie gab uns Einzelheiten über uns von *„Inge"* durch, in denen es sich ausschließlich um die Biografie von mir und meiner Frau handelte. Seien Sie aber gewiss: <u>Sie stimmten alle.</u>

Wir bedanken uns bei Carmen, und verabschieden uns von, „Inge" und der geistigen Welt.

Damit endete unsere erste Sitzung bei *Carmen.*

Zitat

„Die moderne Physik führt uns notwendig zu Gott hin, nicht von ihm fort. – Keiner der Erfinder des Atheismus war Naturwissenschaftler. Alle waren sie eher mittelmäßige Philosophen."

Sir Arthur Stanley Eddington (1882–1946), englischer Astronom und Physiker

Zu Anfang solcher paranormalen Erfahrungen (da lebte „*Inge*" noch) waren es Gespräche zu Lebzeiten mit meiner verstorbenen Schwester Annemarie. Sie sagte uns – ihr Mann war 2009 verstorben –, dass sie den Eindruck hätte, etwa drei Wochen nach dem Tod ihres Mannes, dass sich dieser, wie auch immer, noch in der Wohnung aufhalten würde. In den ersten drei Wochen nach dem Tod ihres Mannes gingen ständig Glühbirnen in ihrer Wohnung kaputt. Manchmal waren es bis zu drei Glühbirnen an einem Tag. Wir konnten uns damals diese Ereignisse einfach nicht erklären. Auch ein Elektriker, der sowohl die Stromleitungen als auch die einzelnen Lichtquellen untersucht hatte, konnte keine Auffälligkeiten feststellen. Dieses Phänomen mit den Glühbirnen hielt etwa drei Wochen an. Die anderen paranormalen Erlebnisse sollten weiter andauern. Später dazu mehr.

Wie ich bereits erwähnte, tauchte dieses Phänomen der zerplatzten Glühbirnen auch später bei uns direkt nach dem Tod unserer Freundin „*Inge*" auf. „*Inge*" war ja etwa zwei Monate nach meiner Schwester Annemarie verstorben. Jedoch trat diese Art des Paranormalen nicht so heftig auf wie noch zu Lebzeiten bei meiner Schwester, kurz nach dem Tod ihres Mannes.

Ziemlich bald nach dem Tod unserer Freundin klingelte es auch häufig nachts bei uns an der Haustüre – doch niemand war zu sehen. Häufig erhielten wir seltsame Anrufe über den Tag verteilt, bei denen dann immer die Telefonnummer von „*Inge*" auf unserem Display erschien, **obwohl** wir sie bereits aus dem Telefonverzeichnis unseres Telefons gelöscht und ihren Anschluss gekündigt hatten.

Nahm man einen solchen Anruf entgegen, war die Telefonnummer auf dem Display von „*Inge*" abzulesen, jedoch war nur lediglich ein Rauschen wahrzunehmen. Solche mysteriösen Anrufe und Klingeln an der Haustüre endeten etwa sechs Wochen nach ihrem Tod. Exakt die gleiche mysteriöse Erfahrung hatte auch ein gemeinsamer Freund von uns in seiner Wohnung mit „*Inge*" gehabt.
Zu diesen seltsamen Vorkommnissen befragte ich auch noch zusätzlich den Anbieter unseres Telefonanschlusses, ob es möglich wäre, dass man von einem Anschluss, der bereits gekündigt

beziehungsweise gelöscht sei, Anrufe erhalten könne und zusätzlich noch die Telefonnummer des Verstorbenen auf seinem eigenen Display zu sehen sei, obwohl diese Telefonnummer bereits aus unserem Telefonverzeichnis durch uns gelöscht wurde.

Die zu erwartende Antwort war, das wäre technisch überhaupt nicht möglich. Jedoch hätten sie, wenn auch selten, ähnliche Anrufe, bei denen sich bei ihnen Personen melden würden, die angaben, dass ebenfalls die Telefonnummern von verstorbenen Verwandten oder Freunden auf ihrem Display erscheinen würden, obwohl die Anschlüsse der Verwandten oder Freunden nicht mehr existent seien. Er teilte mir mit, dass auch sie dafür keine rationale Erklärung hätten. Man konnte förmlich am Telefon spüren, dass er selbst damit ein wenig überfordert war.
Für uns wieder eine Bestätigung, dass übernatürliche Kräfte im Spiel waren.
Obwohl „Inge" uns direkt nach ihrem Tod (24.12.2011) über meine Frau wissen ließ, mittels physikalischen oder auch visuellen Geschehnissen, dass es ein Leben nach dem Tode zweifelsfrei gibt, begann ich mit meinen Aufzeichnungen erst ab Juni 2014.

Es ist ein von mir geführtes Tagebuch mit unserer verstorbenen Freundin „Inge".
Wie bereits erwähnt, besteht die Kontaktaufnahme zwischen „Inge" und uns hauptsächlich über elektronische Geräte. Es ist aus meiner Sicht das Kommunikationsmittel der Verstorbenen überhaupt, da sie auch hierüber ihre Energie, die sie für diese Art der Kommunikation benötigen, erhalten.

Im Februar 2017 hat meine Frau „Inge" im Geiste kontaktiert und gebeten, die Zeiten an ihren Elektrogeräten in ihrem Schlafzimmer zu ändern. Sie bat „Inge", bei ihr zwei feste Zeiten zu verabreden. Und wenn es möglich sei, einen Tag solle sich der Rekorder im Schlafzimmer meiner Frau um 8:00 Uhr von selbst anstellen und wieder ausstellen. Und am nächsten Tag – Danielle nahm eine krumme Zahl – dann um 8:13 Uhr. Das Ganze dann immer im täglichen Wechsel. Dieses Mal mussten wir gar nicht *Carmen*, unser Medium, darum bitten, „Inge" dies mitzuteilen. Nach etwa 14 Tagen stellten sich die E-Geräte bei meiner Frau in ihrem Schlafzimmer genau um die von ihr gewünschte Zeit von selbst an beziehungsweise wieder aus. Bis zum heutigen Tage hat sich da auch nichts geändert, bis auf gelegentliche kleine Pausen, die sie einlegt, um uns zu zeigen, dass alles wirklich so geschieht, wie man es sich von „*Inge*" gewünscht hat.

Nur zur Information, die Elektrogeräte (Rekorder, TV etc.) stellen sich ausschließlich nur auf unsere Anfrage beziehungsweise Bitten an „*Inge*" zu den von uns gewünschten Zeiten, von selbst, ohne persönliche Einflussnahme, an beziehungsweise wieder aus. Anders ist es, wenn „*Inge*" selbst ein Anliegen hat, dann meldet sie sich ohne Anfrage von uns um die mit uns vereinbarten Zeiten.

Wenn an zwei Tagen hintereinander um dieselbe vereinbarte Zeit die Geräte sich von selbst einschalten, dann hat das immer etwas zu bedeuten. Dazu später mehr.

Über diese Art der Kommunikation und Umsetzung unserer Wünsche an unsere verstorbene Freundin „*Inge*" wundere ich mich immer wieder. Ganz daran gewöhnt habe ich mich bis heute nicht. Durch diese Art der Kommunikation wissen wir aber, dass unsere Lieben, welche sich bereits im Jenseits befinden, an unserem Leben teilnehmen und sich immer über uns informieren, so sie es wünschen, was wir hier auf Erden so alles tun. Sie sind, lieber Leser, davon können Sie ausgehen, stets um unser Wohlergehen bemüht. Ein beruhigendes Gefühl, wie ich finde.

Wann ist für Verstorbene (Seelen) die beste Zeit, um im Diesseits bei uns aktiv zu werden?

Ich weiß nur, dass die Nacht und der Morgen für geistige Aktivitäten wohl am besten geeignet sind, da der Mensch wohl zu diesen Zeiten eher zugänglich ist für geistige Botschaften. Manche spirituell Veranlagte glauben gar, dass die beste Zeit für energetische Schwingungen bei Seelen von 2:30 Uhr bis 3:30 Uhr liegen soll. Warum, dafür habe ich keine Erklärung. Vieles hängt wohl auch mit der Stille, die die Nacht umgibt, zusammen.

**Telefonische Sitzung mit unserem Medium Carmen am 28.
Februar 2013.**
Seele: *„Inge"* **(Freundin)**

Carmen nimmt *„Inge"* recht schnell wahr und es scheint, als habe
sie schon ein wenig auf den Kontakt gewartet.
Carmen teilt uns mit, dass sie sich bei ihr mit etwas rötlichen, kurzen
Haaren zeigt. (Das können wir bestätigen. Zu ihren Lebzeiten mit
uns waren ihre Haare zuletzt leicht braun/rötlich gefärbt und
kurzgeschnitten.) Währenddessen zieht sie ein wenig an einer
Haarsträhne herum, als wolle sie *Carmen* etwas dadurch mitteilen.
Sie tippt auf ihre Haare und hält eine Strähne hoch. – Dies erfolgte,
als ich fragte, ob sie mir über *Carmen* mitteilen könne, was ich
gerade in der Hand halten würde. Dann fragte *Carmen* mich: *„Hältst
du vielleicht eine Haarsträhne von „Inge" in der Hand?"* **So war es,**
ich hielt eine Strähne von *„Inge"* fest verschlossen in meiner Hand.
Als *sie* damals während ihrer Chemotherapie ihre Haare verlor, da
habe ich ihr den Kopf geschoren und heimlich eine Haarsträhne von
ihr behalten. Das hat sie natürlich drüben mittlerweile
mitbekommen. Ich und Danielle freuten uns darüber, dass unser
Medium *Carmen* es richtig deuten konnte, was ich da, während
dieser Sitzung, in meiner rechten Hand hielt. Es war ja noch darüber
hinaus eine telefonische Sitzung. Sie konnte also überhaupt nichts
vermuten, geschweige denn sehen.
Auf die Frage an *Carmen,* wer denn wohl bei uns in der Wohnung
die Glasaugen der weißen Kunst-Eule, die sich in unserer Küche
befindet, hat verschwinden lassen, gibt das Medium durch, dass
„Inge" bestätigt, die Glasaugen der Eule, kurz nachdem wir unsere
Wohnung verlassen hatten, dematerialisiert zu haben.
Wir waren für ein Wochenende nach Frankreich gefahren und in
dieser Zeit verschwanden die Augen aus dem Kopf unserer Eule. Zu
diesem unvorstellbaren übernatürlichen Ereignis komme ich später
noch ausführlich zurück.

– „*Inge*" zeigt mir *(*Carmen*)* in Bildern eine Landschaft, mit einer absoluten Weite. Dann sagt sie zu mir: „*Stelle dir hier ein Landhaus vor, da wohne ich.*" Und jetzt zeigt sie mir ein wunderschönes englisches Landhaus. Die Engländer bezeichnen ein Landhaus dieser Art als „*Cottage*". Genau ein solches hatte *sie* sich zu Lebzeiten immer gewünscht, dort einmal zu wohnen, sollte sie unverhofft zu Reichtum kommen. Zu Lebzeiten konnte „*Inge*" sich dieses Landhaus leider nicht verwirklichen. Jetzt hat sie es geschafft. Als wir das durch *Carmen* erfuhren, haben wir uns für sie gefreut.

Im späteren Verlauf der Sitzung kam sie noch einmal auf dieses Haus zurück. Es ist ein typisch englisches „*Cottage*", jedoch innen vollkommen modern eingerichtet. Alles sehr puristisch und übersichtlich. Die Hauptfarben des Hauses innen sind schwarz und weiß. Wir bestätigen *Carmen*, dass ihre Lieblingsfarben schwarz und weiß waren. Auch bestätigen wir, dass damals, zu ihren Lebzeiten, die Einrichtung beziehungsweise die Möbel sehr übersichtlich in der Wohnung verteilt waren.

Danielle lässt durch unser Medium „*Inge*" fragen, ob *sie* ihre Katze „Tessy", welche viele Jahre vorher verstarb, gesehen habe. Und auch vielleicht unsere Katzen, sie heißen „Teufi" und „Lucy". Die Antwort: „*Ja, aber die von Danielle erfragten Katzen befinden sich auf einer anderen Ebene, welche sie aber jederzeit besuchen könne.*"

Dann gibt *Carmen* durch, dass neben ihr *wieder* ein kleiner wuscheliger Hund sitzt, wie auch in der ersten Sitzung. *Carmen* gibt durch, dass der Name des Hundes Rüffel, Knüffel oder so ähnlich geheißen hat. In der Zeit zwischen der ersten Sitzung und jetzt hatten wir uns bei der Kusine schlau gemacht. Ja, es gab einen kleinen wuscheligen Hund mit dem Namen „Süffel". Er gehörte der Kusine von „*Inge*". Sie liebte diesen Hund. Er ist schon lange tot, wie sie sagte, und ist jetzt bei „*Inge*". Auch dazu später mehr.

– Ich halte ein Musikinstrument in meiner Hand und lasse durch Carmen fragen, welches Instrument es denn sein könnte. „*Inge*" lässt *Carmen* ein Zupfen einer Saite hören, sie sieht dazu aber keine Geige, Gitarre oder Ähnliches. Ich teile *Carmen* mit, dass ich eine Maultrommel in meiner Hand halte, dieses Instrument hat Saiten, an denen gezupft wird. Man kann dabei durch Öffnen oder leichtes Verschließen des Mundes unterschiedliche Töne erzeugen. Solch eine Maultrommel hatte *sie* früher zu Hause.

Zum Thema Joggen gibt uns *Carmen* durch, dass wir beide an einem Gewässer entlanglaufen. An dieser Laufstrecke würde sich ein Haus, so etwas wie ein Restaurant, befinden. Auch das ist richtig, wir laufen an einem langgezogenen, kleinen, künstlich angelegten Weiher entlang. Es ist eine riesige, bis zu mindestens 10 km groß angelegte Grünanlage. Dort befindet sich auch das von *Carmen* erwähnte Restaurant. Mittlerweile geht Danielle dort nur noch walken, während ich diese Strecke jogge.
Bei dem Wort Restaurant fiel mir dann plötzlich Folgendes ein: „*Inge*" hatte eine Lieblingsspeise, die ich immer für sie kochen musste, ich fragte *Carmen, ob sie noch wüsste, was ich immer für sie gekocht hätte.* Dann war es für einige Sekunden still. Dann fing Carmen an zu lachen und sagte: „*Inge*" *gibt durch, dass du für sie immer „Königsberger Klopse" gekocht hast, stimmt das? Ja,* das konnte ich bestätigen. Sie freute sich immer riesig darüber, wenn ich ihr dieses Essen kochte.
Man hätte ja leicht, da ich Kölner bin, auch auf einen Sauerbraten kommen können oder auf „Himmel un Äd" (bedeutet: Himmel und Erde, gekochte Blutwurst mit Püree und Apfelmus); nein, die richtige Durchsage von *ihr* war unter unzähligen Gerichten dieser Welt genau das, was ich immer für sie gekocht hatte, „Königsberger Klopse".
Wir lachten alle herzlich darüber.
Diese präzisen Aussagen der Verstorbenen dienen eigentlich nur einem Zweck. Man soll sofort erkennen, dass es genau die Seele ist, mit der man den Kontakt herzustellen hofft.

Kurz etwas ganz anderes!
Während ich jetzt gerade diese Zeilen am Computer schreibe, ist „*Inge*" mal wieder dabei, meinen Computer zu manipulieren.

Wie macht sie sich bemerkbar?

Der Computer spielt plötzlich ein wenig verrückt. Die von mir bereits geschriebenen Seiten laufen ohne mein Zutun am Bildschirm des Computers rauf und runter. Dann bitte ich *sie*, doch damit aufzuhören, da ich sonst nicht weiterarbeiten könne. Wenn sie dann dazu Lust hat, beendet sie diese kleine Vorstellung an meinem PC. Eigentlich soll es ja auch nur ein Zeichen von ihr sein, dass sie gerade in diesem Moment bei mir ist und sich wohl auch noch an eine ihrer Lieblingsspeisen erinnert, die ich gerne für sie gekocht habe. Jedes Mal, wenn *sie* meinen Computer manipuliert, rufe ich meine Frau, um ihr nur zu zeigen, dass „*Inge*" wieder am Werk ist. Mal sehen, was ihr noch so alles einfällt.

So, nun wieder zurück zu unserer Sitzung.
Immer, bei einer telefonischen Sitzung haben wir eine brennende Teekerze am Bild von „*Inge*" stehen, so auch bei dieser Sitzung. Plötzlich gibt *Carmen* uns durch: „*Ihr habt bei euch eine Teekerze brennen, ich soll euch mitteilen, dass diese gerade ausgegangen ist.*" Ein Bild von ihr mit dem brennenden Teelicht befand sich hinter unserem Rücken auf einem Tisch. Danielle und ich drehten uns um – und was sahen wir, die Teekerze war ausgebrannt. Auch hierdurch erkennt man, dass die Seelen omnipotent sind. Sie sind in der Lage, sich zur gleichen Zeit an verschiedenen Orten aufzuhalten. Für mich wirklich erstaunlich.
Wir ließen durch unser Medium fragen, ob sie noch etwas für uns habe oder sie sonst noch einen Wunsch hätte. Hier gab es eine sehr interessante und für uns berührende Antwort. Sie sagte: „*Hans und Danielle sollen ihren Weg gemeinsam gehen und zusammenbleiben, da sie noch eine Aufgabe hätten, die man nur zusammen lösen könne.*" Wir ließen ihr mitteilen, dass wir gerne ihren Wunsch erfüllen werden. Hierzu muss ich den Lesern noch ergänzend mitteilen, dass wir genau zu dieser Zeit eine kleine Ehekrise hatten. Auch das ist ihr wohl nicht entgangen. Inzwischen sind die Probleme gemeistert und alles ist wieder gut.

Auf die Frage, was *sie* zurzeit macht, gibt sie unserem Medium durch, dass auch Seelen Aufgaben nachgehen. *„Inge"* kümmert sich drüben derzeitig um neu ankommende Seelen. Sie hilft ihnen, sich bei ihren ersten Schritten im Jenseits zurechtzufinden. Sie führt u. a. die einzelnen Seelen zu ihren jeweiligen geistigen Helfern oder teilt sie gemäß ihrer Seelenentwicklung auf die jeweiligen Ebenen etc. ein. *Carmen* sagt uns, es ist eine organisatorische Aufgabe, die aber anknüpft an ihr helfendes Wesen.

Sie lässt uns über *Carmen* mitteilen, dass sie ab und an auf der Erdebene vorbeischaut, aber nicht immer alles mitbekommen würde, da sie sich auch sehr ihren Aufgaben widmen möchte. Carmen sagt: *„Ich fühle, dass sie diese Aufgabe sehr gerne macht und sehr ernst nimmt."*

Danielle lässt *sie* fragen, wie sie mit ihrer Entwicklung im spirituellen Bereich weiterkommen kann, sie meditiert bereits - aber im Moment stockt es ein wenig. An dieser Stelle gibt *Carmen* durch, dass ihr wieder der Ort in Südfrankreich von *ihr* durchgegeben wird, zusammenhängend mit der Geschichte von Rennes-le-Château und der Gegend dort herum. Ein direkter Besuch würde bei Danielle eine Öffnung bringen, und ich fühle eine lange Ausbildung für Danielle, denn das Wissen in ihr ist tief vergraben. Hans könne aber helfen, indem er ihr abends sein Reiki auf das Dritte Auge zuführt. (Als „das *dritte Auge"* bezeichnet man unsere energetische Verbindung zu Weisheit und Erkenntnis. Das *dritte Auge* ist das sechste der sieben Hauptchakren des *Menschen*. Es wird auch Stirnchakra oder Ajna-Chakra (Ajna = wahrnehmen) genannt.) Über den Ort Rennes-le-Château berichte ich etwas später ausführlicher.

In diesem Reading stellen sich unsere Geistführer vor.

Während dieser Sitzung gibt *Carmen* uns plötzlich durch, dass sich unsere geistigen Führer melden.
Carmen sagt: *„Bei Danielle ist die Energie weiblich, weise, wissend, aber auch bestimmend. Sie trägt den Namen „Mara(ma)“.*
Bei Hans nimmt sie eine männliche, ruhige, besonnene, abwartende Energie wahr, dazu den Namen „ Joshua“. Hierbei sei erwähnt, dass ein/e geistiger Führer/in nicht unbedingt bei einer weiblichen Person weiblich ist beziehungsweise bei einer männlichen Person männlich sein muss.

Die Guides (geistige Führer) übermitteln *Carmen*, dass Danielle und ich, ohne es zu ahnen, altes Heilwissen in uns tragen. Danielle war in einem anderen Leben eine spirituell hochgestellte Persönlichkeit. Wir sollten versuchen, uns daran zu erinnern. In den vielen Reinkarnationen von Danielle soll ich sie häufig begleitet und für ihren Schutz gesorgt haben. Das überrascht uns beide dann doch. Sind wir uns wohl dann schon mehrmals in anderen Leben über den Weg gelaufen. Wirklich interessant!
Auf die Bitte von Danielle an unser Medium, *„Inge“* doch zu fragen, ob sonst noch ein Wunsch vorliegen würde, so möge sie ihn *Carmen* bitte durchgeben. Hierauf antworte unser Medium <u>nochmals</u>, dass wir beide unseren Weg gemeinsam gehen und zusammenbleiben sollten, da wir noch eine gemeinsame Aufgabe in unserem Leben hätten. (Scheint wohl wirklich wichtig zu sein...)
Dazu gibt sie Carmen noch ein Bild von geschlossenen Blumen, die sich durch die Anwesenheit von Danielle und mir öffnen. Wir waren durch diese Aussage von *Carmen* so gerührt, dass uns beiden Tränen in den Augen standen.
Carmen kommt noch einmal auf die Metapher mit dem Blumenbeispiel zurück. *„Inge“* lässt uns durch *Carmen* weiter mitteilen, dass damit verschlossene Menschen gemeint sind, die sich dann, nach gemeinsamen Gesprächen mit uns, der Thematik Jenseits und Spiritualität öffnen können und die Welt zum Teil jetzt anders sehen, beziehungsweise besser verstehen können, als vorher. Für Danielle und mich war dies eine der wichtigsten Aussagen von *ihr* in dieser Sitzung.

Ich hoffe und wünsche mir sehr für Sie, liebe Leserin, lieber Leser, dass der ein oder andere den Weg zu seiner persönlichen Spiritualität – vielleicht auch durch dieses Buch angeregt – finden wird.

Ich bat *Carmen, ihr* die Frage durchzugeben, ob ich und Danielle sie wiedersehen würden. Da gab *sie* etwas liebevoll-frech die Antwort: *„Wenn ihr noch weiter danach fragt, dann müsst ihr mich suchen, dann mache ich mich einfach unsichtbar."* Wir hatten diese Frage bereits in vergangenen Sitzungen mehrmals gestellt. Sorry! Verstorbenen immer dieselben Fragen zu stellen, mögen auch sie wohl nicht so besonders. Zumal man ja schon bei der ersten Frage eine befriedigende und frohe Antwort von ihr erhalten hatte. Wir werden uns daran halten. Sie wird da sein, um uns abzuholen. Es war nur einfach unsere Sorge, dass sie, wenn wir irgendwann ins Jenseits gehen werden, nicht da ist, um uns in Empfang nehmen. Seelen vergessen absolut **nichts**.

„Inge" gibt *Carmen* durch, dass sie bald damit beginnen würde, sich über Elektrogeräte bemerkbar zu machen. Und zwar immer um genau die gleiche Zeit. Wir sollten also achtgeben, welche Elektrogeräte sich plötzlich von selbst einschalten würden. Mittlerweile kennen wir die vereinbarten Uhrzeiten und auch die E-Geräte, die sie manipuliert. Das hatte ich ja bereits erwähnt.

Mein Geistführer *„Joshua"* meldet sich noch einmal während dieser Sitzung bei Carmen zu Wort. Er gibt durch: *„dass für mich auch das Joggen eine Art von Meditation sei und ich mich somit der geistigen Welt öffnen könne."* Dies kann ich nur bestätigen, es funktioniert hervorragend. Hierzu sei gesagt, dass das für mich eigentlich immer einer der besten Momente ist, mich der spirituellen Welt zu öffnen. Da ich sehr naturverbunden bin, ist es gerade für mich der Idealzustand.
Carmen gibt noch den Namen „Margarete" durch. Ich sagte ihr, dass wir mit dem Namen im Moment nichts anfangen könnten. Worauf *Carmen* uns sagt, sie hat bei euch im Hause gewohnt und hat einen Sohn und sie lässt euch schöne Grüße ausrichten. Jetzt wussten wir, wer gemeint war. Ich bin mit ihrem Sohn aufgewachsen. Er heißt „Hansi" (Hans). Er ist ein jahrzehntelanger Freund von mir.

Danielle und ich erhalten von Carmen zum Schluss die Durchsage, dass gesundheitlich bei uns alles in Ordnung sei, bis auf die Probleme mit Hans' Knie. *Auch dieses Problem kann ich zu dieser Zeit voll bestätigen.* Wir bedanken uns bei „*Inge*" und Joshua für ihre Durchsagen und natürlich auch bei *Carmen.*
Auch zum Ende dieser Sitzung konnten Danielle und ich mit dem Ergebnis sehr zufrieden sein. Hatten wir doch wieder Dinge erfahren dürfen, die nur „*Inge*" und wir wissen konnten. Weiter konnten wir über sie erfahren, was zurzeit ihre Beschäftigung drüben ist. Sehr wichtig war für uns, dass sich unsere Geistführer mit Namen in dieser Sitzung bei uns vorgestellt haben. Wir hatten bis zu diesem Tag noch keinerlei Vorstellungen von dem, was „*Inge*" noch so alles an paranormalen Überraschungen für uns bereithalten sollte.

Wir danken und verabschieden uns bei „Inge" und der geistigen Welt.

Ende der langen Sitzung mit Carmen.

Unsere paranormalen Erlebnisse vor dem Tod von „*Inge*".

Vor „*Inges*" Tod gab es ähnlich paranormale Erlebnisse ja bereits bei meiner Schwester „*Annemarie*", hatte ich bereits kurz erwähnt. Sie verstarb im Oktober 2011.
Kurz vor ihrem Tod erzählte sie uns, dass ihr verstorbener Ehemann „*Peter*" manchmal bei ihr am Bettende sitzen würde. Wir, die Geschwister, fanden dies sehr merkwürdig und dachten, dass sie sich dies nur einbilden würde, obwohl sie beteuerte, wenn sie davon sprach, dass sie im Vollbesitz ihrer geistigen Kräfte gewesen sei.
Dass sie Recht hatte, sollte ich beziehungsweise meine Frau wenige Monate später selbst erfahren.

Nach dem Tod ihres Ehemanns 2009 geschahen allerdings merkwürdige Dinge in der Wohnung meiner Schwester. Pausenlos, wie schon beschrieben, zerbrachen Glühbirnen, und ein Bild in der Größe von 80 x 80 cm fiel ohne eine Berührung von anderen Personen von der Wand. Der Haken in der Wand war mit dem Dübel fest verankert, auch nach dem Herunterfallen des Bildes gab es keinerlei Spuren irgendwelcher Abnutzung. Kein kleinstes Steinchen aus der Wand, keine Holzsplitter lagen auf dem Boden, einfach nichts. Das Bild stand auf dem Boden an der Wand, als hätte man es dort hingestellt.
Auch bei ihr klingelte es häufig an der Türe und am Telefon, ohne dass sich jemand meldete oder eine Stimme zu hören war. Wir konnten uns das damals **alle nicht erklären.**

Erst nach dem Tod unserer Freundin „*Inge*", sie starb zwei Monate nach dem Tod meiner Schwester, nahmen meine Frau und ich an, dass es wohl doch stimmen sollte, dass sich die Verstorbenen (Seelen) hier bei uns auf unterschiedlichste Art melden können – so sie möchten.
Der Grund unserer Annahme war, wie schon erwähnt, dass auch „*Inge*" sich bei uns mittels Elektrogeräten und Verschwindens von Gegenständen, sogenannter Dematerialisierung, gemeldet hatte.
Immer wenn wir frische Blumen neben ein Bild von „*Inge*" stellen, geschieht Folgendes:

Wir haben Fotos unserer Freundin in der Wohnung in Bilderrahmen. Neben diese Bilder stellen wir gelegentlich frische Blumen. Und genau einen Tag später bedankt sie sich, indem sie den Rekorder im Wohnzimmer, oder den Rekorder im Schlafzimmer oder auch beide, Punkt 8:00 Uhr einschaltet beziehungsweise danach wieder ausschaltet.
Obwohl ich wusste, dass „*Inge*" sich über unsere E-Geräte wie Rekorder, TV etc. jetzt immer regelmäßig meldete, wollte ich doch sichergehen, dass es sich wirklich so verhält.

Die Rekorder, die durch „*Inge*" beeinflusst werden, gehören einer Kabelfirma, die uns zu einer monatlichen Gebühr mit Fernsehen und Rundfunk versorgt. Möglicherweise kennen Sie das auch von zu Hause.
Auch diese Firma, wie unseren Telefonanbieter, haben wir angerufen und gefragt, ob sie in der Lage wären, unsere Geräte, die wir von ihnen erhalten hatten, aus der Ferne ein- beziehungsweise auszuschalten. Wir erhielten hier eine klare Antwort von Seiten eines Mitarbeiters der Firma. Sie lautete: „*Völlig ausgeschlossen – wir sind nicht in der Lage, Ihre Empfangsgeräte irgendwie zu manipulieren, egal zu welcher Uhrzeit.*" Ich sagte ihm, dass ich ihm glauben würde, **trotzdem** würden sich die Geräte gelegentlich von selbst ein- und ausschalten. Worauf er mir etwas unwirsch antwortete: „*Ich sagte Ihnen doch, dass es völlig unmöglich ist.*" Er dachte wohl, was habe ich denn hier für einen komischen Vogel am Telefon.
Unsere Nachfrage bei den IT-Firmen galt nur einer Absicht, beziehungsweise einem Ziel – etwaige technische Möglichkeiten einer Manipulation völlig auszuschließen. Diese Antwort haben wir, wie zu erwarten war, erhalten. Sie war von beiden Technikern (Telefonanbieter und Kabelfernsehen) ziemlich eindeutig.

Jedenfalls gaben wir uns mit dieser Antwort mehr als zufrieden, da wir es sowieso wussten, dass hier paranormale Kräfte im Spiel waren. Wir wollten dies nur noch einmal von anderer, kompetenter Seite bestätigt wissen.

Nicht von dieser Welt.

Paranormale Phänomene haben schon lange Zeit als Spinnerei gegolten, wie Telekinese, Kontakte zu Verstorbenen, Gedankenübertragung oder auch Spuk.
Mit diesem Thema des Übersinnlichen/Übernatürlichen befassen sich mittlerweile namhafte Wissenschaftler, sie kommen dabei zu ganz erstaunlichen Ergebnissen.

Ein Beispiel:
„Der Palast von Hampton Court gilt als der prächtigste Ihrer britischen Majestät – und als der schaurigste. Bis in die Zeit der Kreuzritter reicht seine Geschichte zurück. Doch ihr düsterster Teil begann vor etwa 460 Jahren, als König Heinrich VIII. die Formel vom Tod, der die Ehe scheidet, gar zu wörtlich nahm. Catherine Howard war bereits die fünfte Gattin des Herrschers, betrog ihn angeblich und verwirkte damit ihr noch junges Leben. Wie überliefert wird, eilte die damals erst 22-Jährige in Todesangst durch die Galerie von Hampton Court Palace und bat Heinrich verzweifelt um Vergebung. Doch die erflehte Gnade wurde ihr verwehrt, und so trennte das Beil des Henkers ihren Kopf vom Körper. Der Geist der Unglücklichen aber wird seither angeblich immer wieder im Schloss gesehen, laufend und schreiend wie damals. Über hundert Erscheinungen der Toten verzeichnet inzwischen das penible Protokoll der Palastwache.

Zumindest allein ist die Rastlose offenbar nicht. Von einem schattenhaften Mann mit Hut im Weinkeller ist die Rede, auch von einem Geisterhund auf der Treppe. Und selbst, wenn ihre Augen nichts Übernatürliches sehen, spüren manche Besucher die Nähe jenseitiger Gestalten. Markerschütternde Schreie hören einige. Andere fühlen einen eisigen Hauch über ihre Haut streichen oder werden rüde geschubst. Tatsächlich scheint es manchem Geist an Manieren zu fehlen: Während sie allein ihren Wachdienst versah, klagte eine Aufseherin des Palastes, habe eine unsichtbare Hand am Gummi ihres Höschens gezupft.

Es sind keine Irren, die solche Begebenheiten berichten, sondern fast immer ganz normale Zeitgenossen. Und nicht nur in englischen Schlössern scheint sich Sonderbares zu regen – Berichte über Geisterhaftes und Übersinnliches kommen aus nahezu jeder Region der Welt. Es hat den Anschein, als würde neben unserer gewöhnlichen Welt eine zweite mit ganz eigenen Gesetzen existieren. Und hin und wieder kann es uns vorkommen, als würden sich diese Welten berühren oder gar miteinander verschmelzen: Dann senden Verstorbene Botschaften aus dem Jenseits oder erscheinen selbst, Gedanken anderer werden lesbar wie Briefe, und der Geist beherrscht die Materie – etwa, indem er Gabeln verbiegt oder Fotos belichtet."

Quelle. http://www.stern.de/panorama/wissen/natur/parapsychologie-nicht-von-dieser-welt-3512492.html   Frank Ochmann /print

Ist das alles Unsinn beziehungsweise Wahn statt Realität?

Nichtsdestotrotz lassen sich immer mehr, auch namhafte, Wissenschaftler darauf ein, die sogenannte paranormale Spreu vom Weizen zu trennen. „So gehören dem internationalen „Committee for the Scientific Investigation of Claims of the Paranormal" Nobelpreisträger wie der Elementarteilchenphysiker Murray Gell-Mann und der Biologe Francis Crick an, der die Struktur der Erbsubstanz entdeckte.

„Auch prominente Hirnforscher, die Britin Susan Blackmore etwa und der Kanadier Steven Pinker, zählen zum Team. In Deutschland bemüht sich besonders der Freiburger Physiker und Psychologe Walter von Lucadou, Licht in das mysteriöse Dunkel zu bringen. Um es vorweg zu sagen: Ein endgültiges Urteil über die meisten Phänomene des sogenannten Übersinnlichen steht auch weiter aus. Doch etliche Überraschungen haben die Forscher trotzdem schon ans Licht gebracht.

Spuk scheine es wirklich zu geben, erklärt beispielsweise der britische Psychologe Richard Wiseman, einst ein preisgekrönter Profi-Zauberer und heute Professor an der englischen Universität von Hertfordshire.

Vor vier Jahren wurde ihm von der britischen Königin als erstem Wissenschaftler erlaubt, das vermeintlich jenseitige Treiben in Hampton Court mit allem zu untersuchen, was die moderne Messtechnik hergibt. Doch nicht nur Apparate setzte Wiseman ein. Er bat auch fast 500 Freiwillige im Alter von sieben bis 82 Jahren zum Experiment in die königlichen Gemäuer. Nach einem Besuch in den angeblich am häufigsten von Geistwesen heimgesuchten Räumen des Schlosses sollten sie notieren, was sie gefühlt, gesehen oder auch gehört hatten.

Das Ergebnis war auch für Wiseman erstaunlich. Über die Hälfte der Testpersonen erlebte für sie Unerklärliches, oft gleich mehrfach – genau 431 sonderbare Erfahrungen wurden verzeichnet. Vom furchteinflößenden Frösteln über das nicht angenehmere Gefühl, in einem leeren Zimmer beobachtet zu werden, reichte das Spektrum der Meldungen bis hin zu Gespenstersichtungen oder Berührungen von Geisterhand. Damit begann Wisemans eigentliche Aufgabe: zu erklären, was unerklärlich schien. Inzwischen sind seine Auswertungen so weit abgeschlossen, dass ihre Veröffentlichung im British Journal of Psychology bevorsteht." [1]

. http://www.stern.de/panorama/wissen/natur/parapsychologie-nicht-von-dieser-welt-3512492.html Frank Ochmann /print

Zitat

„Ohne allen Zweifel konnte diese Welt, so wie wir sie erfahren, mit all ihrer Vielfalt an Formen und Bewegungen, nur und aus nichts anderem entstehen als aus dem absoluten und freien Willen Gottes, der über alles herrscht und regiert."

Sir Isaac Newton (1643–1727), englischer Physiker, Mathematiker und Astronom
    (Quelle: Philosophiae Naturalis Principia Mathematica, 1713)

Das PSI-Vokabular !

- **ASTRALLEIB**
- angeblicher Zweitkörper eines Menschen mit Verbindung zum Übersinnlichen, manchmal auch als Ätherleib oder Astral-Double bezeichnet

- **ASW**
- Abkürzung für außersinnliche Wahrnehmung, oft auch ESP (vom englischen: extrasensory perception)

- **HELLSEHEN**
- die außersinnliche Wahrnehmung eines Ereignisses oder Sachverhalts

- **MEDIUM**
- besonders begabter Mensch, der als Mittler für Geister auftritt und Kontakt zu Verstorbenen herzustellen scheint

- **PARAPSYCHOLOGIE**
- Gesamtheit der Wissenschaften vom Übersinnlichen

- **PRÄKOGNITION**
- Wissen um zukünftige Ereignisse (ohne entsprechende Sachinformationen)

- **PSI**
- Der 23. Buchstabe des griechischen Alphabets hat sich als Kürzel für die Parapsychologie eingebürgert.

- **PSYCHOKINESE**
- andere Bezeichnung für Telekinese

SCHUMANN-WELLEN

extrem niederfrequente elektromagnetische Wellen (knapp zehn Schwingungen pro Sekunde), die auch zwischen Erdoberfläche und höherer Atmosphäre vorkommen und zum Beispiel von Blitzen hervorgerufen werden

- **SÉANCE**
- französisch: Sitzung. Häufige Bezeichnung für eine spiritistische Versammlung, manchmal im Beisein eines Mediums.

- **SPIRITISMUS**
- Theorie, wonach es ein Weiterleben nach dem Tod gibt und eine Kommunikation zwischen Diesseits und Jenseits hergestellt werden kann

- **SPUK**
- orts- oder personengebundene Erscheinungen, die auf Geist- oder Geistereinwirkungen zurückgeführt werden

- **TELEKINESE**
- allein geistige Beeinflussung materieller Vorgänge

- **TELEPATHIE**
- Übertragung von Gedanken, Gefühlen oder Motivationen ohne Mitwirkung der Sinnesorgane

Quelle:
https://www.stern.de/panorama/wissen/natur/parapsychologie-nicht-von-dieser-welt-3512492.html

Zitat

„Gott ist die erste Ursache aller Dinge: denn die beschränkten Dinge, wie alles, was wir sehen und erfahren, sind zufällig und besitzen nichts, was ihnen notwendige Existenz verleiht; ist es doch offenbar, dass Zeit, Raum und Materie, an sich einheitlich und gleichförmig und gegen alles gleichgültig, andere Bewegungen und Gestalten in anderer Anordnung erhalten konnten. Es gilt also, den Grund für die Existenz der Welt, als den Zusammenschluss aller zufälligen Dinge, aufzusuchen, und zwar in der Substanz, die den Grund ihrer Existenz in sich selbst trägt und die darum notwendig und ewig ist. Die Ordnung, das Ebenmaß, die Harmonie bezaubern uns… Gott ist lauter Ordnung. Er ist der Urheber der allgemeinen Harmonie."

Gottfried Wilhelm Leibnitz (1646–1716), Mathematiker, Physiker und Philosoph

Die Treffsicherheit unseres Mediums *Carmen*

Aufgrund der Beschreibung unseres Mediums von *„Inge"* über Größe, Länge der Haare, Haarfarbe, Augenfarbe, persönliche Eigenschaften und Erlebnisse mit ihr, sowie ihre genaue Diagnose, woran sie letztendlich verstorben ist u. v. m., sollten wir feststellen beziehungsweise erkennen, dass es sich zweifelsfrei um die Person handelte, mit der wir in Kontakt treten wollten. Vorher hatten meine Frau und ich ihr lediglich **nur** den Vornamen unserer Freundin mitgeteilt. Ein erstaunliches und überzeugendes Ergebnis, wie ich finde.

Wie schon erwähnt, besteht der persönliche Kontakt zu *Carmen* seit Anfang 2012. Ende 2015 hatten wir auf zwei medialen Fortbildungs-Seminaren ein weiteres Medium kennengelernt.

Wer mit einem lieben Verstorbenen in Kontakt treten möchte, benötigt ein Medium, sollte er nicht selbst medial veranlagt sein. Dieses Medium stellt dann den Kontakt zwischen dem Klienten, also Ihnen, und der verstorbenen Person im Jenseits auf der geistigen Ebene her. Das Medium benötigt dazu im Vorfeld keinerlei Informationen von Ihnen. Auch während der Sitzung müssen Sie bei einem seriösen Medium nur mit „Ja" oder „Nein" antworten.

Wir unterscheiden im Grunde drei Arten von medial veranlagten Menschen. Als da sind: das Sprachmedium, das Schreibmedium sowie das Musik- und Kunstmedium.

Eigentlich ist jeder Mensch grundsätzlich in der Lage, mit der geistigen Welt einen Kontakt herzustellen beziehungsweise zu kommunizieren, so die Theorie. Wichtig dabei ist aber, dass man weitestgehend das eigene Ego ausschaltet, um sich für die geistige Welt zu öffnen. Natürlich ist das nicht einfach, es muss ständig trainiert werden, man muss sich in eine Art Trance versetzen – leichter gesagt als getan. In der Regel sind Medien häufig in der Lage, ohne großes Zutun Botschaften beziehungsweise Antworten von Geistwesen zu empfangen. Bei manchen ist die mediale Begabung beziehungsweise die Veranlagung dazu so stark ausgeprägt, dass ihre Kontaktaufnahme mit der geistigen Welt an jedem Ort immer und überall stattfinden kann. Ein Beispiel dafür ist das berühmte Medium James Van Praagh. Er ist nicht nur in Amerika ein bekannter Experte für die Kommunikation mit der geistigen Welt. Auch in Europa zeigt er seine übernatürlichen Fähigkeiten. Er lebt in Amerika und gilt weltweit als Pionier von Jenseitskontakten und als einer der bedeutendsten Wegbereiter der zeitgenössischen medialen Arbeit. Zudem ist er ein sehr gefragter Redner, Bestsellerautor, TV-Produzent – dessen intuitive Begabung ihresgleichen sucht. Seine Bücher wurden in mehr als fünfundzwanzig Sprachen übersetzt. In Einzel. und Gruppensitzungen stellt er ein sogenanntes Channeling her.

Was ist ein Channeling?

Das Wort oder der Begriff Channeling hat sich seit den 70er-Jahren im europäischen Raum etabliert und kam ursprünglich aus Nordamerika. *Channeling* ist das Empfangen und Übermitteln von Energien, Visionen oder Botschaften aus der geistigen Ebene. Es unterstützt Menschen in ihrer Entwicklung, diese Botschaften dienen zur Selbsterkenntnis und werden auch verwendet, um Auskünfte für Hinterbliebene zu erhalten. Das englische Wort bedeutet übersetzt: etwas durch einen Kanal empfangen. Das Medium selbst ist hierbei der Kanal. So bezeichnet man als Channeling die Herstellung einer Verbindung zu Geistwesen und das Übersetzen von deren Botschaften beziehungsweise Gefühlen durch Energien in eine für jedermann verständliche Sprache. Man spricht hier auch von der Anwendung medialer Fähigkeiten.

Was macht ein Medium?

Als Medium bezeichnet man Menschen, die Kontakt zur geistigen Welt aufnehmen beziehungsweise mit Geistwesen in Verbindung treten können, um von ihnen Botschaften zu empfangen. Hierbei ist es wichtig, dass Geistwesen nicht nur Verstorbene sein müssen. Hier ist die Bandbreite ziemlich groß. Es können Geistführer, Geisthelfer oder auch Engel – dazu später mehr – und andere übernatürliche Wesen sein. Gute beziehungsweise seriöse mediale Medien zeichnet aus, wenn sie Nachrichten aus der geistigen Welt empfangen möchten, so benötigen sie von einem Hilfesuchenden weder genaue Vorgaben oder Fakten noch Namen oder Bilder von Verstorbenen. Ein gutes Medium ist einfach in der Lage, ohne eine Information, den Verstorbenen so zu beschreiben, dass man als Hilfesuchender unschwer erkennen kann, dass es sich um die Person handelt, mit der man in Kontakt treten möchte. Es werden, wie bereits erwähnt, über den Verstorbenen Dinge beschrieben wie z. B. der Charakter, Größe, Haarfarbe, Haarschnitt, und eventuell seine Vorlieben. Das Medium nimmt eine Art Übersetzer- oder Vermittlerrolle zwischen der geistigen Welt und dem Diesseits ein. Die Treffsicherheit solcher Medien erstaunt mich immer wieder.

Wo kommen diese paranormalen Fähigkeiten her?

Häufig liegt die Veranlagung zum Medium in der Familie. Die Großmutter meiner Frau mütterlicherseits war in der Lage, wenn man sich verbrannt hatte, die Verbrennungen und den dazugehörenden Schmerz zu stoppen, indem sie lediglich ihre Hände über die Brandwunden hielt. Nicht selten verschwanden kurz danach auch die Spuren der Verbrennung. Wie Sie ja bereits wissen, war meine Frau auch die Erste, die den Kontakt zu „Inge" aufnehmen konnte. Sie bemerkte beziehungsweise sah, dass sich kurz nach dem Tod von „Inge" tagelang eine schattenartige Gestalt an ihrem Bett aufhielt und spürte gleichzeitig die Anwesenheit von „Inge". Für meine Frau war dies zunächst neu und ungewohnt, wusste sie doch vorher nichts über ihre medialen Fähigkeiten. Die Vorstellung alleine, dass man menschliche Gestalten oder Schatten wahrnimmt, kann einen auch zunächst irritieren beziehungsweise verunsichern, und das in jeder Hinsicht. Auch ich war damals erstaunt darüber, zu was meine Frau in der Lage war. In den Jahrzehnten unseres Zusammenlebens vorher hatte ich solche übernatürlichen Fähigkeiten bei meiner Frau nicht feststellen können. Sie übrigens auch nicht. Offensichtlich muss etwas Besonderes geschehen, zum Beispiel der Tod eines engen Verwandten oder Freundes, damit diese paranormalen Fähigkeiten dann plötzlich zutage treten können beziehungsweise zum Ausbruch kommen und die Kanäle zur geistigen Welt geöffnet werden. Also irgendwie eine sogenannte Initiallösung. Interessant – was man so alles bei seinem Ehepartner nach Jahrzehnten noch entdecken kann. Im Übrigen können mit dem Älterwerden die medialen Fähigkeiten zunehmen und auch einen persönlicheren Charakter erhalten.

Was ist ein Sprachmedium?

Bei einem Sprachmedium werden alle Botschaften, die sie empfangen – in der Regel sind es Metaphern, die richtig gedeutet sein wollen beziehungsweise müssen – in Worte gefasst. Jedes Medium hat seine eigene Art, diese Metaphern (Bildsprache) allgemeinverständlich zu übersetzen.

Ein Beispiel:

Das Medium fragt den Verstorbenen, ob sein Tod mit einem langen Siechtum verbunden gewesen sei. Als Antwort erhält das Medium dann die Durchsage des Verstorbenen, dass sein Lebensende sehr plötzlich und vollkommen unvorbereitet gekommen sei. Wie kann die Seele ihren plötzlichen Tod dem Medium als Metapher übermitteln beziehungsweise klarmachen? In diesem Fall zeigt die Seele dem Medium beispielsweise ein Bild, wie sie mit den Fingern schnippt. Dies ist in der Regel nur für dieses Medium dann ein ausgemachtes Zeichen, dass Menschen plötzlich verstorben sind.

Es geht also auch bei einem Medium ein gewisser Lernprozess vor sich, das heißt, Bilder, meistens verschlüsselt als Metapher, richtig zu deuten. Jedes Medium eignet sich – in der Regel – hier sein eigenes Übersetzungsmuster an.

Denn Fehler – eine falsche Deutung – bei der Übersetzung solcher Metaphern können natürlich zu Ergebnissen führen, die dann völlig falsch sind und für den Interessenten keinen Sinn machen, oder gar negative Folgen für ihn haben könnten, die vielleicht später dann auf sein persönliches Leben einen negativen Einfluss nehmen. Hier erkennt man, wie wichtig es doch ist, mit einem <u>erfahrenen seriösen Medium</u> in Kontakt zu stehen.

Bei einem Sprachmedium kann es vorkommen, dass es sich an das Gesagte nicht mehr erinnern kann, da es während einer solchen Sitzung sein eigenes Ego in den Hintergrund treten lässt.

Was ist ein Schreibmedium?

Das Schreibmedium benutzt seine Hand als Instrument. Auch bei einem Schreibmedium tritt das Ego dabei in den Hintergrund. Bei dieser Art gibt es im Jenseits einen Helfer, welcher ebenso als Instrument zu bezeichnen ist. Gemeinsam sucht man dann nach Antworten, die im Unterbewusstsein der fragenden Person zu suchen sind. Für eine Sitzung, auch „Reading" genannt, bereiten Interessenten beziehungsweise Hilfesuchende ihre Fragen vor, auf die sie eine Antwort suchen. Diese werden dann dem Schreibmedium vorgelesen.

Ist die Fragestellung beendet, beginnt das Medium sofort mit seiner Antwort. Diese fließt dann förmlich durch die Hand des Mediums, mittels eines Kugelschreibers auf das von ihm untergelegte leere Blatt. Die Antworten werden dann sofort durch das Medium vorgelesen, der Grund: Die Handschrift wird von dem Medium in einem ganzen Stück, also ohne jegliche Interpunktion und Absätze, niedergeschrieben. Eine genaue Interpretation dieser Schrift bedarf natürlich auch einer gewissen Art an Übung. Auch hier sollte man versuchen, an ein erfahrenes Medium zu gelangen. Vielleicht auch hier über Empfehlungen.

Was ist ein Kunst- beziehungsweise ein Musikmedium?

Kunst- und Musikmedium: Ähnlich dem Schreibmedium äußert sich diese mediale Fähigkeit darin, dass das Medium Musikstücke oder Gemälde empfangen und zu Papier bringen kann. Rosemary Brown war ein englisches Musikmedium. Rosemary Brown nahm für sich in Anspruch, ihr seien von verstorbenen Komponisten neue Werke übermittelt worden (Quelle: Wikipedia). [2]

Woran Sie ein seriöses Medium von einem Scharlatan unterscheiden können.

Viele Menschen, die mit Verstorbenen Kontakt aufnehmen möchten, haben meistens diesen Verlust erst vor Kurzem erlitten oder ihn noch nicht verarbeitet und sind dementsprechend verletzlich in der Seele. Sie sind leicht zu beeinflussen und möchten an das glauben, was man ihnen sagt. Diese Verletzlichkeit und Gutgläubigkeit sind aber wiederum ein gutes Geschäft und werden leider immer von Menschen ausgenutzt. Esoterik und insbesondere Jenseitskontakte sind <u>noch</u> keine anerkannte Wissenschaft, die belegbar ist. Sie beruht allein auf dem Glauben der Menschen.

Es gibt mehrere Hinweise, woran Sie erkennen können, ob das Medium glaubwürdig und vertrauenswürdig ist. Jedoch sind diese eben nur Hinweise und keine Garantie dafür, dass es sich auch tatsächlich um ein seriöses Medium handelt. Aber es ist ein guter Anfang, um einige „schwarze Schafe" im Vorfeld schon einmal auszusortieren. Letztendlich müssen Ihr Bauchgefühl und Ihre Intuition entscheiden, welchem Medium Sie sich anvertrauen möchten. Folgend sehen Sie jedoch schon mal die im Normalfall geltenden Verhaltensregeln von seriösen und unseriösen Medien für Jenseitskontakte.

Wie erkenne ich ein seriöses Medium?

Ein seriöses Medium …:

- möchte keine Informationen vorab über den Verstorbenen erfahren, ein Vorgespräch findet in der Regel nicht statt.
- beantwortet vor einer Sitzung alle Unklarheiten über den generellen Ablauf einer Sitzung unaufgefordert, gewissenhaft und ausschöpfend.
- hebt sich nicht heraus und redet niemals negativ über ein anderes Medium.
- benötigt keinerlei entsprechende Dekoration oder merkwürdige Rituale. Gerne wird auch eine weiße Kerze (Schutzkerze) von vielen seriösen Medien verwendet.

- ist nur der Vermittler von Botschaften und nichts kann durch es erzwungen werden. Wenn kein Kontakt entsteht, dann sagt das Medium Ihnen dies auch und bricht die Sitzung ab. In diesem Fall bekommen Sie einen neuen Termin.
- setzt Sie niemals in irgendeiner Art und Weise unter Druck.
- erlaubt jederzeit Nachfragen.
- führt Sie niemals in eine finanzielle oder seelische Abhängigkeit.
- geht äußerst behutsam und vorsichtig mit ihnen vor und verbreitet niemals Angst und Schrecken.

Ein weiteres sicheres Indiz für ein seriöses Medium sind natürlich Empfehlungen. Ganz wichtig ist <u>eine lange Wartezeit für einen Termin, sie ist ein Indiz für ein seriöses Medium</u>. Bei manchen seriösen Medien müssen Sie sich auf Wartezeiten von bis zu einem halben Jahr und mehr gefasst machen.

Ein unseriöses Medium…

- möchte Ihnen im Prinzip etwas verkaufen, zum Beispiel zusätzliche Leistungen oder weitere Sitzungen.
- garantiert Ihnen immer zu 100 Prozent eine erfolgreiche Sitzung und den Kontakt mit dem Verstorbenen.
- hebt sich selbst und sein Können hervor.
- droht Ihnen mit Blockaden oder karmischen Bindungen, die nur das Medium lösen kann.
- verlangt eine finanzielle Spende, ehe der Verstorbene „im Licht erscheint".

Was können Sie von einem Jenseitskontakt erwarten?
Es werden entweder Gruppensitzungen oder auch Einzelsitzungen angeboten. Sie alleine entscheiden sich für die Form der Sitzung. Manch einer findet die Gruppensitzung sehr inspirativ und lehrreich, andere Klienten möchten lieber intimer in einem Vieraugengespräch mit dem Verstorbenen in Kontakt treten. Nehmen Sie sich die Zeit, um ein professionelles Medium aufzusuchen. Es lohnt sich. Ein Jenseitskontakt ist natürlich nicht ganz preiswert. Um unnötige Kosten zu vermeiden, ist es am besten, wenn Sie mit einem Medium arbeiten, welches nach der Zehn-Minuten-Regel arbeitet. Hat das

Medium in dieser Zeit keinen Kontakt herstellen können, ist eine Bezahlung nicht nötig.

Verbindungen mit der geistigen Welt funktionieren besonders gut, wenn zwischen den Menschen bereits eine seelische Verbindung (Seelenverwandtschaft), verbunden mit Zuneigung und Liebe, vorhanden ist. (Laut unserem Medium *Carmen* ist das bei „*Inge*", meiner Frau und mir der Fall.).

Die Abläufe eines seriösen Mediums sind eigentlich in allen Ländern genau gleich. Egal, ob es sich dabei um eine Einzelsitzung oder um Gruppensitzungen handelt. Jedes Medium hat seinen eigenen Weg gefunden, wie man Bilder, die man aus der geistigen Welt erhält, richtig interpretiert. Am Ende kommen alle, wenn es gute Medien sind, auf dasselbe Ergebnis.

Fazit:
Ein Jenseitskontakt mit einem Medium kann sehr hilfreich sein. Ihre Lieben im Jenseits sind immer bemüht, das Beste für Sie zu tun.

Falls Sie mit einem lieben Verstorbenen in Kontakt treten möchten, wenn der Tod beispielsweise überraschend kam und noch Dinge ungesagt und ungeklärt geblieben sind, ist ein Kontakt, in Verbindung mit einem Medium, zu empfehlen.

Zitat

„Wo will der angebliche Freigeist seine Beweise hernehmen, dass es kein höchstes Wesen gebe?“

(*Immanuel Kant, 1724–1804, deutscher Philosoph*)

Was versteht man unter einem Geistführer und seinen Helfern?

Was ist ein Geistführer?

Die Wesen aus der geistigen Welt begleiten einen Menschen, solange er sich auf diesem Erdball befindet. Es ist ihre Aufgabe, uns auf dieser Erde hilfreich zur Seite zu stehen und uns zu inspirieren. Diese geistigen Wesen besitzen keinen physischen Körper. Sie sind somit für das menschliche Auge in der Regel nicht sichtbar. Sensitive, spirituelle Menschen können sie hellsichtig und hellfühlend durchaus wahrnehmen. Diese geistigen Wesen haben mitunter bereits mehrere Leben als Mensch auf der Erde verbracht. Sie wissen also sehr genau, wie die Existenz für einen Menschen auf unserer Erde abläuft. Allerdings gibt es auch Geistführer, welche noch nie inkarniert waren. Man kann sie als reine Lichtwesen oder auch Engel (Schutzengel) ansehen. Diese Art von Geistführern unterstützen uns überwiegend in unserer spirituellen Entwicklung beziehungsweise Heilung. Um einen Kontakt zur geistigen Welt beziehungsweise zum Geistführer – dies können auch verstorbene Seelen sein – herzustellen, werden nicht ausschließlich Worte verwendet. Es wird in der Regel über verschiedene Gefühle kommuniziert. Ein gutes und erfahrenes Medium wird Ihnen das bestätigen. Das Wissen um die Geistführer (Spirit Guides im Englischen) und die geistige Welt entspringt dem Spiritualismus (Spiritismus), der als eine religionsähnliche Tradition bezeichnet werden kann. Den Kern des Spiritualismus bilden die Kontakte zu verstorbenen Menschen. Diese Kontakte sind in der Regel durch medial veranlagte Personen (Medien) möglich.

Woher kommen Geistführer beziehungsweise wer sind sie?

a) Menschen, die verstorben und aus dem „Geburtskreislauf ausgestiegen sind" und ihre Entwicklung (Seele) in der geistigen Welt fortsetzen. Sie sind Geistführer in ihrer traditionell-spiritistischen Weise. Sie entwickeln sich weiter durch den Menschen, den sie durchs Leben begleiten.

b) übernatürliche Wesen, welche direkt aus der geistigen Welt kommen, sie haben eine spirituelle Seinsformen inne. Sie können aus verschiedenen Hierarchien und Dimensionen gekommen sein. Sie sind nur als Energie (Licht) zu beschreiben. Diese Wesen wurden nie inkarniert, was aber absolut keine Wertung in irgendwelcher Art zum Ausdruck bringt.

Kann man davon ausgehen, dass jeder Mensch eine inkarnierte Seele als Geistführer hat?

Es hat Zeiten gegeben, da hätte man diese Frage ausdrücklich bejaht. Nach unseren derzeitigen Erkenntnissen müssen wir diese verneinen. Es existiert noch eine weitere Form. Man nennt sie Hybridenseelen. Es sind inkarnierte Wesen, welche aber eigentlich keine Menschen waren. Sie arbeiten mit Geistführern zusammen, werden aber von ihnen nicht immer begleitet. Der Grund ist, die eigene ihnen erteilte Lebensmission schneller und besser zu erreichen. Diese Hybridenseelen haben eher die Funktion, Geistführern zu assistieren.

Hat der Mensch nur einen Geistführer oder mehrere?

Offensichtlich gibt es hier keine eindeutige Regel. Es besteht die Möglichkeit von einem Geistführer bis zu einer mindestens zweistelligen Anzahl. Entscheidend dabei ist, wie wir uns in unserem Leben entwickeln beziehungsweise was wir daraus gemacht haben. Dabei partizipieren unsere Geistführer, da sie sich mit uns weiterentwickeln können. Die Weiterentwicklung endet für den Geistführer dann, wenn wir uns entschlossen haben, diese zu beenden. Wichtig dabei ist: Geistführer sind nicht an uns gebunden wie Schutzengel. Eigentlich versteht man sie als Spezialisten für ihr persönliches Fach.

Was versteht man unter einem Schutzengel?

Sie sind wohl die bekanntesten Wesen aus der geistigen Welt. Eine nicht geringe Anzahl von Menschen, die sich wenig mit spirituellen Dingen oder gar mit Esoterik auseinandersetzen, glauben trotzdem an einen Schutzengel. Dieses Wesen ist nie auf der Erde inkarniert, im Gegensatz zu vielen Geistführern. Schutzengel werden im Jenseits als eine Wesenheit angesehen, welche hoch entwickelt ist.

Ein Schutzengel ist ständig bemüht, dass der Mensch seinen Lebensplan erfolgreich zum Ende bringt. Er begleitet den Menschen von Geburt an. Jedoch hat er keinen Einfluss auf unseren freien Willen, der auch über den Tod hinaus seinen Bestand hat. Unser Handeln und Denken hier auf Erden sind nicht vorbestimmt. Im Grunde sind es nur die wichtigsten Stationen des Lernprozesses im Leben, die vorgegeben sind.

Wie wir persönlich mit unserem Lebensplan umgehen, wird <u>immer unsere freie Entscheidung</u> bleiben. In einem langen Leben wird man immer wieder vor die Wahl gestellt, etwas richtig zu bewältigen oder eben nicht. Diese Lernprozesse dienen dem Menschen im Prinzip ausschließlich zu seiner Entwicklung. Immer wieder hat man die Wahl, an einem Schicksalsschlag zu zerbrechen oder zu wachsen beziehungsweise sich dadurch weiterzuentwickeln.

Für was genau ist ein Geistführer da?

Ein Geistführer stellt die Verbindung zwischen dem Menschen und der geistigen Welt, insbesondere dem eigenen Höheren Selbst, dar. Er ist das Bindeglied zwischen dem Diesseits und dem Jenseits beziehungsweise der geistigen Welt. Sie bleiben zum Teil für unser ganzes Leben an unserer Seite. Es ist ihre Aufgabe zu versuchen, uns auf unseren Seelenweg zu bringen und auf diesem zu halten, damit wir ihn glücklich und erfolgreich begehen. Manche bleiben lediglich für eine gewisse Lebenszeit an unserer Seite. Die Zuordnung eines Geistführers für den Menschen findet nach der eigenen Lebensaufgabe und den Stärken des Menschen statt. Das Bestreben der Geistführer ist es, uns zu helfen, damit wir uns weiterentwickeln. Gemeint ist hier die weltliche Ebene, aber auch die spirituelle.

Je nach Aufgabengebiet kann ein Mensch mehrere Geistführer beziehungsweise geistige Helfer haben.

Was sind Geisthelfer?

Sie sind in der Regel verstorbene Personen, denen die Lebenden, denen der Geisthelfer zugeordnet wurde – manchmal auch aus freien Stücken – auf familiärer oder auch auf freundschaftlicher Ebene verbunden sind. Geisthelfer haben immer ein großes Interesse an dem Wohl des Hinterbliebenen. Nicht selten haben sie eine Seelenverwandtschaft, wie in unserem Fall zwischen meiner Frau, „Inge" und mir. Sie nehmen aktiv an unserem Leben teil. Sie unterstützen uns sogar gelegentlich bei unserer Entwicklung. Aus diesem Grund kann man sie auch als eine Art „Schutzengel" ansehen. Nicht selten haben Menschen das Gefühl, dass ein Verstorbener ihr Schutzengel sei. Das ist er natürlich nicht, jedoch kann er uns aus der geistigen Welt immer beiseitestehen. [3]

Meine Tante „Therese" ist beispielsweise einer meiner Geisthelfer. Ich komme später noch darauf zurück. Auch wenn meine Tante zu Lebzeiten wohl weniger mit spirituellen Dingen zu tun hatte, ist eine Weiterentwicklung in der geistigen Welt durchaus möglich, so dass sie für einen Menschen zu seinem Schutz oder auch seiner persönlichen Entwicklung Hilfestellung leisten kann, wie in meinem Fall.

Auch andere verstorbene Verwandte sind durchaus in der Lage, ihre noch lebenden Verwandten zu schützen oder bei der Weiterentwicklung einer Person behilflich zu sein.

Wie gesagt, können auch verstorbene enge Freunde sich für das Wohlergehen eines Menschen, auch wenn sie nicht mit ihm verwandt sind, einsetzen, so wie in unserem Fall mit unserer Freundin „Inge". Darüber hinaus besteht zwischen „Inge" und uns, laut unserem Medium, eine Seelenverwandtschaft.

Wie ja bereits erwähnt, haben wir ja über unser Medium Carmen erfahren, dass Danielle und ich eine/n Geistführerin bzw. Geistführer haben. Als Geisthelfer ist „*Inge*" bei beiden von uns vertreten. Die Anzahl von geistigen Helfern unterliegt keiner bestimmten Zahl oder Größe.

Über *Carmen* hatte ich übrigens erfahren, dass mir meine verstorbene Tante „*Therese*" neben „*Inge*" zur Seite steht. Im Frühjahr 2016 teilte mir *Carmen* bei einer Sitzung mit, dass ich eine Verwandte auf der anderen Seite hätte. Ihr Name sei „*Therese*". Ich sagte ihr, das könne nur meine Tante sein, und sie bejahte dies. *Carmen* sagte mir: „*Sie begleitet dich bereits, seitdem sie selbst auf der anderen Seite ist, und das für den Rest deines Lebens.*" Diese Information war sehr berührend für mich. Leider kann ich mich kaum noch an sie erinnern. Als sie starb, war ich mal gerade fünf oder sechs Jahre alt. Sie war Schauspielerin und hatte an großen Theatern in Deutschland gespielt.

Was geschieht bei einem medialen Seminar, beziehungsweise was können die Themen eines medialen Seminars sein?

Im Herbst 2015 hatten Danielle und ich an einem medialen Wochenendseminar in Bonn teilgenommen. Der Seminarleiter, ein für uns noch völlig unbekanntes Medium, führte uns durch dieses Seminar. Die Stühle – keine Tische – waren in Hufeisenform aufgestellt.

Das Medium *Werner* sagte: „*Es wird wie immer einen ‚Seminarfahrplan' geben, doch unsere Lieben aus der geistigen Welt werden jeden einzelnen Seminarteilnehmer ‚an die Hand' nehmen – sofern Sie als Teilnehmer dies zulassen.*"

In diesem Seminar würde man selbst und auch gemeinsam mit den anderen Teilnehmern lernen, den Kontakt zu „Verstorbenen" und ihren Guides/Schutzengeln aufzunehmen, doch *wenn es sein soll,* wird auch das Medium die ein oder andere Botschaft zu vermitteln versuchen. Praktische Übungen und theoretische Unterweisungen runden die gemeinsame Arbeit ab. So konnte man an diesem gleichsam spannenden wie entspannenden Wochenende Theorie und

Praxis der Jenseits-Kontaktaufnahme und eventuell auch ein wenig mehr über sich selber und seine/n früheren und zukünftigen Lebensweg(e) kennenlernen.

Von Zeit zu Zeit blieb dann das Medium vor Teilnehmern des Seminars plötzlich stehen, da es diesem Teilnehmer eine Botschaft aus dem Jenseits übermitteln sollte. Er sagte beispielsweise zu einer weiblichen Person, vor der er stehen blieb: *„Hier ist dein Onkel Hartmut, der dir sagen möchte, dass du keine Angst haben musst vor deiner Prüfung an der Uni. Ich werde bei dir sein.“* Die Teilnehmerin fing an zu weinen und legte ihren Kopf in ihre Hände, so ergriffen war sie. Ja, sie hatte eine Prüfung an der Uni, vor der sie große Angst hatte, dass sie versagen könnte. Nur zur Information, das Medium kannte vorher weder die Teilnehmerin, ganz zu schweigen den Onkel, noch irgendwelche Zusammenhänge.

In der Pause fragten wir sie, was denn nur geschehen sei. Sie sagte: *„Mein Onkel Hartmut war früher immer für mich da – schon immer hab ich seine Anwesenheit gespürt, habe jetzt aber durch dieses Medium die absolute Gewissheit, dass mein Onkel immer bei mir ist.“*

Da wir Seminarteilnehmer auch später noch teilweise untereinander in Kontakt standen, erfuhren wir, dass unsere besagte Seminarteilnehmerin ihre Prüfung an der Uni in Köln bestanden hatte.

In diesem Seminar erhielt fast jeder im Verlauf der zwei Tage eine Botschaft aus dem Jenseits.

Bei fast allen Seminarteilnehmern wurden durch das Medium Namen und Schicksale von verstorbenen Verwandten und Freunden bis in die kleinsten Details wiedergegeben, so dass der betroffene erkennen musste, dass es sich bei dieser Person eindeutig um einen Verwandten oder Freund/in von ihm handelte, welche/r bereits verstorben war.

Diese Verstorbenen gaben hier ihren Lieben Hinweise und Ratschläge, aber auch Mahnungen. Auch hier konnte man immer wieder an den Reaktionen der einzelnen Teilnehmer erkennen, dass diese Botschaften ausschließlich nur für sie bestimmt waren. Fast alle Teilnehmer zeigten sich überaus gerührt über die Nachrichten, die ihnen aus dem Jenseits durch das Medium übermittelt wurden.

Noch nie haben wir eine solche Menge an verbrauchten Taschentüchern gesehen, um all die Tränen, die vor Rührung, Hoffnung und Dank geflossen sind, zu trocknen.

Auch bei mir blieb das Medium stehen und fragte mich, ob ich eine Tante mit dem Namen „*Therese*" hätte. Dies bejahte ich, worauf er mir sagte, dass meine Tante mich für den Rest meines Lebens begleiten würde. Diese Information hatte ich ja bereits vorher über unser Medium *Carmen* erfahren.

Dieses Medium sowie unser Medium *Carmen* waren uns vorher absolut unbekannt. Beide nannten unabhängig voneinander den Vornamen meiner Tante „*Therese*".

Ein wenig über meine Verwandtschaft aus Deutschland.

Meine Tante „*Therese*" war, wie ich schon geschrieben habe, Schauspielerin. Sie hat an vielen Deutschen Theatern gespielt – zuletzt in Köln. Durch einen tragischen Unfall starb sie Anfang 1960 im Alter von 42 Jahren. Sie beendete ihr Leben durch einen Erstickungstod. Sie hatte sich beim Essen verschluckt. Somit konnten Essensreste in die Luftröhre gelangen, die sich dort festsetzten.

Vor meiner Tante hatte ich als Kind immer Respekt – vielleicht auch ein bisschen Angst. Sie war eine schlanke, mit langen schwarzen Locken versehene, hübsche Person. Irgendwie hatte sie für mich immer etwas Mystisches an sich. Zu mir war sie, soweit ich mich erinnere, immer nett und freundlich.

Ich habe sie erst vor kurzem in meiner Ahnengalerie (die Bilder stehen in einer Glasvitrine) ganz nach vorne aufgestellt. Irgendwie bin ich ein wenig stolz darauf, dass sie mich ausgewählt hat – zumal ich vier Schwestern habe, für die sie sich auch hätte entscheiden können –, mich durch mein Leben zu begleiten. Eine meiner Schwestern verstarb im Oktober 2011 im selben Jahr wie „*Inge*" in

Köln. Sie lag in einem Krankenhaus wegen Herzproblemen. Dort hatte sie sich erbrochen und fiel zugleich in Ohnmacht, so dass ein Teil davon in der Luftröhre steckenblieb. Dies erinnert mich wieder an den Tod meiner Tante. Die sogenannte Duplizität der Ereignisse. Sie wurde wiederbelebt, blieb aber im Koma, und konnte das Bewusstsein nicht mehr wiedererlangen. Nach drei Wochen starb sie dann mit 68 Jahren in einer Klinik in Köln.

Einen Bruder hatte ich auch, „Karl-August". Er starb 1942 als siebenjähriges Kind im Krieg. Er wurde von einem Militärfahrzeug in Köln überfahren. Die genaue Unfallursache ist mir nicht bekannt. Alles sehr tragisch. Ich selbst erblickte das Licht der Welt ja erst 1952.

Die Beziehung zwischen meinem Vater und mir war schwierig.

Was der genaue Grund für das Verhalten meines Vaters mir gegenüber war, kann ich Ihnen heute nicht mehr genau sagen. Vielleicht war es der Grund, dass er ein Mensch war, der immer schnell aufbrauste und seine Wutausbrüche auch an uns Kindern ausließ, was uns häufig stark verängstigte. Zudem war er ein sehr ernster Mensch. Die Liebe zu seinen Kindern war eher verhalten.

Sein Vater war damals Direktor am Kalker Gymnasium in Köln, an dem auch mein Vater zur Schule ging. Mein Großvater muss wohl zu meinem Vater sehr streng gewesen sein. Denn er erzählte mir immer – fast schon vorwurfsvoll –, dass er im Winter die einzelnen Klassenzimmer, bevor die Schüler kamen, vorheizen musste. Und das schon um drei Uhr morgens. In seinem Abiturzeugnis waren alle Fächer mit sehr gut bewertet. Damit konnte ich natürlich nicht dienen. Es ist möglich, dass er verbittert über seine Kindheit war. Auch hatte er als Berufsoffizier zwei Weltkriege miterlebt, bei denen er zweimal zum Teil schwer verwundet wurde. Das alles hat sicherlich seiner Psyche einen Schaden zugefügt. Seine Kindheit war wohl nicht so mit Liebe erfüllt wie eigentlich meine, in der Hauptsache durch die Liebe meiner Mutter.

Hatte ich bei meinem Vater Nachhilfeunterricht, so war dies immer für mich mit großem Stress verbunden. Hatte man etwas nicht gleich verstanden, wurde er laut und aufbrausend. Ansonsten war er eine äußerst intelligente und gebildete Person. Er war aber auch ein Mensch, der alles besser wusste. Leider stimmte es auch meistens. Meine Mutter war eher der ausgleichende, liebevolle Pol. Nach ihrem Tod 1975 im Alter von 64 Jahren (Herzinfarkt) habe ich, um ihren Tod zu verarbeiten, zehn Jahre fast wöchentlich ihr beziehungsweise unser Familiengrab aufgesucht. Zu Anfang konnte ich den Tod meiner Mutter nur schwer überwinden.

Mein Bruder war damals der einzige Sohn. Da er mit sieben Jahren durch ein Unglück zu Tode kam, gab es keinen Stammhalter mehr.

Aus diesem Grund haben sich wohl meine Eltern noch einen Stammhalter gewünscht. Allerdings war meine Mutter zu meiner Geburt bereits 40 Jahre und mein Vater immerhin 56 Jahre alt. Wie Sie wissen, bin ich kinderlos geblieben…

Nun aber wieder zurück zu unserem medialen Seminar im Jahr 2016.

Bei unserem ersten Seminar blieb plötzlich auch bei mir das Medium *Werner* vor mir stehen.

Er sah mich eine Weile an und sagte dann: „*Deine Eltern stehen neben dir und möchten sich bei dir entschuldigen. Weiter möchten sie dir mitteilen, dass sie stolz auf das sind, was deine berufliche Karriere angeht, und auch sonst deine Bereitschaft, anderen Menschen zu helfen.*"

Ich war baff und es kam für mich völlig unerwartet. Eigentlich hatte ich immer „*Inge*" auf meinem Schirm. Dass aber meine Eltern mir eine Nachricht gaben und mich lobten, besonders durch meinen Vater, ohne dass ich nach ihnen gefragt hatte, da war ich dann doch sehr verwundert und auch etwas gerührt. Denn zu Lebzeiten meines Vaters kann ich mich an kein Kompliment, das er für mich übrighatte, erinnern. Um meine schulische Ausbildung habe ich mich ausschließlich selbst gekümmert. Meine Eltern waren auch meist damit einverstanden, welche Schule ich aufsuchen wollte. Die Initiative habe ich immer selbst ergriffen. So passte es dann irgendwie auch, dass sie sich bei mir entschuldigt haben. Auf eine Unterstützung, wie es bei Eltern für ihre Kinder normal ist, hatte ich damals vergeblich gehofft. Verziehen habe ich ihnen schon lange. Trotzdem hatte ich eine schöne Kindheit.

Offen gestanden hatte ich erwartet, dass mal wieder ein Kontakt mit unserer besten Freundin „*Inge*" hergestellt würde, das sollte aber erst später kommen.

Wer war „*Inge*" eigentlich?

„*Inge*", 1942 in Köln geboren, war ein Einzelkind, hatte nie geheiratet und ist kinderlos geblieben. Wie sie uns immer erzählte, hatte sie eine sehr schöne Kindheit. Ihre Eltern haben *sie* stets ihre große Liebe für sie spüren lassen. Gerne erzählte sie immer die Anekdote aus den letzten Monaten des Krieges. Da war sie gerade mal drei Jahre alt. Köln wurde ja im Zweiten Weltkrieg bis zu 90 % zerstört. Wenn Bombenalarm war und die Sirenen heulten, liefen die Menschen in die Schutzräume. So auch „*Inge*" mit ihrer Mutter. Dort saß sie dann mit ihr und vielen anderen Personen in der Hoffnung, auch diesen Angriff lebend zu überstehen. Aufgrund der ständigen Bombeneinschläge in ihrer Nähe war natürlich die Stimmung der Menschen in diesem Bunker ängstlich und gedrückt. Gerade in solchen Situationen hatte „*Inge*", um die Menschen abzulenken, immer kleine Lieder für alle Beteiligten gesungen und damit versucht, die gedrückte Stimmung der Menschen dort ein wenig anzuheben. Für wenige Augenblicke dann, trotz der Todesangst, die diese Menschen in diesem Schutzraum hatten, zeigte sich bei einigen Schutzsuchenden ein Lächeln in ihrem Gesicht. Nur für wenige Augenblicke dachten sie wohl nicht über ihre lebensbedrohliche Lage nach. Als Kind war sie schon immer bemüht, anderen eine Freude zu machen. So kannten wir sie auch als erwachsene Frau. Sie hätte für jeden ihr letztes Hemd gegeben – ja, so war sie.

„*Inge*" hatte in jungen Jahren Sprachen studiert, in der Hauptsache Englisch. Sie war eigentlich immer ein positiver, fröhlicher, aufgeschlossener, intelligenter und sehr gebildeter Mensch. Sie hatte einen vorzüglichen Humor. Sie war sehr hilfsbereit und hatte immer ein offenes Ohr für die Probleme der anderen. Man konnte sich ihr voll anvertrauen, sie stand einem immer mit guten Ratschlägen zur Seite. Nicht zuletzt auch mir und meiner Frau.

Wir hatten „*Inge*" 1987 in Köln in unserem Stammlokal kennengelernt. Wir wohnten alle im selben Viertel. Schnell stellten wir fest, dass man mit ihr über alles reden konnte und sie auch gerne nützliche Ratschläge gab, so sie verlangt wurden.

Im Nu hatten wir/ich sie ins Herz geschlossen. Es entwickelte sich eine echte Freundschaft zwischen ihr und uns. Bis zum heutigen Tage sind meine Frau und ich ihr für diese wunderbaren Jahre der Freundschaft zutiefst dankbar. Ein profundes Allgemeinwissen zeichnete sie aus. Ihre Wohnung war durch Bücherregale mit Büchern bis zur Decke bestückt, und das rundherum im ganzen Wohnzimmer.

Nach ihrem Studium als Dolmetscherin für Deutsch-Englisch hatte sie bei einer internationalen Dentalfirma in Köln gearbeitet. Unter anderem war sie dort als Leiterin der PR-Abteilung an der Organisation großer Kongresse in Europa beteiligt.

Auch mir hatte sie in der 24 Jahren währenden Freundschaft in manchen Dingen weitergeholfen und meinen Horizont erweitert.

„*Inge*" und ich hatten in der Zeit unserer Freundschaft unzählige Gespräche und Diskussionen über „Gott und die Welt", nicht selten gingen sie bis tief in die Nacht.
Oft haben wir unzählige Stunden und Nächte über relevante Themen wie Politik, Philosophie und Astronomie beziehungsweise Astrophysik gesprochen. Natürlich auch über das Thema: „*Gibt es ein Leben nach dem Tod?*". Manchmal haben wir bis tief in die Nacht über dieses Thema philosophiert, bis die Köpfe rauchten. Über meine Leidenschaft der Astrophysik konnten wir uns vorzüglich unterhalten. Obwohl sie vorher zu diesem Thema ein gutes Grundwissen aufwies, konnte ich ihr dennoch durch unsere zahllosen Gespräche ein größeres Wissen vermitteln.

Hierbei landeten wir häufig dann bei dem Thema: „*Gibt es eine weitere Existenz des Menschen nach seinem Tode?*" Ich war davon überzeugt – nicht unbedingt aus religiösen Gründen.

Zu Anfang war sie der gegenteiligen Meinung, dass es ein Weiterleben nach dem Tode geben sollte. Ja, sie war eher skeptisch und vor Jahrzehnten aus der Kirche ausgetreten.

Es hat wirklich Jahre gedauert, bis sie sich mit meinen Gedanken über eine weiterbestehende Existenz nach dem Tode eines Menschen – nur in einer anderen Dimension – anfreunden konnte.

Was die Christenlehre angeht und auch andere große Religionen, kannte sie sich übrigens recht gut aus, was man von mir damals gerade nicht behaupten konnte, obwohl mir die Schöpfungsgeschichte des Christentums durchaus bekannt ist. Über andere große Religionen konnte „*Inge*" mein Wissen deutlich vergrößern.

Mit dem sogenannten „Bodenpersonal" der Kirche habe ich so meine Probleme. Der eine oder andere Leser wird das wohl ähnlich sehen. Trotzdem bin ich bis zum heutigen Tage nicht aus der Kirche ausgetreten. Aber darum soll es ja hier in diesem Buch in der Hauptsache auch gar nicht gehen.

Wie dem auch sei – nach unzähligen Diskussionen konnte ich „*Inge*" von einem „Leben nach dem Tod" zwar nicht direkt überzeugen, mit der Zeit jedoch wurde sie über dieses Thema sehr nachdenklich. Ich sagte ihr beispielsweise, dass die mathematischen Formeln und Regeln im Universum schon immer dagewesen seien, bevor der Mensch überhaupt diesen Planeten betreten hat. All das kann nicht aus dem Nichts beziehungsweise von selbst entstanden sein. „*Die Formeln und Regeln der Mathematik*", sagte ich ihr, „*wurden nur von uns gefunden, nicht aber erfunden.*"

Über meine Leidenschaft zur Astrophysik und Astronomie habe ich ihr zu erklären versucht, dass eine weiterführende Existenz eines Menschen nach dem Tod aus meiner Sicht nur logisch ist.

Auch macht die Existenz eines jeden Menschen auf der Erde Sinn.

Wenn man bedenkt, dass ein Mensch, der gerade stirbt, nicht existiert hätte, wäre das Leben von Menschen, die ihm begegnet sind, mitunter völlig anders verlaufen – ganz egal, aus welcher sozialen Schicht der Sterbende gekommen ist.

Für mich zeigt das wieder, wie wichtig und in der Regel unverzichtbar der einzelne Mensch, das einzelne Glied doch sein kann. Alles ist irgendwie miteinander verbunden.

Die Vereinbarung und das Versprechen zwischen „*Inge*" und mir.

Als Beweis dafür, dass der Tod nicht das Ende bedeutet, beschlossen wir an einem der unzähligen Diskussionsabende feierlich mit Handschlag, dass die Person, die von uns beiden zuerst stirbt, sich bei dem anderen melden möge, so man dazu in der Lage ist. – Nicht ahnend, welche Folgen die Vereinbarung für mich meiner Frau und unser weiteres Leben haben sollte …

Sicherlich haben schon viele Menschen sich gegenseitig versprochen, dass derjenige, welcher zuerst stirbt, sich melden soll, wenn er kann. Aber bei den wenigsten hat es auch funktioniert. Aus welchen Gründen auch immer.

Warum das bei mir und meiner Frau anders gelaufen ist, vermag ich Ihnen nicht zu beantworten. Wie ich schon sagte, nehmen wir es als ein großes Geschenk an.

Ich hatte damals im Leben nicht für möglich gehalten, dass „*Inge*" sich tatsächlich durch unzählige, regelmäßige Zeichen sowie physikalische Manipulation bei mir beziehungsweise bei meiner Frau bis zum heutigen Tage immer wieder meldet.

Zeichen, die aus dem Jenseits kommen, werden manchmal im Diesseits von uns nicht richtig interpretiert. Ich komme noch später auf die Zeichen von Verstorbenen zu sprechen.

Im Übrigen war <u>ich</u> ja nicht derjenige für die erste Kontaktaufnahme mit „*Inge*". Der erste Kontakt wurde zwischen „*Inge*" und meiner Frau hergestellt. Das hatte ich ja bereits erwähnt.

Über unseren ersten Kontakt mit „*Inge*" nach ihrem Tod war ich offen gestanden etwas erschrocken. Obwohl ich immer von einem Weiterleben nach dem Tode überzeugt war, machten mich zunächst die ersten Kontakte etwas ängstlich.
Als aber dann die spirituellen übernatürlichen Erlebnisse bei uns zur Regelmäßigkeit wurden, beruhigte ich mich wieder und fühlte mich in meinem Glauben an ein Leben nach dem Tod absolut bestätigt. Meiner Frau ging es ähnlich. Und trotzdem wundere ich mich immer wieder, wenn bei uns paranormale Dinge auftreten. So richtig daran gewöhnen kann man sich, glaube ich, nie.

Es ist einfach etwas Wunderbares und ein außergewöhnliches Geschenk von drüben, das wir <u>dankend</u> annehmen.

Obwohl „*Inge*" direkt nach ihrem Tod (24.12.2011) uns wissen ließ, mittels physikalischer oder auch visueller Grüße, dass es ein Leben nach dem Tode zweifelsfrei gibt, habe ich erst im Juni 2014 mit den Aufzeichnungen begonnen. Diese Erlebnisse sind wie im Folgenden, soweit vorhanden, dokumentiert: durch Tag, Datum und Uhrzeit. Gegebenenfalls auch der Anlass.

Zitat

„Der erste Trunk aus dem Becher der Naturwissenschaft macht atheistisch, aber auf dem Grund des Bechers wartet Gott."
Werner Heisenberg (1901–1976), deutscher Physiker und Nobelpreisträger

Alles begann damit, dass – wie schon zu Anfang des Buches
erwähnt – einen Tag nach dem Tod unserer Freundin „*Inge*" (1.
Weihnachtstag, 25.12.2011) am späten Abend meine Frau zu mir
kam und mir sagte, dass sie sich bei ihr aufhalten würde. Ich fragte
sie zunächst skeptisch, wie sich denn „*Inge*" bei ihr bemerkbar
machen würde, worauf sie mir sagte: „*Ich sehe im Wohnzimmer
einen schwarzbraunen Schatten, gleichzeitig spüre ich eine Kälte um
mich, die sich nicht erklären lässt.*"

Dieses Phänomen hielt bei meiner Frau etwa drei Wochen an. Immer
wieder sagte sie, manchmal unter Tränen, dass sich „*Inge*" im Raum
befände. Ich selbst konnte bis zu diesem Zeitpunkt an mir keine
solche Beobachtungen feststellen. Es ging sogar so weit, dass meine
Frau, wenn sie im Bett lag, gelegentlich ein deutliches Zwicken im
Rücken verspürte oder auch wieder einen kalten Hauch vernahm,
ohne dass sich eine zweite Person im Raum befand. Auch waren alle
Fenster verschlossen, was einen Durchzug in der Wohnung völlig
ausschloss.

**Ich selbst konnte bis zu diesem Zeitpunkt, außer dem
unnatürlichen Kältegefühl, an mir keine solche Beobachtungen
machen.**

Von da an beschloss ich, ein Medium zu suchen. Da ich aber in
dieser Richtung keinerlei Vorkenntnisse hatte, dachte ich: „*Wie soll
ich nun hier die Spreu vom Weizen trennen?*"
Das Ergebnis ist Ihnen ja bereits bekannt. Man war mir drüben wohl
behilflich, ein gutes Medium (*Carmen*) zu finden.

Carmen bat uns, lediglich nur den Vornamen der betreffenden Person
zu nennen, **sonst absolut nichts.**
Da „*Inge*" offenbar zu mir noch keinen Kontakt herstellen konnte,
im Gegensatz zu meiner Frau, sagte ich eines Tages in Gedanken zu
„*Inge*": „*So wie die D*inge *liegen, musst du dir schon bei mir mehr
einfallen lassen. Ich habe wohl eher die Sensibilität vergleichbar mit*

*einem **Holzklotz**. Vielleicht solltest du bei mir eher etwas Physikalisches probieren, damit ich der Sache Glauben schenken kann."* Zu diesem Zeitpunkt wusste ich noch nicht, was noch alles Übernatürliches auf mich und meine Frau zukommen sollte.

Wie kommen paranormale Kontakte eigentlich zustande?

Verstorbene versuchen besonders meist in den ersten Monaten nach ihrem Tod mit ihren Hinterbliebenen Kontakt aufzunehmen. Einmal, um zu sehen, wie es ihren Hinterbliebenen geht, aber auch, um ihnen klarzumachen, dass sie nicht „tot" sind im klassischen Sinne, sondern dass sie weiterexistieren und es ihnen gut geht – nur auf einer anderen Ebene.

Nachtodkontakte finden meist spontan statt und sind Momente spiritueller Vereinigung, die viel Trost spenden können. Sie können allerdings nicht erzwungen werden, da sie ausschließlich durch die Initiative der Verstorbenen zustande kommen.

Unser erstes physikalisches, paranormales Erlebnis !

Die Geschichte mit der Eule

Februar 2012

„Inge" hatte uns zu ihren Lebzeiten eine etwa 25 cm hohe, weiße Schnee-Eule in einem Gartencenter in Köln gekauft. Beim Einkauf waren wir dabei. Ich sah die Augen der Eule und sagte zu *„Inge"*: *„Kann man nicht die Augen austauschen? Für eine Schnee-Eule sehen sie irgendwie nicht so echt aus"*. *„Inge"* meinte dazu: *„Kein Problem, ich werde nachfragen, ob wir sie gegen ein anderes Augenpaar eintauschen können. "* Der freundliche Verkäufer zeigte uns ein Augenpaar, das uns gefiel. Sogleich tauschte er die Augen aus. Allerdings mit etwas Mühe, da das Augenpaar in die Augenhöhlen irgendwie mit kleinen Drähten eingearbeitet werden musste. Danach war das Augenpaar in den Augenhöhlen fest verankert. Es war jedenfalls ein wenig kompliziert. Endlich waren wir mit dem neuen Augenpaar zufrieden und der Angestellte des Gartencenters erhielt von uns auch noch ein Trinkgeld dafür, dass er sich so bemüht hatte.
Seit *„Inge"* uns diese Eule geschenkt hat, steht diese immer im Winter an unserem Küchenfenster.

Im Februar 2012, *„Inge"* war gerade vor zwei Monaten verstorben, besuchten wir die Eltern meiner Frau für ein Wochenende in Frankreich. Es war das Karnevalswochenende. Wir sind freitags gefahren und Rosenmontag zurückgekommen.

Meine Frau Danielle hatte ja bereits Erfahrungen paranormaler Art mit *„Inge"* gehabt. Bis zum Februar 2012 war mir das nicht vergönnt, oder ich hatte zunächst wohl einfach eher nichts gespürt.

Wie ich schon *„Inge"* in Gedanken sagte, *„ da ich wohl ein **Holzklotz** bin, musst du bei mir schon stärkere Geschütze auffahren, ich bekomme leider nichts so richtig mit. Weder Fühlen, Sehen noch Hören. "*

Das sollte sich nach unserer Rückkehr aus Frankreich gründlich ändern!

Als wir nach dem Wochenende aus Frankreich unsere Wohnung betraten, leerten wir getrennt unsere Koffer, meine Frau hielt sich gerade in der Küche auf, ich selbst sah auf meinem Schreibtisch die Post nach.

Plötzlich rief mich Danielle aus der Küche – ist wohl irgendetwas kaputt, dachte ich, vielleicht wohl die Waschmaschine. Würde ja gerade sehr gut passen, bei all der Reisewäsche! -
Ich kam in die Küche – und Danielle zeigte wortlos mit ihrem rechten Zeigefinger auf die von „Inge" geschenkte Schnee-Eule am Küchenfenster.

Was war geschehen:
Die Glasaugen der Eule, etwas kleiner als eine Euromünze, waren verschwunden!!!
Wir haben die ganze Küche abgesucht, in den kleinsten Winkeln haben wir nachgesehen – die Augen waren absolut **verschwunden.**
Wir konnten uns das zunächst nicht erklären. Am Anfang hatten wir das Verschwinden der Augen der Eule erst mal gar nicht in Verbindung mit „Inge" gebracht.

Am Tag nach unserer Ankunft haben wir nochmals in der Küche alles gründlich abgesucht. Aber das Augenpaar war nicht mehr aufzufinden – **sie blieben einfach weg.**
Wir erinnerten uns auch direkt wieder daran, wie der Verkäufer des Gartencenters die Augen mit Drähten in den Augenhöhlen fest verankert hatte. Es war eigentlich unmöglich, dass sie so einfach verschwinden, beziehungsweise herausfallen konnten.

Obwohl wir wussten, dass wir erst im August 2012 einen Termin bei unserem Medium haben sollten, riefen wir *Carmen* an.

Erst durch diesen Anruf, nach unserer Rückreise aus Frankreich, kam die Antwort zutage.

Wir teilten unserem Medium mit, dass „*Inge*" vielleicht etwas bei uns in der Küche gemacht hätte, sagten ihr aber nicht, was genau geschehen war.

Eine Weile war Ruhe, dann fragte uns unser Medium *Carmen*: „*Hat „Inge" euch eine weiße Eule geschenkt?*" Wir bejahten das. Weiter fragte sie: „*Fehlen jetzt der Eule die Augen?*", *und* auch das bejahten wir.

Daraufhin teilte uns das Medium mit, dass „*Inge*" bereits am Freitag, nachdem wir unsere Wohnung verlassen hatten, die Augen dematerialisiert hätte. Dies war ja wohl der erste eindeutige Beweis, dass hier Übernatürliches im Spiel war. Irgendwie waren wir um dieses paranormale Geschehen nicht erschrocken oder ängstlich – nein, wir haben uns so richtig gefreut darüber, dass „*Inge*" wirklich existent ist – auch nach ihrem Tod. Für uns war dieser Gedanke beziehungsweise das Wissen nun, dass mit dem Tod die Existenz des einzelnen Individuums niemals endet, fast schon umwerfend. Obwohl wir immer fest daran geglaubt haben – bis wir diese Erkenntnis so richtig in uns aufgenommen hatten, sind dann schon noch einige Tage ins Land gezogen. Zu wissen, es geht einfach weiter, nur in einer anderen Dimension – das war auch für uns zunächst eine wunderbare Vorstellung. Vielleicht geht es ja dem ein oder anderen Leser, der diese Zeilen gerade liest, ähnlich, als auch er solche paranormalen Erfahrungen wie wir machen durfte. Es dauert eben eine Weile, bis man das Unglaubliche, Übernatürliche verarbeitet hat.

Weiter teilte uns *Carmen* lächelnd mit: „*Ich spreche jetzt einen Satz aus, der nicht von mir, sondern von „Inge" kommt.*" Sie sagt: „*Ich soll einen schönen Gruß an den **Holzklotz** ausrichten.*" Damit war ich gemeint. Hatte ich ihr doch vorher in Gedanken mitgeteilt, dass ich wohl ein Holzklotz sei, da bisher bei mir nichts Paranormales angekommen ist. Der Holzklotz ließ sie dann über *Carmen* herzlich grüßen. Nach dem Motto: Danke, ich habe es verstanden. Das Medium sagte damals, spürbar erstaunt: „*Für eine Seele, die sich erst seit zwei Monaten im Jenseits befindet, kann man bei ihr von einer großen Leistung reden, zumal dieser paranormale Vorgang* *eine große Menge an Energie benötigt. Danach fühlen sich die Seelen zunächst kraftlos und schwach. Es dauert dann eine Weile bis sie sich dann von dieser Aktion erholt haben."*

„Es zeigt aber auch", so sagte *Carmen, „wieder die große Liebe zwischen „Inge" und euch."*

Am gleichen Tag fuhren wir zu einem großen Kunstgewerbeladen in der Stadt. Hier kauften wir <u>zwei</u> neue Augenpaare. Ein Augenpaar setzte ich dann wieder mit großer Mühe ein. Das zweite Augenpaar liegt bis heute in meiner Schreibtischschublade – man weiß ja nie!? Siehe Fotos.

Als wir dieses Erlebnis unseren Verwandten und Freunden mitteilten, im Glauben, dass dieses Erlebnis alle wissen sollten, gab es doch Skeptiker unter ihnen, aber auch Zustimmung und großes Interesse und Erstaunen in diesem Kreis.

Sehr bald bemerkten wir, dass es so gut wie sinnlos war, Menschen, die sich für solche Dinge nicht öffnen können, darüber weiter zu informieren. Die Gründe hierfür liegen auf verschiedenen Ebenen. Einmal ist es die Angst vor dem Übernatürlichen, oder es ist die persönliche philosophische Weltanschauung. Dieser Personenkreis ließ diese unsere Erfahrungen einfach nicht zu. Der Gedanke alleine schien ihnen absurd. Offen gesagt, auch ich hätte vorher sicherlich meine Zweifel gehabt, hätte ich es nicht, wie auch meine Frau, mit meinen eigenen Augen gesehen. Nicht zu vergessen, dass unser Medium *Carmen*, ohne sie darüber zu informieren, bestätigte beziehungsweise mitteilte, dass „*Inge*" die Augen aus der Eule entfernt hatte (Dematerialisierung).

Wie gesagt sind diese skeptischen Reaktionen einzelner Personen völlig normal. Also wendet man sich in der Regel nur solchen Personen zu, die ein Interesse haben und eine gewisse Spiritualität mitbringen und gegebenenfalls auch selbst paranormale Erlebnisse beziehungsweise Erfahrungen damit haben. Mittlerweile kennen wir eine ganze Reihe solcher, auch spirituell veranlagter, Personen. Auch ihre Erlebnisse sind hochinteressant, sie sind ein wenig vergleichbar mit unseren übernatürlichen Erfahrungen.
Welche Art der Kontaktherstellung mit Menschen durch das Jenseits noch möglich sind, erkläre ich Ihnen später.

Für alle Skeptiker !
Trotzdem oder gerade deswegen sollte man nicht die Erkenntnisse aus den verschiedenen (Natur-)Wissenschaften und Vorstellungen aus Religion und Philosophie isoliert voneinander betrachten oder gar manche einfach überheblich ignorieren. Diesen gedanklichen Fehler machen nicht wenige.
Auch sollte man nicht seriös anmutende Grenzerfahrungen und unerklärliche Phänomene lapidar ablehnen oder gar ins Lächerliche ziehen, nur weil sie nicht ins gewohnte Konzept passen. Dies nur als

Ratschlag für jene, die sich nicht für übernatürliche Tatsachen öffnen wollen.

Wie bereits erwähnt, sehen wir uns die Menschen mittlerweile genauer an, denen wir über unsere paranormalen Erfahrungen berichten möchten. Eigentlich schade um den Personenkreis, der kein Interesse zeigt, oder eine generelle Ablehnung dazu hat. Entgehen ihnen doch so viele wunderbare, faszinierende Erfahrungen.

Will man der Wahrheit unserer Welt wirklich ein Stück näher kommen, darf man sich keiner dieser Perspektiven verschließen.

Die Geschichte von Rennes-le-Château und der Gegend dort herum

Für die Leser, die nicht genau wissen, was der Ort Rennes-le-Château" (Südfrankreich) somit der umliegenden Gegend im spirituellen beziehungsweise im energetischen Bereich bedeutet, hier die Erklärung dazu:

Rennes-le-Château ist ein kleines Dorf in den Pyrenäen auf einem Hügel über einem Hochplateau, ca. 40 km von der mittelalterlichen Stadt Carcassonne entfernt. Das Dorf hat ca. 65 Einwohner und liegt in Südfrankreich, 481 m über dem Meer, im Département Aude in der Region Okzitanien In der Zeit der Westgoten hieß der Ort Redae.

Was ist so besonders an diesem Ort?
Rennes-le-Château

„Im Jahre 1645 suchte ein Schafhirt in der Gegend von Rennes-le-Château ein verloren gegangenes Schaf. Er fand das Tier, welches in eine Erdspalte gefallen war, nach längerer Suche. Als der Hirte in die Spalte hinunter stieg, fand er in einer Höhle einige Skelette und Kisten, gefüllt mit Goldstücken. Er nahm sich von diesen Reichtümern und kehrte in sein Dorf zurück. Der gute Mann wurde, da er niemandem verriet, wo er seinen Schatz gefunden hatte, schlussendlich als Dieb verurteilt und hingerichtet.

Anno 1885 wurde ein Priester namens Bérenger Saunière nach Rennes-le-Château berufen. Als Saunière sein Amt antrat, fand er die Dorfkirche von Rennes-le-Château in einem äußerst baufälligen Zustand vor. Daher beschloss er, bei der Gemeinde von Rennes-le-Château Geld für eine Renovation aufzunehmen. Auch freundete sich Saunière mit einer jungen Frau, Marie Denarnaud, an, welche fortan als seine Haushälterin und Vertraute für ihn sorgte.

Bei den Restaurationsarbeiten fand Bérenger Saunière unter einer steinernen Bodenplatte, welche ca. aus dem 8. Jahrhundert stammte und auf ihrer Unterseite das Abbild von zwei Rittern zeigte (vermutlich das Siegel der Tempelritter), den Eingang zu einer längst vergessenen Krypta, der Krypta der „Seigneurs de Rennes" – und ein Gefäß mit Goldstücken, welches vermutlich einer seiner Vorgänger, der Curé Antoine Bigou, im Jahre 1792 dort versteckt hatte. Ob sich unter der Kirche von Rennes-le-Château wirklich eine Krypta befindet, ist zur heutigen Zeit leider nicht mehr mit Sicherheit zu bestimmen, denn einerseits besteht im ganzen Ort ein striktes Grabungsverbot (nachdem Schatzsucher bei wilden Aktionen wahllos in Rennes-le-Château gegraben und sogar Sprengungen durchgeführt haben) und andererseits kann man die erwähnte Krypta auch nicht besichtigen.

Im weiteren Verlauf der Renovationsarbeiten entdeckte Bérenger Saunière, beim Anheben der Altarplatte, in einem aus westgotischer Zeit stammenden Pfeiler einen Hohlraum. In diesem waren hölzerne Zylinder, welche vier Pergamente enthielten. Diese Pergamente waren mit Texten in lateinischer und französischer Sprache beschrieben. Saunière stoppte sofort alle Arbeiten und reiste nach Paris, um zwei der Schriftstücke von einem Sachverständigen überprüfen zu lassen. Bei dieser Gelegenheit kaufte er sich im Louvre drei Kopien von Gemälden. Anschließend kehrte er nach Rennes-le-Château zurück, in der Überzeugung, dass ein Schatz unter der Kirche vergraben sein müsse. Bérenger Saunière und Marie Denarnaud begannen nach dem Schatz zu suchen, denn eines der Pergamente enthielt Maßeinheiten und auch Hinweise auf ein Grab, welches sich auf dem Kirchhof befand.

Bei diesem Grab handelte es sich um die letzte Ruhestätte der „Marquise Marie d'Hautpoul de Blanchefort". Die Inschrift auf dem Grabstein war sehr sonderbar und wies allem Anschein nach auf ein Geheimnis oder ein geheimes Versteck hin. Betrachtet man diesen Grabstein und die Inschrift, so kann man ungleiche Schriftzeichen und falsche Worttrennungen erkennen. Der Grabstein von Marie d'Hautpoul de Blanchefort wurde – entsprechend weiterer Nachforschungen – von Abbé Antoine Bigou entworfen. Saunière jedenfalls zerstörte den Grabstein mit der rätselhaften Inschrift. Glücklicherweise jedoch wurde diese früher schon einmal aufgezeichnet und ist somit bekannt."

Saunière tat dies vermutlich, weil er verhindern wollte, dass jemand anders noch das Rätsel lösen konnte…

Bei zwei der Pergamente – welche zurzeit nicht mehr auffindbar sind –, die vermutlich aus den Jahren 1244 und 1644 stammten, soll es sich angeblich um Genealogien handeln. Die zwei anderen Pergamente sind aus jüngerer Zeit und könnten von dem bereits erwähnten Vorgänger von Saunière, Antoine Bigou, verfasst worden sein. Diese „neueren" Pergamente enthalten lateinische Texte aus dem Neuen Testament. Wird das eine Pergament genau betrachtet, so bemerkt man an gewissen Stellen des Textes eine unregelmäßige Anordnung der Buchstaben. Bestimmte Zeichen wurden im Text höher gestellt.
Wenn man nun diese Schriftzeichen herausschreibt und liest, ergibt sich der folgende Text:

„A DAGOBERT II ROI ET A SION EST CE TRESOR ET IL EST LA MORT"
(Dieser Schatz gehört Dagobert II., König, und Sion, und er ist dort … wartend … schlafend … ungenutzt … tot.)

Nun, der Pfarrer Bérenger Saunière musste auf ein großes Geheimnis gestoßen sein, denn urplötzlich kam er zu viel Geld, welches schier unerschöpflich aus unbekannten Quellen zu fließen begann. Er renovierte die ganze Kirche, viel umfangreicher und schöner, als ursprünglich geplant war. Auch das umliegende Gelände wurde entsprechend seinen Anweisungen – nach eigentümlicher Art – umgestaltet. Zusätzlich baute er in der Nähe der Kirche einen Turm, den „Tour Magdala", in welchem er seine Bibliothek unterbrachte. (Von diesem Turm und der zugehörigen Terrasse aus genießt man übrigens einen prächtigen Ausblick in die nähere und fernere Umgebung.) Ein kunstvoll gestalteter Garten mit seltenen Bäumen, Wasserspielen und exotischen Pflanzen vervollständigte das Bild. Grundstücke, welche er kaufte, wurden auf den Namen von Marie Denarnaud ins Grundbuch eingetragen. Ebenfalls baute der Dorfpfarrer für die Gemeinde von Rennes-le-Château eine neue Zufahrtsstraße zum Ort und war außerdem sehr großzügig betreffend Finanzierungen wohltätiger Projekte. Durch seinen rätselhaften Reichtum profitierte das ganze Dorf. Auch gesellschaftlich veränderte sich Bérenger Saunière, denn er pflegte Kontakte zu wichtigen Persönlichkeiten aus Politik, Kunst und Kultur und empfing oft Besuch in seiner, ebenfalls neuerstellten und mit einer Privatkapelle ausgestatteten, Villa „Bethania".

Was mochte Bérenger Saunière wohl gefunden haben? Diese Frage beschäftigte – und beschäftigt noch – sehr viele Leute und man vernahm die verschiedensten Vermutungen. Einige sprachen vom Schatz der Merowinger – andere wiederum von unermesslichen Schätzen der Tempelritter. Auch spekulierte man, Saunière könnte den sagenhaften „Heiligen Gral" gefunden haben. Oder ist der Schatz von Rennes-le-Château der Schatz aus König Salomons Tempel, den die Römer bei der Besetzung Jerusalems gestohlen haben sollen? Saunière selbst war oft alleine unterwegs, manchmal auch zusammen mit seiner Haushälterin Marie Denarnaud. Er fische, gehe auf die Jagd oder suche spezielle Steine und Pilze, äußerte er, wenn man ihn danach fragte, was er wohl tagelang in den Schluchten, Wäldern und Höhlen der Umgebung suche.

Heimlich folgten ihm manchmal ein paar Burschen – doch Saunière verschwand oft in der Gegend von Rennes-les-Bains, in der Nähe eines großen Steins, welcher „Pierre du Pain" genannt wird … Man vermutete, dass Saunière einen Teil des gefundenen Schatzes zu Geld gemacht hatte, der Priester schwieg jedoch beharrlich, auch über einen eventuellen Fundort ließ er nie etwas verlauten.

Unter Umständen könnte es auch sein, dass jemand dem Pfarrer viel Geld zukommen ließ, um etwas zu verschleiern. Diese Überlegung ist nicht abwegig, denn wenn Bérenger Saunière wirklich auf ein großes Geheimnis gestoßen ist, sollte dieses auch fortan geheim bleiben. Eine in Frage kommende Gruppierung könnte beispielsweise die Kirche selbst sein.

Auch tauchte in diesem Zusammenhang der Name eines Geheimordens, genannt „Prieuré de Sion", auf. Dieser Geheimorden soll angeblich seit ca. 900 Jahren existieren und in Beziehung mit den Tempelrittern gestanden haben. Der Orden der Tempelritter existiert seit 1314 nicht mehr, die „Prieuré de Sion" aber soll noch heute aktiv und im Besitze von Beweisen sein, durch welche belegt werden kann, dass der christliche Jesus die von der Kirche dargestellte Kreuzigung überlebt hat.

Auch wird vermutet, dass Jesus mit Maria Magdalena verheiratet war, welche nach der Kreuzigungsgeschichte über das Meer floh und in Ste-Marie-de-la-Mer das französische Festland betrat. Die aus der Ehe von Maria Magdalena und Jesus entsprungenen Nachkommen sollten ein paar hundert Jahre später als Merowingerkönige in Frankreich den Thron bestiegen haben.

In der Kirche selbst wird man mit dem Anblick einer Teufelsstatue konfrontiert. Diese trägt in geduckter Haltung das Weihwasserbecken und blickt mit erschrockenem Ausdruck zur Mitte des Kirchenbodens.
Aufgrund der Körperhaltung des Teufels – genannt „Asmodeus" – meint man, dass dieser eigentlich sitzen müsste. Nun ist es so, dass im Nachbarort von Rennes-le-Château, in Rennes-les-Bains, auf einem Berg ein Stein steht, welcher die Form eines Sessels hat.

Dieser Stein stammt vermutlich aus der Zeit der Kelten und ist mit sehr interessanten, eingemeißelten Symbolen versehen. Dieser Stein wird „le fauteuil du diable" (der Teufelssessel) genannt. Aus welchen Gründen hat Saunière wohl den Spruch über dem Eingang anbringen lassen und die Teufelsstatue aufgestellt? Über dem Weihwasserbecken sind auf einem Sockel vier Engelsstatuen angebracht. Jeder dieser Engel vollführt einen Teil des Kreuzzeichens. Unterhalb der Engel ist zu lesen:

„PAR CE SIGNE TU LE VAINCRAS"
(Durch dieses Zeichen wirst du ihn besiegen)

Bemerkenswert ist, dass tatsächlich ein solches Grabmal – wie auf dem Bild gezeigt – unweit von Rennes-le-Château, in Arques, existierte. Es ist jedoch nicht bekannt, seit welcher Zeit es dort stand (inzwischen ist es verschwunden). Wenn man das Bild mit der realen Umgebung vergleicht, entdeckt man große Übereinstimmungen mit der Landschaft um Rennes-le-Château. Den Spruch „ET IN ARCADIA EGO" erkennt man übrigens auch – relativ leicht verschlüsselt – auf dem mysteriösen Grabstein der Marquise Marie d'Hautpoul de Blanchefort.

In Carcassonne kam ein neuer Bischof an die Macht, welcher das eigentümliche Verhalten seines untergebenen Gemeindepfarrers nicht mehr länger tolerierte. Nach mehreren Streitigkeiten – welche teilweise bis nach Rom vor den Papst gelangten – wurde Saunière schlussendlich durch einen neuen Pfarrer ersetzt. Doch Bérenger Saunière führte sein Leben und sein Wohltäterdasein in Rennes-le-Château weiter, bis er im Jahre 1917 verstarb. Seine Haushälterin Marie lebte fortan sehr zurückgezogen und verstarb im Januar des Jahres 1953.

Bis zum heutigen Tag wird laufend nach den Schätzen in und um Rennes-le-Château gesucht – eventuelle Entdeckungen jedoch werden sorgsam geheim gehalten!

Der Ort Rennes-le-Château stellt einen hohen spirituellen und energetischen Wert dar. Aus der ganzen Welt reisen Menschen an diesen Ort, um eigene Erfahrungen zu machen, erstens bezüglich der Spiritualität, die dieser Ort aufweisen soll, und zweitens werden dort auch Orte/Plätze aufgesucht, die im hohen Maße energetisch aufgeladen sein sollen. http://www.gralssuche.ch/html/rennes-le-chateau.html

Text F. Seiler [4]

Dort, wo die Katharer einst Zuflucht vor ihren Verfolgern, den Truppen des Papstes, gesucht haben, finden in unserer Zeit sowohl spirituelle als auch wanderfreudige Menschen energetische und historische Plätze vor, die zudem einen wundervollen Ausblick über das Land bieten.

Bis jetzt hat sich für Danielle und mich noch keine Gelegenheit geboten, Rennes-le-Château zu besuchen. Ich bin mir aber sicher, irgendwann die Reise mit Danielle dorthin anzutreten.

Zitat

„Die gängige Vorstellung, ich sei ein Atheist, beruht auf einem großen Irrtum. Wer sie aus meinen wissenschaftlichen Theorien herausliest, hat sie kaum begriffen …“

„Jedem tiefen Naturforscher muss eine Art religiösen Gefühls naheliegen, weil er sich nicht vorstellen mag, dass die ungemein feinen Zusammenhänge, die er erschaut, von ihm zum ersten Mal gedacht werden. Im unbegreiflichen Weltall offenbart sich eine grenzenlos überlegene Vernunft.“

„Nicht Gott ist relativ, und nicht das Sein, sondern unser Denken."“

„Ich möchte wissen, wie Er (gemeint: der Herrgott) sich die Welt gedacht hat.“

Das ist in etwa Einsteins Credo. Flüssig und ohne Scheu redet er über Ihn und nimmt Ihn auch als Kronzeugen gegen die verhasste Quantenphysik:

„Raffiniert ist der Herrgott, boshaft aber nicht.“

„Gott würfelt nicht. Vielmehr hat Er die Welt nach einem ordentlichen Plan geschaffen, den zu finden Aufgabe der Wissenschaftler ist.“

Einen Gegensatz zwischen Religion und Wissenschaft sah Einstein nicht, im Gegenteil: Die beiden gehören für ihn zusammen. „Einen legitimen Konflikt zwischen Religion und Wissenschaft kann es nicht geben“, meinte er 1930 in einem Artikel in der „New York Times“. Denn: „Naturwissenschaft ohne Religion ist lahm, Religion ohne Naturwissenschaft ist blind.“ Für ihn war ein „kosmisches religiöses Gefühl“ das stärkste und nobelste Motiv der wissenschaftlichen Forschung. Denn: „In diesem materialistischen Zeitalter sind die ernsthaften Wissenschaftler die einzigen tief religiösen Menschen.“

Albert Einstein (1879–1955), deutscher Physiker, Begründer der Relativitätstheorie, Nobelpreisträger 1921.

**Kleine Dialoge mit „*Inge*" über Rekorder oder TV, Uhrzeit
immer 5:15 Uhr**
(Das Gerät steht bei mir im Schlafzimmer.)

Samstag, den 28.06.2014

Hatte heute meine Abschlussprüfung zum Sterbebegleiter.

Nach Abschluss meines Befähigungskurses, das Seminar dauerte
etwa fünf Monate, „*Sterbende begleiten lernen*", erhielt ich meine
Urkunde zum Sterbebegleiter. Sie befähigt mich, in ganz Europa als
Sterbebegleiter tätig zu sein.
Die Inhalte des zunächst geführten Grundkurses waren:
Wahrnehmung, Kommunikation, Familiensysteme, Sterbephasen
kennenlernen, Krisenbewältigung, Trauer begleiten, Kraftquellen
nutzen. Danach folgten die Inhalte im Vertiefungskurs mit den
Themen: Biografiearbeit, Motivationsklärung, Umgang mit Ängsten,
Nähe-Distanz, Wahrheit am Krankenbett, Spiritualität.
Die Bandbreite an Informationsstoff im Umgang mit Sterbenden war
sehr umfangreich und hochinteressant.
Die Mitarbeit in der Sterbebegleitung und in Hospizdiensten verlangt
von den Mitarbeitern die Bereitschaft, sich selbst im Blick auf
Leiden, Sterben und Tod zu hinterfragen und die eigenen
Erfahrungen zu reflektieren. Fortbildungskurse, ob psychologisch
oder auch medizinischer Natur etc., werden hier in dieser Klinik und
auch sonst regelmäßig angeboten.

Nun aber zurück zu meinem ersten kleinen Dialog mit „*Inge*":

Am Sonntagmorgen (29.06.2014) sagte ich zu „*Inge*" in Gedanken:
„*Nach bestandener Prüfung kannst du mir ruhig gratulieren. Wenn
du das möchtest, so schalte den Rekorder ein.*" Und so geschah es
unmittelbar nach meiner Äußerung. Er ging dreimal an und wieder
aus. Aber nicht zu ihren gewohnten Zeiten, sondern am
Sonntagmorgen gegen 0:20 Uhr, genau nach meiner Frage, die ich an

„Inge" gerichtet hatte. Es war mein Gedanke kurz vor dem Einschlafen.

Darüber war ich erfreut, aber auch ein wenig erschrocken, dass mein Wunsch, den ich in Gedanken an unsere Freundin *„Inge"* sendete, innerhalb von Sekunden umgesetzt beziehungsweise beantwortet wurde. Danach war ich so aufgeregt und gleichzeitig auch froh über den direkten Dialog mit *„Inge"*, dass ich erst Stunden später, nachdem ich mich wieder beruhigt hatte, meinen Schlaf finden konnte.

Nur noch mal zur Erinnerung – auch *„Inge"* hatte ebenfalls ein solches Seminar zum Sterbebegleiter besucht.

Samstag, den 25.10.2014

An diesem Samstag hatten wir ein Essen mit Sabine vereinbart. Es ist die Person, an die wir durch *„Inge"* **nach** ihrem Tod herangekommen sind. Ihr sollten wir eine Nachricht von *„Inge"* übermitteln (Inge und Sabine hatten damals als Sterbebegleiter auf der selben Palliativstation gearbeitet). Wir selbst kannten sie nicht. Es war für Sabine, das muss man sich erst mal vorstellen, ja höchst merkwürdig. Da kommen zwei Personen zu ihr, die sie vorher nie gesehen geschweige denn gekannt hatte, um ihr persönliche Dinge mitzuteilen – die diese unmöglich wissen konnten. Das kann einen Menschen durchaus ängstlich machen, was zunächst am Anfang auch bei Sabine der Fall war. Alles völlig verständlich. Die Verbindung zwischen Sabine und uns wurde übrigens durch die ehemalige Koordinatorin der Palliativstation in Köln hergestellt. Ich kannte die Koordinatorin zu Lebzeiten von *„Inge""* gut. *„Inge"* und Sabine hatten dort als Sterbebegleiter, Jahre vor mir, ehrenamtlich gearbeitet. Im Übrigen ist es dieselbe Palliativstation, an der ich ebenfalls als Sterbebegleiter seit 10/2014 arbeite.

Was wir Sabine übermitteln sollten, hatte mit ihrem beruflichen Werdegang und einer persönlichen Beziehung zu tun. Hier konnten wir ihr eine frohe Botschaft überbringen, nämlich, dass alles, was sie sich gewünscht hat, auch so in Erfüllung gehen würde. Sie war so

überrascht über unsere Kenntnisse und unsere Botschaft für sie, dass ihr die Tränen liefen. Aber es waren Tränen der Freude.
Nach unserem Essen mit ihr fuhren wir sie dann wieder nach Hause, umarmten uns zum Abschied und sagten uns, dass wir in Kontakt bleiben würden.

Sonntag, den 26.10.2014

Ich habe „*Inge*" gebeten, wenn wir alles richtig gemacht haben, d. h., dass Danielle und ich ihre Botschaft an Sabine richtig übermitteln konnten, so möge sie sich am Sonntagmorgen (26.10.2014) wie gewohnt über den Rekorder Punkt 5:15 Uhr melden. So geschah es dann auch. Wie immer ging der Rekorder dreimal an und wieder aus. Ich war froh und erleichtert zugleich, dass wir wohl alles richtig gemacht hatten.

Nur zur Information: Die von uns übermittelte Botschaft und den Namen erhielten wir von „*Inge*" über unser Medium *Carmen* in Bochum Mitte August 2014.

Sabine teilte uns nach einem Jahr mit, dass alles so eingetroffen sei, wie es ihr über „*Inge*" durch uns übermittelt wurde.

Ach ja, bis wir Sabine gefunden hatten, dauerte es eine Weile, wir hatten ja lediglich nur ihren Vornamen durch unser Medium erfahren und dass sie, genau wie „*Inge*", damals auf der Palliativstation ehrenamtlich als Sterbebegleiterin gearbeitet hat. Über die ehemalige Koordinatorin der Palliativstation konnten wir sie schließlich – aufgrund einer persönlichen Beschreibung der Person, welche wir von „*Inge*" durch unser Medium erfahren hatten – endlich finden. Die Koordinatorin sagte uns noch, dass „*Inge*" und Sabine sich in dieser Zeit prima verstanden hätten. Dennoch war sie erstaunt darüber, was wir ihr alles durch unsere verstorbene „*Inge*" über Sabine schildern konnten. Auch sie, so teilte sie mir später mit, habe bereits ein ähnliches spirituelles Erlebnis gehabt. Ich freue mich wirklich über jeden, der auch uns über paranormale oder spirituelle Erfahrungen berichten kann, ähneln sie doch häufig auch unseren Erfahrungen mit „*Inge*".

Zitat

„Ich kann verstehen, dass ein Mensch zum Atheisten wird, wenn er auf die Erde hinunterschaut, aber wie jemand den Blick zum Himmel emporrichten und sagen kann, es gebe keinen Gott, ist mir unbegreiflich.“

Abraham Lincoln, amerikanischer Präsident, geboren 12.02.1809, ermordet 15.04.1865

Protokoll einer Sitzung mit Carmen, unserem Medium

Freitag, den 19.12. 2014

Danielle stellt *„Inge"* über unser Medium die Frage: *„Können Seelen traurig sein? "*

Antwort durch unser Medium: *„Nein, aber sie fühlen Traurigkeit, ähnlich einer Melancholie oder Empathie. Im Übrigen spüren die Seelen jeden Gemütszustand von Menschen, die ihnen nahestehen. "*

Da ich mich vom Hobby her, ich schrieb bereits darüber, seit Jahrzehnten mit Astrophysik und Astronomie beschäftige, schaue ich mir gerne den Sternenhimmel in der Nacht an, und das manchmal recht lange. Nun meine Frage an *„Inge"*: *„Wenn ich mir den Sternenhimmel ansehe und dabei einen bestimmten Stern fixiere, kommt es in letzter Zeit häufig vor, dass genau dieser Stern, den ich mir ansehe, plötzlich ausgeht, so wie bei einer Lampe, die man einfach ausschaltet. Ich habe das in der letzten Zeit in Köln erlebt, besonders aber auch an unserem Ferienort in Frankreich, am Atlantik . Hat „Inge" etwas damit zu tun? "*
Die Antwort von *„Inge"* durch unser Medium lautet: *„Ja, das bin ich, es soll eine Art Kommunikation zwischen Hans und mir sein, da er sich ja, auch im Urlaub, regelmäßig den klaren Nachthimmel längere Zeit ansieht. "* Das bestätige ich, dass ich mir im Urlaub meine Liege hole und sie dann auf der Terrasse aufstelle, wenn es dunkel wird. Dann lege ich mich entspannt auf die Liege, setze meine Kopfhörer auf und lausche dann meistens klassischer Musik. Dabei bewundere ich, gerade am Atlantik, ***ohne Schmutzlicht*** (Schmutzlicht bedeutet: die Lichtverschmutzung, welche durch Kunstlicht, Laternen, Straßenverkehr, Neonreklamen etc. den nächtlichen Sternenhimmel überstrahlt, so dass man immer weniger Sterne mit bloßem Auge erkennen kann. In Städten kann man das ganz gut beobachten.) den wunderbaren Sternenhimmel mit unserer Milchstraße. Es ist für mich immer ein erhabener und manchmal auch berührender Anblick. In solchen Momenten ist meine Spiritualität sehr ausgeprägt.

Unsere Rekorder stellen sich ja zu vereinbarten Zeiten von selbst an und aus. Dazu stellte ich mir noch zu dieser Zeit (2014), um bloß nichts zu verpassen, manchmal einen Wecker, um in der Nacht dieses Spektakel verfolgen zu können. Damals fragte ich unser Medium, ob dies „*Inge*" sei. Das Medium begann zu lachen und gab uns die Antwort von „*Inge*" durch und sagte: „*Ja, das ist „Inge", und weiter teilt sie mir mit, dass sie mit einer Verwandten von Hans schon darüber gelacht hat, da er sich gelegentlich einen Wecker stellt, um sich dieses Phänomen anzuschauen.*" Ich sagte zu unserem Medium *Carmen*: „*Es stimmt*, „*Inge*" hat völlig recht, ich stelle mir gelegentlich den Wecker."

Die verstorbene Verwandte, welche von „*Inge*" genannt wird, ist auch eine Tante von mir, mit dem Namen Franziska (Spitzname Fritz(i)), auf sie komme ich später noch zurück.

Dann lässt „*Inge*" Folgendes durch *Carmen* durchgeben: „*Ich möchte Hans nochmals dazu gratulieren, dass er im Sommer 2014 das Seminar „Sterbende begleiten lernen" abgeschlossen hat.*" War es doch „*Inge*", die mir dieses Ehrenamt empfohlen hatte. Heute bin ich sehr glücklich und froh darüber, dass ich mich dazu entschlossen habe.

Auf meine Frage an *Carmen*, warum „*Inge*" mir nicht auf alle Fragen antwortet, gibt mir das Medium durch, „*Inge*" sage: „*Es kommt vor, dass Hans zu viele Fragen stellt, welche aus der Sicht der Verstorbenen nicht relevant sind. Es werden nur wirklich wichtige Fragen, aus der Sicht der Verstorbenen, beantwortet. Soweit es ihnen möglich ist.*" „*Verstehe*", sagte ich.

Über einem Bild von „*Inge*" auf einer Fensterbank habe ich mit einem dünnen Nylonfaden eine Elfe an der Decke befestigt. Es sieht so aus, als ob diese Elfe über dem Foto von „*Inge*" schweben würde. Mir gefiel dieser Anblick. Sie hatte über unser Medium schon mitteilen lassen, dass sie diese Elfe nicht schön findet. Ich sagte aber: „*Mir gefällt sie und die Elfe bleibt hängen.*" Im November dieses Jahres (2014) hatte „*Inge*" den Rekorder wieder von selbst angestellt, und dies zu einer nicht vereinbarten Uhrzeit. Sie machte mich mal wieder irgendwie vorher wach. Bei dieser Aktion rieb ich mir gerade den Schlaf aus den Augen und sah erstaunt auf den Rekorder. Zur gleichen Zeit fiel die besagte **Elfe** zu Boden und zerbrach. Für mich war es die Antwort von *„Inge"*: *„Diese Figur gefällt mir nicht. "* Der Haken war noch im Holz eingeschraubt, die Nylonschnur war nicht gerissen und die Schlaufe, an der die Elfe hing, zeigte ebenfalls nicht den geringsten Schaden. Wie sie das wieder angestellt hat – ich weiß es nicht. *„Inge"* hatte sie, so meine Vermutung, einfach runtergeschmissen – wie nett von ihr…

In dieser Sitzung stellte ich, über Carmen, „Inge" die Frage, ob sie die Elfe habe zu Boden fallen lassen. Das Medium gab uns durch: *„Inge" sei der Übeltäter gewesen. Dafür schickt sie mir ein altes Glanzbildchen. Wenn ich eins finden sollte, so wäre es von ihr.* Wenige Tage nach unserem Reading habe ich ein solches Bild auf einer Mauer gefunden. Vielen Dank an *„Inge"*.
Mittlerweile hängen jetzt schöne Engel über ihr. Sie sind aus weißem, roten und blauem Glas geformt. Die Fassung ist aus Zinn. Es sind klare moderne Figuren. Genau der Geschmack von *„Inge"*. Sie hat sich bereits mittels ihrer übernatürlichen Möglichkeiten bei uns bedankt.

Danielle lässt über unser Medium *„Inge"* fragen: Ob sie es war, die, als sie vor Kurzem am Schreibtisch saß, Folgendes erlebte. Danielle schrieb einen Brief mit der Hand. Plötzlich fiel etwas auf ihr weißes Blatt, welches rechts neben ihr auf dem Schreibtisch lag. Es war weich, rund, irgendwie undefinierbar. So etwas wie Knetgummi vielleicht.
„Inge" gab über unser Medium durch: *„Ja, das war ich. Ich wollte dir in diesem Moment so zeigen, dass ich bei dir bin. "* Der Krümel lag auf dem weißen Blatt. Ich sagte zu Danielle noch: „Jetzt hole ich mir eine Lupe und schau mir das Ding genauer an." Mit der Lupe in der Hand ging ich dann wieder zum Schreibtisch, und siehe da, der Krümel oder die kleine Kugel war verschwunden. Beide hatten wir uns von diesem Gegenstand vorher überzeugen können. Es war so wie mit den Glasaugen der Eule. Die Seelen sind dazu imstande, so sie wollen. All diese Dinge sind natürlich mit Energie verbunden, und das kostet die Seelen Kraft. Je größer der Gegenstand beziehungsweise das Gewicht ist, welchen sie dann einfach in Luft

auflösen, umso mehr geht der betreffenden Seele an Energie verloren. Sie fühlen sich dann für eine gewisse Zeit kraftlos und es dauert dann eine Weile, bis sie sich von dieser Aktion erholt beziehungsweise regeneriert haben. Hier wird deutlich, was sie nicht alles tun, um uns zu zeigen, dass sie auch nach dem Tode weiter existent sind, selbst wenn es ihnen für eine gewisse Zeit die Kraft (Energie) nimmt. Dieses Verhalten kann man nur als absoluten Liebesbeweis zu uns interpretieren.

Wir danken und verabschieden uns bei „Inge" und der geistigen Welt.

Hier endet die Sitzung mit *Carmen.*

Sonntag, den 18.01. 2015

Heute hatte ich keinen besonderen Grund. Habe ihr nur einen Tag vorher gesagt: *„Hallo, „Inge", hast dich lange nicht gemeldet."* Die Antwort kam direkt am Sonntagmorgen. Wie gewohnt hatte sie sich über den Rekorder gemeldet.
Das macht sie bis zum heutigen Tag, in der Regel auch immer wieder, wenn ich oder meine Frau sie danach fragen beziehungsweise drum bitten.
Aus diesem Grund werde ich diese Daten, soweit ich sie notiert habe, hier nicht mehr vermerken.
Wenn es unser Wunsch ist, dass sie sich bitte bei uns melden möge, so reagiert sie dann spätestens nach etwa drei bis vier Tagen verlässlich auf unsere Anfrage.

Montag, den 02.03.2015

Ich fühlte mich nicht wohl. Hatte eine starke Erkältung. Ich sagte ihr: „Du kannst mir mal ruhig gute Besserung wünschen." Am nächsten Morgen, wie immer um 5:15 Uhr, schaltete sich der Rekorder von selbst dreimal ein und wieder aus.
Wie bereits erwähnt, ist dies u. a. die Art und Weise, wie sich Verstorbene mitteilen können, wenn man selbst kein Medium ist. Der Dialog ist natürlich ohne ein entsprechendes Medium nur sehr

eingeschränkt möglich. Ein Beispiel: Ich frage *„Inge"*, ob es sinnvoll ist, zu joggen, obwohl ich eine starke Zerrung habe. Dann sage ich ihr, wenn ich joggen darf, so möge sie sich zu den vereinbarten Zeiten melden. Tut sie dies nicht, so weiß ich, dass ich es besser lassen sollte. Was den Sport angeht, habe ich schon mal genau das Gegenteil von dem gemacht, was sie mir empfohlen hatte. Danach konnte ich vier Wochen keinen Sport treiben, da ich mir eine Zerrung durch Überanstrengung eingefahren hatte. Später dachte ich mir dann, ich hätte besser auf *sie* gehört.

Donnerstag, den 19.03.2015

Die Erkältung hatte nun auch Danielle erreicht, so dass ich *„Inge"* am **18.03.2015** bat, uns doch gute Besserung zu wünschen. Sollte sie dies tun, so möge sie mich am nächsten Morgen zeitig wecken. Ich wurde einfach um 5:14 Uhr wach und um 5:15 Uhr begann, wie gewohnt, die uns bekannte Vorstellung. Ach ja, offensichtlich sind die Seelen auch in der Lage, Fieber zu senken und das Wohlbefinden deutlich zu steigern. Später dazu mehr.

Was denken nicht wenige Naturwissenschaftler und Philosophen über die Existenz eines höheren Wesens?

Viele Naturwissenschaftler und Philosophen zeigen, dass der Glaube und die Wissenschaft sich nicht ausschließen. Wenn Gott existiert und er der Schöpfer allen Daseins ist, dann kann es zwischen wahrer Wissenschaft und wahrem Glauben keine Widersprüche geben, da alle Teilbereiche der Wissenschaft die <u>eine einzige Wirklichkeit</u> beschreiben.

Betrachtet man in der Naturwissenschaft beispielsweise die Astrophysik oder die Quantenphysik, sowie die festen Formeln und Regeln der Mathematik überhaupt, so stellt man fest, dass die mathematischen Formeln und Regeln schon <u>immer</u> da waren, und zwar, bevor die Entwicklungsstufen des Menschen überhaupt begannen. So kommt man schließlich unschwer zu der Erkenntnis, dass diese mathematischen Formeln und Regeln im ganzen Universum ihre Gültigkeit haben – und nicht von Menschen erdacht wurden. Sie waren von Anfang an, schon seit dem Urknall, vorhanden. Kein namhafter Astrophysiker würde dies bezweifeln. Zwangsläufig kommt man dann zu dem Schluss, dass sich Regeln nicht von selbst schaffen, sondern durch eine höhere Macht geschaffen wurden.

Für den gläubigen Menschen steht Gott am Anfang, für mittlerweile viele Wissenschaftler am Ende aller Überlegungen. Ich komme später noch mal darauf zurück.

Sonntag, den 29.03.2015

Am Samstag, den 28.03.2015, hatte ich als Sterbebegleiter auf der Palliativstation eine Patientin, die mir sagte, dass sie wohl noch drei Tage zu leben habe. Dies sollte ich, wenn ihr Lebensgefährte komme, ihm mitteilen. Das habe ich schweren Herzens auch getan. Es war wirklich nicht leicht für mich – auch, die richtigen Worte zu finden. Am Samstagabend bat ich „*Inge*", sich doch am Sonntagmorgen zu melden, sollte ich alles richtig gemacht haben. Auch das hat sie wie immer pünktlich um 5:15 Uhr getan.

Donnerstag, den 09.04.1015

Habe in letzter Zeit starke Schmerzen in der rechten Hüfte. Morgens stand ich auf und ging ins Bad. Danach setzte ich mich aufs Bett, um mich anzukleiden. Plötzlich ging mein Rekorder im Schlafzimmer dreimal an und wieder aus, ohne dass ich eine Bitte oder Frage an „*Inge*" gerichtet habe. Daraus entnahm ich, dass „*Inge*" bei mir war, um mir wohl einfach nur zu sagen, dass sie sehr wohl mitbekommen hat, dass ich im Moment starke Schmerzen in der Hüfte habe. Darüber habe ich mich gefreut und fühlte mich gleich ein wenig besser.

Freitag, den 01.05.2015

Hatte „*Inge*" gebeten, sich zu melden, wenn Frau Krabes stirbt (sie war eine ehemalige Nachbarin von uns und lag nun auf der Palliativstation, auf der ich ehrenamtlich arbeite). Sie hat sich gemeldet.
Am Samstag, den 02.05.15, wurde mir auf der Palliativ der Tod von Frau Krabes bestätigt.

Sonntag, den 03.05.2015

Anlass: Habe gestern Blumen für „*Inge*" gekauft, sie hat sich dafür über den Rekorder um 5:15 Uhr bedankt.

Mittwoch, den 20.05.2015

„*Inge*" hat sich um 5:15 Uhr über den Rekorder gemeldet. Aber jetzt kommt es, bevor sie sich wie gewohnt meldete, ist Folgendes geschehen: Ich lag auf dem Rücken (gegen 4:30 Uhr) und hatte einen leichten Schlaf.. Meine geöffnete rechte Hand lag mit dem Handrücken auf meiner Stirn. Plötzlich merkte ich, wie mir etwas in die Hand fiel. Ich schloss meine Hand sofort, da ich dachte, irgendwas ist in meiner Hand, vielleicht eine Spinne oder dergleichen. Ich machte Licht, um zu sehen, was sich in meiner Hand befand. Und siehe da, es war eine meiner Blutdrucktabletten, die ich jeden Morgen einnehme. Es war völlig unmöglich, dass ich irgendwie diese Tablette mir selbst in die Hand gelegt hatte – aus welchem Grund auch? Außerdem befanden sich die Tabletten noch in einer verschlossenen Schachtel. Da bat ich „ „*Inge*": „*Wenn du mir die Tablette in die Hand gelegt hast, so melde dich doch bitte gleich um 5:15 Uhr.*" Genau das hat sie auch getan. Worauf ich ihr in Gedanken sagte, „*gut gemacht, bin gespannt, was du noch so auf Lager hast.*" Sie hatte – später mehr dazu…

Freitag, den 22.05. 2015

Diese Begebenheit hatte ich bereits aus einem bestimmten Grund zum Teil vorher vermerkt. Hier aber jetzt den ausführlichen Bericht dazu.

Meine Frau hielt sich bereits seit 14 Tagen in Frankreich bei ihren Eltern auf. Der Grund war, dass der Vater meiner Frau im Sterben lag. Immerhin hatte er zu dieser Zeit ein Alter von 92 Jahren. Ich selbst war an diesem Freitagabend mit einem Freund in Köln zum Essen verabredet. Wir hatten, wie immer, einen interessanten und netten Abend. Wir sprachen, wie immer, über viele Themen, auch aktuelle. Es ist immer unterhaltsam, wenn wir uns treffen, und an Themen hat es uns an solchen Abenden noch nie gefehlt.

Bei meinem Freund ist das so eine Sache, wenn ich versuche, mit ihm über meine paranormalen Erlebnisse zu reden. Offen gestanden ist es vergebene Liebesmüh. Mein Freund ist Philosoph und hat bis Ende 2016 an der Kölner Universität Staatsphilosophie unterrichtet. Er zählt zu solchen Denkern, welche ein Weiterexistieren, in geistiger Hinsicht, nach dem Tod völlig ablehnen. Sein Lieblingsphilosoph ist Immanuel Kant. Der kategorische Imperativ von Immanuel Kant ist wohl eine der wichtigsten Theorien der Ethik beziehungsweise der Moralphilosophie überhaupt. Er sagt: „Handle so, dass die Maxime deines Willens jederzeit zugleich als Prinzip einer allgemeinen Gesetzgebung gelten könnte." Dieser Satz ist der Versuch, einen Maßstab für gerechtes Handeln zu finden. Verständlich erklärt bedeutet er: Der Mensch soll aus sich heraustreten und sich in andere Menschen hineinversetzen, dann weiß er von selbst, wie er sich verhalten muss. Im Grunde genommen bedeutet es: Was du nicht willst, dass man dir tu, das füg auch keinem anderen zu. Dieses Prinzip ist die Grundlage jeglichen Rechtssystems. Der Haken: Es geht von einem optimistischen Menschen aus. Etwa gegenüber dem Selbstmörder, der sich und andere umbringen will, funktioniert es nicht.

Ich möchte damit sagen, dass mein Freund so gut wie alle Voraussetzungen bringt, was die Ethik beziehungsweise Moralphilosophie eigentlich von uns allen verlangen würde. So gut meine ich ihn zu kennen.

Nur – für ihn gibt es eben kein „Danach". Für ihn ist mit dem Tod alles zu Ende. Hier hatte ich, als die unerklärlichen Dinge mit „Inge" bei uns begannen, mit ihm unzählige Stunden darüber diskutiert und auch Beispiele genannt. Er lehnte solche paranormalen Erlebnisse einfach ab. Wir sind nie richtig auf einen Nenner gekommen. Natürlich ist es, wie ich schon erwähnte, auch nicht leicht daran zu glauben, wenn man selbst diese paranormalen Erlebnisse bisher nicht erfahren durfte und sich auch diesem Thema nicht richtig öffnen kann und will.

Jedenfalls war es ein gelungener und diskussionsreicher, netter Abend.

Ich war gegen 23:30 Uhr wieder zu Hause. Ich zog mich aus, ging ins Bad, um mich zu duschen.

Als ich mich abtrocknete, schalteten sich im Wohnzimmer und im Schlafzimmer die TV-Geräte gleichzeitig an. Da dachte ich mir: „Irgendwas möchte „Inge" mir wohl sagen."

Da ich ja wusste, dass es dem Vater meiner Frau sehr schlecht ging, fragte ich sie: „Wenn der Vater am Pfingstmontag sterben sollte, so melde dich doch bitte morgen um Punkt 8:00 Uhr am Rekorder im Schlafzimmer. Stelle diesen dann wie gewohnt dreimal an und aus."

So geschah es am Samstag, den 23.05.2015, um Punkt 8:00 Uhr.

Samstag, den 23.05.15

Am Samstag sendete ich meiner Frau eine SMS mit folgendem Inhalt: „Habe gestern Abend „Inge" gefragt, ob dein Vater am Pfingstmontag sterben würde. Dann solle sie sich heute, Samstag, melden. Das hat sie getan." Wenn ich dies alles richtig interpretiert habe, **dachte ich**, stirbt der Vater am kommenden Pfingstmontag. Meine Frau rief mich später am selben Tag an und ich habe ihr die ganzen unerklärlichen Dinge erzählt, die mir nach dem Treffen mit meinem Freund zu Hause widerfahren sind. Danielle sagte: „Wenn es sich so verhält, dann wäre ich froh, da mein Vater so unendlich leidet."

An diesem Tag war bei uns in der Wohnung eine Menge mit unseren Elektrogeräten los. Die Fernsehgeräte sowie die Rekorder in unseren Zimmern stellten sich auch zu nicht vereinbarten Zeiten mehrmals unkontrolliert ein und aus. Auch gingen häufig die Lichter in unserer Wohnung kurz aus und gleich wieder an.

Sonntag, 24.05.2015

Auch heute wieder schalten sich die E-Geräte über den Tag verteilt an und aus. *„Inge"* möchte uns wohl damit zeigen, dass wir mit unserer Trauer nicht alleine sind…

Pfingstmontag, 25.05.2015

Wurde an diesem Morgen aus dem Schlaf gerissen. Ich schaute auf die Uhr, es war genau 5:14 Uhr. Da dachte ich mir, *„Inge"* wird sich wohl gleich melden. So geschah es auch Punkt 5:15 Uhr. Durch ihre Meldung war mir klar, auch irgendwie vom Gefühl her, dass der Vater von Danielle heute stirbt.
Am Nachmittag erhielt ich die telefonische Nachricht meiner Frau, dass ihr Vater am Montagnachmittag verstorben sei.

Dienstag 26.05.2015

„Inge" hat um 8:00 Uhr unsere TV-Geräte und die Rekorder eingeschaltet und wieder ausgeschaltet. *Sie* will uns auch heute wieder damit zeigen, dass wir mit unserer Trauer nicht alleine sind. Irgendwie spüre ich auch die Anwesenheit von *„ihr"*. Mein Reiki ist so stark wie lange nicht mehr. Beide Hände kribbeln zeitweise so, als hielte ich ein Schwachstromkabel in der Hand – sehr ungewöhnlich!

Meine Reise nach Frankreich zur Beerdigung meines Schwiegervaters.

Ich fuhr in der Zeit vom 28.05.2015 (Donnerstag) bis zum 31.05.2015 nach Frankreich zur Beerdigung des Vaters meiner Frau. Verständlicherweise war die Stimmung bei meiner Ankunft in Frankreich traurig und gedrückt. Ich sagte der Mutter meiner Frau noch, dass es gut sei, dass ihr Mann zu Hause gestorben ist. Denn etwa nur jeder Fünfte beschließt sein Lebensende tatsächlich in den eigenen vier Wänden. Die Zahlen in Frankreich sind ähnlich wie in Deutschland. Der Tod ist eben in der heutigen schnelllebigen modernen Zeit etwas Unangenehmes, mit dem man nicht unbedingt konfrontiert werden möchte und das man möglichst weit weg von allem hält, was einen selbst betrifft. Also gibt man häufig alte, schwerstkranke Menschen in ein Hospital, damit sich das Problem dort von alleine lösen lässt. Bei den meisten gehört der Tod in unserer Zeit eben nicht zum Leben, obwohl es genau umgekehrt ist und sein sollte. Ich versuchte die Mutter zu trösten. Ich nahm all meine Erfahrungen, die ich bei Personen anwende, die einen lieben Verwandten auf der Palliativstation verloren haben. Hier kam mir, aufgrund meiner speziellen Ausbildung zum Sterbebegleiter, auch meine psychologische Schulung zugute. Es hat geholfen – in diesem Fall aber leider nur bedingt.

Im Hause der Eltern meiner Frau ist Folgendes geschehen:

Ich schlief auf dem ausgebauten Dachboden alleine. Dieses Haus hat überall Telefone, auch Haustelefone. Sie befinden sich im Wohnzimmer, in den einzelnen Schlafzimmern, im Atelier und Keller sowie auf dem ausgebauten Dachboden, auf dem ich in dieser Zeit schlief. Von Donnerstag auf Freitag, ca. um 1:30 Uhr, klingelte plötzlich das Haustelefon bei mir auf dem Dachboden. Ich war erschrocken und dachte mir, dass mit Danielle oder mit der Mutter etwas sei. Denn nur wir drei hielten uns in diesem Haus zu dieser Zeit auf. Ich hob ab – aber keiner meldete sich. Ich ging dann vom Dachboden runter zum Garten und klopfte bei meiner Frau von außen ans Fenster, ohne die Mutter zu wecken. Danielle sagte mir, dass sie nicht angerufen habe. Auch nicht die Mutter, wie sich später herausstellte. Es war die Nacht, bevor der Vater meiner Frau beerdigt wurde.

Gegen 3:00 Uhr klingelte dann noch in meinem Schlafzimmer ein alter, leicht verrosteter manueller Wecker, welcher wohl in den letzten 30 Jahren nicht mehr aufgezogen worden war. In derselben Nacht klingelte das Haustelefon noch einige Male. Von einer ruhigen Nacht bei mir konnte man weiß Gott nicht sprechen. Demzufolge war ich auch am nächsten Morgen nicht besonders gut ausgeschlafen. Das gleiche Spiel wiederholte sich dann von Freitag auf Samstag im gleichen Stil – dann war Ruhe. Der Vater wurde am Freitag, den 29.05.2015 beerdigt.

Dienstag, den 02.06.2015

Zwischenzeitlich war ich wieder in Köln, meine Frau immer noch bei ihrer Mutter und ihrer Schwester in Frankreich. Danielle und ich hatten heute am Telefon eine unterschiedliche Auffassung, was die Bankangelegenheiten der Mutter anging. Der Grund war die Frage, ob auch sie eine Vollmacht wie ihre Schwester auf die Konten ihres Vaters haben soll. Die Mutter war – zur damaligen Zeit neunzig Jahre alt – und mit Bankgeschäften völlig überfordert. So war ich der festen Überzeugung, dass auch Danielle eine Vollmacht über die Konten, wie ihre Schwester sie hat, haben sollte, damit man auch von Deutschland aus in dieser Angelegenheit der Mutter behilflich sein konnte. Da ich in solchen Dingen sehr genau bin – vielleicht auch etwas pedantisch –, konnte ich meine Frau zunächst nur schwer davon überzeugen, zumal sie der der Ansicht war, dass diese Dinge ganz gut durch ihre Schwester erledigt werden konnten. Hier hatte ich nun „Inge" am selben Morgen, es war zehn vor acht, in dieser Sache gebeten, mir um Punkt 8:00 Uhr über den Rekorder mitzuteilen, ob ich mit meiner Entscheidung richtig liegen würde. Schaltete sie den Rekorder ein, so wäre mein Vorschlag richtig. Obwohl ich es für mich wusste, interessierte mich, wie „Inge" über das dachte, was ich Danielle vorgeschlagen hatte. Es waren genau noch zehn Minuten bis 8:00 Uhr. Meldete sich „Inge", dann hatte ich recht, wenn nicht, dann würde ich dem Wunsch meiner Frau nachgeben. Um Punkt 8:00 Uhr hat *sie* sich gemeldet, der Rekorder ging dreimal an und gleich wieder aus. Mit *ihrer Hilfe* konnte ich meine Frau nun von meinem Vorschlag überzeugen. Alles war wieder gut. Nicht uninteressant, dass man die Reaktion eines Verstorbenen erhält, wenn man das Richtige tun möchte.

An diesem Morgen war ich offen gestanden sehr aufgebracht.– Das hat „*Inge*" wohl bemerkt.

Dienstag, 09.06.2015
Wir haben heute wieder ein Reading mit *Carmen*
Meine Frau ist zwischenzeitlich auch wieder in Köln. Darüber bin ich sehr froh.

Da der Vater meiner Frau noch nicht die nötige Energie besitzt, um sich selbst mit unserem Medium in Verbindung zu setzen, gibt unsere verstorbene Freundin „*Inge*" *mittels unseres* Mediums durch, woran der Vater letztendlich gestorben ist. Sie sagt: „*Der Vater hätte Wasser in der Lunge gehabt. Sein Herz habe nicht mehr die Kraft gehabt zu schlagen.*" Er sei an multiplem Organversagen gestorben. Danach hatten wir uns darüber informiert, ob es sich so verhalten hatte. Wir haben aus Frankreich erfahren, dass genau diese Diagnose auch im Abschlussbericht des Arztes gestanden habe, der den Vater betreute.

„*Inge*" gibt durch, dass der Vater, der neben ihr erscheint, *Carmen* nun einen Vornamen für meine Frau durchgibt.
Unser Medium sagt zu Danielle: „*Von deinem Vater erhalte ich den Vornamen Marie. Gleichzeitig möchte er sich bei Marie bedanken, für alles, was sie für ihn in den letzten Zeiten getan hat. Sagt dir dieser Name etwas?*" „*Und ob*", sagt meine Frau. „*Es ist der Vorname meiner älteren Schwester.*" Wie ich schon erwähnte, ist das eins der größten Geschenke, die eine Seele einem Menschen machen kann, wenn sie Namen durchgibt. Meiner Frau liefen dabei ein paar Tränen die Wange runter.

Es sollte aber noch ein weiterer Vorname über *Carmen* durchgegeben werden.

„Inge" lässt dann über unser Medium mitteilen, dass sie den Vater meiner Frau, der erst einen Monat vorher verstarb (25. 05.2015), abgeholt hätte. Jedoch sei vorher der Bruder des Vaters bereits bei ihm gewesen. Unser Medium versucht uns einen Namen des Bruders durchzugeben. Sie sagt: *„Hieß der Bruder so ähnlich wie Norbert oder Robert?"* Meine Frau teilte dem Medium mit, dass der älteste Bruder ihres Vaters „Robert" geheißen hat. Vorher hatten wir nie mit unserem Medium über diesen Bruder auch nur ansatzweise gesprochen, geschweige denn seinen Vornamen erwähnt.
So wussten wir nun, dass nicht nur *„Inge"*, sondern auch der älteste Bruder ihres Vaters ihn an der Schwelle zum Jenseits abgeholt hatte. Man kann sich natürlich vorstellen, dass es in einer solchen Situation – man stirbt in der Regel eigentlich immer nur einmal (vom Reinkarnationsgedanken mal abgesehen) – durchaus hilfreich sein kann, Seelen zu begegnen, die man kennt. Wird einem doch dann der Weg ins Jenseits deutlich erleichtert. Eine wahrlich schöne Vorstellung.
Hoffentlich werden Sie, meine lieben Leser, sowie meine Frau und ich dasselbe Glück haben, von Seelen, die man sich wünscht wiederzusehen, abgeholt zu werden.

„Inge" gibt für den Vater von Danielle unserem Medium etwas durch. Sie sagt: *„Der Vater von Danielle ist hier, er hat eine Nachricht für Hans. Er soll, wenn er bald wieder in Frankreich im Haus der Eltern ist, alles, was der Vater noch vorher angepflanzt hatte, gießen."* Sie gibt unserem Medium durch: *„Hans soll im Keller des Hauses perforierte Schläuche sowie Verbindungsanschlüsse für dieselben suchen. Diese Schläuche soll er dann entlang des Gemüsebeets etc. legen und an die Wasserversorgung anschließen."* Einen Monat später fuhren wir nach Frankreich, um der Mutter beizustehen und ihr weiter Trost zu spenden. Verständlicherweise litt sie wirklich sehr darunter, dass ihr Mann nicht mehr bei ihr war. Sie trauerte wirklich sehr …
Da es Juli war und auch sehr heiß, musste der Obst- und Gemüsegarten reichlich mit Wasser versorgt werden. Hierbei sei

bemerkt, dass der Vater sein ganzes Leben früher in der Freizeit und später bis ins hohe Alter Gemüse etc. angepflanzt hatte. Dieses Gemüse und das Obst waren immer ein Genuss. Ganz ohne chemische Keulen konnte alles wunderbar gedeihen. Der Garten war sein Ein und Alles.

Nun erinnerte ich mich an das, was uns *„Inge"* über unser Medium gesagt hatte. Vorher wusste ich überhaupt nichts von perforierten Gartenschläuchen etc., die sich im Keller des Vaters befinden sollten. Wir hatten über solche Dinge auch nie miteinander gesprochen. Und doch habe ich alles, wie aus dem Jenseits durchgegeben, gefunden und angeschlossen. Selbst kleinste Details wurden mir durch *Carmen* genannt. Ich habe alles gefunden.

Nicht vergessen, man erhält eine Nachricht durch eine Seele aus dem Jenseits, die einem mitteilt, wie, wo und was zu machen ist, da die Seele es selbst nicht mehr kann. Für mich immer wieder erstaunlich. Wie schon erwähnt ist all dies, wenn man nicht selbst dazu in der Lage ist, einen Kontakt zu Verstorbenen herzustellen, nur mithilfe eines Mediums möglich.

Auf meine Frage hin, wer denn in meinem Schlafzimmer im Hause der Eltern den alten Wecker um Punkt 8:00 Uhr und 8:15 Uhr hat klingeln lassen (es ist die Uhrzeit, an der sich *„Inge"*, in der Regel, bei uns zu Hause in Köln meldet), kam die Antwort, die ich eigentlich erwartet hatte. *Carmen* gab durch: *„ Es ist „Inge", und sie sagt lächelnd dabei: Damit Hans sich auch hier an die gewohnten Zeiten, wie sie in Köln sind, erinnert. "* Dieser Wecker ist wirklich ein alter Hund, er steht da leicht angerostet und wurde seit zig Jahren nicht mehr aufgezogen. Als ich der Mutter erklärte, dass dieser alte Wecker nun schon seit einer Weile um diese Uhrzeiten klingelte, schaute sie mich ungläubig an und meinte: *„Merkwürdig, dieses Ding steht seit Jahrzehnten auf dem umgebauten Dachboden. Ich habe keine Erklärung dafür. "* Bis heute haben wir in der französischen Verwandtschaft außer der älteren Schwester und Nichte keinem etwas über unsere paranormalen Erlebnisse erzählt. Einige der Gründe beispielsweise sind, dass die Mutter von Natur aus sehr ängstlich ist, ein schwaches Herz hat und immerhin mittlerweile über 90 Jahre alt ist.

Wir haben ihr schon mal kleine Andeutungen bezüglich ihres Mannes gemacht. Es ist für sie einfach beängstigend. Also haben wir es besser gelassen.
Es ist ja auch nicht für jeden, wie ich bereits schrieb, aus ganz unterschiedlichen Gründen ein Thema.

Wir danken und verabschieden uns bei „Inge" und der geistigen Welt.

Hier endet unsere Sitzung mit *Carmen*.

Zitat

„Die bemannte Raumfahrt ist eine erstaunliche Leistung. Aber sie hat
uns nur eine winzige Tür geöffnet, durch die wir einen Blick auf die
ehrfurchtgebietende Weite des Weltraums werfen können. Unser
Blick durch dieses Guckloch auf die geheimnisvolle Unendlichkeit
des Weltalls bestätigt unseren Glauben an seinen Schöpfer."
„Über alles stehe die Ehre Gottes, der das große Universum schuf,
das der Mensch und seine Wissenschaft in tiefer Ehrfurcht von Tag
zu Tag weiter durchdringen und erforschen." – „Die gelegentlich
gehörte Meinung, dass wir im Zeitalter der Weltraumfahrt so viel
über die Natur wissen, dass wir es nicht mehr nötig haben, an Gott zu
glauben, ist durch nichts zu rechtfertigen. Bis zum heutigen Tag hat
die Naturwissenschaft mit jeder neuen Antwort wenigstens drei neue
Fragen entdeckt!" – „Nur ein erneuter Glaube an Gott kann die
Wandlungen herbeiführen, die unsere Welt vor der Katastrophe retten
können. Wissenschaft und Religion sind dabei Geschwister, keine
Gegensätze."

Wernher von Braun (1912–1977), deutsch-amerikanischer
Raketeningenieur, Wegbereiter und Visionär der Raumfahrt:

Sonntag, den 14.06.15.

Hatte „*Inge*" <u>nicht</u> gebeten, sich über den Rekorder zu melden. Sie
tat es dennoch, wie gewohnt um 5:15 Uhr. Manchmal hat auch sie
wohl das Bedürfnis, sich bei uns bemerkbar zu machen.
In dieser Nacht hatte ich von meiner eigenen Beerdigung geträumt.
War ziemlich heftig.
Ich hoffe doch, dass dies kein schlechtes Omen für mich ist.
Eigentlich bin ich noch nicht bereit, die Seiten zu wechseln. Fühle
mich noch sehr wohl hier und glaube noch einiges Gute tun zu
können.
Leider weiß man nicht, ob die Obrigkeit im Jenseits dieselbe
Meinung vertritt.

Ich erzählte Danielle von meinem Traum, worauf sie sagte: „*Wer von
seiner eigenen Beerdigung träumt, lebt noch lange, das sagte „Inge"
immer zu mir.*" „*Wie schön*", sagte ich. „*Dieser Spruch ist mir sehr
sympathisch.*" Ich kenne diesen Spruch auch von „*Inge*". Er ist
Ihnen wohl auch geläufig.

Mittwoch, den 17.06.15

Wer ist Fritz(i)? Wie bereits auf Seite 101 erwähnt (Sitzung mit
Carmen am 19.12.2014)

Hatten gestern ein Gespräch mit unserem Stamm-Medium. Es fragte
mich, ob ich in meiner Verwandtschaft mit dem Namen Fritz oder so
ähnlich etwas anfangen könne. Es sei wohl ein Spitzname.
Merkwürdigerweise nehme sie aber zu diesem Namen eine eher
weibliche Seele wahr. Mit dieser Seele sei „*Inge*" drüben in letzter
Zeit häufig zusammen. Mir fiel zunächst nichts dazu ein. Ich sagte zu
Danielle, „die Einzige, die etwas dazu sagen könnte ist meine älteste
Schwester Helga in Berlin."
Ich rief sie an und fragte, ob sie etwas mit dem Namen Fritz
anfangen könne. „*Es ist wohl ein Spitzname*", sagte ich ihr. Sogleich
gab sie mir die Antwort.
„*Ja, klar, es war unsere Tante Franziska. Du hast sie gar nicht
gekannt. Sie wurde immer Fritzi genannt. Leider wurde sie zum Ende*

des Krieges, an ihrem Geburtstag, von einem angetrunkenen Russen überfahren und getötet. " Schwer verletzt dabei wurde auch meine Tante Therese (meine geistige Helferin) sowie ein Bekannter der beiden.

Das genügte mir, hatte ich doch meine Antwort erhalten. Ich dachte mir aber, ist doch merkwürdig, ich selbst habe diese Tante nie gesehen geschweige denn erlebt. Und doch ist sie wohl jetzt auch befreundet mit unserer verstorbenen „Inge". – Übrigens, beide, „Inge" und meine Tante „Fritzi", so unser Medium, amüsieren sich immer köstlich darüber, dass ich alle paranormalen, übernatürlichen Ereignisse in unserer Wohnung, soweit möglich, mit Tag, Datum und Uhrzeit notiere. Vielleicht wussten sie bereits, dass ich ein Buch schreiben würde. Mir jedenfalls war das damals noch nicht klar. In der geistigen Welt versteht man gleich die ganzen Zusammenhänge und schließt Freundschaften mit den bereits verstorbenen Verwandten.

Nur um absolute Klarheit zu haben, hatte ich „Inge" gestern noch gefragt, ob Fritz(i) meine Tante Franziska ist, mit der sie jetzt zusammen sei, wenn ja, sollte sie den Rekorder einschalten. Das hat sie zur gewohnten Zeit gleich mehrmals getan. Die Antwort war also – *ja, sie ist es!*

Irgendwie, wenn man darüber nachdenkt, ist man doch ein wenig erstaunt, erhält man zunächst doch die Bestätigung sowohl durch eine noch lebende Schwester als auch von einer verstorbenen Person, wer „Fritzi" ist beziehungsweise war. Ich will damit nur deutlich machen, dass Dialoge zwischen Verstorbenen und Lebenden durch Vermittlung eines Mediums möglich sind.

Donnerstag, den 25.06.15

„Inge" hatte einen Tag vorher Geburtstag. Wir hatten ihr einen großen Blumenstrauß gekauft und neben ihr Bild in unser Wohnzimmer gestellt. Sie hat sich um 5:15 Uhr über den Rekorder gemeldet, um sich zu bedanken.

Hier sei nochmals erwähnt, es ist schon eine merkwürdige Uhrzeit. Aber das Zeitempfinden der Seelen geht im Jenseits langsam verloren. Dafür werden sie – die betreffenden Personen –, selbst im

Tiefschlaf, wenn es der Seele wichtig erscheint, pünktlich geweckt, um die Vorstellung mitzubekommen. Wie wird man eigentlich geweckt? Sie werden einfach genau zu diesem Zeitpunkt wach. Oder sie lassen etwas neben Ihnen auf den Boden fallen. Oder sie klopfen gerne dann in den Wänden oder an Türen. Das ist, so glaube ich, eine ihrer vielseitigen, unerschöpflichen Möglichkeiten, sich bemerkbar zu machen.

Glauben Sie mir, dem Einfallsreichtum der geistigen Welt sind keine Grenzen gesetzt – ich wundere mich immer wieder darüber.

Freitag, den 26.06.15

Habe eine starke Erkältung, „Inge" sendet um Punkt 8:00 Uhr Grüße mittels E-Geräten. Sie macht mir damit deutlich, dass sie weiß, dass es mir „usselig" geht. So drückte sie sich früher aus, wenn es ihr nicht so gut ging. In diesem Moment, wo ich hier diesen Satz schreibe, erhalte ich einen starken Stich in der rechten Handinnenfläche. Es ist die mit ihr abgesprochene rechte Hand, wenn sie etwas deuten möchte, oder auch nur so. Möglicherweise war sie davon berührt, dass mir noch ihr Wort „usselig" eingefallen ist, welches den Zustand beschreibt, wenn man sich nicht wohl fühlt.

Wie genau machen sich Verstorbene bemerkbar?

Wie spüre beziehungsweise bemerke ich, dass ein Verstorbener Kontakt zu mir aufnehmen möchte, ohne selbst irgendwelche medialen Fähigkeiten zu besitzen?

Die von Verstorbenen meistgenutzten Phänomene sind:

Über Gefühle

Bei einem Kontaktversuch eines Verstorbenen (Seele) zu einem menschlichen Wesen ist Folgendes zu spüren. Ganz plötzlich nimmt der Mensch die Gegenwart z. B. eines engen Verwandten wahr. Irgendwie spürt die Person ein unmittelbares Gefühl der Anwesenheit beziehungsweise die Nähe des Verstorbenen. Es kommt nicht selten vor, dass sich dieses Phänomen kurz nach dem Tod von einem geliebten Verwandten oder eines engen Freundes einstellt. Es geschieht häufig, dass dieses unerklärbare Phänomen gleichzeitig zu einem bestehenden Gedanken des Verstorbenen eintritt.

Es entsteht eine sogenannte Verbindung zwischen der Seele des Menschen und der Seele des Verstorbenen. Hierbei entsteht dann ein Gedankenaustausch und es wird Wissen in unser Unterbewusstsein transportiert.

Das bedeutet, dass die Seele des existierenden Menschen die Seele des Verstorbenen wahrnimmt. Unser Unterbewusstsein sendet uns Gedanken, damit unser Bewusstsein versteht, was rational Denkende häufig nicht annehmen beziehungsweise für unrealistisch halten. Nicht wenige Menschen verspüren die Anwesenheit eines kürzlich oder auch seit längerem Verstorbenen (Seele). Manche verdrängen dieses Gefühl. Es macht sie unsicher beziehungsweise ängstlich. Es kommt vor, dass der Mensch trotzdem dazu neigt, in solchen Momenten in ein Gespräch mit der Seele einzutreten. Es kann in Gedanken oder auch indem man schlicht vor sich hinflüstert vorkommen. Wenn das geschieht, so ist es der erste wunderbare Kontakt beziehungsweise die Akzeptanz einer augenblicklichen Energie.

Über akustische Botschaften

Es kommt nicht selten vor, dass man die Stimme eines Verstorbenen wie aus dem Nichts in seinem Kopf hat. Dabei wird berichtet, dass die vertraute Stimme dann nach einem ruft. In dieser Situation ist man dann auch gerne geneigt, an seinem Verstand zu zweifeln. Immer wieder berichten Menschen, häufig auch über eine medial veranlagte Person, was da mit ihnen geschieht. In der Regel können dann diese medial veranlagten Menschen diese paranormale Erfahrung klären. Diese Medien raten dann auch gelegentlich dazu, zu versuchen, genau hinzuhören, um eine eventuelle Botschaft richtig deuten zu können. Eigentlich besteht dieser Kontakt auch nur dann, wenn man die Anwesenheit des Verstorbenen (der Seele) akzeptiert. Wenn man diese Botschaften richtig deutet, so ist man in der Lage, selbst zu empfinden, was die Seele mitteilen möchte. Wichtig dabei ist, sich die Zeit zu nehmen und auch die Ruhe und

Konzentration, um das, was an Sie übermittelt wird, auch richtig zu verarbeiten. Es ist wahrlich keine leichte Aufgabe. Wenn Sie jedoch dazu in der Lage sind, öffnet sich Ihnen im wahrsten Sinne des Wortes die Verbindung zwischen dem Diesseits und dem Jenseits. Es ist eine wunderbare Erfahrung mit dem Übernatürlichen.

Über Berührung

Wenn man die Seele beschreibt, so ist sie als eine feinstoffliche Energie zu benennen. Diese feinstoffliche Energie ist zu Dingen in der Lage, die man sich als normal lebender Mensch zunächst gar nicht richtig vorstellen kann. Diese Energie hat verschiedene Eigenschaften. Sie kann sich verdichten, dabei ist sie dann in der Lage, uns deutlich körperlich spüren zu lassen, dass sie sich gerade bei uns aufhält. Diese Berührungen fühlen sich an wie ein Kribbeln auf der Haut, das kennen meine Frau und ich zur Genüge durch unser „Reiki" – ähnlich wie das Gefühl, wenn uns ein Fuß oder die Hand „einschläft", nur weniger intensiv und auf eine ganz bestimmte Körperstelle konzentriert. Bei meiner Frau und mir ist – so unser persönlicher Eindruck – dieses Empfinden etwas stärker, da bei uns der Kanal zur geistigen Welt durch unser „Reiki" bereits geöffnet wurde. Somit kann die Energie frei fließen. Es kommt auch vor, dass sich in solchen Momenten die Raumtemperatur ganz plötzlich ändert, um uns herum empfinden wir dann einen bestimmten Bereich als besonders warm, oder aber auch als besonders kalt. Bei Kälte, und das kommt häufiger vor, ist es der Ausdruck der Geschwindigkeit, mit der die Seele ihre Energiemuster ändert. Die empfundene Kälte ist dabei nicht als negativ anzusehen.

Über Gerüche

Die geistige Welt arbeitet nicht selten mit spezifischen Gerüchen, um einer bestimmten Person zu zeigen, welche Seele gerade bei ihr ist, beziehungsweise mit welchem Geruch der Verstorbene unzweifelhaft in Verbindung gebracht wird. Völlig unvermittelt werden dann Gerüche wie z. B. Parfüms, Rasierwasser oder auch ein ganz bestimmter Tabakgeruch (von der Sorte, die der Verstorbene immer geraucht hatte) mit bestimmten Personen in Verbindung gebracht.

Häufig ist es so, dass dieser Geruch, den man dann ganz plötzlich wahrnimmt, absolut nicht in diesem Moment in die Umgebung passt, noch lässt sich die Ursprungsquelle ermitteln. Nicht selten fragen dann Betroffene anwesende Personen, ob auch sie diesen Geruch wahrnehmen können. In der Regel reagieren dann diese Menschen irritiert und schütteln verständnislos ihren Kopf. Diese Reaktion ist völlig normal. Denn dieser spezielle Geruch, den eine bestimmte Person wahrnimmt, ist auch nur ausschließlich für sie gedacht. Und man sollte dies dann auch als ein großes Geschenk ansehen. Es soll der Person dann deutlich machen, dass sich die ganz bestimmte verstorbene Person, der sie diesen Geruch zuordnet, in diesem Moment direkt sich an ihrer Seite befindet.

Über Träume

Jeder Mensch träumt. Es ist in der Regel die Zeit, in der das Gehirn aufräumt und Ordnung schafft. Während des Schlafes verfestigt und bearbeitet unser Gehirn das, was wir tagsüber gelernt haben. Hingegen sind Traumkontakte zu Verstorbenen außerordentlich intensiv und von einer auffälligen Deutlichkeit. Diese Träume bleiben in unseren Erinnerungen, und mit ihnen beschäftigt man sich noch lange. Immer wieder denkt man dann an diesen Traum. Er lässt einen dann einfach nicht mehr los. Es kommt dann vor, dass sich solche Kontaktträume häufen, und irgendwie sagt Ihnen Ihre innere Stimme, dass der oder die Verstorbene Ihnen durch diesen Kontakttraum etwas mitzuteilen hat. Diese Art von Träumen heben sich deutlichst von solchen ab, mit denen wir unser alltägliches Erleben verarbeiten. Unsere alltäglichen Träume sind fast immer völlig irreal und haben meist keinen rationalen Zusammenhang. Kontaktträume hingegen sind nicht immer einfach zu deuten, denn die Seele bedient sich unserer Emotionen und unseres Wissensstandes. Gleichzeit ist unser Gehirn mit der Verarbeitung unseres Alltags beschäftigt – keine leichte Aufgabe für unseren Computer im Kopf. Es kommt nicht selten vor, dass Sie durch diese Art von Kontaktträumen eine außersinnliche Erfahrung machen, die dann zu einem erweiterten Bewusstseinszustand führt. Dieser erweiterte Bewusstseinszustand kann dann eine Weile andauern. Bei dieser Art von Kontaktträumen ändern sich dann plötzlich die gewohnten irrationalen Träume. Sie spüren dann deutlich, dass etwas Klares, Reales an Bildern in Ihrem Kopf abläuft. Wo eben noch diffuse Abläufe waren, ist es jetzt still, ruhig und klar. Sie spüren, dass Sie alleine mit einem Verstorbenen verbunden sind, um sich auf eine für Sie bestimmte Botschaft zu konzentrieren. Da auch diese Träume gerne von den Seelen mit Metaphern bestückt sind, ist es nicht immer leicht, diese richtig zu deuten. Es handelt sich häufig um Teile von Gesten, Orte und auch Dinge, die der Verstorbene in der Hand hält. Es sind dann auch Worte, eine bestimmte Zeit, eine bestimmte Gegend oder Raum, die durch Sie in die richtige Reihenfolge gebracht werden müssen, um diese Traumbotschaft richtig zu deuten. Das ist nicht immer einfach. Nehmen Sie sich die Zeit, spüren Sie ohne Druck diesem Traum nach oder machen Sie sich Notizen. Haben Sie diesen Kontakttraum richtig gedeutet beziehungsweise richtig entschlüsselt, so wird er sich nicht mehr wiederholen. Es ist auch das Zeichen dafür, dass Sie ihn richtig entschlüsselt haben. Für eine richtige Deutung kann Ihnen ein Medium sehr gute Dienste leisten.

Über elektrische und bewegte " Phänomene (wie es bei uns regelmäßig der Fall ist)

Nichts geschieht in unserem Universum ohne Energie. Alles um uns herum ist mit Energie durchzogen, genau wie die geistige Welt ausschließlich daraus besteht. Das macht es eben in der geistigen Welt möglich, Dinge bei uns geschehen zu lassen, welche wir dann als übernatürlich einordnen. Darunter fallen paranormale Phänomene wie: Lampen in Ihrer Wohnung beginnen zu flackern oder gehen ohne unser Zutun von selbst aus. Wenn bei Ihnen also häufiger Lampen flackern, der Fernseher oder Rekorder plötzlich an- und ausgeht, sich das Radio verstellt oder von selbst einschaltet, der Computer, während man schreibt, plötzlich ständig die Buchstabengröße ändert, Sie ein Zischen, Knacken, Fiepen oder Murmeln in der Telefonleitung hören, oder sogar Gegenstände bewegt werden oder verschwinden (siehe die Geschichte mit den Augen der Eule auf Seite 83), um dann urplötzlich an einem anderen

Ort wieder aufzutauchen, können Sie sich sicher sein, dass Sie Besuch der anderen Art bei sich zu Hause haben.

All das sind Zeichen einer anderen realen Wirklichkeit, die schon immer Bestand hatte und haben wird, solange es Menschen und Seelen gibt, die geboren werden und wieder nach Hause gehen. [5]

Montag, den 27.07.2015

Sind für eine Woche wieder in Frankreich und besuchen die Mutter meiner Frau. Es ist die erste Nacht. Hatte „Inge" vorher gebeten: „Vielleicht kannst du dich ja über das Telefon melden, welches auf dem Dachboden steht, gleich neben meinem Bett. Wenn möglich, um 1:40 Uhr." Dies geschah auf meine Anfrage Punkt 1:40 Uhr, es ist dieselbe Uhrzeit, zu der sie zurzeit bei uns in Köln einen unserer Rekorder manipuliert. Nochmals zur Erinnerung: Wenn die geistige Welt dir etwas mitteilen möchte, egal ob du nun gerade schläfst – kein Problem –, sie machen dich genau um diese Uhrzeit dann wach, wie, habe ich ja schon erwähnt. Ansonsten sind die Tage in Frankreich völlig normal verlaufen.

Sonntag, den 02.08.15

Wieder in Köln. Schlage mich seit langem mit zum Teil starken Ohrenschmerzen herum. Habe „Inge" einen Tag vorher gefragt, ob sie davon weiß. Wenn ja, dann soll sie sich melden, um die gewohnte Zeit, 5:15 Uhr in meinem Schlafzimmer. Das hat sie heute getan.

Samstag, den 08.08.2015

Haben heute Blumen für „Inges" Bilder in unserer Wohnung gekauft. Heute hat sie sich gegen Mitternacht – meine Frau und ich waren noch in unserem Wohnzimmer – besonders bedankt, indem sie beide Rekorder, im Wohn- und Schlafzimmer, gleichzeitig ein- und ausschaltete, und dies gleich mehrmals. Dazu ging noch das TV-

Gerät im Schlafzimmer und Wohnzimmer aus und wieder an. Alles zur selben Zeit, dieses Mal allerdings um Punkt 0:00 Uhr.

Donnerstag, den 13.08.15

Einen Tag vorher hatte ich für „Inge" eine Messe bestellt. Sie hat sich dafür bedankt, mittels Rekorder und TV-Gerät, dreimal ein- und ausgeschaltet um Punkt 8:00 Uhr.
Vielleicht fragen Sie sich ja, warum ich für „Inge" vier Jahre nach ihrem Tod eine Messe bestellt habe.

Der Grund ist Folgender:
Hier komme ich noch mal zurück auf ihren allerletzten Abend hier auf Erden.

Als sie am 24.12.2011(Heiligabend) auf einer Palliativstation in Köln, an der sie auch ehrenamtlich tätig war, in unserem Beisein verstarb, und ihr Sterben war laut dem Arzt am selben Tage zu erwarten, hatten wir in der für sie und auch für uns so schwierigen Zeit an eine Letzte Ölung durch einen Priester nicht richtig gedacht. Und ich war mir auch nicht sicher, ob sie es gewünscht hätte. Darauf angesprochen hatten wir sie allerdings auch nicht. Vielleicht war der Grund auch, dass die Situation, wenn ich einen Priester hätte kommen lassen, für uns alle, d.h. natürlich zunächst für „Inge", aber auch für meine Frau und mich, dann sehr eindeutig gewesen wäre. Ich glaube, das wollte ich uns allen ersparen, gleichwohl wussten wir alle, dass der Tod sich bereits im Zimmer von „Inge" befand.

Wir kamen Heiligabend gegen 17:00 Uhr auf die Palliativstation und betraten ihr Zimmer. Glauben Sie mir, an solch einem Tag (Heiligabend) würde man sich sicherlich etwas anderes wünschen, als neben einem Menschen zu sitzen, dem man den bevorstehenden Tod bereits im Gesicht ablesen kann.
„Inge" hatte uns mit großer Ungeduld und mit einem traurigen und sehnsüchtigen Blick erwartet. Man spürte förmlich, dass sie froh war, dass wir nun endlich bei ihr waren. Waren wir doch irgendwie ihre besten Freunde, nein, wir waren ihre Familie. So kam es uns jedenfalls früher häufig untereinander vor.

„*Inge*" wusste, was sie zu erwarten hatte, beziehungsweise dass es ihr letzter Abend mit uns sein würde. Auch wir waren uns darüber im Klaren. Keiner von uns hatte jedoch darüber gesprochen. Wir verdrängten einfach das Unausweichliche.

Wir hielten uns, wie all die Jahre, an unser weihnachtliches Ritual und bescherten uns gegenseitig.

Sie hatte uns noch über eine Freundin von ihr eine Kaffeemaschine geschenkt, die in ihrem Zimmer stand und ausgepackt werden wollte. Wir hatten für sie einen Pullover, eine Lesebrille mit der Skyline von Köln an den Lesebügeln, sowie ein Portemonnaie und andere nette Kleinigkeiten.

Bis dahin verhielt sie sich, ihrer schweren Krankheit entsprechend, relativ normal. Wir umarmten uns gegenseitig und bedankten uns für die Geschenke, die wir alle erhalten hatten.

Als dieses Ritual vorüber war, begann sie – und das war sehr ungewöhnlich bei ihr – unruhig zu werden. War sie doch früher immer eine ruhige und beherrschte Person.

Es begann ihre Sterbephase: Was sind eigentlich Sterbephasen? Es kann wichtig sein, wenn man am Sterbebett einer Person sitzt, diese „**Sterbephasen**" zu kennen. Können sie einem doch helfen, den Sterbenden besser und sich selbst als Sterbebegleiter zu verstehen.

Die fünf Sterbephasen nach Elisabeth Kübler-Ross.

Das Phasenmodell

Eine Reihe von Sterbeforschern haben danach gesucht, den Weg in den Tod in bestimmte Phasen aufzuteilen. Hierbei haben sie versucht nachzuvollziehen, wie der genaue Sterbevorgang eigentlich abläuft, um damit ein Ablaufmuster von verschiedenen Phasen zu erstellen. Das seit einigen Jahrzehnten bekannteste Modell ist das von Elisabeth Kübler-Ross, das die psychischen Vorgänge im Zusammenhang mit dem nahenden Tod in fünf Sterbephasen zusammenfasst." Sie hat mit etwa über 200 Patienten gesprochen, welche sich bereits in einem Sterbeprozess befanden. Hieraus entwickelte sie ihr Konzept. Leider verläuft das Fünf-Phasen-Modell nicht immer ganz so, wie man es sich idealerweise vorgestellt hatte. Der Grund dafür ist, dass jeder Mensch irgendwie auf seine eigene individuelle Weise stirbt. Dieser Sterbeprozess kann völlig unterschiedlich verlaufen. Er kann sich über mehrere Monate oder Jahre hinziehen. Es kann aber auch innerhalb weniger Minuten geschehen. Der Sterbende befindet sich in der gleichen Phase, in der sich die Angehörigen, als Begleitende, befinden können. Sie unterscheiden sich im Grunde nicht. Jedoch können sie aber Anteile einer vorweggenommenen Trauer enthalten. Auch können die Phasen, die der Sterbende beziehungsweise die begleitenden Angehörigen erleben, durchaus unterschiedlicher Art sein.

Die Grundwahrnehmung in diesen Phasen, beziehungsweise das Gefühl, ist die Angst. Es ist die Angst davor, dem unaufhaltsamen Ende nicht ausweichen zu können. Es entsteht eine gewisse Ohnmacht vor dem Unausweichlichen. Auch ist der Gedanke an den mit diesem Prozess einhergehenden Verlust der Kontrolle der geistigen und körperlichen Fähigkeiten vorhanden. Trotzdem geht die Hoffnung in allen fünf Phasen nicht verloren, dass noch ein Wunder geschehen könnte.

Diese fünf Sterbephasen wurden zunächst im englischsprachigen Raum bekannt.

1. Nichtwahrhabenwollen und Isolierung

Der betroffene Mensch akzeptiert nicht die Diagnose seiner tödlichen Erkrankung. Er will sie einfach nicht wahrhaben. Die Sterblichkeit liegt jenseits seiner persönlichen Vorstellungskraft. Irgendwie wird sie durch ihn verdrängt und er erlebt nicht selten einen Schock. Er versucht alle Möglichkeiten in Betracht zu ziehen. Einmal ist er der festen Überzeugung, dass es sich bei ihm um eine Verwechslung handelt, dann wieder sucht er die Schuld beim medizinischen Personal, wie bei Ärzten oder Pflegern etc. Er versucht das nicht Abwendbare abwendbar zu machen, dabei sucht er weitere Ärzte auf, in der festen Hoffnung, dass ihm dadurch eine bessere Diagnose geliefert werden kann.

Es werden in dieser Phase noch Pläne für die Zukunft geschmiedet. Auch fällt auf, dass der Schwerstkranke einen besonderen Wert auf sein Äußeres legt, wie z. B. Frisur oder auch die Kleidung. Seine Gedanken drehen sich trotzdem oder gerade deswegen ständig um sein Problem, sterben zu müssen. Angehörige, aber auch das pflegende Personal, versuchen häufig, diese Todesgefahr zu verbergen. Hier liegt auch der Grund vor, der eigenen Betroffenheit zu entgehen. In solch einem Zustand, in dem sich der Schwerstkranke befindet, kann das Verschweigen und auch das Verbergen dieses Zustandes bei dem Betroffenen zu einer noch größeren Krise führen. Häufig hat ein solcher Betroffener eine leise Ahnung, ja ein Gespür dafür, dass sich der Tod ihm nähert. Auch besteht eine gewisse Sensibilität seinem Umfeld gegenüber. In den meisten Fällen entgeht es ihm nicht, wenn er von seinem Umfeld, d. h. Angehörigen, Pflegern etc., nicht die Wahrheit gesagt bekommt oder ihm Informationen vorenthalten oder verheimlicht werden.

Nicht selten fordert der Sterbende daher, ihm die Wahrheit mitzuteilen. Denn gerade das Schweigen gibt ihm zu verstehen, dass er über seine Ängste und Sorgen nicht reden darf. Die Befürchtung bei Angehörigen, dem Pflegepersonal und auch den Ärzten ist, dass, wenn man dem Betroffenen völlig offen die Realität vor Augen führt, dadurch die Auseinandersetzung mit dem Tod gelähmt wird, statt sie zu fördern. Ja, es könnte sogar Suizidgedanken bei dem Betroffenen auslösen.

Der Sterbende sollte offen über seinen momentanen Zustand reden – so er noch kann – und auf *ehrliche* Antworten vertrauen können, um so schrittweise zu begreifen, dass es schlecht um seine Gesundheit steht. Gerade sollte das pflegende Personal auf Signale achten, die der Schwerstkranke aussendet, und diesbezüglich ihre Bereitschaft zu einem entsprechenden Gespräch zeigen. Der Sterbende sollte offen darüber reden, was ihm in diesem Moment wichtig erscheint. Hierbei ist es völlig egal, ob es sich dem Anschein nach um ein belangloses oder eher um ein tiefgründiges Thema/Gespräch handelt. Wichtig hierbei ist, dass bei Gelegenheit neben ernsten Gesprächen auch andere Themen zur Sprache kommen sollten. Es hat den Grund, den Schwerstkranken abzulenken und ihm Mut zu machen, sein restliches Leben intensiver zu nutzen, ja vielleicht dadurch auch seine Lebensqualität ein wenig zu steigern.

2. Phase: Zorn und Ärger

Auf das Nichtwahrhabenwollen folgen in der zweiten Phase häufig Neid, Wut, Zorn und Groll.

„Wieso gerade ich?", diese Frage stellen sich die Schwerstkranken dann häufig. In dieser Situation richtet der Sterbende seinen Zorn, vielleicht auch Hass, gegen diejenigen, denen es vergönnt ist, weiterleben zu dürfen. Mit diesen negativen Äußerungen des

Schwerstkranken werden die Angehörigen, das Pflegepersonal etc. angegriffen, und zwar nur aus dem einem Grund, er kann den Tod selbst nicht direkt angreifen. Die durch den Sterbenden angegriffenen Personen sollten das, was der Betroffene an Beschimpfungen und Anschuldigungen an sie richtet, nicht persönlich nehmen beziehungsweise sich nicht angesprochen fühlen. Schon gar nicht sollten sie darauf aggressiv reagieren. In diesen Fällen sollten sie versuchen, sich in die Notsituation des Schwerstkranken zu versetzen. Ermöglichen sie ihm, offen über seine Themen und Ängste zu reden, ist es der erste Schritt, um die begründeten oder auch unbegründeten Aggressionen des Sterbenden möglichst schnell abzubauen.

Es kommt vor, dass manche Schwerstkranke ihr provozierendes Verhalten so weit steigern, nur um auszutesten, wie ihre Umgebung darauf reagiert. *„Ihr alle seid nur so überaus freundlich und liebevoll zu mir, da eh bald alles mit mir zu Ende ist."* In solchen Fällen hilft dann nur reine Aufrichtigkeit weiter. Der Sterbende soll als das, was er ist, angesehen werden. Nämlich als eine erwachsene Person, die man vor jeder Auseinandersetzung schützen muss. Wichtig hierbei ist, dass sich der Sterbende ernst genommen fühlt. In den meisten Fällen legt er dann seinen Zorn sowie sein negatives Verhalten ab. Somit ist einer möglichen Eskalation in solchen Situationen vorgebeugt. Nötig und sehr hilfreich ist hier auch eine professionelle Unterstützung durch Psychologen.

3. Phase: Verhandeln

Den bevorstehenden Tod erkennt der Sterbende häufig in der kurzen dritten Phase. Auch auf dieser Ebene versucht der Betroffene immer noch zu verhandeln, mit Ärzten, Pflegepersonal, dem Schicksal und auch mit Gott. Er legt alle möglichen Versprechen und Gelöbnisse ab, stellt Kerzen in den Kirchen auf, wenn er nur weiterleben darf. Es kommt vor, dass er um Aufschub bittet, bis beispielsweise zur Geburt des ersten Enkels beziehungsweise Urenkels. Der Schwerstkranke nimmt an allen Therapien teil und nimmt jede neue Behandlungsmethode gerne an. Das Pflegepersonal sollte aber immer daran denken – ganz im Sinne der Aufrichtigkeit –, alle Hoffnungen auf einen realistischen Hintergrund zurückzuführen, um keine falschen Hoffnungen aufkommen zu lassen. Unrealistische Äußerungen dürfen als Wünsche ruhig im Raume stehen bleiben.

4. Phase: Depressive Phase

Der Sterbende macht sich bewusst, dass er Partner, Verwandte, Kinder, Freunde nach seinem Tod zurücklassen muss beziehungsweise verliert. Die Depression ist vor allem geprägt durch seine Ohnmacht, die innere Leere und die Hoffnungslosigkeit. Diese Schwermut ist geprägt von Gefühlen der Sinnlosigkeit und des Lebensüberdrusses. Viele denken darüber nach, was sie alles versäumt haben beziehungsweise welche Probleme noch immer im Raume stehen, die man nicht mehr lösen kann. Dies kann dann mitunter zu schweren Schuldgefühlen führen. Andererseits besteht auch in diesem Zustand die Möglichkeit, sich mit Verwandten oder Freunden auszusöhnen – oder seinen letzten Willen zu verfassen. Trotzdem behält der Sterbende in dieser Phase die Hoffnung. Er glaubt an Dinge wie: „Meine Krankheit könnte zum Stillstand kommen, so dass möglicherweise einer Genesung nichts im Wege stehen wird." Wenn diese für ihn unrealistische Einschätzung nicht eintritt, so wünscht er sich dann zumindest einen schmerzfreien und unkomplizierten Tod, und vielleicht auch ein besseres Existieren im Jenseits. Viele Menschen machen sich den Tod schwerer als nötig. Sie können einfach nicht sterben, ohne z. B. ihre Verwandten noch einmal gesehen zu haben. Auch gibt es Konflikte, die Außenstehende (Pflegepersonal, Ärzte etc.) für den Schwerstkranken nicht lösen können, auch dieses gilt es auszuhalten. Dem Schwerstkranken sollte stets ermöglicht werden, seine Trauer auszudrücken. Auch in dieser Phase muss das Umfeld des Schwerstkranken Trauer und Traurigkeit aushalten und zulassen können. Wichtig ist, für den Betroffenen da zu sein. Ein hohes Maß an Achtsamkeit stellt einen unschätzbaren Wert für den Schwerstkranken dar. Es ist möglich, dass der Betroffene ein Gespräch sucht oder aber auch dem Alleinsein den Vorzug gibt. Jedem Wunsch sollte man entsprechen. Auch für Pflegende ist es notwendig, sich selbst dabei nicht zu vergessen, indem man sich gegebenenfalls einer Unterstützung sicher sein kann. Hierbei können Gespräche mit verständnisvollen Kollegen oder

Freunden sehr hilfreich sein. In diesem Zusammenhang sei auf die verschiedenen Beratungsstellen hingewiesen, die inzwischen an vielen Orten kostenlose Unterstützung – nicht nur für die Kranken – anbieten (z. B. die Palliativ-Beratung der Hospiz-Initiativen oder andere Ansprechstellen wie z. B. ALPHA in Nordrhein-Westfalen).

5. Phase: Zustimmung

In der fünften und letzten Phase nimmt der Betroffene sein Schicksal an, obwohl immer noch die kleine Flamme der Hoffnung besteht, dass man nicht sterben muss. Diese letzte Phase ist dann ansonsten frei von starken Gefühlen, im Vergleich zu den vorherigen. Der Betroffene ist dann auch physisch sowie psychisch mit seinen Kräften am Ende. Er schläft häufig und möchte dabei nicht gestört werden. So langsam beginnt er sich für sein Umfeld nicht mehr zu interessieren, der Betroffene nabelt sich einfach ab. Meist kann oder will er sich nur noch mit wenigen Worten und Gesten verständigen. Auch auf Besuche legt er dann in der Regel keinen besonderen Wert, da ihm alles zu viel werden kann. Die Zurückweisung von gutgemeinten Besuchen kann von dem Besucher als Zurückweisung aufgenommen werden – ja sie kann auch Schuldgefühle auslösen. Dinge, die den Betroffenen vorher interessiert haben, wie Musikhören, Lesen oder Fernsehen, werden dann für ihn zunehmend uninteressanter, ja sie können sogar als störend empfunden werden. Der Betroffene zieht sich von der äußeren in eine innere Welt zurück. Trotzdem nimmt er seine Umgebung mit einem hohen Grad an Gespür wahr, auch wenn er abwesend erscheint. Hier sollte man dem Betroffenen mit großer Achtsamkeit begegnen, beziehungsweise spüren, was der Betroffene wünscht. Kleinste Veränderungen im Verhalten der Pflegenden oder auch Ärzte oder der Besucher werden durch ihn genau registriert. Alles, was in seinem Sterbezimmer vorfällt, ob es gefühllose oder vielleicht auch verletzende Äußerungen sein mögen, all das nimmt der Betroffene wahr, auch wenn er als geistig abwesend erscheint oder auch dann, wenn er nicht mehr reagiert. Jeder, der mit dem Sterbenden zu tun hat, d.h. Verwandte, Partner, Kinder, Freunde, Pflegepersonal und Ärzte, die ein solches Sterbezimmer betreten, muss sich das stets vor Augen führen.

Es spricht nichts gegen einen Körperkontakt, auch vom pflegenden Personal, wie beispielsweise die Hand oder auch die Schulter zu berühren. Auch eine liebevolle, sanfte Fußmassage wird durch den Betroffen häufig als angenehm aufgenommen. Es ermöglicht auch hier den Kontakt ohne Worte. Das Streicheln über Kopf und Wange sollte allerdings nur den Nahestehenden überlassen bleiben, die sicher wissen, dass dies vom Betroffenen nicht als unangenehm aufgenommen wird. [6]

Zitat

„Wenn unsere letzte Stunde schlägt, wird es unsere unsagbar große Freude sein, den zu sehen, den wir mit unserem Schaffen nur ahnen konnten."

Carl F. Gauß *(1777–1855), deutscher Mathematiker und Physiker*

Der Tod beziehungsweise das Sterben des Körpers?

Für die meisten von uns kommt der Tod nicht unvorbereitet. Sehr häufig ist das Ableben somit ein langsamer und schleichender Verlauf. Das Leben schwindet, vergleichbar mit einer Gasflamme, welche man langsam immer kleiner dreht, bis sie schließlich ganz verlöscht. Die Energie im Körper ist verbraucht. Wie bereits beschrieben fällt der Sterbende in einen sogenannten Dämmerzustand oder auch Halbschlaf. Dieses Verhalten ist sozusagen die Grenze zwischen Leben und Tod. In dieser Zeit des Übergangs scheint sich das Tor zum Jenseits zumindest zeitweise immer wieder zu öffnen. Steht das Ende kurz bevor – man muss dabei nicht vorher besonders krank gewesen sein – dann erweitern sich die Sinne und werden sensitiv verstärkt. In diesem Stadium besteht bereits die Möglichkeit, Verstorbene zu sehen beziehungsweise wahrzunehmen. Das bedeutet, dass der Sterbende Dinge aufnimmt, welche man normalerweise übergehen oder auch übersehen würde. Die Verstorbenen nehmen uns in Empfang. Es ist für die sterbende Person natürlich in dieser Situation sehr beruhigend. Eigentlich besitzen diese Fähigkeiten zu Lebzeiten nur medial veranlagte Menschen (Medien).

Was geschieht eigentlich genau, wenn wir sterben?

Die Kraft des Lebens wird ständig geringer

Hier kommt ein ganz wichtiger Punkt, wie ich meine. Was viele Ärzte als blanke Halluzination bezeichnen, werten viele namhafte Sterbeforscher, wie beispielsweise die Schweizerin und Ärztin Elisabeth Kübler-Ross. Es wird darüber berichtet, dass man bei der Beobachtung der Sterbenden den Eindruck gewinnen kann, dass Sterbende bereits einen Blick ins Jenseits werfen durften, beziehungsweise erste Kontakte zu bereits verstorbenen Verwandten, Freunden etc. aufgenommen haben. Es kommt sogar mit der geistigen Welt zu ersten Kommunikationen. Ich selbst habe in meiner Tätigkeit als ehrenamtlicher Sterbebegleiter häufig Gespräche mit Schwerstkranken geführt, welche bereits in Kontakt zu Verstorbenen standen. Ich werde dazu später noch ein Beispiel auf einer Palliativstation geben. Eigentlich sind es immer ähnliche Berichte, wonach der Betroffene mitteilt, mit bereits Verstorbenen in Kontakt zu stehen. Wie ich bereits erwähnte, sind medial begabte Menschen ebenfalls in der Lage, die geistige Welt wahrzunehmen, ja sie können diese jenseitigen Begleiter während des Sterbevorgangs deutlich am Bettende optisch wahrnehmen. Der Leser darf sich sicher sein, dass in der Regel kein Mensch alleine stirbt. Es wurde mir von medialen Personen berichtet, die auch einer ehrenamtlichen Tätigkeit als Sterbebegleiter nachgehen, dass sie während einer Sterbebegleitung immer wieder beobachtet haben, dass für jeden Sterbenden nahe jenseitige Verstorbene kommen, um die Betroffenen sicher in die geistige Welt zu geleiten. Unglaublich, aber offensichtlich Realität.

Viele Sterbevorgänge verlaufen über Tage und Nächte. In diesem bereits erwähnten Dämmerzustand der Betroffenen wechseln sie offenbar immer mal wieder zwischen der diesseitigen und der jenseitigen Welt. Es werden erste Erfahrungen mit der geistigen Welt gemacht. Erst jedoch, wenn die Seele tatsächlich bereit ist, ihren physischen Körper zu verlassen, zerreißt die sogenannte „Silberschnur" (auch als Lebensband bekannt). Sie ist die Verbindung, die Gott zur inkarnierten Seele aufbaut, sie kommt direkt von der Quelle selbst. Man kann auch sagen, dass es die Verbindung zu Seele und Körper ist. Verlässt die Seele dann ihren Körper, so ist es vergleichbar mit einem Kleidungsstück, welches man ablegt. Die Seele ist wieder frei, alle Pein wird mit dem Körper zurückgelassen.

Der Tod – ein Sterbeprozess beziehungsweise eine Loslösung von allem

Zunächst ist festzuhalten, dass sich die Forschungsergebnisse von Sterbeforschern auf der ganzen Welt frappant ähneln. Aus allen sozialen Schichten sowie aus allen Kulturkreisen der Erde sind die Abläufe der Geschehnisse während eines Sterbevorgangs beinahe identisch, so berichten Sterbeforscher.

Der Tod selbst ist im Endeffekt ein Loslassen. Das bedeutet, er ist eine Loslösung von vielen Dingen, wie persönlichen Bindungen, ob zu Familie oder Freunden, aber auch von allem Materiellen. Bei diesem Sterbevorgang (Loslassen) fällt es dem Betroffenen natürlich schwer. Laut Berichten kann sich sogar der Sterbevorgang verlängern bei der Anwesenheit von Verwandten oder engen Freunden. Es kommt jedoch nicht selten vor, dass Menschen dann sterben, wenn sich in einem Moment kein Mensch im Sterbezimmer befindet. Dies kann ich bestätigen, nicht selten habe ich als Sterbebegleiter durch Verwandte oder Ehepartner und enge Freunde erfahren, dass der Betroffene gerade verstarb, als keiner in seinem Zimmer war. Sie sagten dann zu mir: *„Es ist doch merkwürdig, da sitzt man tagelang am Sterbebett – wechselt sich ab, und dann geht man für einen Moment aus dem Zimmer, kommt wieder zurück und muss feststellen, dass der Betroffene in meiner kurzen Abwesenheit gestorben ist."* Ich sage dann schon mal, vielleicht hat er/sie es so gewollt.

Der Austritt aus dem Körper (Out-of-Body-Erfahrung)

Bei fast allen Nahtodberichten haben die Betroffenen das Gefühl, aus ihrem Körper herauszutreten. Sie sehen sich also selbst regungslos daliegen. Das ist ein in der Regel emotionaler Moment, der für den Betroffenen völlig ungewöhnlich ist und ihn zunächst erschrecken lässt. Er beobachtet, wie beispielsweise Ärzte ihn behandeln. Eine solche Erfahrung könnte etwa sein, dass ein Betroffener die Wahrnehmung erfährt, über seinem Körper zu schweben, und gleichzeitig von einer Beobachtung im Nebenzimmer berichtet, die auch andere Menschen gemacht haben. Die Art dieser Erfahrung lässt sich durch viele Berichte, auch durch Kliniken, nachprüfen. Sie ist absolut realistisch, jedoch wissenschaftlich nicht zu erklären. Die Verläufe von Nahtoderfahrungen sind natürlich individuell. Es gibt jedoch eine große Anzahl von identischen Abläufen, wonach der menschliche Geist (Seele) seinen Körper selbst wenige Meter von oben wahrnimmt beziehungsweise betrachten kann. Genauer gesagt, es ist das Zurücklassen des physischen Körpers, aus dem das Bewusstsein (Seele/Geist) entschwindet. Letztendlich ist der Körper dann ein nutzloser Kokon (menschliche Hülle) und wird abgelegt. Es entsteht also eine völlig neue Existenz in einer anderen Dimension.

In dieser völlig neuen Art der Wahrnehmung wird alles gleichzeitig aufgenommen. Verschlossene Türen, Wände, Decken stellen dann für solch ein Geistwesen keinerlei Hindernisse dar. Die materielle Ebene beziehungsweise Dimension ist für den soeben Verstorbenen eine völlig neue Art, sich zu bewegen. Alle Gedanken der Anwesenden, des Verstorbenen, werden gleichzeitig durch ihn aufgenommen und verarbeitet. Der betroffene Geist oder die Seele ist allerdings nicht in der Lage, mit Lebenden zu kommunizieren. Dialoge oder Gespräche, wie man sie früher kannte, sind so nicht mehr möglich. Es wird von allen medial begabten Menschen berichtet, dass die Verstorbenen trotzdem immer noch einen durchsichtigen Körper mit klaren Umrissen besitzen.

Häufig wird von Nahtoderlebnissen berichtet, in denen der Betroffene den Kampf zur Rettung seines eigenen Lebens durch die Ärzte völlig emotionslos miterlebt. Er fühlt sich dann alles andere als tot. Bei diesen Nahtoderlebnissen wurde eine interessante Erfahrung gemacht, bei Menschen, die wiederbelebt wurden. Fast alle reden dann über eine deutliche Bewusstseinserweiterung. Jedoch verliert sich diese Gabe dann wieder bei den meisten mit der Zeit.

Der Übergang in eine andere Dimension.

Man fühlt sich durch einen Tunnel gezogen mit einem weißen Licht am Ende.

Was ich Ihnen hier mitteile, ist, völlig unabhängig von sozialen Schichten, anhand von Nahtodberichten auf dem ganzen Erdball unzählige Male dokumentiert. Der Betroffene nimmt ein weißes Licht wahr, dass am Ende eines Tunnels zu sehen ist. In der Regel werden dort die soeben Verstorbenen durch ein Familienmitglied oder enge Freunde in Empfang genommen beziehungsweise abgeholt. Das Licht selbst wird als warm und sehr angenehm empfunden. Die Orte auf der anderen Seite werden häufig, im wahrsten Sinne des Wortes, als paradiesisch, mit traumhaft schönen Landschaften und Farben beschrieben. Alles ist in einer Harmonie. Dieser Zustand wird von den meisten Betroffenen wie ein Zurückkommen in eine vertraute Umgebung beschrieben. Dort empfanden die Betroffenen eine solche Glückseligkeit, dass es ihnen äußerst schwerfiel, in den physischen Körper zurückzukehren, da sie hier ihre Lebensaufgabe beziehungsweise ihre Bestimmung noch nicht erledigt hatten. [7]

Nach übereinstimmenden Befragungen mit medial begabten Menschen (Medien) in Europa und den USA ist im Prinzip das Sterben für den Betroffenen nicht unbedingt mit Schrecken behaftet, da die Menschen in der Regel von ihrem geistigen Führer beziehungsweise Schutzgeist – den jeder lebende Mensch besitzt, solange er hier auf Erden seiner Bestimmung nachgeht – abgeholt werden. Auch nahe Verwandte und enge Freunde sind beim Verlassen des physischen Körpers des Betroffenen behilflich und nehmen den neuen „Ankömmling" in Empfang. Man begrüßt ihn und steht dem „Neuling", welcher gerade die Seiten gewechselt hat, mit Rat und Tat zur Verfügung, solange der Betroffene es wünscht.

Es ist eigentlich immer genau gleich. Verwandte, enge Freunde oder Bekannte, die sich bereits seit Langem im Jenseits aufhalten, sind dem Betroffenen bei seinem Übergang gerne behilflich. Es kommt vor, dass sich die ins Jenseits eingehende Seele gar nicht mehr erinnert, wer denn nun der Geist ist, der ihr so hilfreich zur Seite steht. Oftmals waren es im langen Leben Begegnungen mit Menschen, die bereits verstorben sind, denen man im Diesseits vielleicht einmal in irgendeiner entscheidenden Situation behilflich war, an die man sich aber jetzt, in dieser völlig neuen Umgebung, zunächst nicht mehr erinnern kann.

Für die meisten am Totenlager anwesenden Personen wird das Sterben eher als eine tieftraurige und vielleicht auch angsteinflößende Situation angesehen. Sie nehmen ja durchaus den Todeskampf des Betroffenen wahr. Es ist der Kampf der betroffenen

Seele mit dem Freiwerden des physischen Körpers. Der Sterbende selbst bemerkt bewusst in der Regel von seinem Todeskampf relativ wenig, da sein Erlebnisbewusstsein jegliches Interesse an irdischen Vorgängen bereits verloren hat. Er fühlt und tastet sich vorsichtig zum Jenseits, beziehungsweise in eine neue Dimension hinein. Vergleichbar ist diese Situation mit dem Zustand beim Einschlafen, in dem sich die ersten flüchtigen Träume melden.

Es ist ratsam, dass man sich am Sterbelager des Betroffenen möglichst ruhig, besonnen und achtsam verhält. Nicht nur, weil es der Situation angemessen ist – denn in solch einem Sterbezimmer geschieht etwas, was ein gewisses Maß an Ehrfurcht, Achtsamkeit und auch Respekt für den Sterbenden abverlangt.

In Krankenhäusern wird der Betroffene nicht selten in ein dafür extra angelegtes Sterbezimmer gebracht. Es gibt zwei Gründe, die dafür wichtig sind. Der erste Grund ist wohl, sollten andere Patienten in dem Zimmer des Betroffenen verweilen, diese nicht unnötig zu beunruhigen beziehungsweise in Aufregung zu bringen. Der zweite ist für mich der wichtigste Grund – dass der Sterbende in dem für ihn extra angelegten Sterbezimmer seine Ruhe findet, beziehungsweise der Sterbeprozess würdevoll abgeschlossen werden kann. Befindet sich der Betroffene doch im Zustand des Hineinfühlens in eine für ihn völlig neue Dimension (Jenseits). Das Pflegepersonal, die Ärzte erweisen somit dem Sterbenden noch einen letzten Dienst, ohne vielleicht zu wissen, was im Moment mit dem Betroffenen wirklich geschieht!

Nicht zu empfehlen ist ein lautes Wehklagen der Verwandten und engen Freunde. Ja sogar ein Hinüberwerfen über den Körper des Sterbenden im verständlichen Schmerz über den in Kürze zu erwartenden Verlust des Betroffenen. Diese nicht zu empfehlende Art des Wehklagens führt dann dazu, dass der Sterbeprozess des Betroffenen ohne tieferen Sinn gestört wird, und damit zur Folge haben kann, dass die Seele beziehungsweise der Geist des Betroffenen für eine nicht zu vertretende Verlängerung und somit eine weitere Fesselung an den irdischen Körper zur Folge hat. Mit anderen Worten, der Sterbeprozess des Betroffenen wird dadurch behindert beziehungsweise unterbrochen und unnötig in die Länge gezogen. Jegliche Art von Ruhe und Harmonie für den Betroffenen in seinem Sterbeprozess geht dadurch verloren.

Die Zeitrechnung im Jenseits ist für das menschliche Verständnis ein wenig komplex. Für unsere irdischen Zeitbegriffe kann nach dem Ableben eines Menschen in einzelnen Fällen in Momenten oder Jahren, ja sogar in Jahrzehnten gerechnet werden. Es gibt im Jenseits keine Zeit, alles geschieht im „Hier und Jetzt". Das Erlebnisbewusstsein des gerade Verstorbenen ist in der Regel dann ein inneres Glücklichsein beziehungsweise eine friedliche Ruhe des Betroffenen. Nach den Berichten von medialen Personen benötigt die gerade Verstorbene Seele/Geist eine Eingewöhnung in eine völlig neue Welt/Dimension. Es gilt dann die überaus beeindruckende neue Umgebung erst einmal zu verarbeiten. Hierbei ist wichtig zu wissen, dass der Verstorbene, auch im Jenseits, seinen freien Willen, ja sogar seinen typischen Charakter etc. beibehält. Haben sich erst die Seele und der Geist eines Verstorbenen in der neuen Dimension (Jenseits) zurecht gefunden, kehrt alles wieder in sein sogenanntes Erlebnisbewusstsein zurück, was uns hier auf der Erde ausgemacht hat. Es ist die Persönlichkeit, der Charakter etc. Unser Ego reflektiert dann all die Dinge unseres Lebens auf die jetzige geistige Gestalt. Sehr schnell erkennt man dann, was man richtig beziehungsweise falsch gemacht hat. Vielleicht kann man dies als eine Art von Fegefeuer ansehen. Für mich ist das so, als wenn man sich einen Kinofilm ansieht. In diesem Fall ist es unsere eigene Biografie des mitunter langen Lebens. Hier sehen Sie dann die Dinge, wie gut beziehungsweise wie schlecht ihr Leben zum Teil verlaufen ist. Hierbei darf man nicht vergessen, dass der Mensch grundsätzlich – freier Wille – selbst entscheidet, Gutes oder Schlechtes zu tun. Am Ende des Lebens erfolgt allerdings dann das Aufwiegen von guten und schlechtem Verhalten.

Jede Seele, die Ihnen im Jenseits gegenübersteht, weiß sogleich, mit wem sie es zu tun hat. Ein „Vorgaukeln" ist hier nicht mehr möglich. Unsere irdische Charakteristik und Eigenart stellt unsere gesamte Wesenheit dar, die schließlich unsere im Jenseits vorhandene Seele nebst Geist vollkommen ausfüllt, so dass wir schließlich im großen Jenseits als das dastehen, was wir in Wirklichkeit sind beziehungsweise waren. Der Unterschied dabei ist und war, dass wir im irdischen Leben alles verdecken und vertuschen konnten. Das ist nun jetzt nicht mehr möglich!!! Im Jenseits stellen wir lediglich nur das dar, was wir wirklich sind. Das bedeutet, jeder Bewohner des Jenseits erkennt uns sofort als das, was wir wirklich sind beziehungsweise darstellen. Das kann bei manchen Lesern Unbehagen hervorrufen, aber – so ist es eben. Die Seele gelangt dann unabwendbar – und das ist jetzt wirklich wichtig – auf eine Ebene, die unserer eigenen beziehungsweise eigentlichen Wesenheit entspricht. Erst dann, wenn unsere eigene Wesenheit bereit ist, eine persönlich innere Änderung aus Gründen der Überzeugung heraus vorzunehmen, gelangen wir dann wieder auf eine andere neue Ebene, die unserer neuen inneren Auffassung entspricht.

Auch dort sind Seelen beziehungsweise Wesen, mit demselben Auffassungsgrad. Für unsere neue Existenz (Metamorphose) also von der physischen zur einer freigewordenen Energie, genannt Seele/Geist, ist dies unsere neue „Ordnung" beziehungsweise das Gesetzmäßige an diesem für uns neuen und großen Ort/Dimension. Ich möchte hier nochmals an dieser Stelle erwähnen, dass dieses gerichtete Zustandsmäßige und Örtliche keinen Einfluss auf den freien Willen einer Seele und des darin eingeschlossenen Geistes beziehungsweise auf das Ego hat. Auch dort sind und bleiben wir in unseren persönlichen Entscheidungen völlig frei und ohne jeglichen Zwang von außen. Es gibt keine ewige Verdammnis, weil derjenige, der sich an dem zustandsmäßigen Ort der Verdammnis befindet, jederzeit die Möglichkeit hat, diesen Ort zu verlassen, sobald er seine Charakteristik ändert und sich somit eine völlig andere Anschauung und Auffassung zu eigen macht. Man könnte hier einwenden, wenn es sich so verhalte, dann könne es demnach auch keine ewige Seligkeit geben, da man sich auch an diesem Ort mithilfe des freien Willens wieder herausschaffen könne. Theoretisch ist das richtig, praktisch jedoch nicht zutreffend. Ich glaube kaum, dass es eine Seele eines Verstorbenen gibt, welche aus freiem Willen aus einem glücklichen und beseeligenden zustandsmäßigen und auch örtlichen Ort wieder heraus möchte. Hat sie (Seele/Geist) doch gegebenenfalls den zustandsmäßigen, örtlichen Weg der Verdammnis bewältigt beziehungsweise verlassen, welcher mit Disharmonie, Beklemmungen und mit Ängsten behaftet ist.

Wie Sie bemerkt haben, ist der Bezug auf das Wort „ewig" bei der Verdammnis und Seligkeit nur auf das dementsprechende Zustandsmäßige und Örtliche zu beziehen, aber niemals auf eine Menschenseele nebst deren darin eingeschlossenen Geist, der für immer den freien Willen besitzt und deswegen aus freiem Willensentschluss das ewige Verdammniszustandsmäßige jederzeit verlassen kann, während eine Seele zu solchem Verlassen aus dem ewig Seligkeitszustandsmäßigen nie ein Verlangen tragen wird, da dort eben alles harmonisch, zufriedenstellend und beseligend für jede Seele und jeden Geist ist.

Unsere Vorstellungskraft liegt gegen null, wie tatsächlich beseligend und harmonisch die Ewigkeit im Jenseits ist. Man möchte nun vielleicht erfahren, wie sich ein solches Wohlbefinden in der Realität ausdrückt. Es ist leider nicht möglich, uns auch nur ansatzweise eine Vorstellung davon zu machen, geschweige denn mit unserer Sprache und Wörtern zu definieren. Vielleicht können wir eine leise Ahnung davon haben, wenn wir uns auf Erden unter bestimmten Voraussetzungen Folgendes vorstellen: Sie haben eine Nachricht erfahren, die Sie in große Sorgen und tiefe Angst versetzt. Einen Tag später erfahren Sie, dass sich alles für Sie zum Guten gewendet hat. Dieses Gefühl der plötzlichen Glückseligkeit und der Leichtigkeit, sich wieder frei zu fühlen, ist dann im wahrsten Sinne des Wortes nicht zu beschreiben. Wenn man sich jetzt dieses genannte Beispiel der Glückseligkeit bis ins Unermessliche vervielfältigen würde, so hat man wohl nur eine ungefähre Ahnung davon, wie man sich das Jenseits vorstellen könnte.

Wer für „Himmlischgefühlsmäßiges" kein Empfinden besitzt, auf den kann es nicht einwirken, und er kann nicht in Harmonie damit gelangen, d. h., er kann das Himmlischbeglückende nicht empfinden. Ein Beispiel: Vor 100 Jahren ist Paul Cézanne gestorben, ein Erfinder der modernen Malerei, „der Vater von uns allen", wie Picasso sagte. Er hat mit genialer Intuition die menschliche Wahrnehmung erforscht. Cézanne hat wahrgenommen, dass unser Sehen selber beweglich ist. Der Maler aus der Provence wollte das Sehen lebendig machen, und dieses Sehen sollte mehr sein als nur das Abtasten einer Oberfläche. Fehlt einem Menschen jeglicher Bezug zu Gemälden oder zu solchen Dingen überhaupt, so kann er den Genuss von Schönheit, Farbenpracht etc. erst gar nicht aufbauen.

Wie ich schon erwähnte, möchten viele Menschen gerne wissen, warum sich gerade liebe Verstorbene nicht bei ihnen melden. Es kommt allerdings häufiger vor, als man glaubt beziehungsweise sich vorstellt. Häufig liegt die Begründung darin, dass der Verstorbene sie nicht erreichen kann, da sie sie entweder selbst nicht spüren können, wenn sie unmittelbar bei ihnen sind, oder auch nicht in der Lage oder auch bereit sind, sich für das Paranormale, Übernatürliche öffnen zu wollen beziehungsweise zu können. Mit der Zeit verliert dann auch der Verstorbene das Interesse an den Angehörigen, vergleichbar mit einem Verwandten oder Freund, der aus seiner alten Heimat ausgewandert ist und aus Gründen der Entfernung, im doppelten Sinne, das Interesse langsam verliert, da man über Sachen, die man früher gemeinsam erlebt hatte, heute nur noch, wenn überhaupt, schreiben kann, aber Dinge, die heute passieren, leider nicht mehr zusammen erlebt hat. Das Interesse verringert sich dann mit der Zeit.

Ganz abgesehen davon hat der gerade Verstorbene mit seinem neuen Dasein genug zu tun, um mit den geänderten Verhältnissen klarzukommen. Jeder Verstorbene formt sich in dieser neuen Daseinsform im Jenseits bedingt durch seinen Charakter selbst das Zustandsmäßige seines Seins, etwa so, wie er es auf der Erde vorgefunden hatte. Dieser Zustand ist dann für ihn wahr und richtig. Ist dieser Zustand der betroffenen Seele/Geist mit dem entsprechenden Örtlichen bei dem Verstorbenen verschmolzen, so ist es sein Platz am neuen Daseinsort. Von hier aus muss sich die Seele dann selbst weiterentwickeln.

Schreitet die Seele dann, in der neuen „Welt", in ihrer Entwicklung weiter fort, wächst auch die geistige Erkenntnis. In dieser Entwicklung verliert sich dann das Interesse des Verstorbenen, sich mit noch lebenden Verwandten und engen Freunden in Verbindung zu setzen. Außerdem ist er darüber informiert, dass jeder auf Erden Lebende seine eigenen Erfahrungen noch machen muss. Auch die Verstorbenen haben ihre Aufgaben in ihrer neuen Umgebung, die gelöst sein wollen. Sie bestehen in der Regel in der Weiterentwicklung der Seele/Geist und Verstärkung ihrer geistigen

Erkenntnis. Mal Hand aufs Herz, wie würden Sie reagieren, wenn man Sie ständig bei ihren Lebensaufgaben stören würde?

Es gibt aber noch durchaus Gründe, wonach eine Verbindung mit Verwandten und Freunden weiterbestehen kann. Einmal aus reinem Interesse, aber auch um die Verbindung, welche auf beiden Seiten liegt, nicht zu unterbrechen. Dies ist vielleicht seltener, aber es kommt durchaus vor, wie in unserem Beispiel mit unserer engen Freundin „*Inge*", und dies bereits im siebten Jahr. Ein vertrauensvolles Medium kann Ihnen hier sehr gute Dienste leisten. Einem Medium selbst ist meistens die mediale Gabe angeboren, sich mit den Seelen, oder besser Geistern (der Begriff Geist umfasst hier die Seele und den Geist insgesamt), in Verbindung zu setzen. Doch jedes Medium, ganz gleich, wie gut es auch sein mag, hat auch seine schlechten Tage des Empfanges von jenseitigen Mitteilungen. Man sollte daher mediale Botschaften immer nur bedingt aufnehmen und sich in seinem freien Willen nicht gestört fühlen, was im Übrigen auch nie die Absicht einer solchen Sitzung sein kann.

Nun noch ein Wort über das Erlebnisbewusstsein, von dem hier immer die Rede ist. Das Erlebnisbewusstsein, d. h. das empfindende Bewusstsein, dass wir existieren und somit erleben, ist eigentlich das Allerwesentlichste bei einem Fortleben nach dem Tod.

Die Seele hat gefühlsmäßig ein sogenanntes Seinsempfinden, und somit verstandesgemäß durch den Geist. Dass wir uns unseren Vorhandenseins voll bewusst sind, ist der gefühlsmäßigen Seele zu verdanken. Im Übrigen besitzen auch Tiere eine Seele.

Die Angst vor dem Sterben hat eigentlich immer nur einen Grund, es ist die Furcht, dass unser Bewusstsein für immer verloren geht. Das bedeutet, dass wir somit ausgelöscht sind vom Sein des Existierens, egal, ob das Physikalische (Körper), was von uns bleibt, als Atom oder Staub weiterexistieren würde. Das Bewusstsein des Seins des Existierens ist nicht nur auf den menschlichen Körper fixiert, vielmehr überstehen somit die Seele und der Geist das Heraustreten aus dem irdischen Körper bei unserem Ableben hier auf der Erde. Der menschliche Körper an sich ist ja, wie schon gesagt, lediglich eine Hülle (bestehend aus Fleisch). Diese Hülle (Kokon) ist ohne jegliches Eigenbewusstsein. Sie wird nur so lange über das Bewusstsein gesteuert beziehungsweise in Bewegung gehalten, bis diese Hülle ihre Aufgabe erfüllt hat. Erst dann tritt das Bewusstsein (Seele und Geist) aus diesem leblosen Körper aus, um dann anschließend die Existenz in Form eines sogenannten „Astralkörpers" in einer neuen Dimension weiterzuführen. Nur zur Erklärung: Der Astralkörper, der zu jedem Menschen gehört, ist ein genaues Gegenstück des vollkommenen physischen Körpers des Menschen. Die wichtige Erkenntnis hieraus für ein bewusstes Fortleben ist, dass wir uns unserer Existenz auch im Jenseits völlig bewusst sind. Genau das ist gerade diese Eigenschaft des Seelen-Geistkörpers, welche wir als Erlebnisbewusstsein bezeichnen. Das Empfinden („ich weiß, das ich bin") ist nichts weiter als ein Hinüberwechseln in das Seelische und Geistige, es wird in der Regel als ein Hinüberdämmern bezeichnet. Ich schrieb bereits darüber. Erwähnen möchte ich hier noch, dass man es beim Beschreiben von jenseitigen Abläufen oder Verhältnissen, so wie es hier geschehen ist, mit einem für irdische Begriffe schwer verständlich zu machenden Gebiet zu tun hat.

Sie sollten nie vergessen, auch Sie werden einmal selbst fortexistieren. Mit all dem vorher Beschriebenen. [8]

Wie drückte sich die Sterbephase bei „*Inge*" aus?

Für „*Inge*" begann die Sterbephase, indem sie in regelmäßigen Abständen rief: „*Warum hilft mir denn keiner?*", wobei ihr Kopf, auf dem Kopfkissen, sich ständig von links nach rechts drehte und sie mit gegen die Decke ausgestreckten Armen um Hilfe bat. In dieser Situation, das können Sie mir wirklich glauben, fühlt man sich als Begleiter einer sterbenden Person gegenüber ziemlich hilflos. Auch geht man selbst durch Phasen der unterschiedlichsten Gefühle für den Sterbenden. Wir sprachen mit den Ärzten und Schwestern. Dann gab man ihr etwas zur Beruhigung, und nach etwa einer Stunde wurde „*Inge*" ruhiger. Allerdings bei vollem Bewusstsein.

Wir hofften einfach, dass „*Inge*" bald loslassen könne. Dies habe ich ihr auch in ihr Ohr geflüstert. Ich sagte ihr: „„*Inge*", *du musst loslassen, alles wird gut.* " In dieser für sie, aber auch für uns so tieftraurigen und schweren Lage hielt meine Frau ihr ständig die linke und ich ihr die rechte Hand. Um 23:40 Uhr ist „*Inge*" dann verstorben.

Jedoch – bevor sie starb, zog sie mich noch zu sich ran, so dass mein Ohr ganz nah an ihren Lippen war, und sie sagte zu mir: „*Du hast recht*", dann verstarb sie. Hatte sie doch wohl schon auf die andere Seite blicken dürfen.

Mit diesem Satz jedenfalls hatte sie mir damals wohl schon deutlich machen wollen, dass es eine weitere Existenz nach unserem physischen Tod gibt – ja geben muss, hatten wir doch früher unzählige Male stundenlang über dieses Thema philosophiert. Immer sagte ich ihr zum Ende unserer Diskussionen: „*Ich bin davon überzeugt, dass es eine weitere Existenz nach unserem leiblichen Tode geben wird.*" Sie war zu Anfang da eher skeptisch in diesen Gesprächen, was sich dann später ändern sollte. Wie schon bemerkt gingen von mir Erklärungsversuche eigentlich immer über die Naturwissenschaft beziehungsweise die Astrophysik aus, weniger über die religiöse Seite.

Mit ihrem Satz zu mir, „***du hast recht***", konnte sie mir eigentlich kein größeres Geschenk machen. Zu dieser Zeit wussten meine Frau und ich ja noch nicht, welche paranormalen Überraschungen/Geschenke sie für uns noch bereithalten sollte.

Wir saßen eine Weile – völlig erschlagen vor dem Hintergrund der vergangenen Erlebnisse und Eindrücke – mit „*Inge*", ohne Personal, an ihrem Totenbett. Dann riefen wir einen Arzt, der dann den Tod von „*Inge*" feststellte. Danach haben wir sie dann mit einer Krankenschwester gewaschen und ihr anschließend ihre Lieblingskleidung angezogen. Meine Frau und ich spürten die ganze Zeit eine eigenartige spirituelle Atmosphäre im Sterbezimmer von „*Inge*". Wir verbrachten noch eine Weile mit ihr. Dann sagte ich zu meiner Frau, „*lass uns gehen, „Inges" Seele ist aus dem Körper.*" Irgendwie sagte dies eine innere Stimme zu mir. Man konnte es auch in ihrem Gesicht förmlich erkennen, dass das Leben aus ihrem Gesicht gewichen war. Irgendwie spürte man, dass sie ihren Körper verlassen hatte. Danach sah sie friedlich und entspannt aus, ihre Haut war vergleichbar mit einem Pfirsich, weich, leicht rosa, und nicht, wie vorher, blass und wachsartig. Die Unruhe und die verständliche Angst, was sein wird, waren aus ihrem Antlitz gänzlich verschwunden. Es war einfach ein friedlicher Anblick.

Danielle und ich fühlten in diesem Moment eine tiefe Trauer und unser Herz war schwer. Aber wir trösteten uns gegenseitig und sagten uns, sie sei da, wo sie hergekommen war, jetzt wieder angekommen – sie, *„Inge"*, war einfach wieder zu Hause!

Montag, den 24.08.2015

Hatte mir einen Tag zuvor nur so gedacht, dass *„Inge"* sich über unseren Rekorder oder das TV lange nicht mehr um 5:15 Uhr gemeldet hat. Montagmorgen hat sie mir wieder gezeigt, dass sie, wie immer, meine Gedanken mitbekommt. Sie schaltete das Gerät wie gewohnt um 5:15 Uhr ein. Es kommt natürlich auch vor, dass man eine Frage an sie richtet., die sie bitte mit „Ja" beantworten solle, wenn sie der gleichen Meinung ist wie man selbst, d. h., sie solle dann den Rekorder einschalten. Bei einem „Nein" geschieht dann eben nichts.

Ein Beispiel

Vor einiger Zeit hatte ich einen Bekannten getroffen, der den Verlust eines Angehöriger zu beklagen hatte. Diese Person sah verständlicherweise sehr traurig und mitgenommen aus. Da ich mittlerweile mit meinen spirituellen Erlebnissen sehr vorsichtig geworden bin, wem ich etwas darüber erzähle, kam ich bei diesem Menschen offen gestanden ins Grübeln. Ich war mir einfach nicht sicher, ob ich ihm etwas darüber berichten solle oder nicht. Ich verspürte auch kein Kribbeln (Reiki) in meinen Händen, so wie sonst, wenn ich meinem Gegenüber über meine übernatürlichen Erfahrungen berichten soll. Irgendwie tat mir dieser Mensch aber wirklich leid. Tränen standen in seinen geröteten Augen, während er mit mir über seine persönliche Trauer bezüglich des verstorbenen Verwandten sprach.

So fragte ich „Inge", ob ich mit ihm über meine paranormalen Erlebnisse reden dürfe. Wenn ja, so möge sie sich, wie gewohnt um 5:15 Uhr bei mir melden. Was auch gleich am nächsten Tag geschah. Jetzt war ich mir sicher und freute mich darauf, diesen bemitleidenswerten Menschen zu treffen, um ihm über meine beziehungsweise unsere spirituellen Erfahrungen zu berichten. Ich erzählte ihm dann einiges, was „Inge" seit ihrem Tod, teilweise auch nachweislich, bei uns so alles angestellt hatte. Sein Mund öffnete sich leicht und seine Augen wurden größer. Sein Gesichtsausdruck zeigte unschwer, dass er vollkommen aufmerksam und konzentriert meinen Äußerungen folgte. Man spürte förmlich, wie er diese wahren, spirituellen Begebenheiten regelrecht aufsaugte. „Inge" hatte genau das richtige Gespür dafür, dass er für diese Dinge empfänglich war. Ich selbst wusste es nicht, da ich mit ihm früher nie über solche Dinge gesprochen hatte, und war erstaunt, wie offen er mir gegenübertrat. Sein trauriger Ausdruck wechselte dann in ein erstauntes und später in ein glückliches, hoffnungsvolles und erleichtertes Gesicht. Noch heute erzähle ich ihm regelmäßig über Neuigkeiten von „Inge". Er nimmt sie dann auch immer dankbar und mit großem Interesse und Neugier auf.

Wie Sie wissen, sind diese Art von Dialogen leider zwischen uns und „Inge", ohne unser Medium, verständlicherweise ziemlich eingeschränkt. Sie beziehen sich in der Regel auf ein einfaches „Ja" oder „Nein", und auch nur dann, wenn wir es vorher mit *„Inge"* verabredet haben. Mindestens ist auch so ein kleiner, aber für uns wichtiger Dialog möglich. Leider besitzen wir nicht die Fähigkeiten eines Mediums – schade. Aber kommt vielleicht noch.

Freitag, den 04.09.2015

Gestern habe ich sie nochmals gefragt, ob sie mit Franziska (Spitzname Fritzi), meiner verstorbenen Tante, befreundet ist. Sie hat es mir wieder bestätigt, wie am Mittwoch, dem 17.06.15. Wenn man darüber nachdenkt, so kann man nur zu folgendem Ergebnis kommen: Alles, was wir hier auf Erden tun beziehungsweise nicht tun, ob gut oder schlecht, wird von der eigenen verstorbenen Verwandtschaft sowie guten Freunden – die sich ebenfalls bereits auf der anderen Seite befinden – registriert. Wie man in meinem Beispiel sehen kann, macht man sich untereinander bekannt, d. h. die eigene verstorbene Verwandtschaft mit bereits verblichenen engen Freunden von uns.
Es kommen also freundschaftliche Konstellationen zustande, an die man zu Lebzeiten, hier auf Erden, im Traum nicht gedacht hätte.
Für mich ist es einfach eine schöne Vorstellung für das, was wir noch alles erwarten dürfen.
Wichtig dabei ist, nicht zu vergessen, dass die Seele auch im Jenseits einen eigenen Willen hat. Also kann jede Seele (Geist) selbst entscheiden, mit wem sie dort in Kontakt treten möchte, und das ist gut so – denke ich. Möglicherweise gibt es ja dort Verstorbene, denen man nicht unbedingt begegnen möchte. Eigentlich so wie im richtigen Leben hier auf Erden.

Nochmals zur Erinnerung: Meine Tante Franziska (Fritzi) ist im Krieg in jungen Jahren, ich glaube, sie war etwas über zwanzig Jahre, durch einen Unfall zu Tode gekommen. Ich selbst habe sie ja persönlich gar nicht kennen können, da ich ja viel später, Anfang der fünfziger Jahre, geboren wurde.

Dienstag, den 03.11.2015

Habe „*Inge*" gestern Abend einfach mal gebeten, am Morgen nur den Rekorder von Danielle dreimal ein- und auszuschalten, meinen jedoch unberührt zu lassen. Ich wollte mal wieder sehen, ob individuelle Wünsche möglich sind. Sie schaltete den Rekorder um Punkt 8:00 Uhr – wie von mir gewünscht – bei Danielle dreimal ein und wieder aus, meinen jedoch ließ sie vollkommen unberührt. Irgendwie wundert man sich trotzdem immer wieder darüber, dass Anliegen drüben gehört beziehungsweise verstanden und in kurzer Zeit umgesetzt beziehungsweise beantwortet werden. Bis zum heutigen Tage sind meine Frau und ich darüber immer noch ein wenig erstaunt. Ab und zu muss man sich wieder ins Gedächtnis rufen, dass man einen seit Jahren bestehenden Kontakt zu einem Verstorbenen hat beziehungsweise pflegt. Schon irgendwie ungewöhnlich – wie ich finde.

Mittwoch, den 04.11.15

Heute hatte ich sie gebeten, es genau umgekehrt zu machen. So geschah es auch. Punkt 8:00 Uhr schaltete sich mein Rekorder bei mir dreimal an und wieder aus. Auch das funktionierte tadellos.

Samstag, den 07.11.2015

Hatte gestern mit Freunden viel über „*Inge*" gesprochen und sagte meiner Frau noch: „*Wir wollen doch mal sehen, ob sie sich morgen um 5:15 Uhr bei mir meldet.*" Natürlich hatte sie alles mitbekommen und meldete sich, wie von mir angenommen.

Mittwoch, den 18.11.2015

Bin gegen 4:00 Uhr aufgewacht. Es geht mir nicht gut. Ich habe zurzeit hohen Blutdruck. Habe „*Inge*" gebeten, sich gleich über meinen Rekorder zu melden, damit ich auch sehe, ob wieder ein direkter (kleiner) Dialog, also nicht Stunden oder einen Tag vorher, möglich ist. Sie hat sich darauf wie immer um 5:15 Uhr gemeldet. Es kommt vor, dass sie eine Frage – welche von uns gestellt wird –, die sie mit Ja oder Nein beantworten soll, nicht direkt beantwortet. Manchmal dauert die Beantwortung unserer Frage bis zu etwa fünf Tage. Aber dann meldet sie sich zu der vereinbarten Zeit und schaltet Elektrogeräte ein bzw. aus.

Warum die Beantwortung unserer Fragen manchmal länger dauert, kann ich Ihnen nicht genau beantworten. Vielleicht braucht auch sie ihre Zeit, um die richtige Antwort zu finden, obwohl es die Zeit, so wie wir sie kennen, im Jenseits gar nicht gibt, alles geschieht ja im Hier und Jetzt.

Donnerstag, den 10.12.2015

Lassen heute eine Messe lesen für meine Eltern, Tanten Franziska (Fritz/i) und Therese, meinen Bruder Karl-August, meine Schwester Annemarie (Peterlie) und ihren Mann Peter (genannt „Zeus", da er einen Rauschebart trug) sowie den Vater von Danielle. Wer sich da heute um 5:15 Uhr gemeldet hat, kann ich nicht sagen. Vermutlich *„Inge"*.

Dienstag, den 15.12.2015

Heute war mein letzter Arbeitstag in meinem Büro. War gespannt, ob sie das mitbekommen hat. Sie hat! Um 8:00 Uhr schaltete sie unsere Fernsehgeräte an und wieder aus. Danach unsere Rekorder.

Freitag, den 18.12.2015
Sitzung mit unserem Hauptmedium Carmen.

Bei unserem heutigen Termin haben wir Folgendes erfahren:

Unser Medium *Carmen* sagt, dass *„Inge"* sich bereits eine Stunde vor Beginn unseres Readings in ihrer Wohnung befunden hat. Sie lässt uns durch unser Medium mitteilen: „*Wenn Hans und Danielle nichts dagegen haben, würde sie jetzt häufiger ihre E-Geräte manipulieren, zu mit ihnen nicht vereinbarten Zeiten.*" Der Grund war, dass sie anderen Seelen zeigen möchte, wie diese

Beeinflussungen an solchen Elektrogeräten funktionieren. Sie selbst hatte ja dazu ebenfalls zu Anfang Hilfe aus der geistigen Welt erhalten.

Meine Frage darauf war, ob „Inge" nicht schon damit begonnen habe. Denn seit kurzer Zeit schalten sich bei uns von selbst Lampen ein und aus, und auch die TV-Geräte, zu mit ihr nicht vereinbarten Zeiten. „Inge" gibt uns durch: *„Ja, das war ich bereits mit einigen Seelen. Es wird auch noch eine Weile dauern."* Selbstverständlich gaben wir „Inge" die Erlaubnis, an unseren E-Geräten zu manipulieren, damit andere Seelen lernen können, wie es funktioniert. Für uns ist das eine willkommene Gelegenheit. Wissen wir jetzt, dass es „Inge"ist, die Geistern – welche sich auf die gleiche Weise mit ihren Lieben in Verbindung setzen möchten – eine sogenannte Lehrstunde erteilt, wie man E-Geräte manipuliert. Dies gilt übrigens auch für alle Lampen in unserer Wohnung. Wenn also solche paranormalen Dinge bei uns vorkommen, dann wissen wir, wer sich dahinter verbirgt. Manchmal ganz witzig, wenn man z. B. am helllichten Tag in der Küche sitzt und die Tageszeitung liest und sich plötzlich die Deckenlampe gleich dreimal von selbst ein- beziehungsweise wieder ausschaltet. Glücklicherweise gehen die Glühbirnen bei diesen Aktionen nicht kaputt beziehungsweise zerplatzen dabei, so wie zu Anfang, kurz nach dem Tod von „Inge". Wäre wohl sonst eine kostspielige Angelegenheit, zumal man ja nicht weiß, wie lange solche „Schulungen" in der geistigen Welt andauern. Wenn man diese paranormalen Dinge Menschen erzählt, welche zur Spiritualität keinerlei Zugang haben, würden sie denken, okay, der spinnt. Ich finde das nur so schade, dass es Personen gibt, die diese wunderbaren Ereignisse der Kommunikation mit der geistigen Welt bis zu ihrem Tod nie erfahren werden. Wie würden sie wohl reagieren, wenn sie sich der Tatsache gewahr werden, dass der Tod nicht das Ende bedeutet?

Es gibt aber auch Skeptiker, bei denen sich verstorbene Seelen auf die uns bekannte Art und Weise melden, beispielsweise über elektrische Geräte etc. Diese Menschen versuchen dafür jedoch eine rationale Erklärung zu finden – was ihnen aber nie gelingen wird. Hier könnte man auch sagen, das war verlorene Liebesmüh von Seiten der Seelen. Auch das ist sehr schade. Versuchen die Seelen doch, sich bei ihren Lieben zu melden, um ihnen irgendwie zu zeigen, dass sie weiterexistieren und es ihnen gut geht.

Der verstorbene Vater meiner Frau meldet sich über *Carmen*. Er wohnt im Jenseits in einem Haus, welches ähnlich aussehen soll wie unser Sommerhaus am Atlantik in Frankreich. Der Vater hatte in den sechziger Jahren dieses Haus in der Vendée bauen lassen.
Er sagt:, *dass er sehr glücklich und zufrieden wäre, da, wo er sich nun befindet. Jedoch wäre sein Glück vollkommen, wenn seine liebe Frau bei ihm wäre.* Daraufhin meinte *Carmen*: *„Da muss er sich wohl noch ein wenig gedulden."*
Das Haus, in dem er jetzt wohnt, gibt einen weiten Blick auf ein Meer bis zum Horizont, so die Beschreibungen des verstorbenen Vaters.
Das Schöne dabei ist ja, dass man auf der anderen Seite durch seine Gedanken alles so haben kann, wie man es sich wünscht beziehungsweise im Geiste vorstellt, und so geschieht es dann auch. Der Vater ließ uns über *Carmen* weiter mitteilen, dass er auch einen großen Gemüsegarten hat, in dem er mit Freude, wie früher zu Hause, Gemüse anpflanzt. Hierzu eine Bemerkung: Im Jenseits gibt es keinen Hunger und man muss auch nicht essen oder trinken. Wenn man es macht, dann nur, weil man es sich so gerade wünscht. So ist das auch mit dem Anbau von Gemüse etc. des Vaters im Jenseits.
„Inge" wohnt zwischenzeitlich in einer sogenannten Stadtwohnung, wie sie *Carmen* durchgibt. So, wie sie ihr mitteilt, bestehen diese Häuser in der Stadt aus einer kristallartigen Substanz. Ihre Wohnung ist – wie schon zu Lebzeiten – geradlinig und puristisch eingerichtet. Die Hauptfarben in dieser Wohnung sind, wie sollte es bei *ihr* auch anders sein, schwarz und weiß. Es waren ja, wie schon erwähnt, auch zu Lebzeiten die Lieblingsfarben, so wie auch die geradlinige, spärliche Einrichtung in ihrer derzeitigen Wohnung dort.
„Inge" gibt *Carmen* durch, dass man hier alle Möglichkeiten hat, sich weiterzuentwickeln, egal in welche Richtungen. Es ist einfach alles möglich. Sie gibt durch, dass sie Fortschritte im Schachspiel gemacht hat. *Carmen* fragt uns: *„Konnte „Inge" zu ihren Lebzeiten Schach spielen?"* Bevor wir antworteten, gab *„Inge"* ihr bereits die Antwort durch. Sie lautete: *„Nein."* Und genauso war es auch. Früher hatte sie mich ja immer gebeten, ihr Schach beizubringen. Irgendwie

sind wir leider nie dazu gekommen. Jetzt will sie mir wohl zeigen, dass sie es drüben auch ohne mich bereits gelernt hat. Dazu meine Gratulation, ich hätte mir besser die Zeit dazu nehmen sollen. Ich hatte gerade für kurze Zeit ein schlechtes Gewissen. Aber nun kann sie es ja. Irgendwann werde ich dann mit ihr eine Partie Schach spielen. Mal sehen, wer die erste Partie Schach gewinnen wird. Da sie ja auch weiß, was ich hier gerade geschrieben habe, denke ich mir, dass sie viel üben wird, um mich gleich beim ersten Mal zu schlagen. Wie ich sie einschätze, gelingt es ihr auch. Außerdem wird es ja wohl eine ganze Reihe an guten Schachspielern im Jenseits geben, die ihr bestimmt behilflich sein werden.

Plötzlich ist unser Medium sehr konzentriert – ich merke es an ihrer Stimme – und macht eine kurze Pause. Dann sagt sie: *„Lieber Hans, jetzt meldet sich dein Geistführer „Joshua"."* Er sagt: *Ich solle in jedem Fall meine Fähigkeit durch Reiki an die Palliativpatienten weitergeben. Es käme ihnen zugute. Die Schwerstkranken würden sich dann entspannter fühlen. Aber auch die spirituelle Kraft beziehungsweise die Energie, welche sie aus meinen Händen während meines Aufenthaltes erreicht, würden in sie einfließen und sie innerlich beruhigen.*

Dies kann ich nur bestätigen. Denn häufig, wenn ich Schwerstkranke aufsuche und mein Reiki anwende, so bemerke ich, wie es die Menschen entspannt. Dabei wird meistens kaum ein Wort gesprochen, was auch dann gar nicht nötig ist. Die Wirkung durch Reiki zeigt sich bei den Patienten nach kurzer Weile. Sie machen dann einen entspannten und zufriedenen Eindruck. Ich halte dann schon mal die Hände über die Stellen, die ihnen Schmerzen bereiten, oder ich halte die ausgestreckte Hand direkt über ihren Kopf. Natürlich frage ich die Patienten immer vorher, ob sie damit einverstanden seien. Ich habe bisher noch nie eine Ablehnung bekommen. Ich wundere mich immer wieder selbst, welche Wirkung und Kraft Reiki auf Schwerstkranke ausüben kann. Auch für mich ein schönes Gefühl, und ich freue mich darüber, helfen zu dürfen.

Damit Sie mich auch richtig verstehen, ich bin lediglich nur Werkzeug oder besser ein Kanal der geistigen Welt, durch die diese kosmische Energie fließt und auf den Patienten übergeht.

Es gibt keinen besseren Beweis dafür, dass man bei einem Schwerstkranken angekommen ist, als wenn er mich hoffnungsvoll fragt: *„Kommen Sie noch mal wieder?"*. Glücklicherweise wird mir diese Frage nicht selten gestellt.

Im Übrigen, nur zur Erinnerung, weiß ich ziemlich genau, wem ich mein Reiki anbieten kann. Es ist vorher genau dieselbe Reaktion wie bei Schwerstkranken (Kribbeln in den Handinnenflächen), denen ich über meine spirituellen Erlebnisse mit unserer Freundin"Inge" berichten darf beziehungsweise soll. Ich beginne immer mit der Frage, ob ich ihnen einiges von meinen spirituellen Erlebnissen mit unserer verstorbenen Freundin „Inge" mitteilen dürfte.

Das Kribbeln in meinen Händen in solchen Situationen ist ein untrügliches Indiz beziehungsweise physikalisches Zeichen dafür, dass ich diesen Schwerstkranken mein Reiki anbieten kann und/oder ihnen von meinen Erlebnissen mit der geistigen Welt berichten soll. Ich habe hier noch nie – wirklich noch nie – falsch gelegen.

Bei jedem Besuch auf der Palliativstation bitte ich die geistige Welt um ihre Unterstützung. Bisher waren sie <u>immer</u> für mich da. Es tut mir einfach gut und gibt mir ein sicheres Gefühl zu wissen, dass ich bei meiner ehrenamtlichen Tätigkeit immer aus der geistigen Welt Unterstützung finde. Ich nutze jetzt hier die Gelegenheit, während ich diese Seiten schreibe, mich für diese spirituelle Hilfe aufrichtig zu bedanken.

Nun aber wieder zurück zu unserer Sitzung mit *Carmen*:
Weiter gibt sie mir durch, dass auch *„Inge"*, um diese Angelegenheit nochmals zu verdeutlichen, mitteilt: *Ich solle in jedem Fall mein „Reiki", auch auf der Palliativstation, weiter anwenden. Es käme den Schwerstkranken immer zugute. Die geistige Welt, sowie sie selbst, wären stets bei mir.*

Wir beenden die Sitzung und bedanken uns bei *Carmen* und *„Inge"*.

Zitat

„Die Naturforscher wollten Gott von Angesicht zu Angesicht sehen. Da das nicht möglich war, beteuerte ihre exakte Wissenschaft, dass es ihn nicht gebe. Um wie vieles sind wir Naturforscher bescheidener geworden! Wir beugen uns in Demut vor dem Übergroßen, vor dem Übermächtigen, dem ewig Unsichtbaren, dem niemals Erfaßlichen."

Max von Laue (1879–1960), deutscher Physiker und Nobelpreisträger 1914

Sonntag, den 20.12.2015

„Inge" wünscht einen schönen vierten Advent um 8:00 Uhr, indem *sie* alle Rekorder und TV-Geräte nacheinander ein- beziehungsweise wieder ausschaltet.

Freitag, den 25.12.2015

Habe *„Inge"* vor Tagen gebeten, mir ein kleines physikalisches Weihnachtsgeschenk zu machen. Folgendes ist geschehen: Ich habe auf meinem Handy ein Foto von *„Inge"* als Hintergrundbild. Sie hat es zweimal entfernt, danach hatte ich nur noch einen weißen Hintergrund. Um ein Bild bei diesem Gerät zu entfernen, muss man) mindestens fünf Tasten drücken – also ohne manuelle Beeinflussung ist dies unmöglich. Es ist nicht das erste Mal, dass sie Bilder beziehungsweise Fotos von meinem Handy verschwinden lässt. Alle tauchen natürlich nach ein paar Tagen wieder auf. Gerne treibt sie auch ihren Schabernack, wenn ich am Computer sitze und schreibe, das kennen Sie ja bereits. Wie schon erwähnt, passiert dann Folgendes: Während ich am PC sitze und schreibe, z. B. an diesem Buch, verändert sich die Schriftgröße. Auch die Farben verändern sich gelegentlich während des Schreibens. Manchmal bekomme ich mit der Tastatur keinen Buchstaben in den Computer beziehungsweise auf den Bildschirm. Es geht dann einfach gar nichts mehr, bis ich ihr dann sage, bitte sei doch so nett und lass mich hier weiterarbeiten. Einige Minuten später funktioniert dann wieder alles. Sie möchte nur einfach damit ausdrücken, schau her, ich bin da und sehe dir gerade über die Schulter, was du da so schreibst. *„Inge"* ist für jeden Schabernack zu haben, das war auch früher schon so. Bin richtig gespannt, was ihr noch in Zukunft so alles einfällt, um mich ein bisschen zu ärgern.

„*Inge*" und die Sterntaler

Carmen teilte uns im Dezember 2015 mit, dass ich in Zukunft immer mal wieder Centstücke beziehungsweise Geldmünzen mit niedrigem Wert finden werde. Die Findung von Münzen dient in diesem Fall nur einem Zweck. Dazu sagt uns das Medium: *„Es soll ein Zeichen dafür sein, dass „Inge" auch in schwierigen Situationen bei dir ist, und genau in solchen Momenten wirst du die Münzen finden."*
Seit Anfang 2016, und dies war auch für mich auffällig, finde ich fast regelmäßig Münzen.

Ich selbst gehe wie jeder normale Mensch über die Straße und sehe nicht explizit auf den Boden, um Münzen zu finden. Dennoch finde ich sie seitdem regelmäßig auf der Straße, auf Rolltreppen, auf öffentlichen Abfalleimern, auf Sitzbänken, praktisch überall.

Ein konkretes Beispiel

Ich hatte einen Termin (Mai 2017) bei einem Kieferchirurgen. Ich weiß es noch genau, es war ein Mittwoch. Es sollten mir sechs Implantate in den Oberkiefer eingesetzt werden. Ich wusste, das wird kein schöner, angenehmer Vormittag. Das Ganze sollte etwa drei Stunden, unter Vollnarkose, dauern. Ich denke, liebe/r Leser/in, dass auch Sie sich schönere Dinge vorstellen können, als auf einem Zahnarztstuhl zu sitzen, mit solchen Erwartungen. Auf der Fahrt zur Zahnklinik sagte ich „*Inge*": „Wenn möglich, und du nicht gerade andere Dinge machst, wäre es nett, wenn du bei mir bist. Vielleicht lässt du mich ja noch ein Centstück vorher finden. So weiß ich, dass du meine Bitte verstanden hast."
Ich fuhr in die Parkgarage der Zahnklinik und stieg aus meinem Fahrzeug aus. Und gleich neben der Autotüre auf dem Boden fand ich ein Centstück. Ich freute mich und bedankte mich sofort bei „*Inge*". Im Aufzug der Zahnklinik lag dann noch ein Zweicentstück.

Gleichzeitig hatte ich ein starkes Kribbeln in der rechten Hand – wie Sie ja wissen, habe ich mit „*Inge*" vereinbart, sollte sie sich bei mir melden, nur die rechte Hand zu benutzen. Zu Lebzeiten von ihr war es früher immer die linke Hand. Da es aber auch andere geistige Helfer sein können, habe ich sie gebeten, ausschließlich meine rechte Hand immer in solchen Momenten zu benutzen, wenn sie gerade bei mir ist. So weiß ich, wenn die linke Hand kribbelt, dass sich andere geistige Helfer in meiner Nähe befinden. Das funktioniert ausgezeichnet. Bei meiner Frau ist es ebenso.

Im September 2017 gingen meine Frau und ich an einem schönen Herbstsonntag in unserer Stadt spazieren. Dies kommt übrigens recht regelmäßig vor. Unser Weg führt uns dann immer in den Dom. Als echter Kölner gehört ein regelmäßiger Besuch im Kölner Dom einfach dazu. Es wird dann eine Kerze aufgestellt, verbunden mit einem kurzem Gebet. Weiter geht es dann durch die Kölner Altstadt bis zu den Geschäftsstraßen Schildergasse und Hohe Str. etc.

Während wir uns die Geschäfte mit den ersten Herbstmoden ansahen, sagte ich zu meiner Frau: *„Ich habe gerade „Inge" gesagt, dass ich noch auf unserem Spaziergang ein Centstück finden möchte."* Dabei ist es wichtig zu wissen, dass man dabei nicht ständig auf den Boden schauen muss, um nach einem Cent zu suchen. Irgendwann, im richtigen Moment, schauen Sie auf den Boden. Und da liegt es, das Centstück, vor Ihnen. Das Ganze hat von meinem Wunsch an *„Inge"* gerade mal etwa 15 Minuten gedauert. Nachdem ich die Münze aufgehoben hatte, spürte ich einen starken Stich in der Mitte meiner <u>rechten</u> Handinnenfläche. Dies bedeutet, hier ist dein von dir gewünschtes Centstück. Meine Frau und ich sahen uns an und sie meinte dann dazu scherzhaft: *„Jetzt finden wir schon die Münzen auf Bestellung."*

Meine Frau und ich setzten anschließend unseren Spaziergang mit einem Lächeln auf den Lippen fort, waren aber doch irgendwie erstaunt darüber, wie schnell mein Wunsch umgesetzt wurde.

Wie man Geldstücke aus der geistigen Welt erhält beziehungsweise wie das genau funktioniert, kann auch ich Ihnen leider nicht richtig beantworten. Vielleicht ist es so ähnlich – ich habe bereits darüber geschrieben – wie mit den Glasaugen der Eule, die uns *„Inge"* zu Lebzeiten schenkte. Hier fand eine Dematerialisierung der Augen statt. Die Glasaugen der Eule waren einfach verschwunden. Diese sind allerdings bis zum heutigen Tage auch nicht wieder aufgetaucht. Dennoch sind die Seelen durchaus in der Lage, Dinge, die sie verschwinden lassen, an anderen Stellen ohne Probleme wieder auftauchen zu lassen.

In der Literatur für paranormale Phänomene findet man auch Hinweise über das Finden von Geldstücken, die uns die geistige Welt aus bestimmten Gründen sendet.

Es gibt aber noch andere physikalische Ereignisse, welche durch die geistige Welt verursacht werden können, auf die ich aber später noch zu sprechen komme.

Was denkt die Wissenschaft über die Existenz einer Seele?

Was hat die Naturwissenschaft dazu zu sagen?
Inzwischen gibt es eine Reihe von namhaften Physikern, die solche
Effekte für real halten. Dabei kommen sie zu dem revolutionären
Schluss, dass es eine physikalisch beschreibbare Seele gibt. Das
Fundament für die atemberaubende These liefert das
quantenphysikalische Phänomen der Verschränkung.

Quantenphysik Die Seele existiert auch nach dem Tod

Früher galt das Leben nach dem Tod als Esoterik und unseriöse
Einnahmequelle für Jahrmarktshellseher – heute gibt es jedoch
bedeutende Strömungen in der Quantenphysik, die da anderer
Meinung sind.

Wie schon beschrieben: Menschen mit Nahtoderlebnissen berichten
von rätselhaften Phänomenen – häufig von einem Tunnel, an dessen
Ende ein Licht erstrahlt. Auch seriöse Forscher behaupten: Die Seele
gibt es wirklich, und das unsterbliche Bewusstsein ist genauso wie
Raum, Zeit, Materie und Energie ein Grundelement der Welt.

Der amerikanische Chemiker James Grant berichtet über solche
paranormalen Geschehnisse eigentlich nur im engsten Freundeskreis.
James Grant hat mehrere Jahre in Deutschland an einem Max-
Planck-Institut gearbeitet. Sein Studium hat er nicht nur in den USA
erfolgreich abgeschlossen, sondern auch in London. Seine
sonderbare Geschichte beginnt während seines Studiums. Er suchte
nach einer Studentenwohnung, da im Studentenwohnheim kein Platz
mehr frei war. Er trug sich gleich in eine Warteliste ein. Ziemlich
schnell erhielt er eine Mitteilung, dass für ihn ein Zimmer frei
geworden wäre. Kurz nach seinem Einzug, so berichtet Grant, sei er
eines Nachts aufgewacht, eine Straßenlaterne warf ein schwaches
Licht in sein Zimmer. Dort stand plötzlich ein junger Mann mit
schwarzem, lockigem Haar. Er hatte sich ziemlich erschreckt und bat
den vermeintlichen Nachbarn, doch sein Zimmer zu verlassen, da er
sich ja wohl in der Tür geirrt habe. Sein Gegenüber zeigte keinerlei
Regung auf seine Bitte hin. Grant konnte bei ihm lediglich nur einen

tieftraurigen Blick feststellen. Als er das Licht im Zimmer einschaltete, war die Person nicht mehr zu sehen, ohne dass man bemerkt hätte, dass sie den Raum verlassen hatte. Er war sich absolut sicher, dass diese Erscheinung für ihn völlig real war und er dies nicht geträumt haben konnte. Am nächsten Morgen erzählte er der Heimleiterin, was in der letzten Nacht in seinem Zimmer geschehen war. Er beschrieb die seltsame Begegnung mit dem Mann, und auch wie der junge Mann ausgesehen hatte. Die Heimleiterin habe daraufhin kurz in ihrem Archiv nachgesehen und Grant ein Foto eines jungen Mannes gezeigt. Sogleich konnte Grant den jungen Mann identifizieren als die Person, welche sich in der letzten Nacht in seinem Zimmer befunden hatte. Das schier Unglaubliche beschreibt Grant wie folgt: „Als ich sie fragte, um wen es sich handele, erwiderte sie mit bebender Stimme, dass es mein Vormieter gewesen sei, der sich kurz zuvor das Leben genommen habe."

Solche Geschichten werden landläufig dann als Halluzination oder in den Bereich der Esoterik eingeordnet. Jedoch ist die Quelle immerhin ein vertrauenswürdiger Naturwissenschaftler. Auch das folgende Beispiel ist nicht minder paranormal, welches der Naturwissenschaftler und Theologe Emmanuel von Swedborg (1688–1772) nach bezeugten Quellen im Jahr 1759 gehabt haben soll: An einem Abend hatte Swedborg die Vision, dass im 450 km entfernten Stockholm, seiner Heimatstadt, ein Feuer ausgebrochen, jedoch einige Häuser vor seiner Wohnung zum Stillstand gekommen sei. Ein Bote konnte später seine Vision beziehungsweise Eingebung voll bestätigen. Der Ordinarius für Evangelische Theologie an der Universität in Regensburg hat hierzu die zeitgenössischen Quellen studiert und ist letztendlich zu dem Schluss gekommen, dass der Bericht von Swedborg glaubwürdig ist.

Im Gespräch unter vier Augen gibt es erstaunlicherweise eine große Anzahl von Menschen, welche von paranormalen Geschehnissen berichten, welche in der Regel als übernatürlich angesehen werden.

Die meisten Menschen mit solchen Erlebnissen scheuen jedoch die Öffentlichkeit, aus der reinen Furcht, fortan als unglaubwürdig abgestempelt zu werden. Auch meine Frau und ich sind solchen Menschen nicht selten begegnet. Man spürt förmlich, dass sie sich mitteilen möchten, aber einfach irgendwie nicht direkt den Mut aufbringen, anderen ihre übernatürlichen Erfahrungen mitzuteilen. Durch unsere vorsichtige Offenheit und mit der Unterstützung von Reiki gelingt es uns meistens, dass sie sich uns öffnen. Sie erzählen uns dann wirklich wunderbare Dinge, ähnlich, wie wir sie mit *„Inge"* erleben dürfen. Haben wir unsere übernatürlichen Erfahrungen dann ausgetauscht, fühlen wir uns wieder bestätigt, dass die meisten paranormalen Berichte bei allen Menschen – und das gilt weltweit, ohne soziale Unterschiede – doch ziemlich ähnlich sind.

Bunte Science-Fiction trifft trockene Physik

Spukhafte Fernwirkung: Eine Entdeckung Einsteins

Auf diesen seltsamen Effekt der Fernwirkung ist bereits Albert Einstein aufmerksam geworden. Er wurde jedoch später von ihm als spukhafte Fernwirkung zunächst zu den Akten gelegt. Erst in jüngerer Zeit hat unter anderen der Wiener Quantenphysiker Professor Anton Zeilinger den experimentellen Nachweis dafür geliefert, dass dieser Effekt in der Realität tatsächlich existiert. Und auch einer der renommiertesten Quantenphysiker der Gegenwart, Professor Hans-Peter Dürr (gest. 18.05.2014), ehemaliger Leiter des Max-Planck-Instituts für Physik in München, vertrat die Auffassung, dass der Dualismus kleinster Teilchen nicht auf die subatomare Welt beschränkt, sondern vielmehr allgegenwärtig ist. Der Dualismus zwischen Körper und Seele ist für ihn ebenso real wie der Welle-Korpuskel-Dualismus kleinster Teilchen, also die Tatsache, dass Licht beide scheinbar gegensätzliche Formen annehmen kann: elektromagnetische Welle und „handfestes Teilchen". Seiner Auffassung nach existiert auch ein universeller Quantencode, in den die gesamte lebende und tote Materie eingebunden ist. Dieser Quantencode soll sich seit dem Urknall über den gesamten Kosmos erstrecken. Nichts geht verloren !!!

Prof. Dr. Dürr, ein Physiker: Leben nach dem Tod möglich

Dürr glaubt aus dieser Konsequenz an eine weitere Existenz nach dem Tode.

„Was wir das Diesseits nennen, ist im Grunde die Schlacke, die Materie, also das, was greifbar ist. Das Jenseits ist alles Übrige, die umfassende Wirklichkeit, das viel Größere", zeigt er sich überzeugt. Insofern sei unser gegenwärtiges Leben bereits vom Jenseits umfangen.

Diese Überlegungen und solche Ideen sind eigentlich nicht neu, 1947 haben der Psychologe und Psychiater Carl Gustav Jung und der Nobelpreisträger Wolfgang Pauli einen lebhaften Briefwechsel geführt. Sie suchten nach einer physikalischen Deutung sogenannter Synchronizitäten. Dieser Begriff wurde von Carl Gustav Jung geprägt. Mit diesem Begriff beschrieb C. G. Jung eine Reihe von Zufällen, die in ihrer Intensität so weit gingen, dass man sie nicht mehr als reine Zufälle betrachten konnte. Bereits etliche Jahre vor dem Begriff der Synchronizität gab es den Begriff der „Koinzidenzen". Hiermit umschrieb man zunächst sehr unwahrscheinliche Verkettungen von Ereignissen, wie z. B. das Wiedersehen eines Menschen, über den man kurz zuvor gesprochen hatte, oder den Telefonanruf einer Person, von dem man jahrelang nichts mehr gehört hatte und der plötzlich bei einem anrief, kurz nachdem man an ihn gedacht hatte. Als aufgeweckter Freigeist, vor allem aber als Psychologe, beobachtete C. G. Jung ebenfalls eine Reihe dieser Phänomene. Anders als Koinzidenzen, die nur Ereignisse der materiellen Welt beschrieben, benutzte C. G. Jung den erweiterten Begriff der Synchronizität. Mit dieser Begriffserweiterung verknüpfte er unleugbar beobachtbare Ereignisse in der äußeren Welt, die mit innerseelischen Erlebnissen verknüpft waren. Dahinter verbergen sich Zufälle oder zeitnah aufeinanderfolgende Ereignisse, die nicht über eine Kausalbeziehung verknüpft sind, die vom Beobachter jedoch als „sinnhaft" und logisch empfunden werden.

Das Aufeinanderwirken zwischen Materie und Geist.

Bemerkenswert hierbei ist, dass dieser intensive Briefwechsel zwischen Jung und Pauli über ein halbes Jahrhundert nicht weiter zur Kenntnis genommen wurde. Für den überwiegenden Teil der Forscherelite war wohl offenbar die Vorstellung zu verwegen für eine ernsthafte Diskussion, nämlich dass Seelenzustände sowie die unbelebte Welt miteinander verknüpft sein beziehungsweise aufeinander wirken sollten. Hans-Peter Dürr erhielt unterdessen Unterstützung durch den Heidelberger Physiker Markolf H. Niemz (siehe hierzu meine Buchempfehlung am Ende des Buches). Niemz glaubt, dass sich nach dem Tod eines jeden Menschen die Seele mit Lichtgeschwindigkeit verabschiedet. Neben seinen intensiven Nahtodforschungen, die ihm den entscheidenden Impuls für diese Annahme gaben, lehrt Niemz an der Heidelberger Universität Medizintechnik.

Man fühlt sich in einen Tunnel hineingezogen

Der Betroffene hat bei einem Sterbeerlebnis ganz plötzlich das Gefühl, dass sich die Seele von ihrem physischen Körper trennt und über den Geschehnissen, wo sich der Körper gerade noch aufgehalten hat, zu schweben scheint. Nach wenigen Augenblicken jedoch sieht es dann plötzlich so aus, als ob sich eine Art Tunnel öffnet, in den sich der Betroffene hineingezogen fühlt. Von dort aus erblickt er am Tunnelende ein weißes, helles, nicht blendendes Licht. Der Heidelberger Physiker M. H. Niemz sieht bei diesem Licht am Ende des Tunnels Parallelen zu einer simulierten Reise nahe der Lichtgeschwindigkeit.

Esoterik wird ersetzt durch Quantenphysik.

Auch Christian Hellweg ist von dem Quantenzustand des Geistes überzeugt. Der Wissenschaftler hat sich nach dem Abschluss seines Physik- und Medizinstudiums am Max-Planck-Institut für biophysikalische Chemie in Göttingen jahrelang mit der wissenschaftlichen Erforschung der Hirnfunktionen beschäftigt. Seine These bringt er wie folgt auf den Punkt: „Die Eigenschaften des Geistigen entsprechen haargenau denjenigen Charakteristika, die

die äußerst rätselhaften und wunderlichen Erscheinungen der Quantenwelt auszeichnen."

Der verstorbene, legendäre amerikanische Physiker Professor John A. Wheeler sagte: „Viele Physiker hofften, dass die Welt in gewissem Sinne doch klassisch sei – jedenfalls frei von Kuriositäten wie großen Objekten an zwei Orten zugleich. Doch solche Hoffnungen wurden durch eine Serie neuer Experimente zunichtegemacht."

Warum Wissenschaft und Religion sich durchaus ergänzen.

Es gibt mittlerweile eine Reihe von Wissenschaftlern, die der festen Überzeugung sind, dass das Bewusstsein viel höher einzuordnen sei als bisher. Mittlerweile machen sie aus ihrer persönlichen Überzeugung keinen Hehl mehr. Der Kernphysiker und Molekularbiologe Jeremy Hayward sagt dazu: „Manche durchaus noch der wissenschaftlichen Hauptströmung angehörenden Wissenschaftler scheuen sich nicht mehr, offen zu sagen, dass das Bewusstsein neben Raum, Zeit, Materie und Energie eines der Grundelemente der Welt sein könnte", versichert er. Er kommt zusammenfassend zu dem Schluss, <u>dass möglicherweise das menschliche Bewusstsein sogar grundlegender als Raum und Zeit sei.</u>

Wenn alles so ist, und ich bin davon überzeugt, und sich die Thesen der sogenannten Avantgarde unter den Physikern durch nachfolgende Forschungen als richtig erweisen, so würde, und das wäre doch epochal, dies unser jetziges Weltbild entscheidend beeinflussen. Es hätte zu bedeuten, dass sich Naturwissenschaft und Religion fortan nicht mehr als Gegensätze gegenüberstehen. Vielmehr könnten sie sich komplementär ergänzen – geradewegs wie die rechte und die linke Hand des Menschen. [9] Soweit vorerst die Ansichten aus naturwissenschaftlicher Sicht betrachtet. Man kann unschwer erkennen, dass auch die Naturwissenschaft diesem Thema immer näherkommt. Dies gibt auch in diesem Zusammenhang Grund zu der Annahme, dass Menschen, die paranormale Erlebnisse hatten, jetzt wohl in einem anderen Licht gesehen werden, zumindest aus der Sicht des heutigen Wissens. Meiner Überzeugung nach sind diese aktuellen Thesen ein durchaus eminenter und wichtiger Fakt in einem neuen Denkmodell.

Es gibt viele Tatsachen, die auf das Weiterleben der Seele nach dem Tod hinweisen. Je mehr man sich mit der aktuellen Wissenschaft befasst, umso mehr tauchen unerklärliche Dinge auf. Eine führende Kapazität auf dem Gebiet der Sterbeforschung ist in Deutschland der Wissenschaftler Bernhard Jakoby. 2007 veröffentlichte er das Buch „Wir sterben nie". Darin kommt er zu der Aussage, dass die Indizien für ein Leben nach dem Tod bei Weitem der Annahme überlegen sind, dass mit dem Tod alles aus ist.

Wie man Zeichen durch verstorbene Seelen erkennen kann und wie sie Ihnen gesendet werden

Es gibt eine Reihe von Möglichkeiten, mit uns (Menschen) in Kontakt zu treten, durch Bilder, die wir sehen, egal wo, Worte, die zu uns gesprochen werden, Tiere, die uns begegnen und sich uns gegenüber auffällig verhalten, Münzen, die wir regelmäßig an allen Orten finden, Zahlen, die uns gezeigt werden … ein Beispiel hierzu: Ein Freund – der früher immer etwas skeptisch war, wenn ich ihm über unsere paranormalen Erlebnisse mit unserer Freundin *„Inge"* erzählte – hatte mir von einer seltsamen Begebenheit berichtet. Er saß in seinem Wagen und fuhr auf der Autobahn auf dem Wege von Köln nach Frankfurt. Er hatte seinen Vater kürzlich verloren und dessen Tod noch immer nicht richtig verwunden. Während dieser Fahrt auf der Autobahn, so berichtete er mir, dachte er an seinen Vater. Er bat ihn, ihm doch ein Zeichen zu geben, dass er jeden Gedanken von ihm mitbekommt beziehungsweise dass er weiter existiert, so, wie ich es ihm immer gesagt hatte, dass es sich verhalten würde. Während dieses Gedankens auf der Autobahn überholte ihn ein Fahrzeug und fuhr ziemlich eng an ihm vorbei, so dass er ein wenig erschrocken sein Lenkrad noch fester hielt als gewöhnlich. Als er auf das Kennzeichen dieses Fahrzeugs blicken konnte, fiel ihm Folgendes mit Erstaunen auf: Außer den Buchstaben des Ortes, wo dieses Fahrzeug herkam, hatte das Kennzeichen noch die Buchstaben „ HD 1936", es sind die Anfangsbuchstaben für den

Vornamen und den Nachnamen des Vaters Hartmut D., dazu sein Geburtsjahr (1936). Er war sich sicher, dass dies kein Zufall war. Denn wenige Augenblicke, nachdem er seinen Vater gebeten hatte, ihm ein Zeichen zu geben, überholte ihn das Fahrzeug mit dem besagten Kennzeichen, welches die Anfangsbuchstaben des Vornamens und des Nachnamens sowie das Geburtsjahr des Vaters trug. Ähnliche Berichte finden Sie überall in der einschlägigen Literatur.

Wenn man wollte, könnte man eine endlos lange Liste niederschreiben. Ist man für dieses Thema sensibilisiert, dann stellen Sie sehr schnell fest, dass in allem und überall Botschaften für uns enthalten sein können – und nicht einmal im Verborgenen. Interpretiert man diese Botschaften richtig, dann sind solche Hinweise (Zeichen) kleine Lebenshilfen, die aus der geistigen Welt, aber auch im Naturreich für uns bereitgehalten werden. Klingt unglaublich – ist aber so!

Richten wir unsere Aufmerksamkeit auf diese Zeichen, so können wir im richtigen Augenblick reagieren und so Fehler vermeiden, welche womöglich negative Folgen gehabt hätten.

Wie Zeichen unserem Lebensweg positiv beeinflussen können

Schöner hingegen sind natürlich die ermutigenden Zeichen oder gar Zeichen des Dankes. Immer, wenn ich kleinere Münzen finde – das geschieht ziemlich regelmäßig, insbesondere wenn ich vor einem Problem stehe, welches ich lösen muss –, werde ich sehr aufmerksam, beziehungsweise weiß sofort, dass „Inge" oder sonst ein geistiger Beistand bei mir ist. Das beruhigt mich irgendwie und ich freue mich darüber.

Hierzu noch ein kleines Beispiel: Wir hatten eine Immobilie (Wohnung) neu zu vermieten. Am selben Tag, nach Erhalt des Kündigungsschreibens des Vormieters (der Grund war hier eine berufliche Veränderung in einer anderen Stadt), sprach ich mit meiner Frau und meiner Schwester, eventuell eine Anzeige in die Zeitung zu setzen oder über das Internet zu gehen. Alles ist dann immer damit verbunden, dass man unzählige Bewerbungen als auch

Telefonate erhält, von Personen, die sich dann für eine neu zu vermietende Wohnung interessieren. Hier ist es nicht einfach, die Spreu vom Weizen zu trennen, was bedeutet, die richtigen Interessenten, welche in unser Haus passen würden, zu finden. Als wir darüber sprachen, sagte mir irgendwie eine innere Stimme, dass ich an mein Fenster in meiner Wohnung treten solle. Dort vor der Tür stand ein Ehepaar, welches auch bei uns zur Miete wohnt. Ich sah dieses Paar und da fiel mir ein, dass sie vor längerer Zeit mal gesagt hatten, sollte eine Wohnung frei werden, wäre es schön, wenn wir an sie denken würden, da ihr Sohn eine Wohnung bei uns in der Gegend suchen würde. Also sprach ich sie darauf an. Sie sagte mir, „das ist ja komisch, wir haben gerade einer Mieterin kündigen müssen (auch sie haben Immobilien) wegen Eigenbedarfs, da unser Sohn jetzt dort einziehen wird". Weiter teilten sie mir mit, dass es ihnen sehr unangenehm gewesen wäre, der jetzigen, freundlichen und netten Mieterin dieser Wohnung wegen Eigenbedarfs kündigen zu müssen. Worauf ich sagte, „passt doch sehr gut, wir haben gerade eine Wohnung frei, eure Mieterin soll sich bei uns melden". Nach 48 Stunden war die Wohnung an diese auch für uns sympathische Person vermietet. Da dachte ich mir wieder, Zufall? –wohl eher nicht.

Warum ist Spiritualität wichtig für uns?

 Schon immer hat der Mensch nach Antworten auf die großen Fragen des Lebens gesucht. In der Regel sind es philosophische und geistige Fragen. Allerdings haben sie nicht viel mit unserem Alltag zu tun. Ganz abgesehen von solchen Personen, die sich rein beruflich schon diesen geistigen und philosophischen Themen widmen. Jedoch gelegentlich in ruhigen Momenten, auch wenn etwas passiert ist, wie zum Beispiel dass eine uns nahestehende Person kürzlich verstorben ist oder ich mich irgendwo an einem schönen Ort in der Natur aufhalte, dann kann er plötzlich auftauchen wie aus dem Nichts : der Kontakt mit der geistigen Welt. Hierbei handelt es sich um Momente, die Sie ihr ganzes Leben nicht vergessen werden.

Alle Menschen besitzen eine spirituelle Seite, viele von uns, ohne etwas davon zu ahnen. Für einige Menschen ist sie allerdings gut zu spüren beziehungsweise zu erleben. Ich selbst und meine Frau können behaupten, eine gewisse spirituelle Veranlagung zu besitzen. Sie ist für uns mittlerweile real und erlebbar. Natürlich sieht man dies uns nicht an und wir reden auch mittlerweile nicht viel darüber. Höchstens mit denen, die dafür offen sind.

Spirituell bedeutet aber für uns nicht, dass wir uns jeden Tag die Karten legen oder legen lassen, oder irgendein Orakel befragen – nein. Meine Frau und ich wissen mittlerweile ohne jeden Zweifel, dass es da noch irgendwo viel mehr gibt als unsere Ebene, auf der wir leben, als das, was wir heute überhaupt begreifen können oder wollen. Manchmal erlaube ich mir auch den Gedanken, in bestimmten Situationen gelenkt zu werden. Es ist einfach etwas Größeres als sie und ich. Bisher habe ich, wenn ich mich so verhalte, noch nie danebengelegen. Solche Handlungen hätte ich früher, bevor ich mit paranormalen Ereignissen in Kontakt getreten bin, nur selten zugelassen. Richtig zu erklären sind diese Dinge fast nie. Man sollte es auch gar nicht erst versuchen, glaube ich. Der Grund ist: Wenn man sich zu sehr damit beschäftigt, können sich dann für mich absurde Dinge entwickeln, wie Gurus, Sekten oder Esoterik-Läden etc. Bitte verstehen Sie mich hier nicht falsch, ich habe nichts einzuwenden gegen Engelkarten, Tarot oder Pendelei etc. Es können symbolhafte Hilfsmittel sein, um mit dem eigenen Inneren in Kontakt zu treten.

Ohne seltsame Erklärungsmodelle zu entwickeln, verstehe ich unter Spiritualität, das Geistige, für uns in der Regel nicht Sichtbare zu akzeptieren und seine Existenz anzuerkennen. Spiritualität ist wichtig für uns, ich bin davon überzeugt, dass sie jeden einzelnen Menschen zu dem macht, was er wirklich ist. Wer bin ich? Habe ich hier auf Erden eine Aufgabe? Warum bin ich hier? Wie kann ich meine eigenen Grenzen überschreiten?

Diese für mich absolut wichtigen Fragen stellen für mich das Geistige und Spirituelle dar. Ich bin sicher, dass der ein oder andere Leser sich bereits diese Fragen gestellt hat. Die Antworten sind bei Ihnen selbst zu suchen. Dabei kann es bei der Beantwortung dieser doch schwierigen Fragen unter anderem hilfreich sein, wenn man völlig entspannt ist und es ruhig und still um einen herum ist. Auch ist der Aufenthalt in der Natur ein guter Ort, nach Lösungen zu suchen. Lösungen kann man aber auch finden nach einer heftigen Krise, welche unsere Schutzmauern um uns herum zum Einsturz gebracht hat. Aber auch im Gespräch mit einem wirklich echten und wahrhaftigen Menschen.

Für die meisten von uns ist Spiritualität ein Grundbedürfnis. Manche spüren sie recht früh in ihrem Leben. Andere wiederum erst dann, wenn sich das Leben seinem Ende zuneigt. Spiritualität trägt unter anderem auch dazu bei, unsere Mitmenschen besser zu verstehen beziehungsweise zu behandeln. Irgendwann spürt jeder Mensch einmal eine gewisse Leere in sich. Das kann der Moment sein, wo sie gerade mit ihrer Spiritualität in Berührung treten und dann in sich gehen. Dann kann es der richtige Zeitpunkt sein, sich ein paar Fragen zu stellen. Wer bin ich? Und wozu bin ich auf dieser Welt? [10]

Zitat

„Die wunderbare Einrichtung und Harmonie des Weltalls kann nur
aus dem Plane eines allwissenden und allmächtigen Wesens zustande
gekommen sein. Das ist und bleibt meine letzte und höchste
Erkenntnis."
Beim Anblick der wundervollen Harmonie der Bewegung der
Gestirne rief Newton aus: „Ich sah das Schreiten Gottes am anderen
Ende meines Teleskops."

Isaac Newton (1643–1726), englischer Mathematiker, Physiker und
Astronom, Begründer der klassischen theoretischen Physik,
Entdecker der Gravitationsgesetze

Montag, den 08.02.2016

„Inge" sendet Grüße zu Rosenmontag. Wir hatten gestern über sie längere Zeit mit Freunden gesprochen und dabei erwähnt, wie gut sie zu Rosenmontag immer eine köstliche Erbsensuppe gekocht hatte. Dies hat sie wohl mitbekommen, da sich beide TV-Geräte, so wie wir es gewohnt sind, wenn etwas anliegt, in unserem Haus von selbst um die vereinbarte Zeit, 8:00 Uhr, einschalteten und kurz danach wieder von selbst ausgeschaltet haben.

Überwiegend werden elektrische Manipulationen durch Verstorbene genutzt. Fast alles funktioniert nur über den energetischen Bereich. Energie ist der Hauptbestandteil im Jenseits, wodurch u. a. auch die Kommunikation mit dem Diesseits hergestellt wird.

Donnerstag, den 25.02.2016

Habe heute eine Praktikantin, Frau Gertrud G., auf der Palliativstation in meiner Betreuung. Sie möchte die Arbeitsweise der Ehrenamtler kennenlernen.
Habe *„Inge"* gestern gebeten, mich bei der Betreuung der Praktikantin zu begleiten. Als Zeichen der Unterstützung möge sie sich bei mir bei mir melden. Um 5:15 Uhr stellte sich, wie immer, der Panasonic dreimal an und wieder aus. *Sie* wird dabei sein...

Donnerstag, den 03.03.2016

„Inge" hat mir zum Geburtstag gratuliert, wie immer Punkt 5:15 Uhr über E-Gerät.

Sonntag, den 13.03.16

Habe gestern an einem zweiten Seminar, ohne Danielle –
Seminarleiter: Medium Werner H. (Name geändert) – von zwei
Tagen teilgenommen. Dieses Mal hatten sich 18 Personen für dieses
mediale Seminar angemeldet. Wie immer wurden Gruppenarbeiten
etc. durchgeführt.

Auf solch einem Seminar selbst lernen die Teilnehmer persönlich
gemeinsam mit den anderen Teilnehmern, den Kontakt zu
Verstorbenen und ihren Guides (Geistführern) bzw. Schutzengeln
aufzunehmen. Gleichzeitig, wenn es sich ergibt – und das ist immer
so –, vermittelt dieses Medium den einzelnen Teilnehmern
Botschaften aus dem Jenseits. Praktische Übungen und theoretische
Unterweisungen runden die gemeinsame Arbeit ab. So lernt man an
diesem gleichsam spannenden wie entspannenden Wochenende
Theorie und Praxis der Jenseits-Kontaktaufnahme und evtl. auch ein
wenig mehr über sich selber und die früheren und zukünftigen
Lebensweg(e) kennen.
An diesen zwei Tagen, wie schon mal erwähnt, kommt dann das
Medium zu jedem einzelnen Seminarteilnehmer, um ihm eine
Botschaft aus der geistigen Welt zu überbringen, so es denn auch für
eine Person eine solche gibt. Es kommt eigentlich sehr selten vor, so
Seminarleiter und Medium Werner H., dass es an zwei
aufeinanderfolgenden Seminartagen vielleicht eine Person gibt,
welche an diesen Tagen keine Nachricht von ihren Lieben aus dem
Jenseits erhält. Wir Menschen haben darauf so gut wie keinen
Einfluss. Es liegt immer am Willen der geistigen Welt, ob sie bereit
sind, uns eine Nachricht zu übermitteln. Die Gründe können hier
verschiedener Natur sein. Beispielsweise kann aus der geistigen Welt
kein Kontakt mit der Person hergestellt werden, da wohl energetische
Probleme zwischen ihm und dem Jenseits aufgetaucht sind. Oder
auch ganz profan gesagt, das Jenseits ist im Moment nicht bereit,
dieser Person eine Nachricht zu übermitteln, aus welchen Gründen
auch immer.

Am Samstag blieb er bei mir stehen und sagte, schöne Grüße von „*Therese*" – diesen Namen hatte ja bereits auch unabhängig von ihm unser Medium *Carmen* erwähnt. Er fragte mich: *„Ist das deine Mutter?"*, was ich zunächst bejahte, da ich in Erinnerung hatte, dass meine Mutter mit zweitem Vornamen Therese genannt wurde. <u>Was für ein Gedankenfehler!!!</u>

Wieder zu Hause kamen mir Zweifel. Ich sah mir die Geburtsurkunde meiner Mutter an, dort stand dann Agnes Thea, und Thea steht für den Kurznamen Dorothea. Meine Nachforschungen ergaben, wie Sie ja bereits wissen, dass es sehr wohl eine Therese gab, es war meine verstorbene Tante „*Therese*", „ Resi" genannt. Sie begleitet mich ja, seitdem sie drüben ist.

Denn im letzten Jahr hatte – wie bereits darüber geschrieben – dieses Medium bereits den Namen erwähnt. Danielle und ich waren erstaunt. Ich fuhr anschließend zum Seminar und teilte dem Medium meine Recherchen und das Ergebnis über diesen Vornamen mit. Er sagte darauf gleich, dass er Zweifel gehabt hätte, dass „Therese" meine Mutter sei. Jetzt bestünde ja, Gott sei es gepriesen, Klarheit. Als ich in einer Seminarpause per Smartphone Danielle eine kurze Mitteilung über die Sache machen wollte, da sah ich, dass das Hintergrundbild von *„Inge"* auf meinem Smartphone verschwunden war, solche seltsamen Vorgänge kenne ich ja bereits von *ihr*. Womöglich hat der ein oder andere Leser von Ihnen auch ein persönliches Bild einer Person oder aber auch ein Foto von einer schönen Landschaft als Hintergrund auf seinem Smartphone. Bei mir jedenfalls waren nicht nur das Hintergrundbild, sondern auch meine gesamten Fotos auf meinem Smartphone verschwunden. So etwas macht mir dann doch ein wenig Sorgen. Gab es doch einige Fotos, die ich nur auf diesem E-Gerät hatte. Dieser Verlust der Fotos sollte auch vorerst so bleiben.
Als ich am Abend nach Hause kam, zeigte ich Danielle mein Smartphone, sofort versuchten wir über unseren PC, die verschwundenen Bilder auf mein Gerät zurückzuholen, da wir die meisten der verschwundenen Fotos auch auf unserem PC hatten. Es war uns einfach nicht möglich, alles war wie blockiert, es funktionierte einfach nichts mehr. Irgendwie konnte man es spüren,

es war eine richtige Blockade. Ich sagte zu Danielle: „Wir legen das Smartphone jetzt einfach auf den Tisch und lassen es an, vielleicht tauchen sie ja irgendwann von selbst wieder auf." Nach zwei Stunden sahen wir nach, alle gespeicherten Fotos sowie das Foto von „*Inge*" auf meinem Handy waren wieder da!!! Im Übrigen hatte das Medium Werner H. über einen zweiten Vornamen gesprochen, er lautet „*Theres(a)*". Hierzu kam aber noch die Info, dass sie früher eine Nonne war und nun in der geistigen Welt u. a. mir als Geisthelfer auf der Palliativstation in Köln behilflich ist, besser noch mir beisteht, wenn ich Patienten aufsuche und ihnen Kraft und Zuversicht sowie auch Trost zusprechen möchte. Theresa kenne ich natürlich nicht. Offenbar wurde sie mir als geistige Hilfe für mein Ehrenamt auf der Palliativstation zugeteilt. Dazu sage ich nur: „*Vielen Dank für diese Unterstützung, kann ich immer gut gebrauchen.*" Viele Leser denken vielleicht jetzt an Mutter Theresa. Ich kann es Ihnen wirklich nicht sagen, glaube es aber eher nicht – ist nur so ein Gefühl. Werde bei Gelegenheit drüben nachfragen.

Nicht selten habe ich auf der Palliativstation den Eindruck, dass ich in manchen schwierigen Situationen Beistand durch meine geistigen Helfer erhalte. Ich kann Ihnen das wirklich nicht genau erklären – aber ich spüre es. Vielleicht kennen Sie solche Momente in bestimmten Situationen ja auch.

Die Sache mit meinem Autoschlüssel!

Am Montag, den 21.3.2016 waren meine Frau und ich in einem Stadtteil von Köln mit wunderbaren Grünanlagen spazieren. Ich habe an meinem Autoschlüssel ein Stoffband mit einem Knoten. Damit verbunden sind der Schlüssel meines PKW sowie eine kleine Plakette mit meiner Telefonnummer, falls der Schlüssel verloren geht. Den Schlüssel habe ich seit kurzer Zeit in einem Etui aus Aluminium. Der Grund: damit man mein Fahrzeug nicht scannen und damit die Türe des Fahrzeugs öffnen kann. Es handelt sich dabei um einen sogenannten „easy key"-Schlüssel. Bei diesem Schlüssel reicht es schon, wenn Sie mit dem Autoschlüssel, der sich z. B. in der Brusttasche ihres Hemdes befindet, vor Ihrem Wagen stehen und die Hand an die Klinke legen, dann entriegelt das Fahrzeug sofort alle Türen – sehr praktisch. Kennen Sie vielleicht auch. So weit, so gut.

Wir fuhren also nach Köln-Müngersdorf zum Spazieren. Dort angekommen, nahm ich meinen Schlüssel aus dem Etui, um den PKW zu verschließen. Hier war noch alles völlig normal, d. h., sowohl mein Autoschlüssel als auch die kleine Plakette mit meiner Telefonnummer waren an einem sogenannten Ring aus Stoff, wie mit einem Gummiring miteinander verbunden. Alles war völlig unauffällig. Danach packte ich den Schlüssel wieder in mein Etui und wir gingen los. Nach einer Stunde kamen wir wieder zu unserem Wagen, ich nahm wieder meinen Schlüssel aus dem Etui, öffnete die Türe und wir fuhren ab. Bis dahin war an diesem Band nichts Auffälliges zu beobachten. Wir kamen wieder in unser Viertel, dort machten wir noch kurz eine Besorgung, da fiel mir auf, dass die Elektronik an meinem Fahrzeug irgendwie nicht richtig funktionierte. Ich war gezwungen, mein Fahrzeug manuell zu öffnen. Als wir zu Hause ankamen, untersuchte ich meinen Autoschlüssel etwas genauer... da stellte ich fest, dass aus meinem Ringband, der sowohl mit dem Schlüssel als auch meiner Plakette verbunden ist, plötzlich ein dreigliedriges Band entstanden war.

Nur zur Verdeutlichung, mein Ersatzschlüssel sieht exakt genauso aus. Diesen habe ich auch zum Vergleich als Foto (vorher!) genommen. Das rechte Bild zeigt den Originalschlüssel mit den sogenannten „*Luftmaschen*". Ich wusste vorher gar nicht, dass es Luftmaschen gibt.

Wir hatten unserem Medium „Carmen" die Bilder des Schlüsselbundes per E-Mail, in der Osterzeit, zugesandt. Hier ihre Antwort auf unsere E-Mail:

Hallo, ihr lieben verrückten Osterhasen!

Das ist ja der Knaller mit dem Schlüsselband *lach*. Ich habe ja schon manches gesehen, aber das übertrifft einiges.

Ich wünsche euch auch frohe Ostertage und eine schöne Zeit.

Bis ganz bald,

Carmen

Betreff: Fwd: Frohe Ostern

Hallo Carmen,

wir hoffen, dass es Dir und allen im Hause gut geht.
Wir wünschen Dir und Deinen Lieben schöne Ostern.
Freuen uns zum Plausch zwischen den Welten am 03.06.16, Freitag,
11:00 Uhr.

Herzliche Grüße
Hans und Danielle

P. S. „*Inge*" war wieder aktiv. Ich hatte sie um ein Ostergeschenk
gebeten. Ergebnis: Sie hat meinen Autoschlüssel zu Kettengliedern
umgewandelt. Siehe Fotos. Das erste Bild ist eine Rekonstruktion
mit meinem Ersatzschlüssel.

Sie sehen, was die geistige Welt so alles anstellen kann.

Donnerstag, den 24.03.2016 (Gründonnerstag)

Hatte „*Inge*" gestern gefragt, ob meine Frau alleine nach Frankreich fahren kann. Wenn ja, möge sie sich bei ihr und mir per Rekorder Punkt 8:00 Uhr melden. Genau das hat sie getan. Vielen Dank für die Antwort. Ich war erleichtert darüber, da ich Danielle nicht gerne alleine diese Reise antreten lasse. Der Grund ist, dass im Moment einige Terroranschläge in Paris waren, oder zumindest Versuche, Anschläge zu verüben. Der Bahnhof in Paris, wo sie von Köln aus ankommt, ist genau der Bahnhof, an dem ständig z. Z. versucht wird, Terroranschläge zu verüben.
Die Antwort von „*ihr*" beruhigte mich jedenfalls. Irgendwie war ich auch sehr dankbar dafür, dass man eine Verbindung nach drüben hat, die einem, wenn möglich, zur Seite steht. Wir sehen es immer als ein großes Geschenk an. Bei der Ankunft von Danielle in Paris ging auch alles gut. Wäre sie nur einen Tag später in Paris am selben Bahnhof angekommen, so hätte sie unter Umständen erhebliche Probleme bekommen, da man am diesem Tag dort eine Bombe in einem Koffer gefunden hatte. Die Zeiten im Moment sind einfach schlimm.

Ostersonntag, den 27.03.2016 (Uhren umstellen auf Sommerzeit)

„*Inge*" hat von selbst ihre kleine manuelle Uhr, welche sich bei uns in einem Glasschrank befindet, auf die Sommerzeit umgestellt. Wie praktisch für uns!!!

Dienstag, den 29.03.2016

Obwohl wir keine Zweifel haben, fragte ich „*Inge*" *trotzdem* gestern, ob sie es war, die mein Band an meinem Autoschlüssel manipuliert hat. Wenn ja, dann solle sie um 5:15 Uhr den Rekorder in meinem Schlafzimmer anstellen. Die Antwort war Ja. Punkt 5:15 Uhr stellte sich diesmal das Fernsehgerät an und nach wenigen Sekunden wieder aus. Eine schöne Zeit, wenn der Fernseher sich plötzlich von selbst einschaltet und man plötzlich Stimmen hört – man ist dann erst mal wach …
Wie schon beschrieben, ist „*Inge*" immer für einen kleinen Schabernack zu haben.

Die Sache mit meinen Knien!

Mittwoch, den 30.03.2016

Danielle und ich kamen vom Joggen. Ich zog mich aus, um zu duschen. In der Diele stand ich vor unserem großen Spiegel und sah, dass meine Knie beide genau in einem Rechteck völlig abrasiert waren. Meine Beine sind normalerweise behaart.
Ich hatte „*Inge*" seit Tagen gebeten, mir, so nah wie möglich zu sein. Danielle hatte Carola (meine Schwester) vorher die Geschichte mit dem Schlüssel erzählt und auch ihr die Veränderung des Schlüsselbandes meines Autos gezeigt. Das war schon sehr beängstigend für meine Schwester. Als ich aber meine abrasierten Knie wenige Tage später meiner Schwester zeigte und ihr sagte, wer es vermutlich war (es *wurde übrigens später durch Carmen bestätigt, dass „Inge" meine Knie von Haaren befreit hatte*), fragte Carola, ob wir keine Angst hätten bei den Dingen, die hier gerade passieren und auch sonst so, was alles in den letzten Jahren seit dem Tod von „*Inge*" vorgefallen war. Wir beantworteten das mit einem klaren „NEIN", es gefällt uns so und wir sind sehr dankbar für diese paranormalen Geschehnisse durch „*Inge*".
Aber für meine Schwester war es erst mal genug und sie ging wieder nach nebenan in ihre Wohnung. Irgendwie kann man ihre Reaktion auch nachvollziehen, es ist ja auch sehr schwer zu glauben, wenn man nicht, so wie Danielle und ich, unmittelbar betroffen ist und manchmal die unerklärlichen Dinge direkt vor unseren Augen geschehen.

Dienstag, den 17.05.2016

„*Inge*" ließ dem Medium und Seminarleiter Werner H. während seines Seminars Anfang März 2016 für mich durchgeben, zu welcher Zeit ich die zukünftigen Manipulationen an den E-Geräten haben möchte. Außer den vereinbarten Zeiten schalteten sich die Geräte zeitweise plötzlich um 3:40 Uhr ein beziehungsweise wieder aus. Ich hatte „*Inge*" in der Zeit gefragt, ob es nicht besser sei, wenn der tägliche Gruß später erfolgen könne, damit ich durchschlafen kann. Das hat sie mitbekommen.

Seit Dienstag, dem 24.05.2016, schalten sich wieder die E-Geräte in meinem Schlafzimmer um Punkt 8:00 Uhr an und wieder aus. Sie wollte wohl nur zeigen, dass sie jederzeit in der Lage ist, die Uhrzeiten zu ändern, damit ich weiß, dass sie es wirklich ist und man sich nicht so schnell an diese Zeiten gewöhnt, genauso war es auch im Schlafzimmer meiner Frau. Auch heute ändert *sie* gelegentlich kurz die Uhrzeiten so, dass wir es mitbekommen, um anschließend dann wieder in die alten vereinbarten Zeiten zurückzukehren.

Heute haben wir wieder eine Sitzung mit unserem Medium Carmen

Donnerstag, den 09.06.2016

Carmen teilt uns mit, dass „*Inge*" anwesend ist.
Sie sagt: „„*Inge*" zeigt mir *Finger, Hände und Musik-Noten und zeigt dabei auf Hans.*" Carmen fragt mich, ob ich etwas damit anfangen könne. Darauf sage ich ihr: „*Ja, ich kann etwas damit anfangen – ich habe vor zwei Monaten damit begonnen, Klavier zu lernen mittels eines Klavierlehrers. Habe auch jetzt, nachdem ich meine berufliche Tätigkeit – bis auf kleine Beratungen in Unternehmen – fast auf null gefahren habe, genug Zeit und kann mich jetzt mehr um Dinge kümmern, die mir Freude bereiten. Lernen, Klavier zu spielen, gehört dazu.*" „*Inge*" hatte mich zu Lebzeiten immer gefragt, warum ich nicht Klavier spielen lernen möchte. Sah ich ein Klavier, so konnte ich nicht widerstehen zu versuchen, ein kleines Lied mit der rechten Hand zu spielen. Eigentlich ist „*Inge*" der Auslöser, dass ich damit begonnen habe. Ist nicht ganz einfach, macht aber Freude. In meinem Alter (Anfang 60) ist das auch ganz gut für den Kopf. Muss man doch lernen, mit beiden Händen unterschiedliche Bewegungen zu machen.

Meine Frau lässt über *Carmen* fragen, ob „*Inge*" ihre Zeit, zu der sie sich bei meiner Frau meldet (in ihrem Fall war es eine Zeitlang 6:30 Uhr), nicht etwas vorverlegen könne, und wenn es gar ginge, mit

wechselnden Zeiten bei ihr. Darauf die Antwort durch *Carmen* von *„Inge“*: *„Das ist nicht so einfach, wie ihr vielleicht glaubt, auch ich muss die Geräte dann irgendwie einstellen beziehungsweise manipulieren – aber ich werde es versuchen.“*
Etwa 3 bis 4 Monate später schalteten sich dann die Elektro-Geräte bei meiner Frau, also Rekorder, TV, abwechselnd jeweils um Punkt 8:00 Uhr und um 8:15 Uhr von selbst ein beziehungsweise wieder aus. Das ist bis zum heutigen Tage so. Kann sich aber auch wieder ändern. Aber dann macht sie sich irgendwie auch vorher bemerkbar.

Der Vater meiner Frau meldet sich und gibt *Carmen* durch, dass er sich mittlerweile ganz gut in der neuen Welt eingelebt hat. Wenn wir es richtig verstanden haben, so macht er im Prinzip genau das, was er zu Lebzeiten mit großer Freude auch getan hat, er bewirtschaftet offensichtlich einen großen Obst- und Gemüsegarten.

„Inge“ teilt *Carmen* mit, dass sie häufig den Vater von Danielle besuchen würde. Sie kannten sich auch schon zu Lebzeiten. Wir waren seit 1998 mit ihr immer im Sommerhaus am Atlantik und hatten vorher stets die Eltern meiner Frau mit *„Inge“* besucht.

Weiter gibt *sie Carmen* durch, dass ich beim Sport (Jogging) immer noch auf mein rechtes Knie achten solle. Es sei eine Schwachstelle von mir. Das kann ich nur bestätigen. Hatte ich doch zwei Monate später medizinische Behandlungen an meinem rechten Knie nötig. Sie wusste es wieder mal vorher. Sie sagte, *mit meinen Zähnen sei auch noch etwas, ich solle wohl heute deswegen noch einen Zahnarzt aufsuchen. Nichts Schlimmes.* Ich sagte: „Ich war erst vor einer Woche beim Zahnarzt, zur Zahnreinigung, da war doch alles in Ordnung!?“ Ich verstand nicht genau, was das zu bedeuten hatte. Nach dieser Sitzung, wie bereits kurz darüber geschrieben, hatte ich am selben Tag zu Mittag gegessen. Dabei habe ich auf ein Knochenstück gebissen, welches sich an meinem Stück Fleisch befand. Dies hatte zur Ursache, dass mir aus meiner Krone ein Stück Zahn abgebrochen war. Und was soll ich Ihnen sagen, noch am selben Tag, etwa vier Stunden nach unserer Sitzung mit *Carmen*, saß ich bei meinem Zahnarzt auf dem Stuhl. Der Zahn wurde repariert und alles war wieder gut. Dass dieser Zahnarzttermin jedoch gleich am selben Tag nach unserem Reading mit Carmen stattfand – darüber war ich dann doch wieder etwas erstaunt. Es bedeutet wohl, dass die Seelen in der Lage sind, in die Zukunft zu sehen. Sie sehen einfach wohl schon immer, was kommen wird …

Leider werden sehr häufig die Botschaften als Metapher durchgegeben. Und man selbst oder auch das Medium muss dann versuchen, die Metaphern zu entschlüsseln. Menschen, die als Medium arbeiten, wissen, was ich damit meine. Wird zum Beispiel ein Vorname deutlich mitgeteilt, so sollte man dies als Geschenk ansehen. Viele medial veranlagte Menschen haben ihre Methode, diese Metaphern der Seelen zu entschlüsseln. Verschiedene von Ihnen werden bestimmt schon mal ein solches Geschenk, die Übermittlung eines Vornamens, durch ein Medium oder auch durch sich selbst, erhalten haben.

Ein Beispiel, *„Inge"* gibt *Carmen* durch, dass eine bestimmte Person ganz plötzlich gestorben sei. Dabei schnippt dann die Seele mit den Fingern, das soll heißen, dieser Mensch ist von einer Sekunde auf die andere umgefallen und war sofort tot. Bei manchen Personen geht es so schnell, dass sie gar nicht mitbekommen haben, dass sie bereits verstorben sind. Sie sind dann einfach im Glauben, alles sei wie vorher. Es dauert dann eine Weile, bis sie merken beziehungsweise begriffen haben, dass sie sich nun im Jenseits befinden.

Dann lässt *„Inge"* durchgeben, dass der kleine Engel, den wir am Fenster über ihr Bild gehängt haben, ihr sehr gefällt. Er ist, so glauben wir, ganz nach ihrem Geschmack, einfach geradlinig ohne großes Brimborium. Natürlich hatte *Carmen* von diesem Engel durch uns nicht gewusst. Schön, dass er *„Inge"* gefällt.

Wir danken und verabschieden uns bei „Inge" und der geistigen Welt. Hier endet unsere Sitzung.

Sonntag, den 19.06.2016

Begegnung der besonderen Art:

Hatte mir eine bestimmte Sendung auf TV angesehen. Der Kanal nennt sich „TLC". Der Titel ist „Long Island Medium". Dieses Medium ist eine Frau mit dem Namen Theresa. Ich sehe diese Serie gelegentlich, seit „Inge" verstorben ist,. Hier sieht man, wie dieses Medium arbeitet und den Kontakt in Einzelsitzungen oder Gruppensitzungen zu Verstorbenen aufnimmt.

In der heutigen Sendung sprach sie mit einem Klienten, der Kontakt zu seiner verstorbenen Mutter suchte. Dieser Kontakt wurde sehr bald hergestellt. Der Sohn stellte sehr schnell fest, anhand von Beispielen, dass es zweifellos seine Mutter war. Dann sagte das Medium zu seinem Klienten: „*Ihre Mutter ist jetzt bei Ihnen und Sie müssten jetzt eine Gänsehaut an beiden Armen bekommen und auch Kälte spüren.*" Der Klient bestätigte das mit großem Erstaunen.

Da dachte ich mir, das könnte ja auch mal „*Inge*" *bei mir* versuchen.

Am selben Abend, gegen 22:30 Uhr, ich hatte die Sendung etwa zwei Stunden vorher gesehen, da spürte ich um mich herum eine außergewöhnliche Kälte. Ich sah mir meine Arme an und stellte fest, dass sich an beiden Armen eine Gänsehaut gebildet hatte. Sogleich ging ich in das Schlafzimmer meiner Frau – sie hatte noch zu dieser Zeit gelesen –, um ihr dieses ungewöhnliche Phänomen zu zeigen. Ich stellte mich etwa einen halben Meter vor sie. Und sie sagte: „Merkwürdig – von dir geht eine starke Kälte aus." Daraufhin zeigte ich ihr meine Gänsehaut an beiden Armen, sie war einfach, so wie ich, sprachlos. Das Ganze dauerte etwa 20 Minuten, dann verschwand meine Gänsehaut und auch die unerklärliche Kälte. „*Inge*" hatte also meine Gedanken mitbekommen und wenig später meinen Wunsch in die Tat umgesetzt.
Meine/unsere Freude und Dankbarkeit waren unbeschreiblich, so einen engen Kontakt mit „*Inge*" erfahren zu dürfen.

Später zeigte ich Danielle noch diese Sendung, ich hatte sie aufgezeichnet, um ihr zu zeigen, wie das Medium Theresa den Klienten auf die Gänsehaut und Kälte an seinem Körper aufmerksam machte.

Unser erster Urlaub in Sion in diesem Jahr vom 11.07.2016 bis 06.08.2016

(Habe mir leider dieses Mal nicht die Tage bzw. die Daten gemerkt.)

Folgende Ereignisse haben sich zugetragen:

In der ersten Urlaubswoche wurde ich durch einen starken Schüttelfrost, tief in der Nacht, abrupt aufgeweckt. Es fühlte sich so an, als sei eine Grippe im Anflug, irgendwie unangenehm. Aber am nächsten Morgen ist es dann so, als sei nichts gewesen. Man fühlt sich ausgeschlafen und erholt.

Dieses Phänomen ist mir mittlerweile bekannt. Diese Erfahrung habe ich – in letzter Zeit – auch in Köln schon häufig gemacht. Egal, zu welcher Jahreszeit. Es geschieht, in der Regel, etwa alle vier bis fünf Wochen in der Nacht.

Warum das so ist, beziehungsweise was da passiert:

Laut unserem Medium Carmen ist es ein normaler Vorgang. Immer dann, wenn „Inge" meine Seele aus meinem Körper im Schlaf mit auf die Reise ins Jenseits nimmt, ist der Körper für diese Zeit ohne Seele. In dieser Zeit hält sich die Seele des Betroffenen für eine Weile in der geistigen Welt auf. Danach kann man sich dann meistens an nichts mehr erinnern, wie es dort gewesen ist. Wird die Seele dann wieder, wie auch in meinem Fall, in den Körper zurückgebracht, und das geschieht manchmal sehr abrupt, dann wird dadurch ein Schüttelfrost erzeugt. Man fühlt sich dann so, als sei eine Grippe im Anflug, irgendwie ein bisschen unangenehm. So die Antwort unseres Mediums Carmen.

In der zweiten Woche waren wir zum Einkaufen im Nachbarort
Saint-Gilles. Ich hatte „*Inge*" einige Tage vorher gebeten, sich doch,
wie gewohnt, über meine rechte Hand zu melden. Das Kribbeln ist
dann gelegentlich so stark, als wenn man ein Kabel mit
Schwachstrom anfassen würde. Hatte ich aber schon erwähnt.
Dieses Mal bat ich sie, es mich sehr deutlich fühlen zu lassen.
In Saint-Gilles besuchten meine Frau und ich, wie so häufig, die
schöne Fischerkirche und stellten Kerzen für unsere Verstorbenen
auf, u. a. auch für „*Inge*".
Nach unseren Einkäufen gingen wir wieder zu unseren Fahrrädern.
Ich schloss mein Fahrrad auf, in diesem Moment bekam ich für etwa
fünf Sekunden einen stechenden, fast schmerzhaften Stich genau in
die Mitte meiner rechten Hand. Das war die Antwort auf meine
Frage. Ich bedankte mich gleich bei „*Inge*". Sie hatte meinen
Wunsch umgesetzt – mit starker Pein.

In der dritten Woche hatte ich wieder mal in einer Nacht ein
plötzliches Kältegefühl um mich herum.
In meinem Schlafzimmer waren Tür und Fenster verschlossen, also
keinerlei Durchzug. Mein Schlafzimmer war ansonsten sehr warm
(Juli), nur direkt um mich herum war es, als läge ich in einer
Kälteglocke. Für den Sommer recht angenehm. Dauert aber leider
immer nur ein paar Minuten.

Immer dann, wenn man eine solche Kälte verspürt, dann ist die Seele
eines geliebten Verstorbenen unmittelbar anwesend.

Ansonsten gab es bis zum Ende des Urlaubs keine besonderen
Auffälligkeiten, außer, und das kennen wir auch von zu Hause, dem
Kribbeln in den Händen bei Danielle und mir, manchmal ohne
erkennbaren Anlass.
In unserem zweiten Urlaub im September 2016 sollte „*Inge*" für
mich noch eine viel größere Überraschung (kleines Wunder)
bereithalten. Dazu später mehr.

Bei Kontakten mit Verstorbenen können mediale Fähigkeiten sehr
hilfreich sein. Sie sind aber nicht zwingend notwendig, da der
gewünschte Kontakt immer nur von Seiten der Verstorbenen ausgeht.

Sonntag, den 07.08.2016

„*Inge*" hat uns begrüßt. Wir sind gestern Abend aus dem Urlaub zurückgekommen. 8:00 Uhr beide TV-Geräte eingeschaltet.

Dienstag, den 09.08.2016

Haben, nach fast fünf Jahren, endlich eine Grabstelle für „*Inge*" und uns gefunden. Die Urne von „*Inge*" *soll* nun endlich im Oktober 2016 beigesetzt werden. Bisher hatte ich die Urne deponiert. In dieser Angelegenheit hatte ich sie um ihre Zustimmung gebeten, ob *ihr* die von uns ausgesuchte Stelle zusagen würde. Sie hat sich um Punkt 8:00 Uhr gemeldet, beide Rekorder dreimal ein-beziehungsweise wieder ausgeschaltet. Bedeutet: Es gefällt ihr!

Samstag, den 27.08.2016

Selbe Situation wie Sonntag, den 19.06.2016. Es ist etwa 21:30 Uhr. Es ist sehr warm und schwül draußen und in der Wohnung fast unerträglich. Die Temperatur beträgt zurzeit etwa 30 Grad. Liege auf dem Bett – spüre plötzlich eine Kälte um mich herum, dachte schon, wie schön, jetzt kühlt es sich ab. Aber weit gefehlt, die Temperaturen zeigen nach wie vor konstant 30 Grad sowohl in der Wohnung als auch draußen…
Ich stehe auf und gehe zu Danielle und stehe unmittelbar an ihrem Bett und frage sie, ob sie etwas an mir bemerkt. Sie sagt, „*ja klar, sieht man doch, bringst mal wieder Kälte mit und deine Arme zeigen eine Gänsehaut.*" Genau wie am 19.06.2016. Danielle sagt darauf: „*Inge*" *lässt grüßen*", das war auch meine Meinung.

Donnerstag, den 01.09.2016

Hatte in dieser Nacht wieder die gleichen Symptome (Schüttelfrost), wie bereits in unserem ersten Urlaub (11.07. - 06.08.2016). Es war wieder ein Schüttelfrost, dieses Mal sanfter. Ich hatte nämlich „*Inge*" einige Tage vorher gebeten, wenn *sie* meine

Seele mit auf Reisen nimmt, möge *sie* doch bitte bei der Rückführung derselben in meinen Körper etwas sanfter vorgehen. Hat sie auch getan. Mittlerweile freue mich über diesen Zustand, ist er doch irgendwie etwas besonderes, auch wenn er für diesen Moment nicht ganz so angenehm ist.

Die rote Sonne in der Nacht!

Dienstag, den 06.09.2016

Mittlerweile sind wir wieder am Atlantik in der Vendée in unserem Haus. Es ist unser zweiter Urlaub dort in diesem Jahr.
Hier habe ich ein Erlebnis, über das ich bisher nur gelesen oder Berichte im TV zu diesem Thema gesehen habe. Wie bereits von mir erwähnt, zeigt der TV-Sender„TLC" häufig Berichte und Dokumentationen über paranormale Begegnungen.

Es war 23:30 Uhr, ich saß auf unserer Terrasse und schaute mir, wie immer, den wunderbaren Sternenhimmel an. Am Atlantik, wie immer, ein echtes Erlebnis. Um Energie zu sparen, gehen im September immer ab 23:00 Uhr die Straßenlaternen aus.Es ist dann absolut finster. In dieser Zeit ist auch an Tourismus fast alles wie ausgestorben – wunderbar, ich liebe gelegentlich diese Einsamkeit. Für mich ist das als Hobbyastronom natürlich von Vorteil. Denn, je dunkler es ist, desto besser die Sicht auf den Nachthimmel. Vor allen Dingen bei Neumond. Dann ist der Mond nur eine dünne Sichel und überstrahlt nicht so stark den Nachthimmel.
Ich sah mir zufrieden und glücklich den wunderbaren Sternenhimmel an, während ich mir über meinen Kopfhörer – passte gerade wirklich gut – die Mondscheinsonate von Beethoven anhörte. Dann stand ich auf, um mir den Sternenhimmel auch von der Straßenseite aus anzusehen. Ich sah auf die Pappeln gegenüber. Dann sagte ich zu mir: *Was ist das denn jetzt – was ist das ...* Was ich dort sah, verschlug selbst mir den Atem.
In einem Baum (eine Pappel), etwa fünf Meter von unserem Haus entfernt, war plötzlich eine orangefarbene Lichtkugel zu sehen, welche sich leicht, nur um wenige Zentimeter, von links nach rechts und wieder zurück und um wenige Zentimeter von oben nach unten bewegte. Die Lichtkugel gab jedoch keine Lichtstrahlen ab, wie man sie z. B. von einer Taschenlampe oder den Scheinwerfern eines Autos her kennt. Es war keine Lichtkugel oder Lichtkreis in dem

Sinne, so wie sie auf Fotos zu sehen sind, die man in der Natur macht oder auch in Wohnungen; wenn man sich dann die Fotos ansieht, weiß man nicht, wie diese Lichterscheinungen – kleine weiße Flecken – auf diese Fotos gekommen sind. Dieses Phänomen wird in der Fachliteratur mit dem Wort „Orbs" bezeichnet.

Ich war völlig fasziniert von diesem Anblick. Die Lichtkugel hatte nach meiner Schätzung einen Durchmesser von immerhin etwa 30 bis 40 cm und war in einer Höhe von etwa drei Metern und etwa vier Meter von mir entfernt. Ich stand eine Zeitlang wie angewurzelt dort, und das mit offenem Mund. Dann kam ich auf die Idee Danielle zu wecken, sie schlief bereits. Ich riss Danielle aus dem Schlaf und forderte sie auf, mit mir nach draußen zu gehen. Als wir dort, fast schon hetzend, angekommen waren, war die kleine rote Sonne bereits wieder verloschen. Alles war wie vorher, eine totale Finsternis ohne Straßenlaternen oder irgendein Licht in der Nachbarschaft. Zu dieser Zeit sind in dieser Straße nur zwei bis drei Häuser bewohnt, da es sich ansonsten, so wie bei uns, um Ferienhäuser handelt. Ich war sehr traurig darüber, dass ich dieses übernatürliche Phänomen nicht Danielle zeigen konnte. Bei dieser Art von Lichterscheinungen, wie ich später über Fachliteratur erfahren habe, handelte es sich um eine reine energetische Kraft, die „Inge" durch ihren Willen freigesetzt hatte. Bei diesen Vorgängen verliert der Geist des Verstorbenen eine sehr große Menge an Energie. Sie fühlen sich dann eine Zeitlang müde und schlapp beziehungsweise richtig ausgelaugt. Vergleichbar einem Menschen mit einem „Burnout-Syndrom". Es ist mit eines der größten Geschenke, die ein Verstorbener einem Menschen geben kann. Noch heute, wenn ich daran denke, bekomme ich eine Gänsehaut und bin dann wieder sehr gerührt …

In der dritten Woche hatte ich in einer Nacht mal wieder ein plötzliches Kältegefühl um mich herum. „Inge" war wohl ganz nah bei mir.

Ansonsten gab es bis zum Ende des Urlaubs keine besonderen Auffälligkeiten, außer, und das kennen wir auch von zu Hause, das Kribbeln in den Händen bei Danielle und mir, manchmal ohne erkennbaren Anlass.

Samstag, den 24.09.2016
Hatte *„Inge"* nochmals gebeten, mir ein Zeichen zu geben, ob ihr die
Grabstelle, die wir für uns drei ausgesucht hatten, gefällt.
Danielle und ich stellen jeden Abend jeweils ein Teelicht neben ihr
Bild (Wohnzimmer, Schlafzimmer). Diese Kerzen brennen maximal
fünf bis sechs Stunden. Dieses Mal brannten sie fast zwölf Stunden.
Unglaublich. Damit hatten wir unsere Antwort.

Dienstag 04.10.2016
Ich hatte Carmen gesagt, dass vermutlich Inge etwas
außergewöhnliches in unserem letzten Urlaub im September getan
hätte. Sogleich antwortete sie: *war es eine eine Lichterscheinung,
vergleichbar mit einer kleinen Sonne?"* Ja, das konnte ich
bestätigen. Sie sagte: *das war natürlich „Inge"*. *Wirklich erstaunlich,*
sagte Carmen, *zu was sie in der Lage ist - Respekt.*

Mittwoch, den 05.10.2016
„Inge" hat wohl mitbekommen, dass ich mir Gedanken über die
endgültige Beisetzung ihrer Urne am 10.10.2016 auf einem Kölner
Friedhof mache und hoffe, dass ihr die Stelle zusagt. Sie hat sich
heute um 5:15 Uhr über den Rekorder gemeldet und mir damit
gezeigt, dass sie bei mir ist und mit der von uns ausgesuchten Stelle
ihre Zustimmung gibt.

Donnerstag, den 06.10.2016

Ich arbeite gerade wieder an dieser chronologischen Aufstellung für
dieses Buch. Verändere Sätze etc. Während ich diese Dinge mache,
veralbert mich *„Inge"* die ganze Zeit mal wieder am Computer. Mal
wechselt sie die Farbe, mit der ich schreibe. Mal ändert sie die
Schriftgrößen, während ich schreibe, oder geht einfach mit dem
Cursor rauf und runter, so dass ich wirklich nicht mehr weiß, was los
ist … macht ihr offensichtlich Spaß. Ist aber in Ordnung so, denn in
diesem Buch ist sie ja auch der Protagonist. Nach etwa drei bis vier
Minuten ist die Vorstellung dann beendet. Jetzt kann ich meine
Arbeit fortsetzen. Habe mich aber trotzdem über ihre Vorstellung
gefreut, in der sie mir mal wieder gezeigt hat, was die da drüben so
alles anstellen können.

Die späte Beisetzung von „*Inge*" und was an dem Tag alles geschah!

Herr Hoffmann (Name geändert) (Diplomtheologe und Eigentümer des Beerdigungsinstituts aus Düsseldorf), der am Grab von „*Inge*"" ein paar Worte sprechen sollte, sagte am Morgen der Beerdigung aus folgenden Gründen ab:

Montag, den 10.10.2016

Der Tag der Beisetzung von „*Inge*" auf einem Friedhof in Köln/10:00 Uhr.
Folgendes hat sich zugetragen – einfach unglaublich: Gegen 9:00 Uhr klingelte das Telefon. Wir machten uns gerade fertig, um auf den Friedhof zu fahren. Ich nahm den Hörer ab, und es meldete sich Herr Hoffmann (Name geändert), der Eigentümer des Beerdigungsinstituts, aus seiner Wohnung.

Er teilte uns mit, dass er nicht an der Beisetzung von „*Inge*" teilnehmen könne, da sich in seinem Haus in der vergangenen Nacht merkwürdige Dinge zugetragen hätten. Es ist der Mann, der auch die Grabrede halten sollte. Herr Hoffmann ist sonst, was seine Rhetorik angeht, perfekt. Aber in diesem Moment klang seine Stimme unsicher, vielleicht auch ängstlich.

<u>Bevor ich mit der Geschichte fortfahre, muss ich Sie vorab informieren, damit am Ende Klarheit für den Leser besteht.</u>
„*Inge*" verstarb Heiligabend, am 24.12.2011. Es war ihr Wunsch, verbrannt zu werden. Im Anschluss daran sollte eine Seebestattung stattfinden. In den letzten Tagen vor ihrem Tod fragte ich sie, ob es ihr auch recht wäre, wenn man sie an einem Baum beisetzen würde. Es sollte auch der Baum sein, an dem Danielle (meine Frau) und ich die letzte Ruhe finden sollten. Ihre Antwort war: „*Mache, was du willst.*"

So entschied ich mich für eine Baumbestattung.

Jedoch war in Köln nur rechtsrheinisch ein Friedhof (Ostfriedhof), der Baumbestattungen zuließ.
Ich wollte aber „*Inge*" und auch später uns im Kölner Süden bestatten lassen. Also musste ich mit der Beisetzung zwangsweise warten, in der Hoffnung, dass irgendwann der Kölner Friedhof im Süden, oder einer in der Nähe, Baumbestattungen durchführen ließ. Was tun?

Nach langem Suchen hatte ich ein Beerdigungsinstitut gefunden, welches bereit war, mir die Urne von „*Inge*" ohne große Probleme gegen eine Bescheinigung, die ich unterschreiben musste, auszuhändigen. Dies sah ich als ein großes Entgegenkommen an. In dieser Bescheinigung stand, zur Absicherung des Beerdigungsinstituts, dass ich „*Inge*" ordnungsgemäß beisetzen würde. Was ja auch zweifelsfrei geschehen sollte, nur nicht augenblicklich. Solange eben wurde die Urne von „*Inge*" deponiert.

Ich bat Herrn Hoffmann, damit keine Fragen auftauchen sollten, dass in der Todesanzeige von „*Inge*" der Hinweis stehen sollte, dass eine Seebestattung bereits stattgefunden habe. Alles im Einvernehmen mit der Verstorbenen.
Herr Hoffmann stellte mir für die „Beerdigungskosten" danach eine Rechnung aus, die ziemlich hoch war, wie ich fand. Insgesamt in Höhe von 3.800,- €. Darunter u. a. alleine der Sarg in Höhe von 800,- €, obwohl dieser ja eh verbrannt wurde. Außerdem 600,- € Kosten für eine Seebestattung, welche nie stattgefunden hatte.

„*Inge*" war durch eine Sterbegeldversicherung abgesichert, so dass es mich nicht tangierte.
Ich war nur froh und dankbar, dass ich eine Firma gefunden hatte, die mir ohne große Nachfragen die Urne gegen eine von mir unterschriebene Bescheinigung ausgehändigt hatte. Aus diesem Grund war mir auch eine überzogene Rechnung, wie ich meinte, am Ende auch egal.

Immerhin dauerte es bis zur Beisetzung fast fünf Jahre.
Endlich hatte ich im Oktober 2016 eine Stelle für „*Inge*" und uns
gefunden. Es war kein Baum, sondern ein Bestattungsgarten –
wunderbar angelegt. Für meine Frau und mich war es die Lösung.
Zumal er auf unserem Wunschfriedhof lag.
Wir entschieden uns, dort eine Grabstelle für „*Inge*" und uns zu
kaufen. Nur drei Tage später hatten wir die von uns ausgesuchte
Grabstelle erworben.

Nun ist das so eine Sache mit einer Urne, die man seit fast fünf
Jahren deponiert hat.

Welches Bestattungsunternehmen spricht man da jetzt an? Meine
Idee war, das gleiche Beerdigungsinstitut zu beauftragen, welches
„*Inge*" angeblich bereits vor fünf Jahren auf „See bestattet hatte".
Obwohl eine Seebestattung durch das Bestattungsunternehmen nie
stattgefunden hatte, aber auf der Rechnung damals aufgelistet war,
entschied ich mich trotzdem, wieder diese Firma zu nehmen, da sie
ja mit in dieser Angelegenheit bestens vertraut war.

Ich rief also dort an und teilte dem Inhaber des Beerdigungsinstituts
mit, dass ich nun eine Stelle gefunden hätte, um „*Inge*" beizusetzen.
Er war zunächst erstaunt, dass dies noch nicht geschehen sei.
Aber er wollte – obwohl das nicht einfach wäre, wie er sagte –, die
Sache nach meinen Wünschen regeln.
Ich bat ihn dann noch, da er Diplomtheologe ist, eine kurze Grabrede
an „*ihrem*" Grab zu halten. Das wollte er auch gerne tun. Herr
Hoffmann ist sehr freundlich und konziliant.

Ich sagte ihm noch, dass ja wohl die Beisetzung doch jetzt nicht so
teuer werden könne wie zu Anfang. Zumal es ja jetzt nur die reine
Beisetzung einer Urne im Bestattungsgarten sei. Dies wurde durch
ihn auch bejaht.

Wir befinden uns jetzt wieder am Tag der Beisetzung (10.10.2016 / 10:00 Uhr) von „*Inge*".

Wie gesagt, es war gegen 9:00 Uhr, als der Anruf von Herrn Hoffmann kam, der uns mitteilte, dass er am Grab nicht dabei sein könne. Ich dachte, dass er mir jetzt sagen würde, er sei krank und hätte eine Grippe oder etwas Ähnliches – aber weit gefehlt.

Er teilte uns am Telefon mit, dass er nicht an der Beisetzung teilnehmen könne, da sich in der vergangenen Nacht bei ihm <u>merkwürdige Dinge</u> zugetragen hätten.

Ich fragte, was in aller Welt bei ihm geschehen sei.

Worauf mir Herr Hoffmann mit ängstlicher Stimme mitteilte, dass sein Sohn in der Nacht plötzlich, ohne vorherigen Grund, bis knapp über 40 Grad Fieber bekommen hätte.
Dazu waren noch **im Zimmer** des Sohnes **Klopfgeräusche und Stimmen am Fenster wahrzunehmen,** obwohl kein Mensch vor dem Fenster zu sehen war, auch dann nicht, als er draußen nachgesehen hatte. Er war, wie er mir sagte, äußerst irritiert.

Um das Fieber seines Sohnes zu senken, wollte er ins Badezimmer, um seinem Sohn Wadenwickel zu geben. Jedoch ließ sich die Tür zum Badezimmer **nicht** öffnen, obwohl sie **nie** verschlossen ist.
Irgendwie dachte er sich, dass diese unheimlichen Vorgänge mit der Beerdigung von unserer Freundin „*Inge*", welche am nächsten Morgen anstand, in Verbindung zu bringen sei.
Deshalb beschloss er, gegen 3:00 Uhr in der Früh seinen Kollegen per Mail zu bitten, dass **er** an Stelle seiner Person die Zeremonie am Grab von „*Inge*" durchführen solle.

Als er seinen Computer einschaltete und auf die E-Mail-Seite seines Computers gelangte, um die Mail an seinen Kollegen zu schreiben, stellte er mit Erstaunen fest, dass er sich selbst eine Mail mit folgendem Inhalt geschickt hatte, <u>obwohl er sich natürlich selbst niemals eine E-Mail geschrieben hatte.</u>

Es war ein Satz aus der Beerdigungsliturgie mit folgendem Inhalt:
„Dem Leib des verstorbenen Gläubigen, der Tempel des Hl. Geistes
war, gebührt Ehre, wobei die Darstellung von „übertriebenem"
Aufwand zu vermeiden ist." Siehe später hierzu noch seine Mail an
mich. Ich hatte ihn gebeten, mir den Satz aus der Beerdigungsliturgie
zuzusenden, und was noch in seinem Haus im Badezimmer
vorgefallen war. Seine Stimme klang am Telefon nervös
beziehungsweise aufgeregt. Aus diesem Grunde wohl hatte ich nicht
alles verstanden.

Jetzt wurde ihm wohl klar, wer hier gemeint war.

Herr Hoffmann beschloss noch in derselben Nacht, <u>nicht</u> an der
Beerdigung von „*Inge*" teilzunehmen. Von dieser Sekunde an, wie er
mir sagte, fiel das Fieber seines Sohnes innerhalb von Minuten auf
normale Temperatur.

Sein Sohn, wie er seinem Vater mitgeteilt hatte, fühlte sich plötzlich
wieder völlig gesund, alles war wieder in Ordnung.

Die Stimmen und Klopfgeräusche am Fenster seines Sohnes waren
plötzlich verschwunden. Auch die Badezimmertür ließ sich wieder
ohne Probleme öffnen.

Dann teilte er uns noch mit, dass sein Kollege ihn um 8:00 Uhr am
Morgen aus dem Geschäft angerufen habe, um ihn zu fragen, ob er
heute früh schon im Büro gewesen sei.
Herr Hoffmann sagte ihm: „Ich war noch gar nicht aus dem Haus."
Darauf sagte der Kollege: „*Merkwürdig – wieso steht die Urne von
Frau „Inge" B. auf dem Tisch in unserem Besprechungsraum,
obwohl sich die Urnen normalerweise in einzelnen, verschlossenen
kleinen Schrankkästen befinden?*"

Beide konnten sich das auch nicht erklären. Sie standen vor einem
Rätsel!

Ich glaube, der eine oder andere Leser kennt die Antwort bereits.

Unsere Freundin „*Inge*" **wollte einfach nicht,** dass Herr Hoffmann
an ihrem Grab steht, und schon gar nicht, dass er bei *ihr* eine
Grabrede halten sollte. Der Grund war, dass damals die Rechnung
für „*Inges*" Bestattung wohl ungewöhnlich hoch war. Dass seine
Rechnungen für Beerdigungen wohl gelegentlich zu hoch angesetzt
wurden, hatten mir später auch Freunde und Bekannte mitgeteilt, die
über ihn Verwandte bestatten ließen.

Ganz wichtig:
Im Übrigen waren bei dieser Aktion im Hause des Bestatters aus dem
Jenseits nicht nur „*Inge*", sondern auch andere Verstorbene (Seelen)
beteiligt, die durch dieses Beerdigungsinstitut durch ihn bestattet
wurden. Sie wollten, da sie wussten, dass „*Inge*" mit dem Diesseits
in Kontakt steht, ihm zu verstehen geben, dass er in Zukunft doch
bitte seine erbrachten Leistungen für eine Bestattung in einem
normalen Bereich seiner Dienstleistungen erstellen möge.
<u>Dass an dieser Aktion mehrere Seelen beteiligt waren, erfuhren wir</u>
<u>aber erst später durch unser Medium *Carmen*.</u>

Uns hatte Herr „Hoffmann" diese Erkenntnis – aus verständlichen
Gründen – natürlich nicht so zu verstehen gegeben. Dennoch
wussten wir genau, aus welchem Grund bei ihm in der Nacht vor der
Beerdigung ein solches Theater stattgefunden hat.
Die jetzigen Kosten der Beisetzung von Herrn Hoffmann waren nun
vollkommen korrekt, wenn nicht sogar günstig. Sicher hat er daraus
seine Lehren gezogen …

Hier der kurze Schriftwechsel vom selben Tag zwischen mir und
Herrn Hoffmann.
Nach der Beisetzung von „*Inge*" hatte ich Herrn Hoffmann
angerufen und ihn gebeten, mir doch noch kurz schriftlich
mitzuteilen, welchen Satz er aus den „Vorbemerkungen der
Liturgiekommission zum Rituale" für eine Beerdigung auf seinem
Computer gefunden hatte, was er sich, wie er mir sagte, selbst nicht
erklären konnte. Zumal es ja so ausgesehen habe, als hätte er diese E-
Mail, von seinem PC aus, an sich selbst gerichtet. Darüber hinaus

war noch etwas Unerklärliches geschehen in seinem Gästebad. Hier die Antwort von Herrn Hoffmann durch seine E-Mail an mich.

Zunächst meine Anfrage per E-Mail.

Hallo, Herr Hoffmann,

vielen Dank für Ihre schnelle Antwort.

Ich hoffe und wünsche, dass es Ihrem Sohn jetzt wieder besser geht und das Fieber gesunken ist. Ferner, dass auch die seltsamen Dinge in seinem Zimmer (Klopfgeräusche und Stimmen) auch am Fenster ihres Sohnes etc. ein Ende gefunden haben. Was wir dafür tun können, damit wieder Ruhe bei Ihnen einkehrt, ist bereits durch uns geschehen.

Ich spreche Ihnen nochmals unseren großen Dank für Ihre Mühe aus.

Mit freundlichen Grüßen

Johannes Engel - Gestüm

Am 10.10.2016 um 11:08 Uhr schrieb B. Hoffmann:

Guten Tag, Herr Johannes Engel - Gesstüm

zunächst der Satz aus der Liturgie: Dem Leib der verstorbenen Gläubigen, der Tempel des Hl. Geistes war, gebührt Ehre, wobei die Darstellung von übertriebenem Aufwand zu vermeiden ist. (Vorbemerkungen der Liturgiekommission zum Rituale)

Ich wollte Gästetücher aus dem Gästebad holen und die Tür ließ sich nicht öffnen, obwohl sie nicht verschlossen war! Alles sehr verworren!

Mit freundlichen Grüßen

B. Hoffmann

Dipl.-Theologe

Wenn den Seelen etwas nicht gefallen sollte, so kann man an diesem
Beispiel unschwer erkennen, welche Möglichkeiten das Jenseits doch
hat. Allein, dass die geistige Welt in der Lage ist einen Brief zu
schreiben, hat selbst auch mich beziehungsweise meine Frau
überrascht. Nicht viel später haben wir dann über ein Medium
erfahren, dass diese Art der Kommunikation gar nicht so selten
vorkommt. Die heutigen technischen Entwicklungen der Menschen –
hauptsächlich im elektronischen Bereich – erleichtern, glaube ich,
den Seelen ihre Arbeit ungemein. Als Beispiel braucht man ja nur
den gerade geschilderten Fall zu nehmen. Er zeigt, wie der Computer
einer Person durch die geistige Welt manipuliert wurde. Es sah so
aus, als ob Herr Hoffmann sich selbst auf seinem Computer eine E-
Mail geschickt hätte. Also, Absender gleich dem Empfänger. Ein
Amnesie-Problem hatte Herr Hoffmann ganz sicher nicht. Dies war,
denke ich, nur möglich, da es sich hierbei um ein elektrisch
betriebenes Gerät handelte. Ich selbst erlebe ja, wie *Sie* wissen,
häufig kleine Eingriffe durch „*Inge*" – wenn sie so ihren
Schabernack mit mir treibt, während ich auf meinem PC schreibe. Im
Übrigen geschieht das gelegentlich auch bei meiner Frau, wenn sie
mein Buch Korrektur liest. Ich glaube, dieses Geschehnis bei Herrn
Hoffmann kann man als eine klassische Gruppenarbeit der
betroffenen Seelen ansehen.

Respekt – kann ich da nur sagen, Respekt …

Ach ja, etwa zwei Wochen nach der Beisetzung von „*Inge*" bekam
ich eine starke Erkältung mit Fieber bis fast 40 Grad.
Da fiel mir ein, was mit dem Sohn des Eigentümers des
Beerdigungsinstituts geschehen war. Also bat ich „*Inge*" – es ging
mir wirklich schlecht – in Gedanken, ob sie nicht jetzt auch mein
Fieber senken könne. Es dauerte etwa zehn Minuten und meine
Temperatur lag dann noch bei ungefähr 37,3 Grad.
Wie Sie wissen, liegt die Normaltemperatur eines Menschen bei etwa
37 Grad. Ich fühlte mich wesentlich besser und sagte dann im Geiste
zu ihr: „*Ich danke dir dafür, dass du mein Fieber hast so schnell
sinken lassen.*" Meine Frau gab mir zur Sicherheit noch ein zweites
Thermometer, damit ich meine Temperatur nochmals messen konnte,

um wirklich sicherzugehen. Auch dieses Messgerät zeigte dieselbe Temperatur von 37,3 Grad an.

Manchmal ist es wirklich gut zu wissen, dass man eine Verbindung zum Jenseits hat, in dem es Seelen gibt, die es gut mit einem meinen. Danielle und ich finden das irgendwie beruhigend und nehmen dieses Privileg mit dem gebotenen Respekt dankend an.

Ich arbeite ehrenamtlich ja auf einer Palliativstation. Eine gute Freundin von mir ist Leiterin auf einer anderen Palliativstation in Köln, sie kennt fast alle meine/unsere paranormalen Erlebnisse. Auch sie sagt dann dazu häufig: *„Man sollte diese Geschehnisse, die ihr so erlebt, als ein sehr großes Geschenk ansehen und dafür dankbar sein."* – Was ich/wir auch wirklich sind. Diesen Satz, oder einen ähnlichen, haben wir auch schon von anderen Menschen gehört, denen wir über unsere paranormalen Erfahrungen berichtet hatten. Darunter waren Geistliche, Ärzte und Schwestern, aber auch Menschen, die in keinster Weise mit den vorstehenden Berufen in Verbindung zu bringen sind.

Donnerstag, den 27.10 2016

Die Beisetzung fand ja bereits am Montag, den 10.10.2016, statt. Siebzehn Tage hatten wir seitdem von ihr nichts mehr vernommen. Es war nun unsere Sorge, dass „Inge", nachdem sie nun offiziell beigesetzt wurde, sich bei uns nicht mehr melden würde, aus welchen Gründen auch immer. Diesen Gedanken hatte sie wohl mitbekommen. Um uns zu zeigen, dass sie sich auch weiterhin bei uns melden wird, hatte sie an diesem Donnerstag das ganze Programm aufgefahren. Das bedeutet die Rekorder, die Fernsehgeräte, ja sogar Tischlampen, die von selbst an- beziehungsweise wieder ausgingen. Die ganze Vorstellung begann um Punkt 8:00 Uhr und endete um 8:03 Uhr.

Freitag, den 28.10.2016

Haben heute die Grabstelle von „*Inge*" mit dem Fahrrad aufgesucht. Ansonsten sind wir jeden Samstag da, um ihr eine neue Kerze aufzustellen, welche genau dann bis zum folgenden Samstag brennt. Die Entfernung von unserer Wohnung bis zum Friedhof von „*Inge*" beträgt mit dem Auto maximal sieben Minuten. Alles sehr praktisch und bequem.
Wie sieht der Friedhof eigentlich aus, auf dem „*Inge*" beigesetzt ist? Er ist wirklich wunderschön. Er hat den Charakter eines kleinen Waldes mit sehr langen Alleen und wunderbar gepflegten Gräbern. „*Inge*" und wir haben eine Stelle (Urnengräber) direkt nebeneinander ausgesucht. Es ist eine besondere Stelle auf dem Friedhof und nennt sich Bestattungsgarten. Dieser Garten wird das ganze Jahr über durch die Friedhofsverwaltung gepflegt. Ach ja, die Mutter von „*Inge*" liegt auch auf diesem Friedhof und mein Bruder.

Samstag, den 10.12.2016

„*Inge*" hat sich um 5:15 Uhr gemeldet. Sie meldet sich in letzter Zeit, ohne einen besonderen Grund, recht unregelmäßig. Warum, kann ich nicht sagen. Werde bei Gelegenheit *Carmen* fragen.

Zitat

„Die große Fülle moderner Entdeckungen hat den alten Materialismus vollkommen zerstört … Das Universum zeigt sich heute unseren Augen als Gedanke. Ein Gedanke aber setzt das Vorhandensein eines Denkers voraus."

John Ambrose Fleming (1849–1945), britischer Physiker und Radiotechniker

Freitag, den 16.12.2016

Haben wieder eine Sitzung mit Carmen.

Carmen gibt uns durch, dass es heute etwas länger gedauert hat, bis sie spürte, dass „*Inge*" bei ihr ist.

Sie lässt Folgendes *Carmen* durchgeben: „*Was die Geschichte mit dem Bestatter angeht , so möchte sie nochmals betonen, dass sie nicht die einzige Seele gewesen sei, welche in der Nacht vor ihrer Urnenbeisetzung einen kleinen Spuk bei dem von uns beauftragten Bestatter veranstaltet hatte.*"
„*Inge*" sagt: „*Der nächtliche Spuk bei ihm hat alle Seelen sehr viel Energie gekostet. Aber er hat auch seinen Zweck erfüllt und sein Ziel nicht verfehlt.*" Kurz danach hatte ich mit ihm noch einmal telefoniert und hatte nochmals mit ihm über dieses seltsame Ereignis, bei ihm zu Hause, gesprochen. Nach diesem Telefonat kam auch bei mir das Gefühl auf, dass er diese Botschaft wohl verstanden hatte.

Carmen gibt durch: Der Grund, warum „*Inge*" sich in letzter Zeit etwas unregelmäßig bei uns meldet, ist, dass sie zurzeit drüben mit Aufgaben beschäftigt sei, die ihre ganze Aufmerksamkeit benötigen. Zu diesen Aufgaben zählt u. a. auch immer noch, die gerade Verstorbenen (Seelen) in Empfang zu nehmen, um sie ihren jeweiligen Geistführern zuzuführen beziehungsweise sie auf die für sie vorgesehenen Ebenen zu geleiten.

„*Inge*" gibt weiter durch, dass mir die rechte Achillessehne Probleme bereiten würde. Ich sollte mit dem Laufen vorsichtiger sein.* Dass ich aber mit dem Joggen eine <u>sehr</u> lange Pause einlegen musste, wusste ich zu dieser Zeit noch nicht. Auch später dazu mehr.
        Hier endet unsere Sitzung mit *Carmen*.

Wir danken und verabschieden uns bei „Inge" und der geistigen Welt.

Dienstag, den 03.01.2017

„Inge" hat sich wieder über die Rekorder bei Danielle und mir gemeldet. Allerdings zu einer neuen Zeit, 8:00 Uhr. Diese Uhrzeit wurde durch unser Medium allerdings <u>vorher</u> angekündigt.

Montag, den 09.01.2017

Danielle hatte gestern an *„Inge"* einen Wunsch geäußert, wenn möglich sollte sie ihren Rekorder um 8:13 Uhr dreimal ein- und ausschalten und ebenfalls meinen Rekorder im Schlafzimmer um 8:02 Uhr dreimal ein- beziehungsweise ausschalten. Diese merkwürdigen Uhrzeiten wurden von Danielle bewußt gewählt. Danielle sagte: *„Ich würde das als einen deutlichen Hinweis sehen, wie individuell „Inge" reagieren kann."* Wir waren beide sehr gespannt, was passieren würde.

Genau diese von uns gewünschte Uhrzeiten hat *„Inge"* heute übernommen und umgesetzt. Wir waren wirklich sehr erstaunt darüber, wie schnell *„Inge"* auf Bitten von Danielle reagiert, so sie denn möchte beziehungsweise will. Zwingen, kann man eine Seele zu nichts. Alle Verstorbenen behalten ihren persönlichen Charakter bei. Sie bleiben also im Großen und Ganzen die Person, wie man sie zu Lebzeiten auch so kannte. Wenn die da drüben keine Lust zur Kommunikation haben, dann kommt auch nichts von dort zu uns rüber. Allein die Seelen bestimmen, ob ein Kontakt hergestellt wird oder nicht. So einfach ist das.
Wir dürfen gespannt sein, wie es mit den neuen Zeiten weitergeht.

Sonntag, den 15.01.2017

Gestern hatte Danielle *„Inge"* nun auch noch zusätzlich gebeten, abwechselnd oder auch zu unterschiedlichen Zeiten ihren Rekorder ein- beziehungsweise auszuschalten. Ich sagte noch zu ihr: *„Jetzt übertreibe es bitte nicht. Nachher meldet sie sich gar nicht mehr."*

Heute hat *sie* den Wunsch meiner Frau sofort umgesetzt. Der Rekorder stellte sich bei uns beiden, wie früher, um Punkt 8:00 Uhr dreimal an und wieder aus.

Freitag, den 03.02.2017

Wir waren am Vortag an „*Inges*" Grab. Dort haben wir danach einen Steinmetz aufgesucht, da wir für dieses Grab eine geeignete Grablampe suchten, welche wir auch schließlich finden konnten. Wie schon kurz erwähnt, liegt die Grabstelle in einem sogenannten Bestattungsgarten. Das bedeutet, die Gräber sind ohne Begrenzungen miteinander verbunden, so wie auch die anderen Grabstellen dort. Sie werden durch die Verwaltung liebevoll gepflegt. Im Sommer ist der Bestattungsgarten ein Lavendelmeer, einfach wunderbar. Nun zur Grablampe. „*Inge*" hatte ja schon immer einen puristischen Geschmack ohne viel Brimborium. Also haben wir ihr und auch uns eine Grablampe, oval geformt mit schwarzem Patinarahmen, gekauft. Alles an dieser Lampe ist klar, einfach und schlicht. Sie unterscheidet sich ein wenig, wie ich meine, von den gängigen Grablampen. Am selben Abend fragte ich *sie* in Gedanken: „*Ich hoffe, dass die Grablampe deinen Geschmack getroffen hat. Sollte dies der Fall sein, so melde dich doch bitte über den Rekorder bei mir im Schlafzimmer um 5:15 Uhr. Wenn ich nicht wach sein sollte, so sei bitte so nett und wecke mich rechtzeitig.*" Genau das hat sie getan. Ich wurde plötzlich wach, sah auf die Uhr, und es war genau 5:13 Uhr. So hatte ich Zeit wach zu werden. Dann um 5:15 Uhr schaltete „*Inge*" den Rekorder ein und wieder aus. Dies bedeutete für mich, dass *ihr* die Grablampe gefällt. Zusätzlich schaltete sich von selbst um Punkt 8:00 Uhr im Zimmer von Danielle das TV-Gerät für eine Minute an, um sich dann wieder von selbst auszuschalten.

Dienstag, den 14.02.2017

Heute war für mich ein wichtiger Tag!

Habe gestern, nach langen Überlegungen, beschlossen, ein Buch über die paranormalen Ereignisse bei uns zu schreiben. Die Geschehnisse hatte ich ja bereits seit etwa 2014 mit Datum, Uhrzeit sowie gegebenenfalls dem Anlass notiert.
Aus diesem Grund hatte ich „Inge" gestern gefragt, ob sie damit einverstanden wäre, dass ich ein Buch über die paranormalen Erlebnisse mit ihr und uns schreiben dürfe. Wünscht sie es nicht, so sagte ich *ihr*, dann möge *sie* sich über meinen Rekorder bei mir im Schlafzimmer um 5:15 Uhr melden. Für diese Uhrzeit hatte ich mir sogar einen Wecker gestellt, auf 5:13 Uhr. Durch das Klingeln des Weckers wachte ich auf. Bis zu dieser Zeit hatte ich ganz schlecht geschlafen. Hatte wohl schon so ein komisches Gefühl. Es geschah genau das, was ich vermutet hatte. Der Rekorder stellte sich genau um 5:15 Uhr dreimal von selbst ein und gleich wieder aus. Für mich bedeutete dies: *„Nein, ich möchte nicht, dass du darüber ein Buch schreibst."* Obwohl ich unterschwellig an ein <u>Nein</u> gedacht hatte, war ich dann doch über diese Antwort von „Inge" erstaunt und auch ein wenig entmutigt.

Obwohl es mir wirklich sehr schwerfiel, entschloss ich mich zunächst, ihren Wunsch zu akzeptieren und auf die Veröffentlichung eines Buches zu verzichten. Da dachte ich mir, schade, aber so soll es dann wohl sein. Dann dienen meine Aufzeichnungen eben meiner Frau und mir nur noch zur privaten Nutzung. Obwohl ich ziemlich geknickt war über die Entscheidung von „Inge", so zeigte ich dann doch Verständnis für ihre Entscheidung. Schließlich wäre *sie* ja der Protagonist meines Buches gewesen. Somit hatte *sie* auch ein Recht, darauf, es abzulehnen oder auch zuzulassen. Sie hatte sich leider für die erste Variante entschieden. Nun gut, so sei es!

Samstag, den 25.02.2017
Einige Tage vergingen und ich hatte *ihre* Entscheidung noch nicht richtig akzeptieren können. Um den Gedanken, diese wunderbaren Erfahrungen, die meine Frau und ich machen durften, nur für uns zu

behalten, dies erschien mir nicht ausreichend beziehungsweise zu wenig für das, was wir bis zum heutigen Tage mit großer Dankbarkeit erleben dürfen. Dieser Gedanke ließ mich nicht mehr los.

In der Nacht zum Samstag dachte ich wieder darüber nach, wie wichtig es doch sei, diese übernatürlichen Erfahrungen einer breiteren Öffentlichkeit mitzuteilen. Zum Wohle und auch zur Bestätigung derer, die an ein Leben nach dem Tod glauben, und auch solchen, die diesem Thema noch skeptisch oder auch unsicher gegenüberstehen. Dieses Buch, so dachte ich, kann ein Multiplikator für das sein, was sich viele Menschen erhoffen.

Nun nahm ich allen Mut zusammen, in dieser Nacht zum Samstag, und stellte abermals „Inge" die Frage und sagte *ihr*, wie wichtig es für mich sei, diese wunderbaren Erfahrungen aus gutem Grund in einem Buch zu veröffentlichen. Mir war klar, dass sie meine Gefühle und meine Gedanken – um dieses Thema – in diesen Tagen natürlich mitbekommen hatte.

Ich sagte ihr: *„Wenn du einverstanden bist mit dem, um was ich dich jetzt nunmehr zum zweiten Mal bitte, dann schalte beide Rekorder in den Zimmern von Danielle und mir um Punkt 8:00 Uhr dreimal an und wieder aus."* Sie können sich sicher vorstellen, dass ich auch diese Nacht sehr schlecht geschlafen habe – eigentlich kaum, so mein Empfinden damals.

Natürlich waren meine Frau und ich bereits weit vor 8:00 Uhr aufgestanden. Ehrlich gesagt waren wir beide, aus verständlichen Gründen, ziemlich nervös. Trotzdem würde ich jede Entscheidung von ihr schlussendlich akzeptieren.

Die Uhr ging auf Punkt 8:00 Uhr – sogleich stellten sich beide Rekorder dreimal von selbst an und wieder aus. „Inge" hatte meinem Wunsch entsprochen und mir somit die Erlaubnis gegeben, dieses Buch, welches Sie gerade lesen, zu schreiben. In diesem Moment waren meine Frau und ich sehr gerührt, hatte sie doch ihre Meinung zu meinen Gunsten wieder geändert. Alle Anspannungen der vergangenen Tage hatten sich in Luft aufgelöst. Dafür großen Dank *!!!*

Wie Geister im Allgemeinen kommunizieren und warum.

Wenn ein Geist auf der physikalischen Ebene etwas manifestieren
möchte, so braucht er eine Menge an Energie. Hier ist dann das
Medium gefragt. Je intensiver ein Medium bereit ist, sich für die
Existenz von Geistern zu öffnen, desto häufiger werden sie sich uns
offenbaren und uns informieren. Die geistige Welt versucht uns auf
ganz unterschiedliche Art zu erreichen, wie zum Beispiel durch
Klopfgeräusche, plötzliche Temperaturveränderungen oder auch
identifizierbare Gerüche, die wir von Verstorbenen her kennen,
beispielsweise Parfüm oder der Geruch von Tabak (ich werde noch
in diesem Buch darüber schreiben; zu Weihnachten den klassischen
Tannengeruch in der Wohnung und alles ohne einen Tannenbaum
oder Tannengrün dank „Inge"). Häufig manipulieren sie auch durch
leichte Veränderungen in der Stromversorgung die Stromzufuhr für
Beleuchtungsanlagen (Lampen), Radio- und Fernsehgeräte, Telefon
etc. (alles Medien, die „Inge" bereits genutzt hat). Es werden
Materie und Energie derart beeinflusst, dass dadurch Gegenstände, z.
B. Tische oder Stühle, verrückt werden oder ganz verschwinden.
Auch versuchen sie uns zu benachrichtigen über Menschen
beziehungsweise Tiere. Oder bringen uns gar dazu, einen anderen
Weg einzuschlagen.

Um unsere Aufmerksamkeit zu erregen, ist der Einfallsreichtum der
geistigen Welt geradezu unerschöpflich. Man ist immer wieder
erstaunt darüber, wenn man Menschen begegnet, die mir von ihren
paranormalen Erfahrungen mit der geistigen Welt berichten. Immer
wieder ist etwas Neues dabei, was einen wieder in Erstaunen
versetzt. Der Grund ihres grenzenlosen Einfallsreichtums liegt wohl
darin, dass sie nicht den Naturgesetzen unterliegen.

Aus welchen Gründen wollen Geister mit uns kommunizieren?

Eigentlich sind sie genau wie wir Lebenden. Sie haben unterschiedliche Anliegen aus verschiedenen Gründen. Der häufigste Grund ist aber wohl, sie möchten sich mitteilen, um ihren trauernden Hinterbliebenen beizustehen beziehungsweise zu helfen. Wenn ein Mensch auf die andere Seite übergetreten ist, so empfindet er immer noch die Pein und das Leiden seiner Angehörigen und Freunde. Es ist ein besonderes Anliegen der Seelen, seinen Verwandten und Freunden auf ihre Art zu zeigen, dass er oder sie nicht tot, sondern weiter existent ist. Aus diesem Grund bleiben sie in ihrer Nähe. Die meisten Familien befinden sich nach dem Versterben eines Angehörigen allerdings in einem solchen Schockzustand oder sind derart mit Beerdigungsvorbereitungen beschäftigt, dass sie gar nicht wahrnehmen, dass der oder die Verstorbene bei ihnen ist und versucht, mit ihnen in Kontakt zu treten. Vergleichbar mit einem ständigen Klingeln an der Haustüre, und statt diese dann zu öffnen, lässt man den Betreffenden einfach weiterklingeln. Für die Geister ist das sehr frustrierend, wenn sie nicht zu ihren Angehörigen und Freunden durchdringen können.

Sie sehen also: Die Zeichen, die wir bekommen, können vollkommen anders ausfallen, als wir erwarten. Es hängt ganz davon ab, wie sich der Geist bemerkbar machen kann. Oft sind Zeichen, die wir erhalten, zwar deutlich, aber doch sehr subtil. Manchmal wirken sie wie glatte Zufälle. Doch wenn wir regelmäßig üben, fällt es uns bald schon viel leichter, das rationale Denken in den Hintergrund treten zu lassen und uns auf die intuitive Ebene einzuschwingen. Und je aufgeschlossener wir sind, desto häufiger werden wir bemerken, dass unsere lieben Verstorbenen Kontakt mit uns aufnehmen möchten.

Sie begegnen uns, so wie andere geistige Wesen, in unseren Träumen und auch an jedem Ort.

Die Kontaktaufnahme mit unseren Geistwesen geschieht am leichtesten in unseren Träumen. Ich glaube, es gibt kaum einen

Leser, der noch nicht von verstorbenen Anwesenden geträumt hat.
Natürlich gibt es den einen oder anderen, der sich besser an solche
Träume erinnern kann als andere. Es ist eben alles eine Übungssache.
Wie Ihnen jeder Schlafwissenschaftler bestätigen kann, ist der
Verstand während des Schlafens ausgeschaltet. Von diesem Zeitpunkt
an übernimmt das Intuitive beziehungsweise Unbewusste die
Führung. Das ist der Zeitpunkt, an dem unsere Abwehrmechanismen,
welche uns davon abhalten, die unsichtbare, geistige Welt
wahrzunehmen beziehungsweise zu realisieren, ausgeschaltet sind. In
diesem Moment sind wir frei, uns anderen Dimensionen zu öffnen, ja
sogar in sie eintreten zu können. Natürlich beschreiben viele solche
Besuche, die sie im Traum erhalten hatten, als völlig real. Vielen
unter meinen Lesern geht es ganz sicher genauso. Es kann sogar so
weit gehen, dass diese Träume dreidimensional ablaufen, was die
Realität dieses Vorgangs nochmals unterstreicht. Es sind Gespräche,
welche geführt werden, an klar definierten Orten. Solche
Begegnungen sind in der Regel als ein Hinweis auf ein bestimmtes
Ereignis, das noch ansteht, anzusehen. Es sind Geistwesen (Seelen),
die einen u. a. vor einem anstehenden Unheil warnen möchten. Es
kommt auch vor, dass man manche Träume auch als Metapher
ansehen sollte. Hier sollte man versuchen, diese Träume richtig zu
analysieren (Traumdeutung: siehe hierzu die einschlägige
Fachliteratur) beziehungsweise ihren Inhalt richtig zu deuten.
Die Königsklasse – kommt allerdings selten vor – ist, dass Geister
auf die Molekularstruktur von Dingen Einfluss nehmen. Das heißt,
sie nehmen Einfluss zum Beispiel auf Gegenstände, welche sie
verschwinden beziehungsweise wieder auftauchen lassen. Es ist
ihnen dann ein Leichtes, bestimmte Gegenstände von einem Raum in
den nächsten zu transportieren, und sie lassen sie dort wieder
auftauchen. Diese Art braucht eine Menge an Energie, aber sie
kommt tatsächlich vor und wird in vielen Büchern nicht selten
beschrieben. Wie sie wissen, hat auch „*Inge*" Gegenstände
verändert, ich habe darüber geschrieben: z. B. Luftmaschen hat *sie*
an einem Schlüsselring aus einem dicken Stoffband entstehen lassen.
Sie sind in der Lage, Dinge/Gegenstände so zu manipulieren, dass
dann der Mensch, wenn es der geistigen Welt wichtig erscheint, an
seinem Handeln ganz im

Allgemeinen gehindert werden kann. Es kommt allerdings auch vor, dass sie mit solchen Manipulationen lediglich mit uns ihren Spaß treiben. Sie nehmen uns gern auf die Rolle.
Häufig liest man auch paranormale Berichte über Lichterscheinungen (wie bereits schon erwähnt) z. B. in Wäldern in Form von kleinen Sonnen, im Durchmesser von etwa 30 bis 40 cm. Gerne wird in diesem Zusammenhang auch von Naturgeistern gesprochen, die nicht nur ausschließlich dazu in der Lage sind, mit Lichtkugeln zu arbeiten, wie auch die Seelen der Verstorbenen dazu in der Lage sein können. Alles ist eine Sache der Energie.
An Naturgeister und Elfen etc. glauben zum Beispiel diversen Umfragen zufolge circa 80 % der Isländer (nicht gerade wenig). Damit die isländischen Elfen geschützt werden, werden auch heute noch Straßen um bestimmte Gebiete (kleinere bis mittelgroße Felsen) herumgeleitet – da man dort Elfen etc. vermutet. In Island gibt es durch das Bauministerium eine Elfenbeauftragte. Warum Bauarbeiter in Island zornige Elfen besänftigen müssen: da an bestimmten Stellen, wo eine neue Straße entstehen soll, aus unerklärlichen Gründen ständig alle Maschinen, die zum Straßenbau benötigt werden, wie von Geisterhand plötzlich ausfallen. Die Motoren springen einfach nicht mehr an – nichts geht mehr. Somit kommt dann der Straßenbau an diesen Stellen vorerst völlig zum Erliegen. Hat man das Problem als Straßenplaner erkannt – meistens sind es kleine Felsen, die im Weg stehen –, so baut man die Straße einfach in einem Bogen um den Felsen herum und siehe da, dank dieser Rücksichtnahme der Straßenbauplaner und Straßenarbeiter auf die Behausung von Elfen etc. springen plötzlich alle Maschinen wieder an und machen ohne Probleme ihren Dienst – und alles ist wieder in Ordnung. Immer wieder heißt es – wie bereits erwähnt – in Medienberichten zudem, das isländische Bauministerium beschäftige sogar extra eine Elfenbeauftragte, die sich tatsächlich mit dem Vorkommen von Lichtfeen, Gnomen und Trollen befasst. Sie veröffentlichte sogar „Elfenkarten", auf denen eingezeichnet und katalogisiert ist, wo man fabelhaften Wesen begegnen könne. Eine offizielle Funktion hatte die vermeintliche Elfenbeauftragte jedoch nicht inne. Allerdings ist im isländischen Baugenehmigungsverfahren tatsächlich verankert, dass geprüft werden muss, ob Kulturgüter durch ein Bauvorhaben beschädigt

werden könnten. Und dazu zählen eben auch Elfenfelsen. An diesem Beispiel können sie erkennen, wie ernst solche paranormalen, übernatürlichen Geschehnisse, nicht nur im Straßenbau, in einem Ministerium in Island genommen werden. Bis zum heutigen Tage kommt es in Island vor, dass man bei der Planung von neuen Straßen mitunter einen bewussten Bogen um kleine bis mittelgroße Felsen macht, die man normalerweise mit Leichtigkeit hätte wegsprengen können. Jedoch werden dort Wohnorte von Elfen, Trollen oder Ähnliches vermutet. Also lässt man diese Felsen stehen und baut die Straße in einem Bogen um den Felsen herum. Wird dies berücksichtigt, so entstehen keine weiteren Probleme beziehungsweise kostspielige Verzögerungen.

Wenn Sie nach Island fahren, können Sie Straßenverläufe sehen, wo Sie sich dann selbst fragen, warum hat man bei dieser geraden Straße einen Bogen um einen kleinen Felsen gemacht – die Antwort kennen Sie ja nun.

Unsere physische Welt wird durch Seelen beziehungsweise Geister mittels ihrer Gedanken und Handlungen häufiger beeinflusst, als wir es uns vorstellen oder glauben möchten. Wir werden durch sie inspiriert, das bedeutet, im ursprünglichen Wortsinn, *Inspiration von lat.: inspiratio= Beseelung, Einhauchen von „spiritus" = Leben, Seele, Geist, Erleuchtung, Eingebung (von oben ein-geben). Über die* Naturgesetze unseres Universums setzt sich die geistige Welt ohne Probleme hinweg. Raum und Zeit spielen in der jenseitigen Welt keine Rolle mehr. Aus diesem Grund können Dinge geschehen, die wir vielleicht als glücklichen oder puren Zufall bezeichnen würden. In der Realität kann man jedoch nicht selten auf das Einwirken der geistigen Welt schließen. Bei dem Wort Zufall also sollte man etwas nachdenklicher werden. Wenn Ihnen beim nächsten Mal scheinbar etwas zufällig (zu-fallen) geschieht, dann versuchen Sie es doch mal genauer zu hinterfragen. Ich bin sicher, die meisten von Ihnen werden dann eine Lösung finden, was die Bedeutung des zufälligen Geschehens wirklich ist. Alles hat eine höhere Ordnung und ist logisch durchdacht – genau wie unser Universum. Die geistige Welt ist in der Regel immer bemüht, uns bei wichtigen Entscheidungen behilflich zu sein. Dies trifft besonders zu bei einer sogenannten Seelenverwandtschaft. [11]

Woran erkenne ich, dass ich medial veranlagt bin?

16 Anzeichen für mediale oder hochsensible Veranlagung

Als meine Frau und ich unser erstes Reading bei *Carmen* hatten (August 2012), stellten wir ihr wenig später die Frage, ob wir medial veranlagt seien – diese Frage wird im Übrigen nicht selten am Anfang eines Readings dem Medium gestellt. Carmen bejahte unsere Frage sogleich. Bei meiner Frau fügte sie noch hinzu, dass sich über ihrem Kopf kleine weiße, sich bewegende Lichtpunkte befinden würden. Bei mir war es leider nicht der Fall. (Ich habe hierzu bereits am Anfang geschrieben.) Tatsächlich verhält es sich so, dass ein Medium immer wieder Menschen antrifft, die eine starke mediale Veranlagung besitzen, ohne sich selbst darüber im Klaren zu sein. Es sind Menschen, die folgende Phänomene nicht unbedingt mit sich selbst in Verbindung bringen.

1. Es besteht ein unstillbares Verlangen, sich mit medialen Phänomenen zu beschäftigen.

Paranormale beziehungsweise spirituelle Phänomene und ihre Auswirkungen auf den Menschen und seine Umwelt begeistern eine große Anzahl dieser Personen ungemein. Natürlich gibt es jedoch genauso viele Skeptiker beziehungsweise Kritiker. Zählen Sie aber zu denjenigen, die sich zu spirituellen Phänomenen hingezogen fühlen, und wenn Sie dabei ein gutes innerliches, warmes Gefühl aufbauen können, dann ist es ein untrügliches Zeichen dafür, dass Sie sich mit diesen übernatürlichen Ereignissen beschäftigen beziehungsweise auseinandersetzen sollten. Es spielt dann überhaupt keine Rolle mehr, wie fest Sie mit Ihren Füßen auf dieser Erde stehen beziehungsweise wie bodenständig Sie sind. Es ist dann das unstillbare Interesse und auch das Verlangen, Übersinnliches zu erfahren und auch gegebenenfalls zu deuten.

2. Eine innere Klarheit zu Informationen beziehungsweise

Präkognitionen.

Vielleicht ist Ihnen in einer bestimmten Situation schon einmal klar geworden, dass Sie irgendwie einen Zugang zu mehr Informationen besitzen. Möglicherweise durchschauen Sie aber auch nur intuitiv die Oberfläche von Personen beziehungsweise Situationen. Sie fühlen es einfach, dass es möglich ist, mehr zu wissen, als man eigentlich wissen sollte. Wie diese Informationen Sie erreicht haben, ist völlig ohne Belang. Wenn Sie so wollen, hat Ihnen das Schicksal damit ein Zeichen zugesandt, dass es noch mehr gibt zwischen Himmel und Erde und Sie diese wunderbare Fähigkeit besitzen. Hier mein Rat dazu, bauen Sie diese aus, um Ihnen, aber auch anderen damit zu helfen.

3. Elektrische Phänomene, Maschinen streiken oder gehen plötzlich an.

Häufig reagieren elektrische Geräte wie Radio, TV oder Computer etc. auf medial veranlagte Menschen. Warum, ist nicht ganz klar. Die menschliche Aura enthält ein hohes Potential an Energie. Möglicherweise kann bei stark medial veranlagen Menschen diese Energie elektronische Schwingungen erzeugen, die auf der gleichen Frequenz liegen, die dann Manipulationen – auch unbeabsichtigte – an Elektrogeräten zulassen. Außerdem dient das elektrische Phänomen auch zur Kommunikation für die geistige Welt mit uns. Ich erinnere hier nur kurz an unsere verstorbene Freundin „*Inge*", welche sich fast ausschließlich über Elektrogeräte wie TV, Radio, Rekorder etc. meldet beziehungsweise Kontakt zu uns aufnimmt.

4. Wahrnehmung von Stimmungen und Energien rund um Menschen und Orte.

Feinfühlige, hochsensible Menschen fühlen sich nicht selten instabil und sind schnell unangenehmen Stimmungen ausgeliefert. Eine Mauer vor diesen Geschehnissen aufzubauen ist problematisch und ineffizient. Der Grund dafür ist, dass diese Wahrnehmungen eher ein

Hinweis dafür sind, seine Fähigkeiten kontrolliert zu beherrschen und sich damit auseinanderzusetzen. Gleichzeitig ist es auch das Gebot, tiefer in sich zu schauen, um die eigene innere Stärke festzustellen und auszubauen.

5. Phobien vor Ansammlungen von Menschen und engen Räumen.

Medial begabte Menschen bereiten fremde Energien von Personen oder Orten häufig Probleme. Diese Art von Eindrücken ist für hochsensible Personen einfach erdrückend. Es können dann starke emotionale Reaktionen bis hin zu körperlichen Beschwerden auftauchen. Durch einen unverzüglichen Rückzug aus dieser für ihn empfundenen Gefahrenzone entspannt sich dann die Situation für den hochsensiblen, medial begabten Menschen.

6. Depression, Angstzustände oder tiefe Schwermut.

Depressionen etc., beziehungsweise eine psychische Belastung, sind ein deutlicher Indikator dafür, sich mit seiner spirituellen Seite näher zu beschäftigen beziehungsweise auseinanderzusetzen, um sie zu verstärken. Viele bekannte Medien haben diese Erfahrung machen müssen und sind dadurch ihrer wirklichen Bestimmung gefolgt. Hätten sie ihre medialen Fähigkeiten unterdrückt, so würden sie höchstwahrscheinlich weiter unter psychischen Belastungen zu leiden haben.

7. Man fühlt, dass man irgendwie anders ist als seine Familie beziehungsweise sein Umfeld.

Sollten Sie in der Lage sein, zusätzliche Wahrnehmungen zu spüren, die Ihnen Zugang zu mehr Information und Bewusstsein geben, dann sind Sie einfach anders. Auch wenn es in Ihrer Familie Personen mit einer ähnlichen Veranlagung gibt, Sie diese Fähigkeiten aber unterdrücken und auch nicht darüber reden möchten. Hinzu kommt dann noch, dass es Ihnen nicht leichtfällt, genau zu erklären oder auch selbst zu verstehen, was ist es, das Sie so anders macht.

8. Hautkrankheiten wie Schuppenflechte (Psoriasis) und Neurodermitis, oder starke psychosomatische Reaktionen wie Reizdarm, Allergien, Migräne etc.

Die Hautreaktionen sind nicht selten ein Indikator für Menschen, die hochsensibel sind. Auch der Darm (das sogenannte zweite Gehirn) gehört dazu. Aber auch der Kopf. Wenn sich zu viele Widersprüche in Ihren Ansichten und Glaubensmustern auftun, kann Migräne die Reaktion sein. Der Darm steht für Ihr emotionales Gleichgewicht. Ist das nicht gegeben, kann sich ein Reizdarm entwickeln. Die Haut steht in der Regel für den Kontakt zu anderen Menschen. Medial veranlagte, hochsensible Menschen sind mit der Wahrheit eng verbunden. Hier können Unstimmigkeiten körperliche Reaktionen auslösen, wie schon erwähnt.

9. Erlebnisse mit traumatischem Hintergrund oder Nahtoderlebnisse.

Nicht erklärbare außergewöhnliche Geschehnisse sind nicht selten ein Hinweis dafür, sich mehr mit seiner Innenwelt zu beschäftigen und dort an sich zu arbeiten. Hierbei können Sie an sich Fähigkeiten feststellen, die außerhalb jeglicher materiellen Welt liegen. Haben Sie den Eindruck, dass Sie aufgrund von zum Beispiel traumatischen Erlebnissen einen Psychologen zu Rate ziehen sollten, so kann es sein, dass Ihre Erzählungen dann von einem Psychologen als eine Art Flucht in eine Phantasiewelt begründet werden. In Wirklichkeit handelt es sich dann meistens um eine starke spirituelle, energetische Wahrnehmung beziehungsweise Ausrichtung. Das richtig zu erkennen ist eben nicht einfach.

10. Eine latente Zwanghaftigkeit zu Suchtverhalten beziehungsweise zu bewusstseinsverändernden Mitteln.

Drogen in Form von Tabletten, Pulver oder Ähnlichem sowie Alkohol können kurzfristig Ängste und aufkommende Zweifel ausschalten und den Zugang für Hochsensible zur medialen Wahrnehmung erleichtern. Zunächst fühlt man sich von allen Fesseln befreit und man könnte die Welt aus den Angeln heben. Diese

Wirkung hält nicht lange an und man fühlt sich schlechter als vor der Einnahme von Drogen. Um dann wieder in diesen sogenannten „glücklichen" Zustand zu kommen, beginnt alles wieder von vorn. Dieses Verhalten kann dann zu einer Abhängigkeit führen. Hier ist äußerste Vorsicht geboten. Wählen Sie andere Wege, Ihre medialen Fähigkeiten besser zu nutzen, z. B. Yoga ist ein probates Mittel dazu. Befreien Sie sich von Dingen, die Nebenwirkungen und Abhängigkeit verursachen.

11. Gleichzeitiges Auftreten: Zufälle – die keine sind.

Das Geschehen von Dingen, die man bewusst erlebt und die sich aneinanderreihen, ist eine Gabe. Es sind wertfrei betrachtet Lernprozesse, welche im Zusammenhang einen logischen Sinn ergeben, die das Leben ausmachen können. Medial begabte Personen durchschauen, wie das Schicksal seine Wirkung zeigt beziehungsweise wozu es gut ist. Sie erkennen die tieferen Zusammenhänge, die sich unter der Oberfläche befinden.

12. Eine fast magische Anziehung zu der Schöpfung, z. B. zu Kindern, Tieren oder Pflanzen, beziehungsweise der Natur im Allgemeinen.

Personen, die sich selbstlos zum Nutzen anderer hingeben, um sie zu unterstützen, weisen fast immer eine sensible Seite auf. Sie besitzen einen ausgeprägten Gerechtigkeitssinn. Der Drang, den Schwachen in dieser Welt zu helfen, unterliegt aber nicht ausschließlich verstandesmäßigen Gründen. Es ist einfach ein inneres Bedürfnis nach allgemeiner Harmonie und Wahrhaftigkeit. Sie ist bei hochsensiblen Menschen sehr ausgeprägt.

13. Die Nichterfüllung des Lebens hervorgerufen durch den Lebensstil, wie materielle Dinge, denen eine nicht geringe Anzahl der Menschen verfallen ist.

Eine große Anzahl von Aussteigern oder auch solche, die eine andere alternative Lebensweise zum Mainstream bevorzugen, sind hochsensible Personen, die einem inneren Drang nachgehen. Musisch Begabte zählen natürlich ebenso dazu. Darunter sind

Personen, Exzentriker, die ihr emotionales Gleichgewicht noch nicht gefunden haben. Diese können dann, durch ihre Gefühlsausbrüche, zur Plage für ihre Umwelt werden. Manche gehen sogar so weit, dass sie regelrecht ihr Umfeld tyrannisieren. Bei dieser Menschengruppe kann es der Ausdruck dafür sein, dass sie ihre spirituelle Seite noch nicht ganz ausgelebt haben.

14. Ein inneres Bedürfnis anderen zu helfen, und der Glaube an das Gute im Menschen.

Das innere Bedürfnis zu helfen (Helfersyndrom) kommt in der Regel besonders bei empathischen, sensiblen Menschen vor. Es gilt hier das richtige Maß zu finden, um dies erfüllt und freudig zu tun, ohne einen bitteren Nachgeschmack. Diese Balance kann dem Hochsensiblen weit mehr an innerer Erfüllung und Zufriedenheit geben, statt dass er sich bei seiner Aufgabe aufreibt.

15. Nicht wenige Menschen spüren, dass man eine ungewöhnliche Begabung hat.

Möglicherweise haben sie es selbst bisher kaum bemerkt, ganz im Gegensatz zu ihrem Umfeld oder Menschen, denen sie begegnen. Sätze, die ihnen über ihre Lippen kommen, ohne dass sie sich etwas Besonderes dabei gedacht haben, können einen großen Einfluss auf andere haben. Die überraschten Reaktionen der anderen zeigen ihnen, dass sie eine außergewöhnliche Fähigkeit (Gabe) besitzen, die in unserer Welt wohl nicht so häufig anzutreffen ist. Hände, die man Menschen auflegt, die dann für andere als beruhigend oder sogar als heilend wahrgenommen werden. Es sind Hinweise für eine hochsensible Person.[12] In diesem Zusammenhang erinnere ich daran, wie hilfreich unser Reiki in doch so vielen unterschiedlichen Situationen mit Menschen für uns ist. Leser dieses Buches, die Reiki kennen und auch ausüben, wissen, worüber ich schreibe. Nicht selten sehe ich bei der Ausübung von Reiki, zum Beispiel bei Palliativpatienten, in hoffnungsvolle, entspannte und glückliche Gesichter, welche vor der Anwendung ängstlich und schmerzverzerrt waren. Es ist wirklich ein angenehmes, ja manchmal auch ein wohliges Gefühl, dann in die glücklichen Gesichter dieser Schwerstkranken zu schauen. Es ist ein untrügliches Zeichen dafür, dass Sie diesen Menschen erreicht haben. Für mich gibt es da nichts Schöneres.

16. Sie spüren intuitiv, mit welchem Menschen Sie es zu tun haben.

Sie kommen mit einer Person in Kontakt, die Sie noch nie gesehen haben. In wenigen Augenblicken spüren Sie gleich intuitiv und auch vom Bauchgefühl her, mit wem Sie es zu tun haben. Ihr sogenanntes drittes Auge scannt diese Person ab, danach können Sie urteilen, ob Sie es mit einem guten oder weniger guten Menschen zu tun haben. Die Trefferquote, wenn Sie die Person richtig gedeutet und beurteilt haben, ist sehr hoch. Es ist in etwa vergleichbar mit der geistigen Welt. Wenn sich dort Seelen treffen und Kontakt miteinander aufnehmen, so weiß jede Seele direkt, wen sie vor sich hat. Ein Sich-Verstellen ist dort absolut **unmöglich.** Im Jenseits ist man nur das – und für jede andere Seele sofort zweifelsfrei zu erkennen –, was man wirklich ist beziehungsweise war. Das eigene persönliche Ich, der Charakter, wird von innen nach außen gekehrt – also für jede Seele sichtbar. Quelle: Susanna Belloni **Praxis und Ausbildung für Erfahrungsmedizin, Schweiz** [12]

Aus welchem Grund liegt immer ein gewisses Maß an Verantwortlichkeit für Folgen des Spiritismus vor?

Die Kontakte mit der geistigen Welt liegen immer in der Verantwortung des Menschen. Alle positiven, aber auch negativen Folgen sind durch die Person zu verantworten, welche ohne Wissen durch seinen selbst gewählten Weg (Lebenswandel) als Resultat folgen. Seine unbewusste – aber auch bewusste – Wahl, von wem (Geist/Dämon) er sich durchdringen lässt, entscheidet über alle positiven, aber auch negativen Auswirkungen. Der Mensch ist verantwortlich dafür, wem er seinen Körper, sein Denken, Reden, Fühlen, Wollen, Handeln überlässt beziehungsweise zur Verfügung stellt. Denn ohne ein gewisses Maß an Eigenverschulden und das Übertreten von geistigen Regeln erfolgt normalerweise keine Besessenheit beziehungsweise eine massive geistige Fremdbeeinflussung. (Auch hierüber habe ich bereits zum Teil darüber geschrieben.)

Kann man die Kommunikation mit der geistigen Welt an sich als normal und wertneutral ansehen?

Alle Menschen besitzen außer ihrem physischen Körper eine Seele und einen Geist, welcher ewig existent ist. Genau genommen muss man den Menschen auch zu den geistigen Wesen zählen. Denn Menschen untereinander sind in der Lage, durch den geistigen Vorgang einer Gedankenübertragung (Telepathie) auf die gleiche Weise eine Verbindung herzustellen wie mit Verstorbenen in der geistigen Welt. Genau diese Art und Weise ist bei Seelen untereinander ein ganz normaler Vorgang. Hier auf Erden würde man sagen, es ist die alltägliche Kommunikation, mit seinem Gegenüber in Kontakt zu treten. Nur mit einem kleinen Unterschied: Die Sprache des Menschen ist sehr komplex. Worauf ist diese einzigartige menschliche Fähigkeit zurückzuführen? Weltweit existieren nach heutiger Erkenntnis rund 7000 Sprachen. Sprache ist eine Besonderheit der Menschen. Sie ist ein komplex aufgebautes System, das Laute und Schriftzeichen verbindet, Wörter bildet, die sich zu größeren Einheiten, Sätzen, formieren. Durch die Aneinanderreihung vieler Sätze entstehen schließlich Texte. Sprache ist ein sich stets weiterentwickelndes, komplexes System von Lauten und Zeichen zum Zwecke der Kommunikation. Jedem Zeichen des Systems wird eine Bedeutung zugeordnet. Dem gegenüber steht die einfache und schnelle Kommunikation in der geistigen Welt in Form der Gedankenverbindung (Telepathie), welche darüber hinaus noch mit persönlichen Emotionen verbunden ist.

Nun aber wieder zurück zu Kontakten zur geistigen Welt. Verbindungen mit der geistigen Welt herzustellen ist an sich nichts Ungewöhnliches – es ist einfach normal, so Bedürfnisse bestehen. Der Kontakt zu Geistwesen, als reiner Kommunikationsvorgang gesehen, ist zunächst eigentlich weder gut noch schlecht beziehungsweise richtig oder falsch. Der geistige Kontakt, den Sie herstellen möchten, beziehungsweise die Adresse entscheidet, ob es positiv oder negativ beziehungsweise gut oder schlecht war. Es ist letztendlich Ihre Entscheidung.

Der bewusste Kontakt zu Geistwesen durch Spiritismus.

Ständig und an jedem Ort sind wir sowohl von gutgesinnten als auch von negativen Geistwesen beziehungsweise Geistwesen Verstorbener umgeben, welche sich in einem sogenannten Zwischenstadium befinden. Damit ist der Ort zwischen der höchsten Ebene (göttliche Ebene) und den unteren Ebenen gemeint. Auf den unteren Ebenen geschieht Folgendes: Fast alle Geistwesen sind bemüht, uns irgendwie zu beeinflussen. Völlig egal, ob wir davon etwas mitbekommen oder nicht. Geistwesen aus den höchsten Ebenen versuchen uns sanft auf ihren Weg zu bringen, wobei der freie Wille des Menschen immer gewahrt bleibt. Die Geistwesen der unteren Ebenen beachten den freien Willen des Menschen weniger bis gar nicht.

Durch einen bewussten Spiritismus erweitert sich der Erfahrungshorizont. Man wird sich immer klarer darüber, dass man es mit zum Teil grundverschiedenen Geistwesen zu tun hat. Es gibt sowohl die gute als auch die negative Seite des Jenseits, sowie den Kontakt zu Ihren Verstorbenen bis hin zu Naturgeistern. Sie entscheiden, zu wem Sie den Kontakt aufbauen beziehungsweise halten möchten. Es ist entscheidend, unter welchen Aspekten und aus welchen Motiven heraus Sie den Kontakt zur geistigen Welt herstellen möchten.

Zu welchen Geistern kommt man in Kontakt?

Zu wem Kontakt aufgenommen wird, ist eine wichtige und wohlüberlegte Entscheidung des Menschen. Ohne eine klare Ausrichtung auf bestimmte Geistwesen kann sich nach dem Prinzip des freien Willens so ziemlich jeder beliebige Geist unter einem beliebigen Namen melden. Es wäre nicht das erste Mal, dass sich, bei nicht klarer und genauer Ausrichtung, Wesen melden, die man sich nicht gewünscht hat. Es ist vergleichbar mit der Tastatur eines Telefons. Wer blind die Zahlen eintippt, darf sich nicht wundern, wenn er nicht den Gesprächsteilnehmer erreicht, den er eigentlich haben wollte. Der Mensch öffnet sich mittels des freien Willens, durch sein Denken, Fühlen und Handeln, bewusst oder auch unbewusst der entsprechenden Geisterwelt. Das eigene Verhalten, die klare Ausrichtung sowie die Akzeptanz einer übergeordneten Macht, welche mit Liebe erfüllt ist, gibt einem die Sicherheit, mit Geistwesen in Kontakt zu kommen, die ausschließlich nur Gutes mit Ihnen im Sinn haben. Vor anderen undurchsichtigen Wegen, um Kontakt mit Geistwesen aufzunehmen, ist Vorsicht geboten, besonders, wenn man diese Vorhaben eher als einen spaßigen Zeitvertreib ansieht und ohne jegliche Vorkenntnisse ist. Die Folgen können verheerend sein. (Siehe hierzu auch Seite 265)

Zeitweilig leben wir ja auf Erden in einem physischen (materiellen) Körper (Hülle), auch wenn wir von der seelisch-geistigen Herkunft ein Geistwesen sind. Hierbei ist es wichtig, sowohl materielle Regeln als auch geistige Regeln zu beachten.

Entscheidet man sich aber, so zu leben, als ob man hier auf Erden bereits die Existenzbedingungen des Jenseits vorfinden würde, muss man für die Folgen solcher Fehleinschätzungen eventuelle Konsequenzen tragen. Besser ist es, mit beiden Füßen auf der Erde zu stehen, ja sogar verwurzelt zu sein, um seine Aufgaben im Diesseits, so schwer sie auch manchmal sein mögen, zu erfüllen. Denn zu nichts anderem ist man hier auf der Erde! Schließlich haben Sie sich im Jenseits bereits vorher dazu entschieden, geboren zu werden, um dadurch vielleicht ein höhere Ebene zu erreichen. [13]

Montag, den 10.04.2017

Mir steht ein größerer Eingriff am Oberkiefer bevor – hatte ich bereits kurz erwähnt. Der Eingriff, unter Vollnarkose, soll etwa drei Stunden dauern. Es werden mir sechs Implantate eingesetzt. Aus diesem Grund habe ich gestern „Inge" gefragt, ob die OP, die am 19.04.2017 ansteht, ohne Probleme verlaufen würde.
Wenn ja, soll sie sich wie immer um 5:15 Uhr melden, und das hat sie getan. Sehr beruhigend für mich.
Dazu hat sie sich noch bei mir über den Rekorder um Punkt 8:00 Uhr gemeldet. Eine doppelte Bestätigung also.

Mittwoch, den 19.04.2017

Die Operation am Oberkiefer ist gut verlaufen!!! „*Inge*" hatte mir ja bereits am 10.04.2017 den guten Verlauf des Eingriffs angekündigt. Für mich war es das erste Mal, dank „*Inge*", dass ich ohne ein ängstliches Gefühl einen Zahnarzttermin wahrgenommen hatte. Auch das kommt bei mir nicht so häufig vor. Vielleicht ist es ja bei Ihnen ähnlich, wenn Sie einen Zahnarzt aufsuchen.

Zitat

„Die gelegentlich gehörte Meinung, dass wir im Zeitalter der Weltraumfahrt so viel über die Natur wissen, dass wir es nicht mehr nötig haben, an Gott zu glauben, ist durch nichts zu rechtfertigen. Nur ein erneuter Glaube an Gott kann die Wandlung herbeiführen, die unsere Welt vor der Katastrophe retten könnte. Wissenschaft und Religion sind dabei Geschwister, keine Gegensätze."

Wernher von Braun *(1912–1977), deutsch-amerikanischer Physiker und Raketeningenieur*

Freitag, den 02.06.2017

Telefonisches Reading/Sitzung mit unserem Medium Carmen.

Wie immer zu Beginn einer Sitzung tauschen wir uns kurz aus und erkundigen uns dann, wie es dem anderen und seinen Lieben geht.

Dann fragen wir gewöhnlich, was „*Inge*" so macht. Es klingt zwar unglaublich – manchmal auch heute noch für uns –, jedenfalls hält sie sich, so gibt uns das Medium durch, zurzeit an einem Meer auf und lässt im wahrsten Sinne des Wortes die Seele baumeln. Wo sich dieses Meer befindet, kann ich Ihnen nicht sagen. Vielleicht in der geistigen Welt. Möglich sind aber auch andere Galaxien in unserem Universum oder sonst wo. Alles ist, in dieser Dimension, in der sich die geistige Welt befindet, möglich.

Auch im Jenseits kann man, so man möchte, Aufgaben übernehmen, die man sich aber auch zum Teil selber stellt. Alles geht ohne Zwang und freiwillig ab. Meistens sind es Dinge, die Seelen interessieren, wie z. B. die Ausbildung zu einem Geistführer oder auch Dinge, die sie zu Lebzeiten nicht gelernt haben oder konnten etc. Dazu fällt mir ein,„*Inge*" ließ uns ja mal durch unser Medium mitteilen, dass sie im Jenseits Schach gelernt habe. (wie bereits erwähnt.) Zu Lebzeiten hatte sie mich immer wieder gebeten, ihr dieses Spiel doch beizubringen. Dazu ist es dann ja leider nicht mehr gekommen.

Zurück zu unserer Sitzung.

Um Ihnen zu zeigen, wie Ihre Lieben Sie drüben beschützen und sich um Sie kümmern, muss ich ein wenig mit dieser Geschichte ausholen.
Seit etwa sechs Monaten kann ich nicht mehr joggen. Für mich ein Desaster, da ich seit fast 50 Jahren regelmäßig Sport betreibe. Der Grund ist, dass meine rechte Achillessehne entzündet und teilweise eingerissen ist. Normalerweise jogge ich dreimal die Woche etwa eine Stunde, so um die 6 bis 7 km. Danielle walkt dann immer zu dieser Zeit auf der gleichen Strecke.

Habe bis zum heutigen Tage einige Orthopäden, Physiotherapeuten, etc. aufgesucht. Nichts hat bisher wirklich geholfen.

Ich hatte ja vor etwa vier Wochen die Geschichte mit meinem Oberkiefer (sechs Implantate etc.).

Hierzu brauchte ich ein Herz-EKG bezüglich der Narkose. Meine Hausärztin, bei der ich das EKG habe machen lassen, sagte zu mir: *„Eigentlich ist alles okay, es sind hier nur so kleine Zacken, vielleicht gehen Sie ja mal zum Kardiologen."* Ich wusste bis dato noch nicht, was jetzt noch auf mich zukommen sollte.

Ich selbst spürte nichts, außer vielleicht gelegentliche Herzrhythmusstörungen, wie sie jeder schon mal hatte.

Es ließ mir dann doch keine Ruhe. Also machte ich einen Termin bei einem Kardiologen.

Nach der Untersuchung teilte er mir mit, dass da etwas sei. Was genau, ließe sich aber nur durch ein „MRT" (Magnetresonanztomografie) feststellen.

Sie können sich ja vorstellen, dass ich leicht erschrocken war. Hatte ich doch Blutwerte, von denen andere nur träumen können.

Konditionell, so bestätigte auch der Kardiologe, bin ich sportlich auf der Höhe.

Das „MRT" stellte fest, dass eine Vene an meinem Herzen leicht und eine andere stark verstopft sei, beziehungsweise einen Knick hatte.

Das Herz selbst und die Hauptzufuhrleitungen, Gott sei es gepriesen, waren völlig frei von Ablagerungen.

Der Kardiologe sagte mir: *„Sie sind der typische Sportler, der nicht weiß, dass sein Herz nicht ganz in Ordnung ist, weil er eben nichts spürt – und beim Sport plötzlich tot umfallen kann."* Als ich mir vorstellte, was da alles hätte passieren können, versank ich ein wenig im Sessel des Arztes, während des Gesprächs mit ihm.

Danach erfolgte eine Katheteruntersuchung.

Während dieser Katheteruntersuchung, die übrigens ohne Narkose durchgeführt wird und völlig schmerzlos ist, setzte man mir, genau an diesem Knick der verstopften Arterie, einen Stent ein. Das ist heute nichts Außergewöhnliches mehr. Der Eingriff dauerte etwa zwanzig Minuten. Jetzt habe ich mein Herz unter Kontrolle, mache bald wieder meinen Sport wie bisher und alles ist so wie früher.

Hätte ich zu dieser Zeit joggen können, so wäre ich vielleicht an einem Herzinfarkt, ohne am Herzen etwas zu spüren, gestorben.

Und jetzt kommt es …
Dieses haben, so gibt mir *Carmen* durch, mein Geistführer Joshua sowie *„Inge“*, meine Tante *„Therese“* etc. verhindert, indem sie mir eine Achillessehnenentzündung schickten. Ja mehr noch, unser Medium sagte (ich selbst hatte ja mit ihr gar nicht über dieses Thema gesprochen): *Man hätte drüben überlegt, mir Knieschmerzen zu bereiten, um mich am Laufen zu hindern, bis alles wieder mit dem Herzen in Ordnung sei. Hier war man sich nicht sicher, ob das reichen würde.* Doch *„Inge“* hat sich, wie sie mir mitteilte, durchgesetzt. *„Inge“* ließ uns durch unser Medium mitteilen, dass sie gewusst hätte, dass Knieschmerzen bei mir alleine nicht ausreichen würden, um mich am Laufen zu hindern. Also entschied man sich, offensichtlich in der vorstehend genannten Gruppe, für eine Entzündung und einen Teilriss meiner rechten Achillessehne, bis mein Herz wieder in Ordnung gebracht werden sollte. So geschah es dann auch. Mit dieser Diagnose hatte mich die geistige Welt, was das Joggen angeht, sportlich zunächst aus dem Verkehr gezogen. Womöglich haben sie auch dadurch mein Leben gerettet.
Die Entzündung und der Teilriss meiner Achillessehne – verursacht durch die geistige Welt - hatten nur den Sinn und Zweck, mich sportlich so aus dem Verkehr zu ziehen, bis mein Herz wieder in Ordnung sei, so die Durchsage von *„Inge“* an unser Medium.

Hier erkennt man wieder, was die Seelen und Helfer etc. im Jenseits nicht alles anstellen – beziehungsweise welche Entscheidungen sie treffen, nur damit es einem im Diesseits gut oder besser geht. An dieser Stelle möchte ich mich noch bei allen, die an meinem Wohlergehen beteiligt waren, von ganzem Herzen bedanken. Wobei hier das „Herz“ wortwörtlich zu nehmen ist.

Dann sprach Carmen, unser Medium, von der Zahl 9 und von dem Monat Februar. Danielle wusste gleich, es ist das Geburtsdatum des Vaters, 09.02.1923. Damit gab sich *Carmen* aber nicht ganz zufrieden, und sie sagte, die Zahl 92 ist auch noch relevant. Auch das wurde von Danielle bestätigt, die Mutter lebt noch und war zu dieser Zeit 92 Jahre alt.
Danielle macht sich immer Sorgen, dass sie nicht so häufig bei ihrer Mutter sein kann. Der Grund ist die Entfernung.
Danielle und ich leben in Köln und die Mutter etwa 800 km entfernt in Frankreich in der Stadt Tours. An dieser Stelle ließ der Vater von Danielle über *Carmen* mitteilen, dass sie sich keine Sorgen machen sollte, alles wäre gut so – seine Frau wäre in der jetzigen Altersresidenz gut versorgt. Was wir eigentlich nur bestätigen konnten.

Die Mutter hatte in diesem Jahr, im März 2017, einen linksseitigen Schlaganfall erlitten. Bis dato hatte sie noch ihr Haus alleine bewirtschaften können.
Laut Medium hatte der Vater gesagt: dass seine Frau nicht mehr so sehr am Leben hängen würde.

Der Vater teilte dem Medium mit, *was ihn angehe, so sei er glücklich. Jedoch würde er sich komplett glücklich fühlen, wenn seine Frau bei ihm wäre.* Ob dies bald der Fall sein wird, darüber wurde nicht gesprochen. Wir werden sehen …
Da Danielle und ich Reiki können – nochmals zur Erinnerung: *Reiki* (Aussprache: Re-Ki) ist eine sehr alte Heilmethode, die vor über 2500 Jahren schon in den alten Sanskrit-Sutras erwähnt wurde und im 19. Jahrhundert von Dr. Mikao Usui, einem buddhistischen Mönch aus Japan, wiederentdeckt wurde, seither wird auch vom Usui-System des *Reiki* gesprochen –, stellten wir über unser Medium „*Inge*" die Frage, da unsere Hände oft ohne Anlass kribbeln - habe bereits darüber berichtet - welche Hand „*Inge*" bei uns benutzt. Dabei hatten wir, ohne *Carmen* darüber zu informieren, die rechte Hand ja mit „*Inge*" vereinbart. Und so kam auch heute die Antwort durch unser Medium hinüber. „***Es ist eure rechte Hand.***" Es kommt auch nicht selten vor, dass, wenn Danielle und ich uns generell über gefühlvolle Dinge gleich welcher Art, oder auch mit anderen

Personen, über solche Themen unterhalten, auch dann **immer** ein Kribbeln in der rechten Hand, von uns beiden, deutlich zu spüren ist. Manchmal frage ich dann in solchen Situationen Danielle, ob auch sie gerade ein Kribbeln in der rechten Hand gespürt hat, was sie natürlich sehr häufig bejahen kann.

Die linke Hand wird ausschließlich von unseren Geistführern oder anderen geistigen Helfern benutzt. Es kommt aber auch vor, dass in solchen gefühlvollen Situationen/Themen gleich beide Hände bei jedem von uns kribbeln.

Schön wäre es ja, wenn alle Menschen in der Lage wären, Reiki zu fühlen beziehungsweise zu spüren, dann würden auch sie feststellen, dass die geistige Welt in schwierigen Situationen, gleich welcher Art, bei uns ist. Für alle Zweifler – es funktioniert tatsächlich !

Da ich ehrenamtlich als Sterbebegleiter auf einer Palliativstation arbeite, hatte ich in dieser Sitzung über unser Medium nochmals nachgefragt, ob es bei den Schwerstkranken sinnvoll ist, Reiki weiter anzuwenden. Hier kam ein deutliches „Ja" hinüber.
Eigentlich spüre ich es ja auch selbst, wenn ich diesen bedauernswerten Menschen die Hand halte oder auch nur meine rechte Hand wenige Zentimeter über ihrer Stirn in Position bringe, beginnen meine Hände sogleich stark zu kribbeln. Es kommt sogar vor – dies hat mich zu Anfang etwas erschreckt –, dass, wenn ich meine rechte Hand nur wenige Zentimeter über die Stirn eines Patienten halte, und dann diese Hand ein wenig von rechts nach links bewege, dabei stelle ich dann fest, dass der Kopf, selbst bei geschlossenen Augen des Patienten, meiner Hand solange folgt, bis ich sie wieder unbeweglich über die Stirn des Patienten halte …
Ganz gut zu beobachten ist dieses Phänomen, wenn die Schwerstkranken sich bereits in einem Dämmerzustand befinden. Trotzdem habe ich immer das starke Gefühl, dass sie sehr wohl wissen, was da mit ihnen geschieht.

Manchmal fühle ich für einen Moment die Verbundenheit zwischen dem Diesseits und dem Jenseits. Es ist ein unbeschreiblich warmes und schönes Gefühl.
Für solche Momente, die ich erleben darf, habe ich immer eine tiefe Dankbarkeit.

Hier endet unsere Sitzung mit *Carmen*.

Wir danken und verabschieden uns bei „Inge" und der geistigen Welt.

Sonntag, den 04.06.2017

Am Freitag, dem 02.06.2017 hatten wir ja eine Sitzung mit unserem Medium. Ich hatte *„Inge"* gebeten, sich zu melden, ob das, was wir durch unser Medium erfahren durften, auch genau so richtig an uns weitergegeben wurde. Sie hat es heute in meinem Schlafzimmer um Punkt 5:15 Uhr bestätigt. Für diese Zeit hatte sie mich natürlich kurz vorher geweckt.

Nur zur Information:
Da wir bereits seit dem Tod von *„Inge"* (24.12.2011) bis zu zweimal im Jahr mit unserem Medium in Kontakt treten, laufen diese Sitzungen ausschließlich telefonisch ab. Darunter leidet die Qualität der Informationen in keinster Weise, was von einigen Skeptikern behauptet wird.

Donnerstag, den 15.06.2017

Hatte gestern mal wieder einen Cent auf der Straße gefunden. Minuten vorher hatte ich *„Inge"* gefragt, ob mit meinem Herzen wieder alles okay sei. Soll dann bedeuten, alles ist in Ordnung. Hierdurch zeigen die Verstorbenen, dass sie bei uns sind. Um das richtig zu verstehen, Centstücke oder Geldstücke findet man irgendwann immer einmal. Durch *Carmen* haben wir erfahren, dass Menschen, die in einer starkenVerbindung zu Verstorbenen stehen, auffällig häufig Centstücke oder gar andere Geldstücke finden. Bei mir beziehungsweise bei uns kommt dies ziemlich regelmäßig vor. Meist aber auch dann, wenn man irgendwelche Sorgen hat. Hierdurch machen sich die Verstorbenen bemerkbar und teilen dir so mit, dass sie wissen, wie es dir geht und dass sie bei dir sind.

Heute Morgen um 4:45 Uhr wurde ich wach und ging zur Toilette. Dabei sagte ich zu *„Inge"*, wenn jetzt alles in Ordnung ist mit meinem Herzen, so melde dich doch gleich um 5:15 Uhr. Außerdem bitte ich dich heute um Unterstützung, da ich wieder meinen Tag als Ehrenamtler auf der Palliativstation habe.
Dort gibt es u. a. eine Frau, ca. 57 Jahre alt, die wohl nicht mehr lange zu leben hat. Ihr Sohn ist erst neun Jahre. Er ist die ganze Zeit

im Zimmer seiner schwerkranken Mutter, das heißt, er wohnt mit seiner Mutter in diesem Zimmer auf der Palliativstation. Das Zimmer verlässt er nur selten, um immer bei seiner Mutter zu sein. Der Ehemann ist berufstätig und kommt dann erst am Abend auf die Station.

Diese Familie hat das Schicksal schwer getroffen. Die Mutter hatte noch einen Sohn, dieser ist mit 15 Jahren gestorben. Darunter leidet nicht nur die sterbenskranke Mutter, sondern auch der neunjährige Sohn. Ich hoffe, dass ich ihn ein wenig ablenken kann. Auch darum hatte ich *„Inge"* gebeten, mir dabei behilflich zu sein. Sie hat sich, wie ich es mir wünschte, um 5:15 Uhr gemeldet. Das bedeutet für mich, mein Herz ist jetzt wieder in Ordnung und sie wird mich heute, eigentlich wie immer, auf der Palliativstation begleiten und unterstützen. Danke dafür.

Gott sei es gepriesen, für einige Stunden konnte ich heute (15.06.2017) die Mutter und den bedauernswerten Jungen ein wenig ablenken. Mit dem Jungen hatte ich einen ausgiebigen Spaziergang gemacht und ihm anschließend noch ein großes Eis spendiert. Wieder auf der Station hatte ich für in noch kleine Geschenke bereit. Der Junge zeigte sich zumindest für diese Zeit glücklich und froh.

Samstag, den 24.06.2017 (*„Inges"* Geburtstag)
„Inge" hat heute Geburtstag. Danielle und ich waren an diesem Tag bei ihr am Grab und haben einen schönen Blumenstrauß in die Vase gestellt. Da direkt am Grab von *„Inge"* eine Bank steht, setzen wir uns immer dort hin und verweilen ein wenig. Zur Feier des Tages haben wir zwei kleine Gläser mitgenommen und haben sie mit etwas Wein gefüllt. Diesen Wein haben wir dann in ihrem Sinne an ihrem Grab auf *„ihr Wohl"* getrunken. Auch sonst hatten wir an diesem Tag Gespräche an dieser Stelle, die sich fast ausschließlich um *„Inge"* drehten.
Ich sagte noch zu Danielle: *„Mal sehen, wie sie sich dafür bedanken wird, dass wir an sie gedacht haben."* Weiter sagte ich noch: *„Vielleicht finde ich ja wieder ein Centstück in den nächsten Tagen".*
Am Sonntag, den 25.06.2017, fuhren wir zu einer Konditorei – da wir unsere Fahrräder dafür nicht extra abschließen wollten, während

Danielle den Kuchen kaufte, blieb ich mit den Fahrrädern vor der Konditorei.

Irgendwann sah ich einfach mal zu Boden und siehe da, dort lag ein Centstück, direkt vor meinen Füßen. Dieses Mal war es kein Eurocent, sondern ein Eincentstück aus den USA. Wie sie das macht, weiß der Himmel. Aber wir haben uns gefreut und ihr auch gedankt. Am Montag, den 26.06.2017, hatte sie sich noch mal um 5:15 Uhr gemeldet und am selben Tag um 8:00 Uhr.

Montag, den 16.10.2017

Gestern stellte ich „Inge" die Frage, ob sie wohl mitbekommen habe, dass ihre frühere Kollegin Nadine Noel (Name geändert), welche auf der Palliativstation tätig war, bei uns angerufen habe, um sich die Telefonnummer unseres Mediums durchgeben zu lassen. Der Grund: Ihre Mutter sei kürzlich verstorben und daher würde sie gerne versuchen, mit ihr Kontakt aufzunehmen.

„Inge" meldete sich natürlich zu den mit ihr vereinbarten Zeiten über unsere Rekorder und zeigte uns damit, dass sie diesen Anruf von Nadine Noel mitbekommen habe.

Hierzu muss man noch wissen, dass ich Frau Noel in den Jahren einiges über unsere paranormalen Begebenheiten mit „Inge" berichtet hatte. Sie war es, welche auch den Kontakt zu Sabine hergestellt hatte, die uns persönlich völlig unbekannt war, die aber zu Lebzeiten mit „Inge" auf der Palliativstation zusammengearbeitet hatte. Ich schrieb bereits darüber (25.10.2014). Nur noch mal zur Erinnerung, über unser Medium wurde uns der Name Sabine durchgegeben. Diesen Namen teilten wir der Koordinatorin mit, und nach unserer Beschreibung wusste sie auch gleich, wer Sabine ist. Sie stellte dann einen Kontakt zwischen ihr und uns her. Wie ich bereits erwähnte, hatten wir uns dann mit Sabine getroffen und ihr einige Botschaften von „Inge" über unser Medium mitgeteilt. Sie war damals ja so erstaunt darüber, über das, was wir über sie wussten beziehungsweise zu berichten hatten, dass sie gleich in Tränen ausbrach.

Ich wusste gleich, sollte Frau Noel um einen Termin bei unserem Medium bitten, dann würde dieser frühestens in drei bis sechs Monaten möglich sein, in sehr dringenden Fällen kann das Medium schon mal eine Ausnahme machen, aber auch nur dann, wenn Termine aus irgendwelchen Gründen ausfallen. Der Grund ist unter anderem die hohe terminliche Frequenz. Aber die Seelen brauchen eben, wie schon erwähnt, einige Zeit, bis sie sich im Jenseits zurechtgefunden beziehungsweise eingelebt haben. Deshalb sagte ich ihr, dass wir noch dieses Jahr zu Ende Dezember kurz vor Weihnachten einen Gesprächstermin mit unserem Medium *Carmen* hätten. Vielleicht könnten meine Frau und ich etwas über ihre Mutter in Erfahrung bringen. Hierzu sage ich dem Leser gleich – es gab Antworten, die die Mutter betrafen. Dazu später mehr.

Freitag, den 27.10.2017

Wir hatten „*Inge*" gestern ein Herbstgesteck auf ihr Grab gelegt. Dafür hat sie sich heute bedankt, indem sie unsere TV-Geräte um Punkt 8:00 Uhr einschaltete. Einmal im Schlafzimmer und gleichzeitig auch im Wohnzimmer. Diese Art, sich zu bedanken, ist ja, wie Sie mittlerweile wissen, mit ihr durch unser Medium *Carmen* vereinbart. Auch heute kann ich Ihnen wieder mitteilen, alles funktioniert wie ein Uhrwerk.

Samstag, den 11.11.2017

Wie jedes Jahr seit dem Tod von „*Inge*" setzen wir an ihrem Todestag eine Anzeige in die Zeitung. Es ist mittlerweile die sechste – wie doch die Zeit vergeht.
Habe gestern die Anzeige für den 24.12.2017 aufgegeben und „*Inge*" gleichzeitig gefragt, ob sie dies mitbekommen habe.
Sie hat. Um 8:00 Uhr heute schalteten sich unsere Rekorder dreimal an und wieder aus.

In diesem Zusammenhang möchte ich Ihnen gerne – ausnahmsweise – auch den Spruch mitteilen, den ich in dieser Anzeige eingesetzt habe, da er uns sehr berührt hat. Dieser Spruch von Friedrich Hölderlin drückt genau das aus, was wir für „Inge" fühlen. Er lautet:

Ich würde Jahrtausende lang die Sterne durchwandern
in allen Formen mich kleiden
in allen Sprachen des Lebens
um dir einmal wieder zu begegnen

Friedrich Hölderlin

Mittwoch, den 22.11.2017

Meine älteste Schwester Helga, die in Berlin lebt, hatte gestern durch ihren Arzt die Diagnose erhalten, dass sie Krebs hat. Es handelt sich bei dieser Krebsart um ein Lymphom, ein sogenannter Alterskrebs. Darüber war ich, was man wohl verstehen kann, sehr betroffen. Das hat „Inge" natürlich mitbekommen und hat sich bei mir unaufgefordert um 5:15 Uhr über den Rekorder gemeldet, um mir ihr Mitgefühl auszudrücken. Natürlich hat sie mich wie immer vorher wach bekommen. Auch war um diese Zeit „Inges" Anwesenheit irgendwie im Zimmer zu spüren. Ganz abgesehen davon, dass meine rechte Handinnenfläche wie von Schwachstrom durchflutet war.

Sonntag, den 03.12.2017, 1. Advent

Waren gestern – habe bereits darüber geschrieben – auf dem Weihnachtsmarkt und haben uns ein wenig vorweihnachtlich einstimmen lassen. Seit dem Tod von"Inge" fällt es uns mittlerweile schwer, in eine solche vorweihnachtliche Stimmung zu kommen. Es ist die Zeit, in der es „Inge" zu Lebzeiten (2011) sehr schlecht ging. Es waren eben nur noch wenige Wochen bis zu ihrem Tod. Früher war das ganz anders. Wir freuten uns einfach auf diese Zeit. Wir gingen zu den Weihnachtsmärkten, um Bratwürste zu essen, Glühwein zu trinken oder Kleinigkeiten für unsere Weihnachtsbäume zu kaufen. Seit ihrem Tod hat die Adventszeit für uns jedoch längst nicht mehr die feierliche Wärme und die Vorfreude auf ein Weihnachten mit Tannenbaum – so wie früher. Trotzdem, dieser Weihnachtsmarkt – einer von vielen in Köln - hat einen teilweise mittelalterlichen Charakter. Man findet dort Handwerker wie es sie schon seit Jahrhunderten gibt und gab. Dort sind Glasbläser, Holzschnitzer, es wird in alten Öfen Brot gebacken, es gibt Handwerker, die Leder bearbeiten, um daraus Taschen oder Gürtel anzufertigen und vieles mehr. Sie kennen das wahrscheinlich von Ihren Weihnachtsmärkten ebenso.

Auf diesem Weihnachtsmarkt haben wir einen Stand gefunden, welcher Figuren aus Glas anfertigt und diese dann bemalt. Um diesen dreidimensionalen Figuren den richtigen Halt zu geben, werden die Einzelstücke dann in Bleiränder gesetzt – einfach wunderschön.

Wir hatten uns drei Engel, etwa 12 cm lang, in den Farben Blau, Weiß und Rot ausgesucht. Am selben Abend noch habe ich sie an unserem Schlafzimmerfenster, bestehend aus drei Fenstern, zum Garten hin mit einer dünnen Silberschnur aufgehängt. Danach habe ich „*Inge*" gleich gebeten, wie immer, sich zu den mit ihr vereinbarten Zeiten zu melden, ob ihr die Engel gefallen. Natürlich hat sich „*Inge*" heute um 8:00 Uhr gemeldet und die Rekorder im Wohn- beziehungsweise im Schlafzimmer dreimal ein- und ausgeschaltet.

Ach ja, auf der Fensterbank des Schlafzimmers in der Mitte unten steht ein Bild von „*Inge*". Genau darüber schwebt jetzt sozusagen der weiße Engel. Der blaue und der rote wurde dann jeweils an den verbleibenden Fenstern des Schlafzimmers angebracht. Es ist ein schöner Anblick und es freut uns – nicht nur zur Weihnachtszeit –, wenn wir auf das Fenster blicken und vereinzelt Sonnenstrahlen oder einfach nur das Tageslicht diese filigranen Glasengel durchleuchten. Manchmal ist es wahrlich ein richtiges Lichtspiel mit den Farben – sehr schön.

Donnerstag, den 14.12.2017

„*Inge*" neigt ja dazu, während ich an diesem Buch schreibe, mir zu zeigen, dass sie gelegentlich anwesend ist. Ich schrieb bereits darüber. Aber gestern war es so extrem, dass ich eine Zeitlang kaum einen Satz richtig schreiben konnte.

Sie treibt dann ihren Schabernack mit mir. Entweder es funktioniert die Maus nicht oder es verändern sich die Farben des Schriftbildes, auch sind die Buchstaben, die ich schreiben möchte, plötzlich so klein (etwa Schriftgröße 6), dass ich das, was ich geschrieben habe, fast nicht mehr lesen kann. Oder die geschriebenen Seiten im PC laufen unkontrolliert rauf und runter. Wie ich bereits erwähnte, hatte ich einmal versucht, dieses übernatürliche Eingreifen auf meinem Computer zu filmen. Aber das hat sie nicht gewollt. Denn egal, welche Kamera ich nahm, oder auch Smartphone etc., alle Elektro-Geräte, die ich zum Einsatz bringen wollte, um diese paranormale Situation festzuhalten und zu dokumentieren, versagten in diesem Moment ihren Dienst. Es war mir einfach nicht möglich, diese Situation in einem Film festzuhalten beziehungsweise zu dokumentieren. Meine Frau und ich standen einfach fassungslos vor unserem PC und warteten die Vorstellung von „Inge", ohne irgendwie einwirken zu können, ab. Wie beispielsweise das Scrollen der Seiten ohne mein Zutun oder die Veränderung der Schriftgröße sowie Schriftfarben oder auch Buchstaben, die dann von selbst auf meiner Seite erscheinen, ohne dass ich oder irgendjemand einen Finger an der Tastatur hat. Meine Frau ist häufig dabei, wenn „Inge" unseren PC manipuliert. Auch sie ist dann nicht in der Lage, diese paranormalen Eingriffe auf unserem PC zu filmen. Es ist dann, wie bei mir, egal, was auch immer sie dann in der Hand hält, ob Kamera oder Smartphone, die Geräte stellen dann einfach für diesen Moment ihre Funktion ein. Alles sehr bemerkenswert – in der Tat.

Also hatte ich sie gestern gefragt: „Bist du es, die mit uns den Schabernack treibt? Wenn ja, dann melde dich bitte." Heute Morgen hat sie sich natürlich gemeldet. Punkt 8:00 Uhr schaltete sich bei mir mein TV- Gerät dreimal an und wieder aus.

Leider sind solche kleinen Dialoge natürlich sehr eingeschränkt. Jedoch ist zumindest durch eine Fragestellung ein „ja" oder auch ein „nein" zu erfahren.

Auch möchte sie mir dann gelegentlich nur zeigen, dass sie dabei ist, wenn ich an diesem Buch arbeite. Darum habe ich sie übrigens auch gebeten, mir behilflich zu sein.

Manchmal scrolle ich einfach die Seiten rauf und runter und schaue mir das eine oder andere noch mal an, was ich da geschrieben habe. Plötzlich bleibe ich an einer Seite regelrecht hängen, obwohl ich weiter scrolle. Dann schaue ich mir die Seite genauer an und bleibe an einem bestimmten Absatz stehen. Hier gefällt mir dann zum Beispiel die Formulierung nicht so gut. Dann ändere ich diesen Absatz so, dass es für mich passt, und siehe da, schon löst sich wieder die Blockade aus dem Jenseits und ich darf wieder weiterarbeiten.

Ich sage dann immer dazu: *„Die ‚Ghostwriter' waren wieder am Werk."* Dies betrifft auch meinen Geistführer „Joshua". Er hatte mir ebenso wie Inge an der Vollendung dieses Buches geholfen, wie uns *Carmen* mitteilte.

Es sind jetzt noch wenige Tage bis Heiligabend. In dieser Zeit bin ich dann immer eher traurig als fröhlich gestimmt. Den Grund kennen Sie ja mittlerweile. Heiligabend ist ja der Todestag von *„Inge"*. Es fällt mir auch dann immer schwerer, in eine weihnachtliche Stimmung zu kommen. Meine Frau kennt das bei mir. Sie kommt damit besser klar.

Es sind nunmehr sechs Jahre, seit „Inge" die Seiten gewechselt hat. Seit dieser Zeit habe ich keinen geschmückten Tannenbaum mehr in unserer Wohnung gehabt, kein Tannengrün, keinen Weihnachtsschmuck.

Mir ist der 24.12.2011 noch sehr gut in Erinnerung. Morgens hatte ich den Baum bei uns geschmückt. Am Nachmittag dann teilte uns die Palliativstation mit, dass *„Inge"* wohl nicht mehr lange zu leben habe. Tage vorher hatten wir noch eine leichte Hoffnung, dass sie wenigstens den Heiligabend bei uns zu Hause verbringen könne. Aber diese Hoffnung zerbrach durch die Mitteilung des Krankenhauses beziehungsweise der Palliativstation.

Ich sah den wunderschön geschmückten Tannenbaum in unserer Wohnung. Aber es ging nicht mehr. Ich schmückte den Baum am selben Tag wieder ab und entsorgte mit schwerem Herzen den frischen Tannenbaum. Dieser Tag und die Tage danach waren für mich und meine Frau gefüllt mit Trauer und Schwermut. Es war eine Zeit, die ich in meinem ganzen Leben nie vergessen werde.

Um 23:40 Uhr ist *„Inge"* dann in unserem Beisein an Heiligabend gestorben.

Seit etwa zwei Jahren bin ich glücklicherweise wieder in der Lage,
kleine Weihnachtsfiguren oder auch Lichterketten in unserer
Wohnung aufzustellen beziehungsweise aufzuhängen.
So auch im Jahr 2017. Jedoch <u>ohne</u> Tannenbaum oder jegliches
Tannengrün - so weit bin ich noch nicht.

Zitat

„Die Mathematik ist das Alphabet, mit dem Gott das Universum geschrieben hat."

Galileo Galilei (1564–1652), Philosoph, Mathematiker, Physiker und Astronom

Freitag, den 15.12.2017

Kurz vor Heiligabend fehlte mir, wie immer, jegliche weihnachtliche Stimmung. Eigentlich wie die Jahre zuvor. Da fiel mir ein, früher war bei uns der Duft von Tannengrün zu dieser Zeit immer wohlriechend vorhanden. Auch hatte ich an Heiligabend immer einige Tannenzweige in einem Topf angezündet und bin damit durch alle Räume der Wohnung gegangen. Der Geruch von verbrannten Tannenzweigen gehörte damals in der Weihnachtszeit für mich immer dazu. Am Freitagabend nahm ich spät zunächst nur im Schlafzimmer genau diesen weihnachtlichen Tannengeruch wahr. Ich dachte mir, mein Gehirn spielt mir einen gut gemeinten Streich. Meiner Frau erzählte ich zunächst nichts davon. In dieser Zeit ging auch eine Lichterkette, welche ich im Vorgarten angebracht hatte, nur dann immer aus, wenn ich oder meine Frau auf die Lichterkette blickten. Entweder flimmerte sie oder ging ganz aus. Aber immer nur dann, wenn einer von uns oder auch wir beide die Lichterkette ansahen. Ich ging dann in die Garage, um mir die Anschlüsse anzusehen – konnte aber an keiner Stelle einen Schaden feststellen. Trotzdem wechselte ich die Zeitschaltuhr und später dann noch den Akku der Lichterkette aus. Dann war sie wieder an. Meine Frau ließ später die Rollläden im Wohnzimmer runter. Sie rief mich und sagte: *„Das gibt es doch nicht. Gerade schaue ich noch auf die Lichterkette und da geht sie wieder aus, um auch gleich wieder anzugehen."* Dieses Spiel ging einige Tage so weiter. Am Samstag kam meine Frau zu mir und sagte: *„Komm doch bitte mal ins Wohnzimmer, hier riecht es nach Tannennadeln und verbrannten Zweigen."* Jetzt offenbarte ich mich ihr und teilte ihr mit, dass auch ich gestern im Schlafzimmer genau diesen Tannengeruch bereits wahrnehmen konnte. Wir hatten also unabhängig voneinander den Duft von verbrannten Tannenzweigen wahrgenommen. Am selben Tag verbreitete sich dieser Geruch in der ganzen Wohnung. Wir dachten, das kann doch nicht mit rechten Dingen zugehen. Wir sollten bald wissen, woher dieser Tannenduft kam und wer sich dafür verantwortlich zeigte.

Freitag, den 22.12.2017

Hatten heute die letzte Sitzung mit *Carmen* für dieses Jahr.

Carmen meinte: *„Zum Ende des Jahres seid ihr meine letzten Klienten. Auch ich freue mich darauf, für „Inge" die Hinweise oder Nachrichten, die sie für euch hat, durchgeben zu dürfen und möchte mich schon im Voraus bei der geistigen Welt dafür bedanken."*

Carmen beschreibt, wie *„Inge"* ihr heute begegnet. Sie hat kurzgeschnittenes Haar. Ihre Haarfarbe ist etwa vergleichbar mit der einer Haselnuss – ein warmer Ton. Sie trägt einen weißen Pullover und eine schwarze Hose und sitzt auf einem Sofa, ruhig und entspannt. Wir bestätigen, kurze dunkelbraune Haare hatte sie bis zum Schluss. Ihre Lieblingsfarben sind, wie Sie wissen, schwarz und weiß.

„Inge" lässt durchgeben, dass man sich in der geistigen Welt auf Heiligabend vorbereiten würde.
Jedoch ist die Adventszeit dort wohl anders als hier auf Erden. Vielleicht kann man es so ausdrücken. In dieser Zeit sind die Schwingungen und Energien, die von der Erde ausgehen, deutlich wärmer und intensiver. Das, so meint *„Inge"*, würde man in der geistigen Welt dann als äußerst angenehm aufnehmen.

Wir teilen *Carmen* mit, dass seit einigen Tagen bei uns Dinge geschehen, die wir uns nicht erklären können. *„Nichts Schlimmes"*, sagen wir.
Carmen beginnt zu lachen und sagt: *„Die Lichterkette im Vorgarten, die hat „Inge" manipuliert und hatte ihren Spaß daran, wie du, Hans, alles Mögliche angestellt hast, um den Fehler herauszufinden. Damit ist es aber jetzt vorbei und die Lichterkette wird jetzt wieder ohne Probleme bis zum Anfang des neuen Jahres brennen."* Auch das können wir im Nachhinein bestätigen. Die Lichterkette hat direkt nach unserer Sitzung mit Carmen bis zum Abbau derselben, Anfang Januar 2018, dann völlig normal abends gebrannt.
Auch den Tannenduft in unserer Wohnung hatte *„Inge"* uns geschickt. Als die Bestätigung dazu kam, konnte ich vor Rührung

einen Moment nicht sprechen, so dass meine Frau eine Zeitlang die Sitzung alleine mit *Carmen* weiter durchführte.

Später fragten wir *„Inge"* über *Carmen*, ob sie uns etwas über die Mutter von ihrer damaligen Kollegin Nadine Noel sagen könne, sie sei vor etwa zwei Monaten verstorben. (Sie erinnern sich, es war mein Telefonat mit Nadine Noel am 16.10.2017.)

Carmen gab durch, dass *„Inge"* die Mutter von Nadine Noel getroffen habe und sie hätte ihr mitgeteilt, dass der Übergang für sie nicht sehr einfach gewesen wäre, da sie nicht loslassen konnte. Sie hätte vorher noch Morphium bekommen gegen die starken Schmerzen. Jetzt ginge es ihr gut. Sie würde sich aber noch in einer Art Sanatorium aufhalten, um die ganzen bedeutsamen, wunderbaren Veränderungen, die sie erfahren durfte, zu verarbeiten. Die Mutter hat wohl auch mitbekommen, dass ihre Tochter einen Kontakt mit ihr herstellen möchte. Dieser findet erst etwa im April 2018 statt.

Weiter teilt Carmen mit, dass die Tochter der Mutter sich den Namen Johanna merken solle. Es soll eine Person sein, die sie kennt und auf die sie sich absolut verlassen könne.

Nur zum Verständnis, alle diese Informationen der Mutter teilte ich noch am selben Tag der Tochter N. Noel mit. Sie bestätigte, dass die Mutter aufgrund der Schmerzen Morphium bekommen habe. Auch bestätigte sie, dass sie eine Freundin hat mit dem Namen Johanna. Sie freut sich schon auf ihre erste Sitzung/Reading mit *Carmen*. Mal sehen, was dabei herauskommt.

Zurück zu unserer Sitzung.

Danielle fragt, wie es ihrem verstorbenen Vater geht. Die Antwort: Es geht ihm gut und er genießt dort seine Existenz in vollen Zügen. Dennoch ist sein Glück, wie er bereits durchgab, erst vollkommen, wenn auch seine Frau bei ihm ist. Wann das sein wird, weiß nur der Himmel.

Der Vater gibt den Namen „Marie-Hélène" durch. Es ist der Vorname der Schwester von Danielle. Sie hat seit längerer Zeit Probleme mit dem Darm. Hier gibt der Vater durch, dass sie frische Feigen essen sollte. Auch das haben wir am selben Tag der Schwester mitgeteilt. Sogleich hat sie sich frische Feigen besorgt. Seit dieser Zeit geht es ihrem Darm deutlich besser. Komisch, seitdem spricht alles in der Verwandtschaft in Frankreich über Feigen, wie gesund sie doch seien, ohne zu wissen, dass die Schwester von Danielle bereits vorher aus dem Jenseits durch ihren Vater den Hinweis erhalten hatte. Meine Frau erzählt, wie schon erwähnt, auch nur ihrer Schwester über unsere paranormalen Begebenheiten. Auch sie ist von einer Existenz nach dem Tod fest überzeugt. Der Rest der Verwandtschaft ist für diese Dinge nicht besonders zugänglich. Die Mutter ist für solche übernatürlichen Erfahrungen einfach zu alt (93 Jahre), es könnte sie unnötig aufregen. Sie wünscht sich immer, ihren Mann wiederzusehen. Wir sagen ihr dann immer, dass wir fest daran glauben, dass es so sein wird. Dass wir es wissen, würde wohl die alte Dame zu sehr überfordern. Irgendwann wird auch sie Klarheit darüber erhalten und sehr glücklich sein.

Danielle erzählt noch am selben Abend (Freitag, den 22.12.2017) ihrer Schwester, dass *„Inge"* die Lichterkette im Vorgarten manipuliert habe, und sie hätte uns auch noch Tannenduft in die Wohnung gebracht. Darauf sagte ihre Schwester: „Das ist ja ein Ding, auch in unserem Hause riecht es nach verbrannten Tannennadeln, obwohl wir dieses Jahr keinen Tannenbaum aufgestellt haben." – *„Es ist genauso, wie du es beschreibst"*, sagte ihre Schwester zu meiner Frau. Im ganzen Haus, so wie bei uns, gibt es keine Tannenbäume oder Tannenzweige als Gesteck und trotzdem ist der Tannengeruch überall.

Dieser Geruch von Tannennadeln hielt bis Anfang Januar 2018, sowohl bei ihrer Schwester in Frankreich als auch bei uns, an. Hierbei sei noch bemerkt, dass der angenehme Duft erst immer gegen Abend gekommen ist.

Zurück zu unserer Sitzung.

Carmen spricht einen Namen an, den der Vater gerade durchgegeben hat, er lautet Paul und der Nachname soll mit „F" beginnen. Danielle teilt *Carmen* mit, dass es sich wohl um den Nachbarn handelt, welchen sie seit Kindesbeinen kennt. Er ist jetzt im Alter von etwa 85 Jahren. Der Vater deutet an, dass er zurzeit sehr traurig sei, da sein altes Haus abgerissen werden soll. Auf diesem Grundstück möchte dann die Verwandtschaft ein Mehrfamilienhaus bauen lassen. Wir bestätigen diese Durchsage und teilen *Carmen* mit,

dass wir ihn bei unserem letzten Besuch in Frankreich im September 2017 kurz getroffen hätten. Er sagte uns, dass er sehr traurig sei, dass dieses Haus bald abgerissen werden soll. Genauso, wie es der Vater von Danielle durchgegeben hat.
Dabei liefen ihm die Tränen. Aber er wollte den Ideen seiner jungen Verwandtschaft nicht im Wege stehen.
Wir zeigten eine große Empathie ihm gegenüber. Als wir uns verabschiedeten, fielen wir uns gegenseitig in die Arme. All das hatte der Vater von Danielle im Jenseits mitbekommen. Mal sehen, wie es mit Paul F. weitergehen wird.

Zum Schluss meldet sich noch mal *„Inge"*. Sie lässt *Carmen* für mich durchgeben, dass ich froh sein könne, dass sie nicht meine Frau ist. Sie hätte mir wohl gestern die „Hammelbeine langgezogen". Daraufhin sagt *Carmen* zu mir, „was war denn gestern?". Ich musste dann gestehen, dass es zwischen meiner Frau und mir gestern einen kleinen Disput gegeben hatte – welchen ich verursacht hatte. Der Grund war mal wieder meine Ungeduld. Danach habe ich mich gleich bei meiner Frau entschuldigt und alles war wieder gut. Das hatte *„Inge"* wohl mitbekommen, und genau das wollte sie mir auch damit sagen. *„Die Hammelbeine langziehen"* wurde früher nicht selten in *ihrem* Sprachschatz verwendet.
Denn wenn sie sich über eine Person oder gar über mich geärgert hatte, dann sagte sie gerne: *„Dem sollte man die Hammelbeine langziehen."*
Wie Sie bemerkt haben, nimmt die geistige Welt an Ihrem Leben teil. Sie sind stets an Ihrem Wohlbefinden, ohne jegliche Bedingung, interessiert. In diesem Fall ging es um das Wohlbefinden meiner Frau. Und der „Hammel" hatte sich ja auch entschuldigt.

Zum Ende dieser Sitzung wünschen wir uns ein frohes Weihnachtsfest, Zeit zur Entspannung – Besinnung auf die wirklich wichtigen Dinge. Einen guten Rutsch für 2018, verbunden mit Gesundheit, Glück und vielen Lichtblicken.
Hier endet die Sitzung mit unserem Medium Carmen.

Wir danken und verabschieden uns bei „Inge" und der geistigen Welt.

Wie werden eigentlich häufig auftretende Kontakte mit Verstorbenen beschrieben?

Gegenwartsempfinden

Hier wird die Präsenz der Verstorbenen im Raum oder in der Umgebung fast körperlich gespürt. Es handelt sich um eine Art inneres Wissen, dass der oder die Verstorbene gerade anwesend ist. Dieses Gefühl der Anwesenheit wird als sehr intensiv und vertraut empfunden. Oft sitzen die Verstorbenen plötzlich im Auto oder auf einem Stuhl neben einem. Diese Erfahrungen sind sehr real und intensiv.

Elektrische Manipulation

Hier ist unsere verstorbene Freundin „*Inge*" besonders aktiv, geradezu ein Spezialgebiet von ihr.
Wie auch in der Fachliteratur, den Medien etc. hinlänglich beschrieben, scheint für Verstorbene die elektromagnetische Manipulation eine der leichtesten Möglichkeiten zu sein, auf sich aufmerksam zu machen. Aufgrund der erhöhten Schwingung und der dazu verwendeten Energie scheint es für die Verstorbenen ohne Mühe möglich zu sein, an der Haus-Elektrik – egal, wo – Manipulationen vorzunehmen.

Auch das Klingeln an Festnetztelefonen oder Smartphones, mit dem Erscheinen der Telefonnummer des Verstorbenen auf dem Display, gehört zu den probaten Mitteln der Verstorbenen, um die Hinterbliebenen auf sich aufmerksam zu machen.

Es wurde auch darüber berichtet, dass Verstorbene Mitteilungen über Computer senden oder einfach auf die Handymailbox sprechen. Hier fällt mir gerade wieder die E-Mail ein, die die geistige Welt an unseren Bestatter B. Hoffmann gerichtet hatte, Sie erinnern sich …

Sehr weit verbreitet scheint das An- und Ausstellen von elektrischen Geräten wie Lampen, Musikanlagen oder Fernsehern etc. zu sein. Kennen wir ja durch „*Inge*" zur Genüge.

„Diese Phänomene kommen in der Regel in den ersten Tagen nach dem Tod vor, können aber bei intensiven geistigen Kontakten auch später auftreten" und deutlich länger dauern. Bei „*Inge*" hat es etwa 2012 angefangen und hält bis zum heutigen Tage an.

Bei „*Inge*" sind es in der Hauptsache die Rekorder oder die TV-Geräte.
Zu Anfang unserer paranormalen Erlebnisse mit *ihr*, wie bereits kurz erwähnt, klingelte häufig unser Telefon, nahm man den Hörer ab, war nur ein Rauschen zu vernehmen. Jedoch war **ihre** Telefonnummer auf unserem Display zu sehen, obwohl wir diese direkt nach ihrem Tod aus unserer Telefonliste gelöscht hatten. Auch klingelte es, kurz nach ihrem Tod, häufig an der Haustüre zu allen Tages- und Nachtzeiten, besonders in der Nacht war dies recht unangenehm. Alles endete etwa sechs Wochen später. Im Übrigen hatten wir *sie* auch darum gebeten, das nächtlichen Klingeln an der Haustüre beziehungsweise dem Telefon einzustellen, was dann auch kurz nach unserer Bitte sofort geschah. – Nicht vergessen, das Zeitempfinden verschwindet langsam bei Verstorbenen, sie existieren im Hier und Jetzt. Von dieser Zeit an haben wir diese paranormalen Dinge nur noch selten, und wenn, dann klingelt das Telefon, ohne dass sich jemand meldet, mehrmals kurz hintereinander, mit kleinen Unterbrechungen und dies nur zu normalen Tageszeiten, wie auch durch unser Medium angekündigt. Sehr anständig von ihr, wie ich finde… :-)

Zitat

„Die Naturwissenschaft braucht der Mensch zum Erkennen, den Glauben zum Handeln. Religion und Naturwissenschaft schließen sich nicht aus, wie heutzutage manche glauben und fürchten, sondern sie ergänzen und bedingen einander. Für den gläubigen Menschen steht Gott am Anfang, für den Wissenschaftler am Ende aller Überlegungen."

Max Planck (1858–1947), deutscher Physiker, Begründer der Quantentheorie

Was Palliativpatienten die häufigste Sorge bereitet und was der eine oder andere Seltsames vor seinem Ableben noch erleben durfte

Patienten einer Palliativstation in Köln erzählen mir ihre Erlebnisse über paranormale Phänomene.

Die häufigsten Themen bei Palliativpatienten sind:
- ihre Krankheit
- Angst vor Schmerzen
- die Angst vor dem Sterben generell
- Angst davor, dass ihnen nicht mehr viel Zeit bleibt
- Kontrollverlust, der Patient hat Angst, die Kontrolle über sich zu verlieren
- Einsamkeit
- der Patient befürchtet zur dauernden Belastung zu werden
- soziale Probleme, hier im Besonderen die Familie beziehungsweise Verwandtschaft

Es sei hier noch erwähnt, dass alle nachstehenden Palliativ-Patienten mir aus freiem Willen über ihre paranormalen Erlebnisse berichtet haben. Zu dieser Zeit waren die betroffenen Patienten weder in einem Dämmerzustand noch durch Medikamente sediert (Ruhigstellung), noch haben sie irgendwie einen verwirrten Eindruck auf mich gemacht. Sie waren zu diesem Zeitpunkt absolut im Vollbesitz ihrer geistigen Kraft.

Es war ihre absolut freie, bewusste und klare Entscheidung, mir ihre übernatürlichen Dinge mitzuteilen.
Ausgelöst durch meine persönlichen paranormalen Begebenheiten und Erlebnisse, die ich auf Wunsch nur ausgesuchten Patienten mitteile, in der Hoffnung, ihnen das Sterben beziehungsweise den Übergang in eine neue Dimension zu erleichtern – was mir, Gott sei es gepriesen, auch bis zum heutigen Tage fast immer gelungen ist.

Die Voraussetzung hierzu ist allerdings, immer ein absolutes
Vertrauensverhältnis zu den Schwerstkranken herzustellen.
Nur so sprachen sie zu mir offen über ihre paranormalen Erlebnisse.
Viele der betroffenen Patienten – die Gespräche können bis zu zwei
Stunden dauern – teilten mir mit, dass sie deshalb darüber nur
geschwiegen hätten, da sie annahmen, dass man ihnen keinen
Glauben schenken würde und ihre Erlebnisse in das Reich der
Fantasie einzuordnen sei, hervorgerufen durch Medikamente.
Natürlich können bestimmte Medikamente geistige Verwirrtheit und
Halluzinationen durchaus hervorrufen, auch mit solchen Personen
hat man bei dieser ehrenamtlichen Tätigkeit zu tun. Sie sind aber
dann in der Regel verworren und nicht ganz klar und schon gar nicht
logisch. Hingegen aber sind die Personen, welche mir über ihre
paranormalen Erfahrungen berichtet haben, absolut im Vollbesitz
ihrer geistigen Kraft. Ihre Berichte sind vollkommen logisch
strukturiert. Selten habe ich Menschen gesehen, die mir so klar,
eindeutig und logisch über ihre übernatürlichen Erlebnisse berichtet
haben. Für mich sind diese Personen völlig geistig klare Individuen,
die bereits über den Horizont hinausblicken konnten
beziehungsweise durften.

Menschen, die religiös sind, glauben an ein Leben nach dem Tod
oder auch Reinkarnation.
In der heutigen Zeit sagt man gerne, dass das Leben nach dem Tod
sich jeder wissenschaftlichen Argumentation entzieht – bis jetzt.
Obwohl früher schon Naturwissenschaftler keinen Zweifel an der
Existenz Gottes hatten, wie Sie in meinen Zitaten immer wieder
lesen können.

Zitat

„Nicht die sichtbare, vergängliche Materie ist das Reale, Wahre, Wirkliche; sondern der unsichtbare, unsterbliche Geist ist das Wahre. Da es aber Geist an sich nicht geben kann und jeder Geist einem Wesen zugehört, so müssen wir zwingend Geistwesen annehmen. Da aber auch Geistwesen nicht aus sich selbst sein können, sondern geschaffen worden sein müssen, so scheue ich mich nicht, diesen geheimnisvollen Schöpfer so zu nennen, wie ihn alle alten Kulturvölker der Erde früherer Jahrtausende genannt haben: Gott. Zwischen Religion und Naturwissenschaft finden wir nirgends einen Widerspruch. Sie schließen sich nicht aus, wie manche glauben und fürchten, sondern sie ergänzen und bedingen einander. Wohl den unmittelbarsten Beweis für die Verträglichkeit von Religion und Naturwissenschaft auch bei gründlich-kritischer Betrachtung bildet die historische Tatsache, dass gerade die größten Naturforscher aller Zeiten, Männer wie Kepler, Newton, Leibniz, von tiefer Religiosität durchdrungen waren."

Max Planck *(1858–1947), Nobelpreisträger für Physik und Begründer der Quantentheorie*

Erlebnisse und Erfahrungen auf einer Palliativstation!

Um die Privatsphäre der einzelnen Schwerstkranken zu wahren, habe ich die Namen der betroffenen Personen geändert.

Alle nachstehenden Palliativ-Patienten sind mittlerweile verstorben.

Donnerstag, den 18.06.2015

Patient Herr Hoffmann, ca. 45 Jahre, Krebs mit Metastasen im Körper im Endstadium

Bei meinem Besuch bei Herrn Hoffmann hatte ich einen Hospitanten zur Seite. Einen gerade pensionierten Pädagogen. Ich erzählte ihm vorher, dass man immer auf alles gefasst sein sollte – d. h., man weiß vorher nie, wie das Gespräch verlaufen wird, beziehungsweise welche Themen einen erwarten. Außerdem gilt die volle Konzentration dem Patienten.

Im Fall von Herrn Hoffmann war es wie folgt: Wir sprachen u. a. Themen an wie seinen Aufenthalt auf der Station, Service, seine Krankheit, seinen Beruf (Krankenpfleger).
Nach gut 30 Minuten hatte er Vertrauen zu uns gewonnen und teilte uns mit: *„Was ich Ihnen jetzt erzähle, klingt verrückt"*, sagte er, *„aber ich habe es bei vollem Bewusstsein erlebt."*

Immer zum Abend käme seine verstorbene Großmutter und würde sich bei ihm ans Fußende setzen. Die Konversation, so teilte er uns mit, würde dann ausschließlich über die Gedanken erfolgen.
Manchmal wäre auch sein Zimmer oder die gegenüberliegende Wand mit weißem oder orangenem Licht durchflutet.
Er wiederholte, dass das alles unglaublich klingen würde, und sah uns dabei mit ängstlichen Augen an. Als ich ihm aber sagte, dass auch ich paranormale Phänomene erlebt hätte, fragte er sehr interessiert, in welcher Form das bei mir abgelaufen sei.

Ich sagte ihm, eine Schwester von mir hätte auch kurz vor ihrem Tod ihren verstorbenen Mann häufig zum Abend am Fußende des Bettes sitzen sehen, auch die Konversation sei rein über die Gedanken abgelaufen.

Weiter sagte ich zu ihm, dass bei meiner Frau und mir kurz nach dem Tod unserer Freundin „Inge" folgende Dinge geschehen seien. Unsere Freundin, sagte ich ihm, sei am 24.12.2011 verstorben. Ich berichtete ihm dann einiges von „Inge". Beispielsweise, dass meine Frau, etwas beunruhigt, in der Nacht, auf den zweiten Weihnachtstag mir mitteilte, dass sie braune Schatten vor ihrem Bett sehe, und zeitweise einen kalten Hauch im Gesicht verspürte. Auch wurde sie leicht in den Rücken oder am rechten Arm gezwickt. Das ganze hielt dann einige Zeit an.

Etwa eine Woche nach dem Tod unserer Freundin, so teilte ich dem Patienten weiter mit, wurde plötzlich in unserem Schlafzimmer die Wand am Fußende so hell, dass ich aus meinem Halbschlaf erwachte. Es brannte noch ein kleines Teelicht, wie immer, neben dem Bild von „Inge". Aber dieses Licht, welches die ganze Wand eingenommen hatte, konnte unmöglich nur von diesem Teelicht herrühren, ganz zu schweigen von der Farbe des Lichtes. Es war ein strahlendes Orange bis Dunkelgelb.

Ich dachte, das, was hier geschieht, glaubt mir kein Mensch – und wollte meine Frau, die im anliegenden Zimmer schläft, wecken, um ihr das Unglaubliche zu zeigen. Doch plötzlich stand sie im Türrahmen, ohne in ihrem Zimmer ein Licht angemacht zu haben. Hier stand sie dann plötzlich aus dem Nichts vor mir und sagte, „ich habe hier ein so merkwürdiges Licht bei dir von meinem Zimmer aus gesehen." So bewunderten wie beide die unglaublich schöne und warme Lichterscheinung an der Wand. (Hatte ich bereits erwähnt).

Nach diesem Bericht von mir entspannte sich der Gesichtsausdruck des Patienten und die Angst verschwand aus seinem Gesicht. Er setzte sogar ein Lächeln auf. Man konnte förmlich seine Gedanken lesen: „Da gibt es doch wirklich Personen, die Ähnliches wie ich bereits erlebt haben"

Für ihn, so sagte er, sei es mit uns eine der wichtigsten und glücklichsten Begegnungen gewesen, seit er sich hier auf dieser Palliativstation befinden würde. Auch er sei davon überzeugt, dass der Tod nicht das Ende sei. Wir verabschiedeten uns von ihm und verließen sein Zimmer. Sein freundlicher und entspannter Blick begleitete uns so lange, bis wir seinen Raum verlassen hatten.
Auch wir hatten danach irgendwie ein gutes Gefühl und fanden, dass wir ein wertvolles Gespräch mit diesem Patienten geführt hatten. Kleine Anmerkung: Der Hospitant war über meine persönlichen paranormalen Erlebnisse informiert.

Donnerstag, den 22. 10.2015

Patientin Frau Fischer. 80 Jahre, Krebs mit Metastasen im Endstadium

Frau Fischer ist eine freundliche, interessierte alte Dame. Sie leidet unter einer ständigen Tristesse, da sich u. a. ihr Mann in einem Pflegeheim im Wachkoma liegt und sie ihn aufgrund ihrer schweren Erkrankung nicht aufsuchen kann. *Sie träumt* – so sagte sie immer – von ihm:*, dass sie zusammen im Bett liegen und er ihr zart über ihr Gesicht streichelt – so wie früher. Dann steht er im Traum auf und macht ihr eine Tasse Kaffee, auf die sie sich immer so freute, als ihr Mann noch gesund war. Denn der Kaffee* – wie sie sagte – *wurde durch ihren Mann immer frisch gemahlen und die ganze Wohnung duftete dann immer nach wunderbarem, frischem Kaffee. Wenn sie dann wieder aus ihrem schönen Traum erwachte, begriff sie, dass alles leider nur ein Traum war – dann musste sie immer weinen,* sagte sie.
Nach mehreren Gesprächen mit mir taute die alte Dame auf, ich hatte ihr vorher einiges von den paranormalen Begegnungen mit unserer *„Inge"* erzählen können. Zu diesem paranormalen Thema erzählte sie mir, dass häufig am Abend oder in der Nacht ihr Zimmer stark durchflutet sei von Licht in den verschiedensten Farben. Sie selbst fühlte sich dann, trotz der Schmerzen, innerlich warm und wohl. Sie teilte mir mit, dass sie zu Anfang dachte, dass sie dies geträumt hätte. Aber sie stellte fest, dass sie hellwach war, der Fernseher lief und sie auch völlig klare Gedanken fassen konnte, und trotzdem blieb das

warme orangefarbene Licht in ihrem Zimmer. Das Ganze dauerte etwa eine halbe Stunde. Danach verschwand dieses Licht ganz langsam. Es löste sich einfach wieder auf. Ihr Zimmer hatte danach nichts Ungewöhnliches mehr, wie sie sagte. Alles war einfach wieder wie sonst.

Frau Fischer wurde mit Schmerzmitteln stabilisiert und verließ die Palliativstation nach etwa drei Wochen Aufenthalt und musste dann wieder in ihr Altersheim zurückkehren. Sie zeigte sich sehr traurig und sagte zu mir:, *dass sie uns alle sehr vermissen wird, da, wo sie jetzt hingehen würde, wäre man eigentlich nur eine Zimmernummer.* Ich konnte ihre Tristesse nachvollziehen, hatte sie doch auf unserer Palliativstation Menschen um sich, die ihr mit Achtsamkeit, Hilfsbereitschaft und einer ständig freundlichen Ansprache gegenübertraten.

Donnerstag, den 19.11.2015, Herr Dehlers, 72 Jahre, Prostatakrebs im Endstadium

Herr Dehlers war ein Mensch, der mit beiden Beinen auf der Erde stand. Er ist in Berlin geboren – sein Dialekt ist unverkennbar – und lebt seit etwa 45 Jahren in Köln. Er hatte damals bei der Firma Siemens als Elektriker gearbeitet. Viele Freunde, wie er sagte, hatte er nie. Mit seiner Frau hatte er sich immer gut verstanden, dies hätte ihm auch immer genügt, nur mit seiner Frau zusammenzuleben, und er sei damit auch sehr zufrieden gewesen. Da er nach dem Tod seiner Frau alleine in seiner Wohnung lebte, wurde er jetzt aufgrund seiner schweren Erkrankung durch eine Studentin – er hatte sie bei einem seiner zahllosen Krankenhausaufenthalte als Praktikantin auf der Station kennengelernt – betreut. Sie studiert Medizin. Sie hat eine Betreuungsvollmacht und unterstützt ihn in allen Dingen des Lebens. Ob seiner schweren Erkrankung wurde Herr Dehlers immer vergesslicher, so dass es gut war, solch einen „Engel" gefunden zu haben, der alles für ihn unentgeltlich erledigte. Er sprach von ihr in den höchsten Tönen. Da man Herrn Dehlers mit Schmerzmitteln gut eingestellt hatte, wurde er nach etwa drei Wochen entlassen. Zwei Monate später befand er sich wieder auf der Palliativstation. Er war merklich dünner geworden und konnte sich nur schlecht konzentrieren.

Bei einer meiner weiteren Begegnungen mit ihm – wir sprachen gerade darüber, ob er an ein Leben nach dem Tod glauben würde – antwortete er mir, *da sei er sich nicht so sicher.* Obwohl er folgendes Unerklärliche erlebt habe, über das er noch mit keiner Person, außer seiner Frau, gesprochen habe. Folgendes hatte er erlebt. An einem Morgen wurde er wach und konnte sich an einen Traum mit folgendem Inhalt erinnern. Er sagte mir: *Er habe den Tod seiner Frau geträumt. Sie lag vor der Eingangstüre in einem grünen Kleid. Er kam von draußen und konnte die Eingangstüre nur schwer öffnen, da seine Frau dahinter lag. Nach einigem Zögern entschloss er sich, seiner Frau von seinem Traum zu berichten.* Sie sagte ihm darauf: *„Du spinnst, mir geht es gut, außerdem, Totgesagte leben länger, wie du ja weißt."*
Nach 14 Tagen – so berichtete er mir – trat dann genau das ein, was Herr Dehlers vorher geträumt hatte. Er kam nach Hause, öffnete die Tür, merkte einen Widerstand von innen und musste mit großer Kraft die Türe aufschieben. Er erschrak – seine Frau lag in einem grünen Kleid tot auf dem Boden.

Seit Herr Dehlers auf der Palliativstation liegt – so sagte er mir –, hätte er häufig Folgendes erlebt. Er liegt auf dem Bett und auf der gegenüberliegenden Wand erscheint ein Bild, als ob man einen Super-8-Film laufen lässt. Das heißt, das Licht wird wie ein Kegel immer größer und trifft dann auf die Wand gegenüber.
Dort hat er dann seine verstorbene Frau gesehen und eine Person, die er mir nicht nennen wollte.
Er konnte mit ihnen telepathisch in Kontakt kommen. Man sagte ihm, alles werde gut. Er und seine Frau würden sich wiedersehen. In dieser Zeit dieses paranormalen Phänomens fühlte sich Herr Dehlers vollkommen entspannt. Dabei hatte er ein unglaublich wohliges, friedliches und freudiges Gefühl. Diese übernatürlichen Wahrnehmungen – in dieser Zeit seines Endstadiums hatte ich ihn häufig aufgesucht –hatte er noch häufiger. Wie er mir bis zuletzt berichtete, sind ihm bis zu seinem Tod noch mehrere Male sowohl seine Frau als auch die geheimnisvolle Person in seinem Zimmer begegnet.
Herr Dehlers war ein aufgeschlossener und freundlicher Mensch. Möge er seinen verdienten Frieden gefunden haben.

Zitate

Die Quantenmechanik ist sehr Achtung gebietend. Aber eine innere Stimme sagt mir, daß das noch nicht der wahre Jakob ist. Die Theorie liefert viel, aber dem Geheimnis des Alten bringt sie uns kaum näher. Jedenfalls bin ich überzeugt, dass der nicht würfelt.

© Albert Einstein (1879 - 1955), theor. Physiker, geb. in Deutschland, 1896-1901 staatenlos, ab 1901 Schweizer Bürger, ab 1940 auch Bürger der USA. Forschungen zu Materie, Raum, Zeit und Gravitation; Hauptwerk ist die 1915 publizierte Allgemeine Relativitätstheorie. Nobelpreis für Physik 1921

Quelle: Einstein, Briefe. Wiedergabe mit freundlicher Erlaubnis des Albert-Einstein-Archivs der Hebräischen Universität Jerusalem

Wenn es in einer Galaxie zu einer Verschmelzung und danach zu einer Geburt kommt, erkennen die Physiker beschämt, daß sie lediglich Voyeure der ewigwährenden Schöpfung sind.

© Manfred Poisel (*1944), deutscher Werbetexter, »Sprach-Juan« und »Verbanova«

Quelle: Poisel, Küßchen vom Mann im Mond. Der Mensch & die Liebe, Frieling Verlag Berlin 2001

Zitat

„Ich zögere nicht zu sagen, dass ich der Existenz Gottes mehr gewiss bin als unserer Anwesenheit in diesem Raum."

Mahatma Gandhi *(1869-1948), indischer Staatsmann*

Donnerstag, den 17.12.2015, Frau Sonder, 82 Jahre, Krebs mit Metastasen, Endstadium

Frau Sonder war eine aufgeschlossene und freundliche Person – sie hört etwas schwer, so dass ich mit ihr immer etwas lauter sprechen musste. Es hatte manchmal so den Anschein, als ob wir uns gegenseitig anschreien würden. Irgendwie skurril. Man hätte aber leicht an unserer freundlichen und interessierten Mimik erkennen können, dass der Grund lediglich der Hörfehler der alten Dame war. Sie war in unseren Gesprächen immer eine klare und scharfsinnige Person. Ihre Medikamente hatten keinen Einfluss auf ihre Wahrnehmungen. Folgendes hatte mir die alte Dame nach einigen Gesprächen anvertraut.
Seit sie auf der Palliativstation läge, würde gelegentlich ein Bild des Abendmahls von Jesus Christus und seinen Jüngern auf der gegenüberliegenden Wand erscheinen, so ähnlich wie das Abendmahl von Michelangelo. Immer dann wäre auch ihr Zimmer von einem warmen, orangefarbenen Licht durchflutet und sie hätte ein unbeschreibliches, wohliges und glückliches Gefühl dabei. Sie als Leser kennen diese Beschreibungen ja bereits.
Frau Sonder sagte mir, sie hätte dies <u>nur mir</u> erzählt, aufgrund meiner Erlebnisse mit unserer Freundin „Inge", da sie sich ansonsten sicher gewesen sei, dass man ihren Erlebnissen keinen Glauben schenken würde. Sie sagte zu mir: „*Ich freue mich sehr, dass ich mit Ihnen darüber sprechen durfte. Es zeigt mir deutlich, dass danach noch etwas ist, und ich spüre es auch irgendwie.*"

Donnerstag, 28.01.2016
Herr Walder (Name geändert), 72 Jahre, Krebs mit Metastasen

Herr Walder ist ein ruhiger ernster Mensch. Er hat einen erwachsenen Sohn von 30 Jahren, seine Frau ist Asiatin. Er hat eine Zeitlang in Asien mit seiner Frau und seinem Sohn gelebt und kam später, ohne seinen Sohn, mit seiner Frau nach Deutschland zurück. Nachdem ich ihm, auf seinen Wunsch hin, über die paranormalen Erlebnisse zwischen „Inge" und uns erzählte, wurden seinen Augen größer und aus seiner ganzen Haltung war zu erkennen, dass ihn dies doch wohl sehr interessierte, was aber bei Palliativpatienten, die wissen, dass ihr Ende naht, nicht ungewöhnlich ist. Zumal, wenn ich dann von meinen paranormalen Erlebnissen berichte und sie dann vorsichtig begreifen, dass die Existenz nach dem Tod nicht vorbei ist, sondern nur in einen anderen Daseins-Zustand gelangt. Ich sprach ihn an, ob er an ein Leben nach dem Tod glauben würde. Er sagte mir, dass er sich nicht ganz sicher sei. Aber nach dem, was ich ihm erzählte, lockerten sich seine Gesichtszüge auf, und ein kleines glückliches Lächeln zeigte sich auf seinem Gesicht.

Herr Walder sagte mir, dass auch er eine nicht alltägliche Geschichte für mich hätte. Neugierig bat ich ihn, mir diese Begebenheit doch mitzuteilen.

Er erzählte mir, dass er in Asien mit seiner Frau auf einen Handleser getroffen wäre, der angeboten hätte, seiner Frau aus der Hand zu lesen. Seine Frau habe zugestimmt, er selbst wäre eher skeptisch gewesen. Der Handleser teilte seiner Frau mit, dass sie in zwei Jahren einen Sohn bekommen sollte.

Was der Handleser aber nicht wusste, war, dass die Eierstöcke von Herrn Walders Frau verklebt waren und dazu noch ein gutartiger Tumor festgestellt wurde und sie deshalb eigentlich keine Kinder bekommen konnte. Dies wurde, bevor der Handleser ihr diese Botschaft gab, durch einen Arzt festgestellt.

Dann fragte der Handleser seine Frau, ob sie wissen wollte, wann sie sterben würde, und sie bejahte das.

Er sagte, nachdem er sich lange die Hand der Frau angesehen hatte, dass sie in zehn Jahren sterben würde. Das Ergebnis war: Nach zwei Jahren bekam sie einen gesunden Sohn, und sie starb genau zehn Jahre später, wie vorhergesagt.

Freitag, 29.01.16

Hatte „*Inge*" in der Nacht gefragt, ob es richtig war, Herrn Walder über meine paranormalen Erlebnisse mit ihr zu berichten. Wenn es richtig gewesen wäre, so möge sie sich bitte melden. Dies hat sie heute bestätigt. 5:15 Uhr. Ich frage manche Dinge gelegentlich mehrfach, um sicherzugehen, dass sie meine Frage beantwortet hat.

Samstag, den 13.02 2016, Frau Sonne, 75 Jahre, Krebs mit
Metastasen im Endstadium

Frau S. machte auf mich einen introvertierten beziehungsweise einen
ängstlichen Eindruck.
Um ihr Vertrauen zu gewinnen, fragte ich sie, ob ich etwas für sie tun
könne. Sie sagte: *„Wenn Sie möchten, so lesen Sie mir Gedichte aus
einem Buch vor, welches auf dem Tisch liegt."*
Ich setzte mich also zu ihr ans Bett und las ihr Gedichte von J. W.
von Goethe, Rainer Maria Rilke, Heinrich Heine, Wilhelm Busch
etc. vor. Sie und ich versuchten immer den Sinn oder auch die
Absicht der einzelnen Gedichte zu deuten. Fast immer waren wir uns
über das Ergebnis einig.

Frau Sonne taute auf und ich konnte ihr Vertrauen gewinnen. Ich
fragte sie – da ich eine Engelsfigur auf ihrem Nachttisch sah –, ob sie
religiös sei. Dies wurde von ihr mit einem wortlosen Nicken bejaht.
Ich erzählte ihr von meinen paranormalen Erlebnissen mit *„Inge"*.
Sehr aufmerksam hörte sie meinen Schilderungen zu.
In den meisten Fällen sehen die Patienten blass und fahl aus. Jedoch
bei Frau Sonne veränderte sich ihr Gesicht langsam – während ich
ihr einiges über meine übernatürlichen Begebenheiten von *„Inge"*
erzählte – in ein schönes frisches Rosa.
Sie sagte mir: *„Da können Sie mal sehen, was alles zwischen
Himmel und Erde möglich ist.
Seien Sie dankbar dafür, dass man Ihnen und Ihrer Frau diese
Gnade geschenkt hat."* Denn dies käme ihrer Meinung nach nicht
sehr häufig vor, dass sich Verstorbene bei den Lebenden melden und
somit zeigen, dass es ein Leben nach dem Tode gibt. Das konnte
auch ich so bestätigen.
Aber nun sagte sie mir: *„Jetzt erzähle ich Ihnen von mir eine
Begebenheit, die ich eine Woche vor der Entdeckung meiner
lebensbedrohlichen Krankheit erlebt habe."*
Sie sitzt mit noch drei weiteren Personen an einem Tisch. Plötzlich
durchdringt eine angenehme und wohlige Wärme ihren ganzen
Körper. Dann spürt sie, dass sich etwas hinter ihr aufbaut und seine
Hände auf ihre Schultern legt. Sie weiß, dass sich außer den

genannten Personen keine weitere Person in diesem Raum befindet. Dieses Wesen gibt ihr über ihre Gedanken zu verstehen, *dass sie nicht alleine ist und sich alles zum Guten wenden würde*. Zunächst konnte sie diese paranormale Begegnung gar nicht richtig deuten. Zwei der drei am Tisch sitzenden Personen sahen sie mit großen Augen an und sagten erschrocken zu ihr: „*Dein ganzer Körper leuchtet von innen heraus, was, um Gottes willen, geschieht hier ...*" Nach einer Viertelstunde war, wie sie sagte, dann alles vorbei. Auch die beteiligten Personen an diesem Tisch beruhigten sich wieder, allerdings dauerte es eine Weile.

Eine Woche später bekam sie schließlich die Diagnose, dass sie unheilbar an Krebs erkrankt sei.

Später erzählte sie mir noch, dass sie eine Freundin hätte, die regelmäßig Besuch von ihrer verstorbenen Mutter erhalten würde.

Bei diesem paranormalen Bericht muss man vorher wissen, dass ihre Mutter früher immer in der Küche gesessen hat. Und genau in diesem Raum öffnet sich täglich mehrmals die Küchentür von selbst, das heißt, die Klinke geht wie von Geisterhand nach unten und die Türe öffnet sich langsam. Ohne jeden Zweifel spürt ihre Freundin dann sogleich die Anwesenheit der verstorbenen Mutter. Es ist dann immer ein angenehmes wohliges Klima und Gefühl in diesem Raum. Wenn das dann geschieht, so die Freundin, begrüßt sie ihre Mutter immer mit einem „*Hallo*" und „*Nimm Platz.*" Nach einer Weile dann öffnet sich wieder die Küchentür von selbst und ihre Freundin spürt sogleich, dass ihre Mutter sie wieder verlassen hat.
Im Übrigen kommt diese Art von übernatürlichen Begegnungen häufig vor. Oft auch verbunden mit dem typischen Geruch des Verstorbenen zu Lebzeiten. Es kann ein Parfüm sein, oder der Geruch einer bestimmten Tabaksorte, die der Verstorbene früher geraucht hatte etc.

Sind Geisterbeschwörungen etc. ohne Vorkenntnisse zu empfehlen?

Geisterbeschwörungen (paranormale Begegnungen) werden von einer großen Anzahl von Jugendlichen zum Teil als faszinierend gesehen und mit großem Interesse aufgenommen. Geisterbeschwörungen werden allerdings für die meisten von ihnen als reiner Partygag, mit der Garantie für den richtigen „thrill" (Nervenkitzel), gesehen. Sie sind sich der Folgen ihrer unqualifizierten Handlungen nicht bewusst. Ich rate davon ab, da es gefährlich ist und weil es funktioniert. Hieraus können für sie dann unter anderem starke psychische und emotionelle Schäden sowie Besessenheit durch negative Energien entstehen, von denen sie sich nur schwer wieder befreien können. An die Gefahren, die damit verbunden sind, verschwenden die Jugendlichen kaum einen Gedanken. Um den Kontakt mit der geistigen Welt (Geisterbeschwörung) herzustellen, werden Hilfsmittel wie Tischerücken, Gläserrücken, ja sogar das sogenannte „Hexenbrett" genutzt.

Da auch die Medien Kenntnis davon haben, dass sich viele Jugendliche für übernatürliche Geschehnisse interessieren, propagieren sie diese Tätigkeit in Zeitschriften, Filmen und Büchern sowie in vielen TV-Serien. Das Ziel ist wohl weniger eine Aufklärung als eher die Steigerung der Auflage von Zeitschriften beziehungsweise der Zuschauerquote der TV-Serien. Wenn Sie sich beispielsweise eine beliebige Fernsehzeitung anschauen, so finden Sie in jeder Woche Fernsehkanäle, in denen TV-Serien und Berichte von Betroffenen gezeigt werden, die sich mit Paranormalem beziehungsweise Übernatürlichem beschäftigen. Leider wird in diesen Medien eine seriöse Aufklärung darüber nur selten durchgeführt. Viele Journalisten, die über Paranormales berichten, haben wenig bis keine Vorkenntnisse. Sie ahnen nicht, dass eine Geisterbeschwörung – ohne jegliche Vorkenntnisse –gefährlich werden kann.

Woran genau liegt das Interesse für eine übernatürliche Begegnung?

Die häufigste Antwort hierauf ist natürlich der Wunsch, mit verstorbenen Seelen (Geister) in Kontakt zu treten. Viele Menschen können den Tod eines Verwandten oder engen Freundes nur schwer verwinden – sie vermissen diese Person zu sehr. Es ist schlicht einfach noch mal der Wunsch beziehungsweise das Bedürfnis, den geliebten „Menschen" zu kontaktieren. Wie in unserem Fall. Hier besteht seit Jahren der Kontakt zu unserer verstorbenen Freundin *„Inge"*, den wir durch ein erfahrenes Medium halten.
Nicht selten ist es aber auch das schlichte Interesse an der Frage, ob es nach dem Tod eine weitere Existenz beziehungsweise ein Weiterleben gibt.
Bewegt sich bei einer Geisterbeschwörung zum Beispiel ein Glas, oder ein Tisch, wie von selbst, so ist es für viele schon der Beweis für eine weitere Existenz nach unserem Tod. Ich persönlich bin da etwas vorsichtiger. Hier können paranormale energetische Schwingungen entstehen, welche zunächst nicht unbedingt auf einen Kontakt mit der geistigen Welt schließen lassen. Wohl aber sind Gegenstände, die sich wie von Geisterhand von selbst bewegen, für eine Person ohne Vorkenntnisse natürlich erschreckend und völlig ungewöhnlich. Meine Frau und ich haben solche Dinge in unserer Wohnung bereits erlebt. Ich habe auch darüber geschrieben.

Unerklärliche Dinge geschehen in ihrer Wohnung.

Oft berichten Menschen, egal welchen Alters, dass zum Beispiel nach dem Gläserrücken oder Ähnlichem Seltsames in ihrer Wohnung geschieht. Gegenstände verschwinden, die an einer anderen Stelle wieder auftauchen. Die geistige Welt treibt dann mit uns ihren Schabernack. Wir kennen das, *„Inge"* macht dies gelegentlich auch ganz gerne. Diese Dinge können aber auch ohne eine Geisterbeschwörung stattfinden, wie man in unserem Beispiel mit *„Inge"* lesen kann.
Es klingelt Ihr Telefon und Sie erkennen an der eingeblendeten Nummer in Ihrem Display, dass es die Rufnummer eines bereits

verstorbenen Verwandten oder engen Freundes ist, obwohl Sie schon seit längerem diese Nummer des Verstorbenen aus Ihrem Telefon/Display gelöscht haben. Man hört plötzlich Klopfgeräusche, Schritte, oder man sieht einen Schatten, wo eigentlich keiner sein sollte. Das ist eigentlich der Moment, in dem viele Menschen Hilfe suchen beziehungsweise brauchen. Hierzu mein Rat: Sollten Sie diese Erfahrungen machen, so empfehle ich Ihnen, immer ein erfahrenes, seriöses Medium hinzuzuziehen. Es kann Ihnen eine Menge ungewollten Ärger oder vielleicht Schlimmeres ersparen.

Eine Geisterbeschwörung ist wahrlich kein Spiel.

Es gibt verschiedene Arten der Geisterbeschwörung. Es wimmelt nur
so in den Internetforen von Informationen zu spirituellen Ritualen.
Solche Rituale können ein nicht gekanntes paranormales Ereignis
sein. Aber sind sie auch völlig risikolos? Nein! Wenn man Berichten
von Betroffenen einer solchen Geisterbeschwörung glaubt, so sind
sie alles andere als ungefährlich. Die Handhabung beziehungsweise
der Ablauf einer solchen Beschwörung ist seit Jahrzehnten eigentlich
immer genau gleich. Sie wird für gewöhnlich in dunklen Räumen
und an einem runden Tisch mit einer brennenden Kerze
vorgenommen. Der dunkle Raum dient unter anderem auch dazu,
dass man bei solch einer Geisterbeschwörung nicht von anderen
äußerlichen Dingen abgelenkt wird. Sie würde durchaus auch bei
Tageslicht funktionieren. Arbeitet man bei einer Beschwörung mit
einem Hexenbrett, dem sogenannten „Ouija-Brett", gilt folgende
Handlungsweise. Das Brett ist mit Buchstaben und Zahlen versehen,
worauf ein Pfeil liegt, welcher die Antworten des Geistes aufzeigen
soll. Sind die Vorbereitungen getroffen, bittet man den Geist, den
man sich herbeiwünscht, zu kommen. Gerne werden bereits
verstorbene Verwandte oder Freunde gewählt. In der Regel kann es
dann eine kleine Weile dauern, bis der gewünschte Ansprechpartner
sich aus dem Jenseits meldet. Die Geistwesen kündigen ihre
Anwesenheit zum Beispiel häufig auch durch Verschieben von
Vorhängen oder die Bewegung des Brettes oder Tisches, auf dem
sich das „Ouija-Brett" befindet, an. Der Geist antwortet dann auf
Fragen mittels des Pfeils auf dem Brett. In der Regel geht er dann
Buchstabe für Buchstabe vor, bis sich ein verständliches Wort oder
ein verständlicher Satz gebildet hat und die Teilnehmer die Nachricht
dann lesen können. Natürlich klingt dieser Vorgang unglaublich, aber
es funktioniert. Auch wenn diese einzelnen Schritte nur zum Spaß
durchgeführt werden, kann ein Geist durchaus erscheinen. Hierbei ist
entscheidend, wie stark eine Person an eine geistige Welt glaubt.
Häufig stellt sich dabei heraus, dass selbst Zweifler, welche an
solchen Sitzungen teilnehmen, dazu gezwungen sind, zu glauben,
was sie sehen. Gerade die Zweifler sind es dann, die nicht selten eine
Weile dafür benötigen, das Unvorstellbare für sie nun anzunehmen
und auch zu akzeptieren. Geister zeigen sich auf unterschiedliche Art

und Weise. Einmal durch Manipulationen von Gegenständen wie beispielsweise das Verschieben und Verrücken von Gegenständen wie Tischen, Stühlen, Geschirr etc., oder Selbiges gänzlich verschwinden zu lassen – um es dann in einem anderen Raum wieder zum Vorschein zu bringen. Auch spielt der vertraute Geruch eines Verstorbenen, wie Parfüm, Tabak etc., eine nicht unwesentliche Rolle, die dem Wiedererkennen eines Verstorbenen sehr hilfreich ist. (Ich habe bereits darüber geschrieben.)
Bei diesen Geisterbeschwörungen handelt es sich ausschließlich um Gläserrücken, Hexenbretter etc.

Nicht gemeint sind hier **ausdrücklich** die uns bekannten Sitzungen mit einem bewährten, erfahrenen Medium.

Verbunden ist die geistige Welt mit dem Konzept der Astralebene. Astralebene bedeutet: Die Astralwelt ist die für uns unsichtbare *feinstoffliche* Existenzebene. Jedem noch so wenig spirituell ausgerichteten Menschen dürfte klar sein, dass es sich beim landläufigen *Himmel* um einen anderen Ort handelt als zum Beispiel bei der *Geisterwelt*. Genauso, wie sich die entlegenen Länder der Erde stark in Kultur und Beschaffenheit voneinander unterscheiden, genauso unterscheiden sich auch die einzelnen Ebenen der Astralwelt. Was jeder Einzelne von diesem *Weltbild* halten mag, ist natürlich die Entscheidung jedes Einzelnen. Diese Übersicht ist sozusagen die größte gemeinsame Schnittmenge vieler Weltanschauungen. Auch Menschen, die Astralreisen gelernt haben, berichten von diesen Welten. Es ist eine nicht-physische Dimension, welche man mit Astralreisen betreten kann. Es gibt dort verschiedene Existenzen, die sich auf dieser Ebene aufhalten. Auch solche ohne lautere Absichten. Kenner, beziehungsweise Spezialisten der Entfremdungstheorie, also der Theorie des Übergangs in die Astralebene, behaupten, dass während einer Geisterbeschwörung Wesen aus einer astralen Dimension auftauchen können. In der Regel sind es einfache, simple Wesen, welche durch andere, höher entwickelte Existenzen aus einer anderen Dimension erschaffen wurden. Diese Wesen werden wie ein Magnet durch negative Emotionen eines Menschen angezogen, wie beispielsweise durch Wut oder Angst. Sie profitieren von der Energie der Person, die Geister ruft, und verwenden diese für ihre Bedürfnisbefriedigung.

Diese Energie wird von ihnen benötigt, um in ihrer astralen Welt existent zu sein. Aus diesem Grund kommt es nicht selten vor, dass man sich nach solch einer Geisterbeschwörung völlig erschöpft fühlt. Die Nachwirkungen einer solchen Beschwörung, ohne dass man zum Beispiel Gerüche eines bekannten Verstorbenen wahrnimmt oder Ähnliches, sind frappant. Noch Tage später kann man sich irgendwie seltsam fühlen.

Es hat sich weder was bewegt, noch traten unangenehme Gerüche auf, und trotzdem fühlt man sich noch nach Tagen irgendwie seltsam. Diese Symptome sind unterschiedlich. Manchmal sind es undefinierbare heftige Kopfschmerzen oder auch Magenschmerzen. Die Person fühlt sich einfach eine Zeit lang schwach – wie ausgelaugt. Es kann allerdings soweit gehen, dass durch eine Teilnahme an einer Geisterbeschwörung ein tiefes psychologisches Trauma entsteht, welches dann, wenn es nicht behandelt wird, irreversibel ist. Möchte man dennoch von einer Geisterbeschwörung nicht ablassen, sollten man sich wenigstens darauf richtig vorbereiten und sich mit Menschen auseinandersetzen, die im Umgang mit der geistigen Welt erfahren sind, um damit etwaige negative Einflüsse von sich fernzuhalten.

Noch besser ist es, ohne Vorkenntnisse, von einer Geisterbeschwörung abzusehen.!!!

Eine Geisterbeschwörung und deren Auswirkungen klingen zwar unglaublich, aber sie funktionieren. Doch raten viele medial Begabte davon ab. [14] Ich persönlich würde mich an keiner Geisterbeschwörung beteiligen. Die Gefahren, beziehungsweise die dadurch entstehenden Risiken, wären mir einfach zu groß. Ich empfehle daher immer, wenn ein Kontakt mit der geistigen Welt hergestellt werden soll, ein erfahrenes, bewährtes Medium hinzuzuziehen. Nur hier können Sie sicher sein, dass ein Kontakt mit dem Jenseits ohne Risiken für Sie aufgebaut wird.

Die Vorstellung, eine Geisterbeschwörung mit unqualifizierten Beteiligten ohne jegliche Kenntnisse, nur aus einer Laune heraus, abzuhalten, die mir dann als mögliches Ergebnis Dämonen ins Haus beschert oder dieselben dann auf meine Psyche einen negativen Einfluss nehmen, ohne dass ich etwas dagegen tun kann, lässt mir das Mark in den Knochen gefrieren. Nochmals, ich rate Ihnen **nicht** dazu!!! [15]

Zitat

„Die Erhabenheit Deiner Schöpfung wollte ich den Menschen verkünden, soweit mein beschränkter Verstand Deine Unendlichkeit begreifen konnte – Astronomie betreiben heißt, die Gedanken Gottes nachlesen."

Johannes Kepler (1571–1630), deutscher Mathematiker und Astronom, Entdecker der Bewegungsgesetze der Himmelskörper

Der Blick ins Jenseits und mehr

Was passiert denn um Himmels Willen jetzt – man ist tot! – Nicht selten beginnen solche Berichte von Nahtoderfahrungen häufig mit Angstzuständen und einem Schock, was auch völlig verständlich ist. Man befindet sich ganz plötzlich in einer höchst ungewöhnlichen Situation. Ein Mann mittleren Alters erlebt seine Operation am offenen Herzen zum Teil bewusst und schmerzfrei. Wie so viele Menschen, die auf dem Operationstisch liegen und eine schwere Operation – auch um Leben oder Tod – trotz Narkose miterleben (Unterbewusstsein).

Der Mann mittleren Alters berichtet danach, dass er sich an ein helles, angenehmes, warmes Licht, welches ihn in keinster Weise geblendet hat, erinnert. Wie fast alle, die diese übernatürliche Erfahrung machen dürfen, berichtet er von einem Ort der größten Liebe und Güte und des tiefen Vertrauens, sowie von einem Gefühl der absoluten Geborgenheit, des Friedens und Wohlwollens. Weiter heißt es in seinem Protokoll, wie unsagbar schwer es ist, auch nur ansatzweise die richtigen Worte dafür zu finden, um anderen begreiflich zu machen, was er dort gesehen hat. Im Übrigen berichten beziehungsweise beschreiben alle Kulturen und alle sozialen Schichten auf dieser Welt exakt diese Eindrücke bei einem Nahtoderlebnis. In Deutschland sind es etwa 4 Millionen, welche nach einem Unfall oder bei einer Schwerstkrankheit, bei einer Geburt oder auch völlig spontan ein solches außerordentliches Erlebnis hatten. Dies erklärt der Verein „Netzwerk Nahtod-Erfahrung". Übrigens geschieht dies bei einem Herzstillstand relativ häufig – aber nicht ausschließlich.

Nach einer Nahtoderfahrung löst sich die Angst vor dem Tod auf.

Bei einer Vielzahl von Menschen, die eine Nahtoderfahrung erlebt haben, ist die Angst vor dem Tod gänzlich verschwunden. Viele leben danach deutlich bewusster, intensiver und auch liebevoller. Der Grund ist auch die ständige Präsenz des Todes. Die Achtsamkeit mit

sich selbst und mit anderen bekommt hier eine völlig neue
Bedeutung.

Betroffene betrachten bei einem Nahtoderlebnis fast immer ihren
Körper von außen. Es ist ein schwebendes Gefühl, verbunden mit
ausgeprägten Glücksgefühlen. Sie sehen ihre eigene Biografie als
Lebensfilm ablaufen oder es zeigen sich bereits verstorbene
Verwandte beziehungsweise enge Freunde. Nicht wenige sind bei
dem Versuch (durch Ärzte etc.), sie wieder ins Diesseits
zurückzuholen, richtig enttäuscht über ihre sogenannte Rückkehr in
ihren – oft kranken oder durch einen Unfall schwer verletzten –
Körper. Alle Schmerzen bis zum Unerträglichen sind plötzlich
wieder da.

Nicht immer jedoch handeln die Berichte von Nahtoderlebnissen von
tiefer Glückseligkeit. Einige erinnern sich, nachdem sie sich wieder
im Hier und Jetzt befinden, an regelrechte Erlebnisse mit Schrecken,
ja Horrorvisionen.

Was die Nahtodforschung angeht, so sieht der Niederländer Pim van
Lommel, Kardiologe und einer der weltweit führenden
Nahtodforscher, eine Kausalität zwischen deutlich verbesserten
Wiederbelebungstechniken in der Medizin sowie der Zunahme von
Berichten über solche Erfahrungen. Nochmals sei hier erwähnt, dass
alle Berichte über Nahtoderfahrungen auf der ganzen Welt genau
gleich sind. Ganz unabhängig von der sozialen Schicht, aus der man
kommt. Auch die verschiedenen Religionen spielen dabei wenig eine
Rolle.

Nicht selten hatten in der Vergangenheit solche Nahtoderlebnisse laut
Autor van Lommel („Endloses Bewusstsein – Neue medizinische
Fakten zur Nahtod-Erfahrung") oft andere Namen: „Man bezeichnete
sie als Visionen, Erleuchtungen, mystische oder religiöse
Erfahrungen."

Ist die Nahtoderfahrung ein Blick durchs Schlüsselloch ins Jenseits?

Man darf hierbei nicht vergessen, dass diese Nahtoderfahrungen von Menschen stammen, die nicht tot waren. „So sagen sie etwas über den Sterbeprozess, nicht aber über den Tod", bemerkt der evangelische Theologieprofessor und Religionswissenschaftler Michael von Brück („Ewiges Leben oder Wiedergeburt"). Nahtoderfahrungen werden Brück zufolge aus vielen Kulturen berichtet und traten wohl zu allen Zeiten auf.

Skeptiker, die diesem ungewöhnlichen Phänomen gegenüberstehen, sind anderer Meinung. So beispielsweise der britische Astrophysiker Stephen Hawking, der in der Zeitung „The Guardian" schrieb, er betrachte das Gehirn als eine Art Computer, der bei Fehlfunktion die Arbeit einstellt: „Es gibt keinen Himmel oder Leben nach dem Tod für kaputte Computer; das Ganze ist ein Märchen für Leute, die sich in der Dunkelheit fürchten", fügte der weltberühmte Wissenschaftler, der an einer schweren Muskelkrankheit gelitten hatte, hinzu (geboren am 08.01.1942 in Oxford, gestorben am 14.03.2018 in Cambridge.) Was die Existenz nach dem Tode angeht, so glaube ich, dass Stephen Hawking mittlerweile dahingehend seine Meinung wohl geändert hat.

Eine Theorie besagt, dass winzige Eiweiße im Gehirn, sogenannte Mikrotubuli, Quantenprozesse ablaufen lassen – auch dann, wenn der Stoffwechsel des Gehirns eingestellt ist. Ganz konkret konnte der Hirnforscher Olaf Blanke von der ETH Lausanne bereits zeigen, wie sich das Bewusstsein vom Körper trennen lässt. Wenn er bei einer Epilepsie-Patientin heikle Stellen im assoziativen Kortex stimulierte, fühlte sie sich plötzlich leicht, im Zimmer schwebend, und sah auf ihren Körper auf dem Bett herab. Der Mediziner van Lommel geht hingegen, wie viele, davon aus, dass das Bewusstsein nicht von einem Körper abhängt. So sei auch das Internet „nicht im Laptop angesiedelt". Und wenn „wir den Fernseher ausschalten, haben wir keinen Empfang mehr, aber die Übermittlung besteht weiter".

Existiert das Bewusstsein auch nach dem Tod?

Dass das Bewusstsein eines Menschen bereits vor der Geburt existiert, daran hat mittlerweile eine nicht geringe Anzahl von Forschern, die sich mit der Nahtoderfahrung beschäftigen, keinen Zweifel. Der Mediziner van Lommel ist einer von ihnen.

Natürlich ist auch die Anzahl von Forschern nicht gering, die Nahtodzustände als Halluzinationen beispielsweise aufgrund von Sauerstoffmangel im Gehirn beziehungsweise der Ausschüttung von Stresshormonen in Extremsituationen ansehen.

Für den emeritierten Mathematikprofessor und Autor Günter Ewald („Auf den Spuren der Nahtoderfahrungen") dagegen ist, ausgehend von den modernen Naturwissenschaften, vor allem der Quantenphysik und der Hirnforschung, ein Jenseitsglaube innerhalb eines erweiterten Verständnisses unserer Wirklichkeit auch heute gut vertretbar. Solche Nahtoderfahrungen sind Vorboten für ein neues Verständnis von Geist und Materie. Irgendwie liegt nun eine schon fast greifbare Erkenntnis in der Luft, welche schon lange durch die Quantenphysik vorbereitet wurde. Dieses Neue scheint um sich zu greifen. „Es wird unser Alltag von einer ganz anderen, uns unbekannten Wirklichkeit berührt." [16]

Natürlich ist das für den Leser nicht neu, dass es auch andere Meinungen über eine Existenz nach dem Tod gibt. Offen gestanden wurde es meiner Frau und mir ja auch, Gott sei es gepriesen, ziemlich leicht gemacht, so haben wir durch unsere zahllosen paranormalen Erfahrungen, visueller, physischer, akustischer und geistiger Art, mit dem Jenseits in den letzten sieben Jahren in Kontakt treten dürfen. Es gibt uns die absolut zwingende Gewissheit, dass es ein Leben nach dem Tode gibt – wie auch immer es aussehen mag. Natürlich muss man das, was wir, wie bereits erwähnt, tagtäglich erleben dürfen, als ein großes Geschenk ansehen, welches offensichtlich nur wenigen Menschen vergönnt ist – und das ist sehr schade. Warum man ausgerechnet uns dazu ausgesucht hat, solche übernatürlichen Erfahrungen erleben zu dürfen, kann ich Ihnen leider nicht beantworten. Ich denke aber, irgendwann werden meine Frau und ich die Antwort dazu erhalten – spätestens im Jenseits.

Wie werden Nahtoderfahrungen bei Kindern wahrgenommen?

Gibt es ein Leben nach dem Tod? Dies ist wohl die Frage, die am meisten gestellt wird. Zunächst muss man aber, bevor man diese Frage beantwortet, den in ihr enthaltenen scheinbaren Widerspruch aufklären. Wenn man tot ist, dann kann es ohne Zweifel kein Leben mehr geben. <u>Und es stimmt!</u> Jedoch sehe ich dies in einem anderen Zusammenhang. Das Bewusstsein setze ich gleich mit Geist und Seele, die nicht sterben kann, da sie vor unserer Geburt für jeden Einzelnen von uns bereits existiert hat, nur in einer anderen Dimension. Wenn etwas dem Zerfall beziehungsweise dem Tod ausgesetzt ist, dann ist es unsere Hülle beziehungsweise unser physischer Körper. Unser Bewusstsein, der Geist, die Seele jedoch verlassen den Körper und treten aus ihm heraus. Spätestens dann stellt man fest, dass der sogenannte Tod so gesehen gar nicht existiert!!! Ja, man erinnert sich unter Umständen wieder, wo das wahre „Zuhause" ist beziehungsweise wo man herkommt.

Bei Kindern ist die Nahtoderfahrung von einer besonderen Qualität. Warum? Es sind junge unschuldige Lebewesen, die den Nahtodforschern die Möglichkeit bieten, Individuen zu untersuchen und zu befragen, welche sich eben noch nicht zu große Gedanken gemacht haben über das Leben, den Tod beziehungsweise das Jenseits. Der Grund liegt darin, dass die Kinderwelt noch nicht so stark von der Erwachsenenwelt beeinflusst wurde. Kinder sind eben noch nicht so kulturell konditioniert wie Erwachsene. Damit erhöhen sich ungemein die Nahtoderfahrungen beziehungsweise die Genauigkeit der Kernerfahrung für eine Todesnähe. Diese Berichte von Kindern, welche sich – anlässlich eines Unfalls, einer schweren Operation oder Ähnlichem – im Grenzbereich zwischen dem Leben und dem Tod befunden haben, sollte man keinesfalls als Hirngespinste erklären. Sie sind ernst zu nehmen. Es kommt also sowohl auf die Ärzte als auch auf die Eltern eine besondere Verantwortung zu. Man sollte mit großem Verständnis und Achtsamkeit reagieren. Erlebnisse wie diese sind für Kinder prägend, egal ob die Erwachsenenwelt es nun glaubt oder nicht. Vergessen

sollte man nie: Kein Kind auf dieser Welt hat sich solch eine
außergewöhnliche Situation herbeigewünscht beziehungsweise
ausgedacht.

An welchem Ort beziehungsweise wo befindet sich das Jenseits?

Die Jenseitsforschung macht in unserer heutigen Zeit enorme
Fortschritte. Der Grund liegt unter anderem darin, dass die
Menschheit deutlich aufgeklärter, selbstbewusster mit den Fragen
nach dem Sinn des Lebens beziehungsweise nach dem Tod umgeht.
Nun, wo befindet sich das Jenseits: es befindet sich in einer
sogenannten anderen Dimension auf einer anderen
Bewusstseinsebene. Deshalb ist sie noch lange nicht weniger real.
Das Jenseits ähnelt in der Regel dem Diesseits und doch ist es völlig
anders, da es mit anderen Sinnen aufgenommen wird. Es funktioniert
auf einer völlig anderen physikalischen Gesetzmäßigkeit basierend.
Obwohl das Diesseits und das Jenseits so nahe beieinander liegen,
können sie einander nicht stören. Es sind einfach die höheren
Schwingungen der dortigen Materie. Im Diesseits ist die Materie
grobstofflicher Natur. Trotzdem ist das Jenseits (geistige Welt) nicht
weniger real, als unsere materielle Welt es ist. Unsere Welt sowie die
geistige Welt bestehen sehr wohl aus Schwingungen und Atomen,
jedoch unterschiedlicher Art, beziehungsweise ihre
Zusammensetzung ist eine andere. Wie Sie wissen, kann man höhere
Schwingungen nicht wahrnehmen. Hingegen sind Schwingungen mit
einer niedrigen Frequenz auch für den Menschen zu spüren. Die
geistige Welt ist in der Lage, Menschen, die sich in der materiellen
Welt befinden, wahrzunehmen. Dies gilt nicht nur für Seelen,
sondern für alle geistigen Wesen, auch solche, die noch nie inkarniert
sind. Wie unzählige Berichte von klinisch tot gewesenen Personen
bezeugen, konnten sie in diesen Momenten ihren eigenen Körper
beispielsweise nach einem Unfall auf der Straße liegend sehen etc.
Weiter wird berichtet, dass sie plötzlich ihre ganze Umgebung mit
einer deutlich höheren Auffassungsgabe wahrnehmen konnten, als es
vorher der Fall war. Sie waren sogar in der Lage, die Gedanken der
umstehenden Personen zu lesen beziehungsweise zu verstehen. Die

Gedanken der anderen waren nicht hörbar, doch sie konnten sie ohne jede Mühe verstehen.

Die Jenseitsforschung und die zahllosen Berichte aus Jenseitskontakten sowie die Auswertung von Hunderten klinisch tot gewesenen beziehungsweise wiederbelebten Personen einbeziehend, kann man bisher über den Aufbau beziehungsweise über die Zusammensetzung des Jenseits Folgendes sagen: Da die Unterschiedlichkeit der beiden Daseinsebenen sehr groß ist, ist es auch für uns nicht einfach, einen Kontakt herzustellen. Der Sender und auch der Empfänger müssen auf die gleiche Frequenz und Wellenlänge (Schwingung) eingestellt sein, wie beispielsweise ein Radio. Es hat einen Sender (Kanäle) und einen Empfänger. Leider ist es mit dem Kontakt zur geistigen Welt nicht so einfach, wenn nicht sogar sehr schwierig. Eigentlich ist es fast unmöglich, da die Schwingungen der materiellen Welt völlig andere sind als die der geistigen Welt – das hatte ich ja bereits erwähnt. Also benötigt man dazu verschiedene Hilfsmittel. Ein Medium ist meines Erachtens eine der besten Möglichkeiten, einen gewünschten Kontakt mit Verstorbenen herzustellen. Natürlich gibt noch andere Kontaktmöglichkeiten, wie der Mitschnitt von Tonbändern, welche als Sprachrohr dienen sollen, etc. Vielleicht ist es ja irgendwann einmal möglich, eines Tages mit unserer heutigen, schnellen technischen Entwicklung, mithilfe von Technikern, Physikern, die von einer geistigen Welt fest überzeugt sind, ein solches Gerät zu bauen, um endlich den Kontakt zur geistigen Welt und zu den Verstorbenen herzustellen. Wir werden sehen … [17]

Wie muss man sich das Jenseits vorstellen?

Es ist gerade nicht einfach, sich ein Bild davon zu machen, was man selbst noch nie gesehen hat. Ich werde anhand von zahllosen Berichten über Nahtoderfahrungen (NTE) versuchen, Ihnen dies zu vermitteln. Bei Überprüfungen von NTE ist es wohl so, dass man kurz einen Blick ins Jenseits werfen konnte. Alle Dinge, die man sieht, sind dort, wie auf unserer Erde, dreidimensional. Auch Blinde sind ohne Schwierigkeiten in der Lage, alles zu sehen, wie bei einer normalen Person, die niemals blind war. Diese Annahme hat sich, wie viele andere Vorstellungen des Jenseits, bei Nachprüfungen als richtig erwiesen.

Zunächst haben wir es einmal mit Berichten von außerkörperlichen Wahrnehmungen zu tun.

Dann gibt es den „metaphysischen Teil" der NTE mit der Sicht ins Jenseits.

Behandeln wir zunächst den Teil mit NTE, die außerkörperliche Wahrnehmung ?

Bei der außerkörperlichen Wahrnehmung ist zunächst alles so, wie wir es kennen beziehungsweise gewohnt sind. Der Unterschied besteht nur darin, dass Sie alles quasi von oben beziehungsweise von der Zimmerdecke aus beobachten können. Sie sehen Ihren eigenen Körper, den Raum und alles, was sich sonst noch dort befindet.

Wie wird die Umgebung im Zustand einer außerkörperlichen Wahrnehmung visuell aufgenommen?

Die gravierendste visuelle Wahrnehmung ist, dass Sie plötzlich in der Lage sind, einen Rundblick von 360 Grad zu haben. Eine Sicht in eine ganz bestimmte Richtung, so wie wir es kennen, ist dann nicht mehr vorhanden. Sie nehmen alles gleichzeitig um sich herum wahr. In diesem Moment sind Sie in einer feinstofflichen und energetischen neuen Welt (Dimension) angekommen. In diesem Zustand kann man z. B. durch Häuser und Mauern hindurchsehen. Die materiellen Feststoffe stellen dann für Sie kein Hindernis mehr dar. Darüber hinaus besitzen Sie einen Mikroblick. Sie können in die menschliche Struktur eines anderen hineinsehen. Sie sehen dann, so Sie es wünschen, jedes Organ, jede Haarwurzel, einfach alles bis ins kleinste Detail. Es gibt Menschen, die diese Fähigkeit auch schon zu Lebzeiten besitzen. Zumindest können sie ihr Gegenüber wie mit einem Röntgenblick durchschauen. Sie sehen die farbig schimmernde Aura des Menschen und dann in den Körper hinein. Es ist nicht die Blickrichtung oder die Augenbewegung, die diese übernatürlichen Fähigkeiten auszeichnen, nein, man konzentriert sich auf etwas Bestimmtes, was man sehen möchte.

Wie weit ist das Hören ausschlaggebend?

Genau genommen ist es nicht ganz sicher. Jedenfalls können Menschen mit NTE wohl hören, was hier auf Erden von Personen gesprochen wird. Sicher ist, dass man Gedanken lesen kann auf dem Wege der Telepathie. Bei NTE wird im Übrigen auch über Musik, vielleicht sphärische Klänge oder Geräusche berichtet.

Sind wir in der Lage, uns in einem NTE-Zustand fortzubewegen?

Hier muss man eindeutig sagen, eine Fortbewegung, so wie wir sie kennen, ist dann nicht mehr erforderlich. In der feinstofflichen geistigen Welt wünscht man sich an einen bestimmten Ort, eine Stelle, und schon sind Sie da. Auch Entfernungen spielen dann keine Rolle mehr. Eigentlich ziemlich praktisch und bequem. Es gilt folgende These, womit diese außergewöhnlichen Fähigkeiten in einen Zusammenhang gebracht werden könnten. Einmal ist die Zeit, so wie wir sie kennen, einfach nicht mehr vorhanden. Es gibt keine räumlichen Begrenzungen. Alles geschieht im Hier und Jetzt.

Wie funktioniert die Kommunikation bei NTE in der Hauptsache?

Die Kommunikation mit anderen Wesen geschieht telepathisch. Es gibt auch Berichte, wonach zum Beispiel die Gedanken eines Helfers bei einer Reanimation des Betroffenen gelesen werden konnten. Hat dann die betroffene Person ihr NTE überstanden und ist wieder zu den Lebenden zurückgekehrt, so hat sie sich – nicht selten – später dann mit einigen ihrer Helfer getroffen und ihnen berichtet, was sie in diesem Moment gedacht hatten, als sie dabei waren, den Betroffenen zu reanimieren. Sie können sich natürlich vorstellen, dass bei dem einen oder anderen Retter dann der Mund weit offen gestanden hat. Sie waren schlicht perplex darüber, was die NTE-Person alles über sie wusste zum Zeitpunkt der Reanimierung. Ansonsten kommunizieren Medien mit Verstorbenen oder Geistwesen gedanklich. Es ist mehr eine bildhafte symbolische Sprache. Pascal Voggenhuber, ein bekanntes Medium aus der Schweiz, erklärt anschaulich, wie er immer die ihm übermittelten Bilder deuten muss, um sie dann in eine für uns verständliche

Sprache zu übersetzen. Unser Medium Carmen, wie auch wohl alle anderen, gehen genauso vor. Im Übrigen ist das die Kunst eines guten Mediums, Bilder richtig zu deuten beziehungsweise verständlich zu übermitteln. Was nicht immer einfach ist.

Wie ist die Körperform in der jenseitigen Welt?

Auch bei der Körperform in der jenseitigen Welt gibt es zunächst erstaunliche äußerliche Ähnlichkeiten mit der diesseitigen, materiellen Welt. Der Körper besteht aus einer Art von Lichtenergie. Diese sogenannten Lichtkörper sind in der Lage, durch alles durchzugehen, was eine feste Materie hat. Eine Erscheinungsform ist nicht festgelegt. Wahrscheinlich ist aber, dass man sein persönliches Äußeres beeinflussen kann. Damit ist gemeint, dass einem zum Beispiel eine bereits verstorbene bekannte Person erscheint, welche im hohen Alter verstarb. Jedoch erscheint sie dann bei Ihnen in ihrem sogenannten Wohlfühlalter – man spricht hier in der Regel von einem Alter von vielleicht so um die 30 Jahre. An dieser Stelle möchte ich hier nochmals daran erinnern, wie *Carmen* das Erscheinungsbild von „*Inge*" in verschiedenen Sitzungen mit uns dargestellt hat. Es war der Zeitpunkt ihrer besten Jahre hier auf Erden. Ein sogenanntes, schon beschriebenes, Wohlfühlalter. Man kann die genaue Beschreibung von *Carmen* über das Aussehen von „*Inge*" belegen, durch alte Fotos von ihr. Denn so wie *Carmen* sie beschrieb – *sie hatte vorher **nie** ein einziges Foto von „Inge"* *gesehen* – *genauso* zeigt sie sich jetzt, wie in jungen Jahren auf alten Fotos.

Der metaphysische, jenseitige Teil

Es ist der Teil, welcher sich bei einem Menschen im NTE von der Erde wegbewegt. Häufig ist der Anfang so, dass man das Gefühl hat, durch einen Tunnel zu schweben, wo am Ende ein helles, aber warmes Licht auf einen wartet, zu dem man sich hingezogen fühlt. Es ist das sogenannte Tunnelerlebnis (erwähnte ich bereits).

Es handelt sich allerdings hierbei lediglich um einen Übergangsbereich, eine Vorstufe, in die jenseitige, geistige Welt. Es kommt nicht selten vor, dass Menschen bei ihrem Nahtoderlebnis von Wesen aufgehalten werden, die ihnen mitteilen, dass ihr Weg hier endet und sie umkehren müssen in ihr materielles irdisches Leben. Häufig liegt die Begründung darin, dass sie ihre Aufgaben hier auf Erden noch nicht erfüllt hätten. *Denn zu nichts anderem sind wir alle eigentlich hier auf Erden.*

Natürlich gibt es keine Möglichkeit, diese Angaben zu überprüfen, noch zu beweisen. Wenn wir aber davon ausgehen, dass die Berichte der NTE in fast 100 % der Fälle genau gleich sind, egal, welcher sozialen Schicht man angehört, so können wir zumindest davon ausgehen, dass sie einen sehr hohen Wahrheitsgehalt über den Ort der geistigen Welt haben. Selbstverständlich besteht die Möglichkeit der eigenen individuellen Interpretation zum Beispiel durch Färbungen des eigenen Erlebnisses. Aber im Kern kommen wir immer zum selben Resultat, was die Beschreibung der geistigen Welt durch NTE betrifft. Allerdings, eine letztendliche Sicherheit kann es für diesen Teil nicht geben.

Das Tunnelerlebnis

Es bezeichnet den Übergang von einem rein außerkörperlichen Erlebnis in das metaphysische Jenseits. Beschrieben wird dieser Tunnel unter anderem, als ob es sich um eine sogenannte runde Röhre handelt, wo die Außenwände – wenn es denn welche sind – völlig schwarz seien. Dieser Ort enthält die totale Finsternis. Durch diesen Ort (Tunnel), so wird durch NTE berichtet, bewegt man sich nicht aus eigener Vorstellungskraft. Sie werden durch eine fremde Macht durchgeführt beziehungsweise gezogen. Einige Personen mit NTE glauben, dass der Tunnel nur dazu diene, dass sich die Seele wieder dem eigentlichen Jenseits beziehungsweise der geistigen Welt anpasst.

Um alles Erlebte durch NTE zu beschreiben, ist unser Wortschatz leider zu begrenzt

Die meisten Menschen, die über ein NTE berichten, sagen, das, was sie gesehen beziehungsweise erlebt hätten, wäre eigentlich nicht in Worte zu fassen. Es ist einfach unbeschreiblich. Natürlich versucht man das Gesehene in unserer Sprache umzusetzen. Aber es gelingt nicht. Häufig wird darüber berichtet, dass alleine der Versuch scheitert, die geistige Welt durch Umschreibung von weltlichen Begriffen darzustellen. Diese Versuche führen dann leider dazu, dass paranormale Dinge nicht korrekt wiedergegeben werden können. Sie werden unbewusst vereinfacht oder verfälscht dargestellt.

Hat das Jenseits einen Ort?

Im Grunde ist der „Ort" ein Begriff des Raumes, wie uns dies die Geometrie durch mathematische Formeln lehrt. Jedoch in einem Jenseits gibt es weder einen Raum noch eine Zeit. Demzufolge kann es auch keinen Ort geben. Es gibt dennoch irgendwelche Stellen in der geistigen Welt, die etwas Besonderes zu haben scheinen. Vielleicht sind es Umgebungen mit einem bestimmten Aussehen oder aber auch außergewöhnlich hohe energetische Kräfte. Trotzdem müssen wir in weltlichen Begriffen bleiben – da wir bisher zu Lebzeiten keine andere Wahl für eine treffende Beschreibung des Jenseits gefunden haben –, so bezeichnen wir das Jenseits auch weiter mit dem Begriff „Ort". Gleichwohl mit dem Wissen, dass es nicht dasselbe ist wie auf der Erde.

Alles Wissen ist gespeichert.

Im Grunde sind alle Geschehnisse, wie das Wissen über das Universum, das Wissen über jeden einzelnen Menschen etc., an einem bestimmten Ort, wie in einem großen Rechner, allerdings mit einer nicht endenden Speicherkapazität, gespeichert. So wird es von fast allen Medien (Medium), aber auch von Menschen mit NTE berichtet. Es wird über die Existenz einer sogenannte Wissens-Bibliothek gesprochen. An diesem Ort kann man sich das Wissen dann telepathisch aneignen, welches man sucht. Der Theosoph Charles Leadbeater ist ein britischer Trendforscher und Berater der britischen Regierung im Bereich kreative Wirtschaft. Leadbeater studierte Politik, Philosophie und Wirtschaft am Balliol College, Oxford. – Das Wort Theosophie ist eine Sammelbezeichnung für mystisch-religiöse und spekulativ-naturphilosophische Denkansätze, die die Welt pantheistisch, als Entwicklung Gottes auffassen, alles Wissen direkt – Charles Leadbeater und Rudolf Steiner begründeten die Anthroposophie, eine spirituelle Weltanschauung. Beide bezeichnen dieses Wissen als ein sogenanntes „Weltengedächtnis", „Akasha-Chronik" genannt, Akasha ist der Sanskrit-Begriff für Himmel/Äther.

Das Jenseits besteht aus verschiedenen Ebenen

Es wird von wenigen NTE berichtet, dass es verschiedene Ebenen im Jenseits gibt. Sie gliedern sich in niedere und höhere Ebenen auf. Es ist möglich, durch die Entwicklung oder Weiterentwicklung seines persönlichen Bewusstseins eine höhere Ebene zu erreichen. – Nicht vergessen: Alles liegt bei einem selbst – jeder Mensch besitzt einen freien Willen, das hat auch im Jenseits seine Gültigkeit und besteht auch dort weiter fort. Dadurch ist man auch dort in der Lage, selbst zu entscheiden, ob man sein Bewusstsein weiterentwickeln möchte, um in eine höhere Ebene aufzusteigen.

Was kann man sich unter dem Wort Jenseits vorstellen?

Auch hier sind wir auf die Informationen von Nahtoderlebnissen sowie die Übermittlung von menschlichen Medien etc. angewiesen. Dabei ist es wichtig zu erwähnen, dass die Berichte aus allen sozialen Schichten der Menschen gekommen sind. Fast alle Berichte über das Jenseits hatten immer einen identischen Inhalt.

Etwas über Schwingungsebenen

Die große Anzahl der Ebenen im Jenseits ist durch die unterschiedlichsten Schwingungen gekennzeichnet. Es gibt durchaus sehr gut geschulte und erfahrene menschliche Medien etc., die in der Lage sind, Schwingungsunterschiede festzustellen und damit zu erkennen, auf welcher Ebene sie sich gerade aufhalten. Verlassen wir unsere Ebene, also die materielle Welt, so ist die nächsthöhere Ebene unserer materiellen Welt ziemlich ähnlich. Bis auf kleine Details. Auf dieser Ebene ist die Grundsubstanz nicht mehr so fest wie auf der Erde. Man kann von einer sogenannten Feinmaterie sprechen, durch die man in der Lage ist hindurchzugreifen. Bestimmt hat der eine oder andere von Ihnen schon einmal einen Mystery-Film gesehen, in dem Geister anschaulich durch Wände gehen können. Beispielsweise ist der Film „Nachricht von Sam" (Originaltitel: „Ghost") ein solcher. Die nächsthöheren Ebenen werden dann immer unförmiger beziehungsweise unbeständiger. Je höher man in die einzelnen Ebenen aufsteigt, umso mehr ist die Seele in der Lage, durch ihren Geist die Form der Grundsubstanz dieser Ebene zu verändern, bis schließlich auch die Seele ihre Form verändert, je höher sie in die Ebenen gelangt. Wie hoch eine Seele auf die genannten Ebenen überhaupt aufsteigen kann, ist abhängig vom Bewusstseinsgrad. Es ist daher schwierig, exakte Angaben zu machen, wie viele Ebenen es tatsächlich gibt, da man immer nur von der Ebene berichten kann, die für einen selbst zugänglich ist. Befindet man sich auf einer der höheren Ebenen, so kann man leicht auf die unteren Ebenen blicken. Umgekehrt ist das unmöglich. Ich nenne Ihnen jetzt einige Ebenen, die die Seelen zum Teil durchschreiten müssen:

Feinstoffliche Ebenen

Zunächst haben wir die materielle Ebene, es ist unsere diesseitige Welt.

Der sogenannte Geistergürtel dieser Ebene liegt zwischen der Materie und der Astralebene.

Die Ankunftsebene der gerade Verstorbenen besteht aus materiellen sowie aus astralen Eigenschaften.

Die Ebene des Aufarbeitens des eigenen Todes.

Die Auflösung von Denkmustern.

Lichtebenen

Die Ebene über Sein und Inkarnation.

Die Ebene für die Tatsache beziehungsweise den Ausklang einer Inkarnation.

Die Erkenntnisebene.

Ebenen, auf denen die Seele ihren Interessen nachgehen kann

Es sind die Ebenen für Entwicklung, der Lehre zum Guide, die Ebene der Abspaltung der Teilseele von der Vollseele.

Ebenen der Tiere, Ebenen der Pflanzen beziehungsweise der gesamten Biosphäre.

Die Ebene der Vollseelen und Seelenfamilien (Seelenverwandtschaft kennen Sie vielleicht – es gibt sie wirklich)

Die Seelen, so sie denn ihren Körper verlassen haben, gelangen dann in eine sogenannte Ankunftsebene. Es ist genau die Ebene, von der die NTE-Berichte stammen. Über diese Ebene wird von allen NTE berichtet. Aber auch erfahrene Medien bestätigen diesen „Ort". Es wird von einer Art Sanatorium gesprochen, an dem sich die Seelen zunächst von ihren Strapazen erholen. Es ist eben eine völlig neue Art und Weise einer weiteren Existenz, das muss man erst mal verkraften. Auch unser Medium *Carmen* berichtete uns in der ersten Sitzung, dass *„Inge"* sich am Anfang in einer Art Sanatorium aufgehalten habe, um die strapaziösen Erlebnisse, vom Austritt der Seele aus dem Körper und den Weg bis zur Ankunftsebene etc., zu verarbeiten.

Der sogenannte Geistergürtel soll eine Ebene sein, in der sich Verstorbene aufhalten, solange sie noch nicht richtig realisiert haben, dass sie für die materielle Welt (Diesseits) gestorben sind und trotzdem im Jenseits weiterexistieren. Das kann bei dem einen oder anderen eine Weile dauern. Möglicherweise ist es auch die Ebene, von der paranormale Spuk-Phänomene ausgehen.

Unter dem Begriff Geistführer versteht man auch einen geistigen Lehrer, Mentor. Ein Geistführer ist ein höher entwickeltes geistiges Wesen, das den Menschen während seines ganzen irdischen Lebens begleitet und ihm hilft, seinen Lebensplan zu verwirklichen. Sie sind von Geburt an an unserer Seite. Ich habe bereits auch darüber geschrieben. [18]

Nach meinen Recherchen über einschlägige Fachliteratur, Internet, persönliche Gespräche sowohl mit unserem als auch mit anderen Medien (Medium: Menschen, die in der Lage sind, mit Verstorbenen in Kontakt zu treten) etc. bin ich zu folgendem Ergebnis gekommen:

Als Erkenntnis möchte ich zunächst feststellen, dass die jenseitige Welt mit der diesseitigen eine mitunter so frappante Ähnlichkeit aufweist, dass sich viele Menschen nach ihrem Tod im Jenseits noch nicht im Klaren darüber sind, in welcher neuen wunderbaren Welt sie sich befinden. Sie beginnen erst nach einer längeren Zeit, alle neuen Eindrücke aufzunehmen und langsam ihre neue Situation beziehungsweise Lage zu begreifen. Wenn wir uns wirklich bewusst werden, dass eine Existenz nie endet, dass der Tod auf den Menschen keinerlei Einfluss nehmen kann und dass es all jenen, die einen physischen Körper verloren haben, so erscheint, als ob sie keine Veränderung an sich feststellen, weil sie immer noch einen Körper besitzen, der ihnen als der „gleiche" vorkommt – dann ist das wohl eine Art von Auferstehung. Diese Erkenntnis ist für mich eine wahrlich wunderbare und höchst erfreuliche Vorstellung. Wenn sie zu alledem erfahren, dass sie die physische Welt immer noch besuchen und mit ihr in Verbindung bleiben können, so sie möchten – siehe "Inge" –, dann werden die Seelen gewahr, dass der Tod nichts anderes ist als eine Art „Abwerfen" einer äußeren Schale (leiblicher Körper), was eine Bewegungsfreiheit in diesem Zustand, in dem sie sich dann befinden, deutlich vergrößert – ja, sie beinahe grenzenlos macht – und Möglichkeiten aufweist, an die man zu Lebzeiten wohl noch nicht mal im Traum gedacht hätte.

Auch bestehen zum Teil große Unstimmigkeiten über das Leben nach dem physischen Tod. Eine nicht geringe Anzahl von Menschen sind der irrigen Ansicht – und verhalten sich auch so –, als ob der physische Körper nur allein diese Fähigkeit besitzen würde, obwohl die eigene Existenz ohne jeden Zweifel, auch ohne die leibliche Hülle, ungehindert weitergeht.
Unser physischer Körper (Hülle) hat so wenig mit unserem eigenen Ich zu tun wie die Kleidung, die wir am Körper tragen. Wird dieser Körper nicht durch den Geist (Bewusstsein) belebt, welcher die

wahre Person, also das eigene Ich, darstellt, so ist dieser Körper zu keiner Handlung fähig.

Auch wird viel zu wenig Gewicht auf die Tatsache gelegt, dass das Leben ohne jeden Zweifel weitergeht, ungeachtet der Zerstörung des physischen Körpers, wovon nicht nur religiöse, sondern auch wissenschaftliche Erkenntnisse zeugen. Wenn dies einst als wissenschaftliche Tatsache überall gelehrt wird – Sie dürfen sicher sein, dass diese Zeit kommen wird, alleine durch die Forschung der Naturwissenschaften, in der Astrophysik und der Quantentheorie etc. –, dann wird diese Gewissheit natürlich einen bedeutenden Einfluss auf das menschliche Verhalten ausüben.

Es ist nur bedauerlich, dass so viele Menschen während ihres ***Erdenlebens*** *ganz einfach nicht berücksichtigen, welchen Einfluss ihre irdische Lebensweise auf ihr Leben im Jenseits haben wird, oder dass sie versuchen, den Gedanken an ein zukünftiges Leben zu verdrängen ... oder auch für gänzlich unwahrscheinlich erachten.*

Viele Leute haben eine bestimmte Vorstellung über die weitere Existenz nach dem Tod. Sie entspricht aber nicht den Tatsachen beziehungsweise der Realität. Die Gedanken der Frommen über den Himmel stimmen auch hier in vielen Punkten nicht überein. Es ist eher vergleichbar mit unserem Leben hier auf der Erde. Denn es ist ein menschliches Leben, so wie es auf der Erde auch war. Diese Art von Jenseits wird u. a. durch unser Medium sowie von fast allen medial begabten Personen, unabhängig voneinander, ähnlich beschrieben.

Kann man die Existenz einer übergeordneten Macht beweisen?

Kurt Gödel
Mathematiker
Kurt Friedrich Gödel war ein österreichisch-amerikanischer
Mathematiker, Philosoph und einer der bedeutendsten Logiker des
20. Jahrhunderts.
Geboren: 28. April 1906, Brünn, Tschechien
Gestorben: 14. Januar 1978, Princeton, New Jersey, Vereinigte
Staaten

https://www.google.de/search?
q=lizenzfreies+Foto+von+einstein+und+g
%C3%B6del&tbm=isch&source=iu&ictx=1&fir=cUeimicR7WwYo
M%253A%252C8EVrFJvhuXK4wM
%252C_&usg=__EqaUjmbipYzeu0ZwEQTPLaEp9PY
%3D&sa=X&ved=0ahUKEwioie_SvJfcAhXJB5oKHfYpACsQ9QEI
WzAC#imgrc=FYCIn17XbmCsqM:
    Albert Einstein mit Kurt Gödel
%252C_&usg=__EqaUjmbipYzeu0ZwEQTPLaEp9PY

%https://www.google.de/search?
q=lizenzfreies+Foto+von+einstein+und+g
%C3%B6del&tbm=isch&source=iu&ictx=1&fir=cUeimicR7
WwYoM%253A
%252C8EVrFJvhuXK4wM3D&sa=X&ved=0ahUKEwioie_SvJfc
AhXJB5oKHfYpACsQ9QEIWzAC#imgrc=FYCIn17XbmCsqM:

Kurt Gödels Beweis ist bewiesen!

Kurt Gödels Gottesbeweis ist richtig

1941 entwickelte Kurt Gödel eine hochkomplexe Formel, um Gott zu beweisen. Der Freund von Albert Einstein lag richtig. Zu dem Schluss sind nun zwei Computerwissenschaftler gekommen.

Kurt Gödel (rechts) mit Albert Einstein im „Institute for Advanced Study" in Princeton (NJ, USA)
Jetzt sind die letzten Zweifel ausgeräumt: Gott existiert tatsächlich. Zu diesem Schluss kommt der „Spiegel". Die Rechnung stammt von Computerwissenschaftler Christoph Benzmüller von der Freien Universität Berlin, zusammen mit Bruno Woltzenlogel Paleo von der technischen Universität Wien. Die Formelfolge entwickelte der österreichische Mathematiker Kurt Gödel anno 1941 auf ein paar losen Blättern Papier. An den Formeln feilte er in den nächsten Jahrzehnten.

„Keine Minute brauchte der Computer, um Gödels Beweis für gültig zu befinden", bilanziert der „Spiegel". Somit könne die Existenz Gottes fortan als gesichertes logisches Theorem gelten.

300 Zeilen lang

„Kurt Gödel, einer der bedeutendsten Logiker des 20. Jahrhunderts, hielt seinen Gottesbeweis mehrere Jahrzehnte geheim. Gödel war vor den Nationalsozialisten aus Wien in die Universitätsstadt Princeton geflohen, wo er regelmäßig mit Albert Einstein durch Parks spazierte. Unter Wissenschaftlern genießt Gödel ein mit Einstein vergleichbares Ansehen."

„Sein Schweigen brach er erst ein paar Jahre vor seinem Tod. Sein Beweis besteht aus komplexen Formeln, in der Modallogik zweiter Stufe. Als erstes bewies er, dass Gott möglicherweise existiere, später, dass er definitiv existiert. Der Beweis ist knapp 300 Zeilen lang."

Höherstufige Logik

„Benzmüller laut der Zeitschrift „Pro": „Besonders kompliziert wird es bei der klassischen Logik und insbesondere bei der Modallogik, wenn höherstufige Quantoren ins Spiel kommen. Ein Beispiel für einen höherstufigen Quantor – die *Quantoren*, mit denen sich die Aussagenlogik zur sogenannten *Prädikatenlogik* erweitern lässt –, findet sich in Gödels Definition von „Gott-artig". In natürlicher Sprache ausgedrückt besagt diese: „Ein Wesen ist „Gott-artig", falls es alle positiven Eigenschaften aufweist." Die Automatisierung von Logik auf dem Computer habe jedoch in den vergangenen Jahren derartig Fortschritte gemacht, dass auch höherstufige Logik verarbeitet werden könne, die normalerweise von theoretischen Informatikern aufgrund ihrer Komplexität oft sogar als nicht handhabbar eingeordnet werde. [19] Auch der „Kölner Stadt-Anzeiger" schrieb einen Artikel auf Seite 1 am 18.10.2013 mit dem Titel „Ein Computer bestätigt den Beweis, Gott existiert tatsächlich".

„Gottesbeweis: Gott existiert"

„Mit dieser Überschrift veröffentlichte die „Berliner Zeitung" im Dezember 2013 einen Artikel über einen angeblichen Beweis über die Existenz Gottes. Auch die Zeitung bemerkt, dass der „Gottesbeweis" durch das Mathematikgenie Kurt Gödel erbracht sei. Herr *„Gödel hat vor Jahrzehnten den Beweis erbracht, dass es ein höchstes Wesen gibt. Berliner und Wiener Forscher bestätigen nun seine Logik."* Ohne Zweifel, Kurt Gödel war einer der herausragenden Logiker. Zusammen mit Albert Einstein lehrte er an der Princeton Universität (*Einstein sagte einmal, dass er manchmal nur deshalb ins Institut gegangen sei, um später mit Gödel auf dessen Heimweg sprechen zu können*). Seinen Gottesbeweis hatte Kurt Gödel zunächst für sich behalten. Erst 1970 erlaubte er seinem Kollegen Dana Scott, das Formelwerk abzuschreiben. Sein Freund Oskar Morgenstern – ein deutscher Ökonom, der ebenfalls in die USA emigriert war – bekam ebenfalls eine Kopie. Diese Kopie wurde mit der von Scott im Jahr 1978 veröffentlicht.
Gödels Formelwerk gehört in die Kategorie der ontologischen Gottesbeweise. Damit stellt er sich in die Tradition großer Gelehrter

wie Thomas von Aquin und Immanuel Kant, die entweder selbst
Gottesbeweise vorlegten oder sich mit solchen auseinandersetzten."
[20]

„Müssen nun also Mathematiker an Gott glauben, und Theologen
formale Logik studieren? Schon Gödel selbst war die Sache offenbar
nicht ganz geheuer. Jahrzehntelang hielt er seinen Gottesbeweis
geheim. Als er ihn austüftelte, war er vor den Nationalsozialisten,
wie schon bemerkt, aus Wien in die elitäre amerikanische
Universitätsstadt Princeton geflohen. Dort spazierte der bekennende
Christ Gödel regelmäßig mit Albert Einstein durch die Parks, der
ebenfalls gern über Gott spekulierte. Was allerdings seinen Beweis
betraf, hielt Gödel dicht. Erst 1970, als sein Gesundheitszustand sich
so verschlechterte, dass er seinen Tod erahnte, brach er sein
Schweigen. Seinem Freund Oskar Morgenstern verriet er, dass er
zwar „zufrieden" mit seinem Beweis sei, ihn jedoch aus Angst,
missverstanden zu werden, nicht veröffentlichen wolle. Einem seiner
Studenten, Dana Scott, zeigte er den Beweis. Scott schrieb mit und
hielt in Princeton ein Referat darüber. So fand Gödels Gottesbeweis
doch noch hinaus in die Welt."

Was ist Gott überhaupt?

„Der Beweis ist ein äußerst unzugängliches Formelgebilde. Gödel
formulierte ihn in der Modallogik zweiter Stufe – einer Sprache, die
auch den meisten Mathematikern fremd ist. In dieser exotischen
Formelsprache suchte Gödel, hinreichende Bedingungen für die
Existenz Gottes zu finden. Aber was ist Gott überhaupt für ein Ding,
rein logisch gesehen? Gödel definierte ihn als ein Wesen, das alle
positiven Eigenschaften auf sich vereint. Und was ist eine positive
Eigenschaft? Dazu sagte Gödel nicht viel. Er gab nur zwei Beispiele
für positive Eigenschaften: Gott zu sein, und notwendigerweise zu
existieren. Zudem postulierte er, dass jede Eigenschaft entweder
positiv ist, oder ihr Gegenteil. Dann legte er los: Zuerst bewies er,
dass Gott möglicherweise existiert – und schließlich, dass Gott
notwendigerweise existiert. Quod erat demonstrandum.

Kurt Gödels Unverständlichkeitssatz beendet den Traum von der absoluten Erkenntnis des Menschen hier auf Erden.

Ob Mathematik, Teilchenphysik, Quantentheorie oder Kosmologie, jedes Wissenssystem bleibt immer logisch unvollständig. Man könnte sagen, das Reich der Erkenntnis ist in verschiedenen Ebenen gegliedert. Wie z. B. eine Ebene, welche voller wahrer Aussagen ist, aber einige von diesen sind nicht beweisbar. (Denken Sie an die schwarzen Löcher im Universum beziehungsweise in den Galaxien und in unserer Milchstraße, in der sich unsere Erde befindet.) Seit vielen Jahrzehnten wusste man, in der Theorie, von diesen schwarzen Löchern, nur konnte man sie nicht beweisen. Erst kürzlich ist den Astrophysikern dieser Beweis der schwarzen Löcher gelungen." Quelle: Tobias Hürter [21]

Theoretische Überlegungen über Steigerungen von Erkenntnisebenen

Wären Wissenschaftler in der Lage, auf eine höhere Erkenntnisebene als bisher zu gelangen, was würde das eigentlich bedeuten? Je höher die Ebene, desto größer die Erkenntnis. Aber auch dort trifft man eben notwendigerweise wieder auf Wahrheiten, auch paranormale, beziehungsweise wieder auf unbeweisbare Aussagen. So muss man dann eben wieder auf eine höhere Ebene der Erkenntnis gehen. Auch auf dieser Ebene trifft man wieder auf unbeweisbare Aussagen. Hat man schließlich die Ebene der Erkenntnis erreicht, die das ganze Universum umschließt, taucht die Frage auf, reicht sie uns dann endlich, um auch unbeweisbare Aussagen wissenschaftlich zu belegen? Die Antwort dazu lautet: **leider nicht**. Auch das Universum ist ein geschlossenes System mit unbeweisbaren Aussagen. Also bräuchte man ein noch viel größeres System (Ebene). Dieses steht uns Menschen leider nicht zur Verfügung. Wir haben es schlicht nicht. Das bedeutet, unsere Erkenntnis ist notwendigerweise begrenzt. Um die Welt (das Universum) ganz zu verstehen, müssten wir sie verlassen, das ist die lebensweltliche Version von Karl Gödels Paradox. Für alle, die nicht direkt die genaue Definition des Wortes Paradox bereit haben, hier die Erklärung dazu: Das Adjektiv **paradox** bedeutet „widersprüchlich" oder „äußerst merkwürdig". Es beschreibt also Dinge und Sachverhalte, auf die man sich keinen

Reim machen kann, da sie entweder zu widersinnig oder zu abwegig sind.

Wie viel kann ein Goldfisch über die Welt jenseits seiner Glaswand wissen? Kennt er doch nur seine kleine Glaskugel, in der er sich befindet …

Es gibt also Unerklärliches, das sich immer der Erkenntnis entziehen wird, auch übernatürliche, paranormale Wahrheiten. Für viele ist das der Punkt, an dem Gott ins Spiel kommt.

Ich möchte Ihnen damit nur verdeutlichen, dass auch Naturwissenschaftler schon immer der Frage nachgegangen sind, ob eine übergeordnete Existenz nachweisbar ist. Ich glaube aber, dass das wahre Göttliche sich der menschlichen Logik entzieht. Es übersteigt jegliche Vorstellungskraft.

Zitat

„Wir sind nicht menschliche Wesen, die eine spirituelle Erfahrung machen, sondern spirituelle Wesen, die eine menschliche Erfahrung machen".

Pierre Teilhard de Chardin

Der Tod ist eine Erweiterung und eine unvorstellbare Bereicherung des Geistes mit bisher völlig ungeahnten Möglichkeiten, führt er doch in eine bisher unbekannte Dimension. Durch meine beziehungsweise unsere paranormalen Erfahrungen mit „Inge" und meine Erfahrungen mit Sterbenden einer Palliativstation sind meine Frau und ich der festen Überzeugung, dass der Tod nicht das Ende bedeutet. Ansonsten wäre das Leben ohne Sinn! Wir sind, durch unsere zahllosen übernatürlichen Erlebnisse mir unserer verstorbenen Freundin „Inge", sehr gespannt darauf, was kommen wird. Durch dieses Wissen hat der Tod für uns jegliche Art an Schrecken verloren. Der Sterbevorgang als solcher ist allerdings ein Punkt ängstlich zu sein, da der Sterbeprozess selbst lange und schmerzlich sein kann. Der Tod selbst wiederum, beziehungsweise der Übergang, wird für uns eine Art Höhepunkt des Lebens sein und darauf kann man sich getrost freuen. Bei allem Respekt vor dem abwechslungsreichen, mit Höhen und Tiefen verbundenen Leben.

„Ohne allen Zweifel konnte diese Welt, so wie wir sie erfahren, mit all ihrer Vielfalt an Formen und Bewegungen, nur und aus nichts anderem entstehen als aus dem absoluten und freien Willen Gottes, der über alles herrscht und regiert." Dies sind die Worte von Sir Isaac Newton (1643-1727), englischer Physiker, Mathematiker und Astronom. Eins der größten Geschenke einer übergeordneten Macht ist unser freier Wille. Dieser gilt nicht nur für das Diesseits, er wird auch im Jenseits seinen Bestand haben. Das ist es eben, was das einzelne Individuum ausmacht.

Wie ich schon zu Anfang dieses Buches erwähnte: Wenn man bedenkt, dass ein Mensch, der gerade stirbt, nie existiert hätte, wäre das Leben von Menschen, die ihm deswegen nicht begegnen konnten, mitunter völlig anders verlaufen. Ganz egal, aus welcher sozialen Schicht der Sterbende gekommen ist. *Nichts geschieht ohne Grund.*
Hier zeigt es sich wieder, wie wichtig der einzelne Mensch doch ist.

Es lässt die Annahme zu, dass dahinter noch eine größere Absicht beziehungsweise ein Plan durch eine höhere Macht besteht. Sicher ist, dass die Zeit kommen wird, an der wir allem gewahr werden.

Dass ich dieses Buch geschrieben habe, ist nicht zuletzt auch das Verdienst unserer engen Freundin „Inge". Ohne ihre regelmäßigen Kontakte aus dem Jenseits sowie physikalische Veränderungen an Gegenständen etc. wäre dieses Buch nie zustande gekommen.
Es ist mir auch durchaus bewusst, dass *sie* mir in vielen Dingen bei der Erarbeitung dieses Buches behilflich war. Dafür meinen großen Dank.

Ich glaube und hoffe zugleich, dass dieses Buch dem einen oder anderen Leser Klarheit darüber gebracht hat, welchen Stellenwert der Mensch hier auf der Erde hat und wie groß die Liebe derer zu uns ist, die uns bereits vorausgegangen sind.

Einiges, was Sie diesem Buch entnommen haben, ist bestimmt für manche nur schwer nachvollziehbar. – Das ist verständlich. – Es sind eben paranormale Begebenheiten, die sich unserem rationalen Denken entziehen. Die Inhalte beziehen sich auch auf den heutigen Wissensstand. Was die mögliche Entschlüsselung des Ganzen angeht, so stehen wir wissenschaftlich heute gerade mal am Anfang. Aber ich versichere Ihnen, alle Berichte und Erfahrungen sind hier absolut wahrheitsgemäß wiedergegeben. Vielleicht sehen Sie es so wie die verschiedenen Ebenen, über die ich zuletzt geschrieben habe. Es gibt eben Ebenen (auch Wissensebenen), welche absolute Wahrheiten beinhalten. Leider können sie jedoch auf der Ebene, auf der man sich gerade befindet, nicht bewiesen werden. Um diese Wahrheiten zu beweisen, müssen man sich auf eine höhere Ebene (auch theoretisch) begeben. Den Rest hierüber kennen Sie ja.

Ich sehe den Quantenansatz als Möglichkeit, die das Woher und Wohin klären kann, und auch, wie das Bewusstsein fortdauern kann, wenn unser Körper aufgibt.

Ich bin überzeugt davon, dass auf unsere Seelen ein wunderbares, neues Leben, Jenseits dieser irdischen Gefilde wartet, dass dies die wahre Wirklichkeit ist, und dass wir sie alle, nach dem Abschied von dieser Welt, kennen lernen werden.

Ich versichere all denen, welche in ihrer Meinung noch schwankend sind, dass sie sich spätestens dann an diese Zeilen erinnern werden, wenn ihr Übergang vom Diesseits ins Jenseits gekommen ist. Ich hoffe und wünsche mir sehr für sie, dass diese Erfahrung erst im hohen Alter bei ihnen eintreten wird. <u>Sicher ist – sie wird eintreten!</u>

Der Kontakt zu Inge besteht weiter fort …

300

Danksagung

Für all die paranormalen, übernatürlichen Erfahrungen, die meine Frau und ich durch „Inge" bis zum heutigen Tage erleben dürfen, möchten wir uns nochmals an dieser Stelle von ganzem Herzen bei „Inge" bedanken. Es ist in der Tat ein großes Geschenk an uns. Ohne sie hätte ich dieses Buch wohl nie geschrieben. Durch ihr Handeln hat sie nicht nur meiner Frau und mir, sondern auch vielen Lesern gezeigt, dass es zweifelsfrei ein Leben nach dem Tode gibt. Und darauf sollten wir uns alle von ganzem Herzen freuen.

Meiner Frau Danielle möchte ich danken – war sie es doch, die die eigentliche Initialzündung dazu gegeben hat. Sie war die Erste, die spirituell gespürt hatte, dass „Inge" auch nach ihrem Tod existiert – wie alle anderen, die diese Welt verlassen, weiter existieren werden.

Nicht zuletzt möchten meine Frau und ich Carmen unseren großen Dank aussprechen. Sie hat es uns ermöglicht, den Kontakt zur geistigen Welt herzustellen, und damit auch die von uns gewünschte Verbindung zu "Inge". Wir stehen seit 2012 bis zum heutigen Tag in Kontakt zu Ihr.

Inge

Therese (meine Tante)

Anmerkungen:

1. http://www.stern.de/panorama/wissen/natur/parapsychologie-nicht-von-dieser-welt-3512492.html
abgerufen am 15.01.2015   Frank Ochmann /print

2. http://www.viversum.de/online-magazin/was-ist-ein-medium
abgerufen am 26.07.2015

3. http://www.baharyilmaz.com/products/geistfuhrer-meditation/
abgerufen am 14.04.2016

4. http://www.gralssuche.ch/html/rennes-le-chateau.html
abgerufen am 20.05.2017

5. https://spirit-is.life/sechs-typische-zeichen-fuer-die-anwesenheit-von-verstorbenen
abgerufen am 20.08.2017

6. http://www.pflegewiki.de/wiki/Die_f %C3%BCnf_Sterbephasen_nach_K%C3%BCbler-Ross
abgerufen am 10.10.2017

7. http://www.leben-nach-dem-tod.eu/ueber-leben-nach-dem-tod/der-tod/
abgerufen am 09.11.2017

8 https://www.yoga-vidya.de/yoga-buch/andere-autoren/die-geheimlehre-des-eremiten/wie-es-der-menschlichen-seele-im-grossen-jenseits-ergeht/
 abgerufen am 18 .11.2017

https://www.yoga-vidya.de/yoga-buch/andere-autoren/die-geheimlehre-des-eremiten/einblicke-ins-grosse-jenseits/
abgerufen am 18.11.2017

9. https://www.welt.de/wissenschaft/article1938328/Die-Seele-existiert-auch-nach-dem-Tod.html Veröffentlicht am 25.04.2008 Von Rolf Froböse
Der Text enthält Auszüge aus dem Buch des Autors „Die geheime Physik des Zufalls. Quantenphänomene und Schicksal". Verlag BoD Norderstedt, ISBN 3833474203, Preis EUR 14,90.
abgerufen am 28. 11.2017

10. https://www.zeitzuleben.de/spiritualitaet-irgendwann-erwischen-sie-dich/
abgerufen am 01.12.2017

11.   Autor: James Van Praagh, Buchtitel „Geister sind unter uns", Seite 168–187
HEYNE Verlag, 4. Auflage, Taschenbucherstausgabe 02/2012

12. https://susannabelloni.ch/2016/06/21/15-anzeichen-fuer-mediale-oder-hochsensible-veranlagung/
abgerufen am 03.12.2017

13. http://www.chemtrails-info.de/spir/medial/verantw.htm#Warum%20immer%20ein%20gewisses%20Ma%C3%9F%20an%20Verantwortlichkeit%20f%C3%BCr%20Spiritismusfolgen%20vorliegt
Anhang: Originalzitate
Literaturquellen. Verwendete Abkürzungen:

KN.MS. = Karl Nowotny: ' „Mediales Schriften", 6 Bände

(KN.MS04.004,15b) „Aber mit beiden Beinen in diesem Leben stehen und nicht Außerirdisches ins tägliche Leben hineintragen wollen und falschen Kult treiben, wie es bei spiritistischen Gemeinschaften üblich ist, das sollte oberstes Gebot sein."
(KN.MS04.004,16) „Ich sagte, „Außerirdisches ins tägliche Leben

hineintragen" und meine damit das Bemühen, sich im irdischen Leben so zu verhalten, als gelte es, sich die Lebensbedingungen des Jenseits zu eigen zu machen."

(KN.MS04.004,17) „Menschen, die sich mit dem Verkehr mit der Geisterwelt noch wenig oder gar nicht befaßt haben, werden diese Worte kaum verstehen. Es ist aber auch nicht wichtig. Wenn es nur solche erkennen, die auf dem unrichtigen Pfad wandern."abgerufen am 25.01.2018

14. http://www.mystery-welt.de/eine-geisterbeschworung-ist-kein-spiel/
abgerufen am 06.01.2018

15. http://www.welt.de/wissenschaft/article13702581/Blick-ins-Jenseits-oder-Taeuschung-des-Gehirns.html
abgerufen am 19.01.2018

16. https://visionblue.wordpress.com/2008/12/31/der-blick-ins-jenseits/
abgerufen am 26.01.2018

17. http://jenseitswelt.eu/de/die-5-dimension/die-2-und-die-3-dimension
abgerufen am 30.03.2018

18. http://jenseitswelt.eu/de/die-botschaft-des-jenseits/wie-sieht-es-im-jenseits-aus
abgerufen am 09.04.2018

19.http://www.jesus.ch/themen/people/242181kurt_goedels_gottesbeweis_ist_richtig.html
abgerufen am 12.04.2018

20. http://www.dieter-broers.de/gottesbeweis-gott-existiert/
abgerufen am 12.04.2018

21. http://www.spiegel.de/wissenschaft/mensch/formel-von-kurt-goedel-mathematiker-bestaetigen-gottesbeweis-a-920455.html abgerufen am 13.04.2018

Buchempfehlungen:

1. „Lucy im Licht", Verlag: Knaur, Autor: Markolf H. Niemz

2. „Geister sind unter uns", Verlag: Heyne, Autor: James Van Praagh

3. „Mit Logik die Welt begreifen", Verlag: van Laak Buchverlag Aachen, Autor: Walter van Laak

4. „Wer stirbt, ist nicht tot", Verlag: Van Laak Buchverlag Aachen, Autor: Walter van Laak

5. „ Blick in die Ewigkeit. Die faszinierende Nahtoderfahrung eines Neurochirurgen", Verlag: Ansata, Autor: Dr. med. Eben Alexander

6. „Entdecke Deinen Geistführer", Verlag: Allegria, Autor: Pascal Voggenhuber

7. Dieter Broers Metamorphose der Menschheit, Teil 3 der Triologie *https://dieter-broers-shop.de/buecher/*

8. „Das Jenseits und die geistige Welt: Meine Arbeit als Medium", Autor: Kim-Anne Jannes"

Bibliografische Information der Deutschen Nationalbibliothek
Die Deutsche Nationalbibliothek verzeichnet diese Publikation in der Deutschen
Nationalbibliografie; detaillierte bibliografische Daten sind im Internet über
http://dnb.de abrufbar.

3. Auflage
© 2019 Johannes Engel - Gesstüm
Umschlaggestaltung, Herstellung und Verlag: BoD – Books on Demand
ISBN 978-3-7528-4623-2